KB121523

자연과학자가 발품으로 쓴 역사문화 탐방기

인문학
길 위를 걷다

인문학
길 위를 걷다

1쇄 발행일 | 2015년 07월 30일

지은이 | 김치경
펴낸이 | 정화숙
펴낸곳 | 개미

출판등록 | 제313 - 2001 - 61호 1992. 2. 18
주소 | (121 - 736) 서울시 마포구 마포동 136 - 1 한신빌딩 B-109호
전화 | (02)704 - 2546 팩스 | (02)714 - 2365
E-mail | lily12140@hanmail.net

ⓒ 김치경, 2015
ISBN 978 - 89 - 94459 - 52 - 3 03810

값 23,000원

자연과학자가 발품으로 쓴 역사문화 탐방기

인문학
길 위를
걷다

김치경 지음

개미

아름다움은
세상 밖에 있었다

요즘 우리 사회에 인문학 붐이 일고 있다. 한때 '인문학의 위기'라는 분위기를 극복하기 위해 인문학 전공 교수들이 도서관 서가에서 벗어나 일반 대중 속으로 들어가 생활현장을 찾아다니며 인문학을 소개해 주고 있다. 그리고 첨단과학기술제품들을 생산하기 위하여 인문적 상상력과 창의력의 요구에 부응하며 인문학의 인기가 더욱 고조되고 있다. 게다가 경제수준이 향상되고 생활의 여유가 생기면서 일반 시민들도 교양과 취미활동으로 인문학의 매력에 빠져드는 분위기가 되었으니 나도 그중의 한 사람이다.

나는 생명과학을 전공한 자연과학자이다. 미국에서 미생물학을 공부하여 박사학위를 받고 귀국한 후 30여 년간을 대학교수로 학생들을 가르치며 연구하다가 정년을 했다. 재직 중에는 유전공학 기술을 이용하여 새로운 기능의 미생물을 창제하는 실험연구를 하느라 밤늦도록 대학원생 제자들과 함께 실험실에서 시간을 보냈다. 기대하는 결과가 나오면 쾌재를 부르고, 국제적으로 저명한 전문 학술지에 논문을 게재하면서 외국학자들과 교류하며 공동연구를 추진하는 것이 생활의 기쁨이었고 보람이었다. 그렇게 젊은 날은 열정을 다해 연구하며 새로운 것을 찾아내는 것이 삶의 목적이었다고 할 수 있다. 그렇게 살았던 생업의 일상이 나의 세상이었다.

그런데 정년을 한 후 매년 자원봉사 차원으로 중국 연변과학기술대학에 가서 새로운 학문을 갈구하는 학생들에게 미생물학을 5년여 동안 가르쳤다. 그리고 주말의 여가시간을 활용하기 위해 만주지역의 고구려 · 발해유적지들을 두루 찾아다녔다. 중국정부에서 동북공정으로 고구려 · 발해역사를 왜곡하고 있던 중이라 때로는 중국 공안의 제재를 받으며 카메라를 빼앗길 뻔 한 적도 있었다. 그러나 다 허물어진 옛 성터를 물어물어 찾아가 확인했을 때마다 느끼는 희열은 실험실에서 새로운 연구결과를 얻었을 때의 기쁨 못지않았다. 그때부터 나는 역사책을 뒤져보기 시작하였는데, 책 속에 기술되어 있는 역사유적들을 현장에 찾아가 확인하는 재미는 새로운 삶의 즐거움이 되었다.

그러던 중 2010년 초 조선일보와 국립중앙도서관 그리고 교보문고에서 기획하여 주제별로 전공교수가 사전강의를 하고 또 현지를 함께 탐방하면서 설명해 주는 '길 위의 인문학' 프로그램은 나의 호기심과 기대를 사로잡았다. 인문학, 즉 문학과 역사와 철학을 폭넓게 아우르는 학문분야를 통하여 과거 우리 선현들이 남겨놓은 역사유물과 문화유산에 관한 이야기들은 나의 관심과 함께 흥미를 불러일으켰다.

그동안 대학에서 생명과학을 가르치고 연구하는 교수로서의 삶에 대하여 나름대로 자부심을 갖었다. 그런데 정년을 한 후 지난날에 대하여 후회는 없지만, 삶과 생각의 폭이 좁았고 마음의 여유가 없었던 것이 아쉽게 느껴졌다. 오직 앞만 보고 열심히 달려왔던 나의 삶에 비해 '길 위의 인문학' 탐방에 참여하면서 느꼈던 사색적 삶은 너무도 다양하고 풍성하였다. 이 프로그램의 기획위원이자 초빙강사였던 국민대 박종기 교수는 '인문학이란 삶의 재미와 유익이고 감동과 느낌인 동시에 여유와 관조'라고 했는데, 나도 전적으로 동감하며 행복감을 느끼게 되었다.

인문학 탐방 프로그램은 책 속에 묻혀 있는 내용에서 벗어나 전국 곳곳에 숨겨져 있는 역사와 문화 이야기들을 찾아다니는 것이었다. 이러한 인문학 탐방에서 느끼는 맛은 일상생활에 지친 우리들에게 잠시 쉬면서 생활주변을 돌아보고 재충전을 하기 위해 시원하게 마시는 청량제와 같았다. 나는 어느 누구보다도 열정적으로 따라다니면서 많은 질문을 했고 열심히 기록하였다.

발길 따라 물길 따라 찾아가보는 아름다운 자연풍치 속에는 역사 사연들이 스며 있고 수많은 사람들의 이야기가 숨겨져 있었다. '길 위의 인문학' 탐방은 경치만을 보러가는 관광여행이 아니라 곳곳에 남아 있는 역사와 문화 이야기들을 찾아가는 여행길이었다. 아는 만큼 볼 수 있었고 찾아가서 듣는 만큼 알게 되었다. 그래서 백문불여일견(百聞不如一見)이요, 백사불여일행(百思不如一行)이라 했던가?

조선 후기 인왕산의 위항시인 장혼은 '미불자미 인인이창(美不自美 因人而彰)', 즉 '아름다움은 설로 아름다운 깃이 아니라 사람으로 인하여 드러난다'고 했다. 인간의 삶을 생각하고 인간의 활동업적을 공부하는 인문학도 그 중심은 사람인 것이다. 사람이 노래할 때 그 자연공간이 빛나고 그것들이 기록으로 남으면 역사와 문화가 된다. 그리고 그 기록은 사람을 그리고 과거를 기억하게 해준다. 문헌상의 기록들도 현장에 가서 느껴야 그 뜻을 알게 되는 것이다.

나는 수많은 역사유적과 문화유산들을 탐방하면서 느꼈던 것은 옛사람들의 삶의 자국이었다. 나보다 먼저 그곳에 가서 느끼고 생각하며 기록했던 것들을 찾아볼 때에는 시대를 넘어 선인들과 공감할 수 있는 폭이 넓어졌고 나의 삶을 생각하게 해주었다. 조선 중기의 송익필은 '상우천고사우족(尙友千古師友足)'이라 했다. 즉 천고를 벗삼으니 스승과 벗으로 족하다는 것이다. 그래서 나는 옛 선현들이 역사의 현장에서 느끼고 남겨놓았던 시문들을 많이 인용하였다.

이 책의 내용은 내가 지난 5년 동안 현장을 탐방하면서 공부하고 느꼈던 사실과 경험들을 기록한 탐방 기행문들을 모은 것이다. 탐방지역이나 순서를 구분하지 않고, 연관성이 있는 내용들을 10개의 작은 주제로 분류하여 정리하였다. 그 내용들이 전문가의 식견에는 못 미치겠지만 인문학의 초심자로서 한 생명과학자가 터득한 인문학 이야기라 헤아려주기 바란다. 가능한 대로 현장감을 반영하기 위해 탐방자들과 함께 찍은 사진들을 많이 넣었고 독자들의 이해를 돕기 위해 참고문헌을 첨부하였다.

이 책의 내용에 오류가 있으면 앞으로 고쳐가겠지만 미진함이 있더라도 독자 여러분의 지도편달과 깊은 양해가 있기를 바란다. 그리고 이 책이 아무쪼록 일반 시민이나 학생들에게 우리의 역사와 문화를 조금 더 깊이 이해하고 인문학을 사랑하는데 도움이 되어 정신적으로 보다 풍요롭고 행복한 삶의 여유를 누릴 수 있기를 바란다.

인문학 탐방을 통하여 우리의 역사와 문학 그리고 철학에 대하여 해박한 지식으로 강의를 해주고 또 현장에서 자세한 설명을 해줌으로써, 나에게 새로운 인생의 멋과 아름다움을 알게 해준 초청연사 교수님들에게 심심한 감사를 드린다. 그리고 인문학에 대하여 남다른 애정과 열정을 가지고 함께 참여했던 여러 동료들과의 인연 그리고 함께 했던 추억들을 소중하게 간직하고 싶은 것이다.

우리 산하의 구석구석에 숨겨져 있는 귀중한 역사문화 그리고 소중한 자연 유적들을 발굴 소개해 준 기획위원들의 노고와 인문학사랑회 이종주 대표의 수고와 정성에 깊이 감사한다. 특히 한시를 감수해준 동국대 김갑기 명예교수에게 감사드린다. '길 위의 인문학' 프로그램을 전체적으로 진행했던 국립중앙도서관 관계자들과 현지 탐방을 안내했던 (주)쏙쏙체험여행사 담당자들의 노력에 대해서도 매우 고맙게 생각한다. 그리고 출판업계의 불황에도 불구하고 이 책이 독자들과 만날 수 있도록 원고 정리에서부터 편집과 교정을 맡아주신 도서출판 개미 최대순 시인 이하 여러분들의 협조와 노고에 감사를 드린다.

2015년 7월
김치경

과학으로 보는 우리 문화유산

강원 산하에 묻혀있는 역사문화

2부_
인문학, 세상을 바꾸다

조선왕조 성쇠의 뒷이야기

명승계곡에 숨겨진 정신문화

남해 바닷물에 씻긴 역사문화

충신들이 남긴 이야기들

생활 속에 스며든 민속문화

우리 역사의 뿌리와
민족정기

한민족의
화합정신과 염원

조선일보와 국립중앙도서관 그리고 교보문고가 주관하는 '길 위의 인문학' 탐방 주제가 한민족의 화합이라고 한다. 영호남 간의 정치적인 갈등이나 대립적인 시각이 문제라면 화개장터쯤의 이야기가 아닐까 하는 생각이 들었다. 그런데 탐방지가 강원도 동해·삼척지역이라는 것에 대하여 의아스러웠다. 그러나 어느 책에서 보았던 동해시의 삼화사가 뇌리를 스쳐 지나갔다.

화합과 화목의 전통

신라시대 자장율사가 지었다는 삼화사(三和寺)의 창건설화에 의하면 인도로부터 온 약사불 삼 형제의 얘기가 있다. 큰형 부처는 검은색, 둘째는 푸른색, 셋째는 금색의 연꽃을 들고 와서 삼척의 두타산을 둘러본 후 각각 삼화촌, 지상촌, 궁방촌에 자리를 잡았다. 많은 사람들이 제자로 모여들어 스승을 모시기 위해 각각 절을 지어 흑련대, 청련대, 금련대라고 했는데 뒷날 삼화사, 지장사, 영은사가 되었다. 우애가 지극한 부처 삼 형제는 지역 인심이 순화되자

동해시 무릉계곡의 두타산 삼화사 입구

이곳을 떠나 다른 곳으로 갔는데, 마을사람들은 부처의 가르침대로 '부모에 효도하고 형제간에 우애하며 이웃 간에 화목한 생활을 이어갔다'는 화합의 이 야기가 남아 있는 것이다.

또 다른 이야기에 의하면 829년 신라 흥덕왕 4년 범일국사가 불사를 일으 켜 삼공암(三公庵)을 창건했었다. 고려의 태조 왕건이 후삼국을 통일할 수 있었 던 것은 삼공암 부처님의 은덕이라 생각하여 '민족의 화합을 이루게 한 절'이 라는 의미로 삼화사라 했다는 설도 있다. 이러한 민족의 통합이라는 메시지는 고려 충렬왕 때 편찬된 이승휴의 역사서인 『제왕운기(帝王韻紀)』에 기록되어 있 다. 이승휴는 그 『제왕운기』를 이곳에 있는 천은사에서 집필하였다.

동해 · 삼척의 역사문화

동해바다가 한눈에 들어오는 동해휴게소에 들러 맑은 바닷바람을 쏘인 후 우리는 무릉계곡으로 들어갔다. 오래전에 찾아보았던 무릉계곡 암반 옆 소나 무 사이에는 금란정(金蘭亭)을 새로 지어 놓고 명승지의 등산코스 안내판도 새 로 단장해 놓았다. 우리들은 무릉반석 위에 둘러서서 국민대 박종기 교수로부터 인문학 탐방의 의미에 대하여 설명을 들었다.

'길 위의 인문학'이란 한마디로 표현하면 감동과 느낌, 재미와 유익, 여유와 관조라고 설명한다. 너럭바위와 맑은 물줄기 그리고 기암괴석에 노송들이 우거진 이 계곡을 이백의 이상향인 무릉선원에서 이름을 따서 무릉계곡이라 했단다. 그 가운데는 한석봉, 김정희와 함께 우리나라 3대 명필가이며 초선(草仙)이라고 일컫는 양사언이 무릉선원 중대천석 두타동천(武陵仙源 中臺泉石 頭陀洞天)이라 새겨놓은 큰 바위가 있었는데, 이것은 도가적 사상으로 우리 마음의 고향이란 뜻이라고 한다.

'아는 만큼 보인다'고 강조하는 박 교수를 따라 이곳에 머물면서 『제왕운기(帝王韻紀)』를 집필했던 이승휴를 만나보러 갔다. 금란정에서 조금 올라가서 다리를 건너면 삼화사가 나타난다. 입구에 동안거사이승휴유적비(動安居士李承休遺蹟碑)가 세워져 있는 삼화사는 700여 년 전 고려 충렬왕 때 이승휴가 천은사 용안당(容安堂)에 머물면서 10년 동안 불서들을 빌려보았던 도서관과 같은 사찰이었다.

우리는 계곡 입구 영진회관에서 점심을 먹은 후 삼척의 육향산에 있는 척주동해비(陟州東海碑)와 평수토찬비(平水土讚碑)를 찾아보았다. 1661년(현종 2년) 삼척부사인 미수 허목이 풍랑으로 어촌의 피해가 막심하여 이를 방지하고자 동해를 칭송하는 글 동해송(東海頌)을 지었다. 그리고 그의 독특한 전서체로 비문을 새겨 동해비를 세웠더니 풍랑이 진정되었던 것이다. 평수토찬비 또한 같은 내력의 비인데, 치산치수(治山治水)의 왕이라는 중국 우제(禹帝)의 비에서 48자를 모아 새긴 것이라고 한다. 이 모두 허목의 애민정신과 함께 백성들의 화합과 평화를 상징하는 역사의 기록물인 것이다.

우리는 죽서루에 들러 허목이 썼다는 편액 글씨 '제일계정(第一溪亭)'을 위시하여 여러 문사들의 글들을 살펴보았다. 이승휴는 1266년(원종 7년) 안집사 진자후와 함께 죽서루에 올라 시를 지었다는 기록을 『동안거사집(動安居士集)』에 남겨 놓았다. 높이가 각각 다른 기둥을 자연석 위에 세워 자연친화적으로 건축한 죽서루 누대에 올라앉아 정조의 어제시를 비롯하여 여러 현판 시들에 대해 박 교수의 설명을 들었다.

삼화사의 이승휴유적비

이승휴와 삼화사

탐방단은 다음 행선지 두타산 천은사로 들어가 이승휴유적지의 동안사(動安祠)에 들렀다. 굴피지붕 방앗간의 흔적도 남아 있는 용천계곡의 이 사당에는 '동안거사 가리이선생신위(動安居士 加利李先生神位)'라는 위패만 놓여 있었다. 천은사의 주지스님은 이승휴의 영정 시주를 기다린다면서 천은사의 내력을 설명해 주었다. 천은사는 758년 신라 경덕왕 17년 인도의 세 신선이 연꽃을 가지고 와서 창건했다는 백련대(白蓮臺)의 전설이 있다고 한다. 그 후 고려 충렬왕 때 이승휴가 용안당을 짓고 삼화사에서 대장경을 빌려다 10년 동안 읽었다고 해서 이름을 간장암(看藏庵)이라 했다. 그리고 1899년 고종이 준경묘를 수축할 때 이 절을 조포사(造泡寺)로 삼아 하늘의 은혜를 입었다는 뜻으로 천은사(天恩寺)라 부르게 된 것이다.

이승휴의 위패를 모신 천은사 동안사

우리들은 천은사 강당에 모여앉아 박 교수로부터 이승휴가 『제왕운기』를 저술한 과정에 대한 강의를 들었다. 우선 이승휴의 생애를 살펴보면 참으로 '운이 없었던 사람'이라고 한다. 몽골의 침입이 잦았던 고려 고종 때 태어나 1237년 14세 때 부친이 별세한 후 22세에 국자감에 합격하였다. 그리고 1252년 29세에 문과에 급제한 후 홀어머니를 뵈러 삼척현으로 갔다가, 왕궁이 있던 강화도로 돌아가는 길이 몽고군에게 막혀 발령을 받지 못했다. 두타산 구동(龜洞)에 있는 외갓집으로 돌아와 1263년 40세가 될 때까지 농사를 짓고 있던 중 삼척에 온 안집사 이심의 권유로 상경하여 경흥부(현 강릉)서기에 임명되었다.

그 후 1270년 47세 때는 삼별초의 봉기로 포로가 되었다가 탈출하여 식목종사로 재직 중 '공이 없는 자가 등급을 뛰어넘어 임명되는 일은 불가하다'는 상소를 올렸다가 파직되었다. 50세 때 원나라 황태자의 책봉하례의 서장관으로 원나라에 가서 황제 쿠빌라이를 칭송하는 문장을 지어 칭찬을 받았고, 그 후 원의 5세 신동이었던 후우현과 시를 주고받기도 했다. 1274년 51세 때 고려 원종의 죽음을 원나라에 알리기 위해 2차로 사행하여 원나라의 강대함을 견문하고 돌아왔다.

한민족의 통합 염원

이승휴는 1280년 57세 때 국왕의 실정을 간언하다가 2차로 파직당한 후 자신은 떠도는 것이 더 평안하다는 자조적인 의미로 '동안거사(動安居士)'라 자칭하였다. 그리고 두타산 용계의 구산동(구동)으로 두 번째 귀향하여 외가의 전답으로 농사하면서 '무릎을 받아드릴 정도의 평안한 집'이라는 의미의 용안당(容安堂)을 짓고 삼화사에서 빌려온 불서를 탐독하였다. 그리고 1287년 64세에『제왕운기』와『내전록(內典錄)』을 저술하였다. 75세에 충선왕이 벼슬을 내렸으나 70세가 넘어 현직에 임명되는 전례가 없다는 이유로 사양한 후 1300년 77세의 나이로 별세하였다.

특히 그는『제왕운기』에서 전조선(단군조선), 후조선(기자조선), 위만조선, 한사군, 열국(삼한), 신라, 고구려(후고구려), 백제(후백제), 발해를 포함하는 우리나라 동국(東國)의 역사에 이어 고려 태조부터 충렬왕까지를 모두 망라하여 단군의 후예로 통합시켰던 것이다.

> 우리가 물이라면 새암이 있고 / 우리가 나무라면 뿌리가 있다
> 이 나라 한아바님은 단군이시니 / 이 나라 한아바님은 단군이시니

개천절의 노래에서도 한민족의 역사는 단군으로부터 시작되었음을 보여주듯 이승휴는『제왕운기』를 통하여 한국역사에서 단군을 그 시조로 정착시켰다. 그리고 한국사를 중국역사와 분리시켜 우리의 정통역사로 처음 서술했던 것이다.

제왕운기

『제왕운기(帝王韻紀)』는 이승휴가 '중국의 반고에서 금나라까지 그리고 동국의 단군에서 고려까지 황제 역사를 여러 서책에서 두루 찾아 시로 읊어 문장을 만들었다. 즉 김부식의『삼국사기』와 일연의『삼국유사』가 우리나라 삼국의 역사를 기술한데 반하여『제왕운기』는 중국 정통왕조와 함께 단군 이래 고

려까지의 역사를 쓴 것이다. 또 상권 서문에는 '세상을 다스리는 군자는 옛 제 왕의 계승과 흥망을 밝혀야 하는데 책들이 너무 많고 앞뒤가 뒤섞여 있어 어지럽다. 그 가운데 요점을 뽑아서 읽기에 편하도록 시로 역사를 읊었다고 했다. 다시 말하면 이 책은 일반인을 위한 역사책이 아니라 충렬왕에게 올린 제왕학 역사서였던 것이다.

그 내용은 모두 칠언(七言) 또는 오언(五言) 운기의 시로 노래처럼 읽을 수 있도록 한 것이다. 즉 조선의 역대 왕을 공부하기 위해 '태정태세 문단세, 예성연중 인명선, ……'이라고 4·3조로 노래하는 것과 같이 예를 들어 고려에 대한 아래의 내용을 '요동별유 일건곤, 두여중조 구이분, ……'으로 읽으면서 역사를 공부하는 영사시(詠史詩)인 것이다. 여기서 이승휴가 조선이란 단어를 썼다는 것은 그 당시에도 이미 단군조선, 기자조선 등 조선이란 말이 널리 통용되었음을 의미한다. 그리고 고려를 소중화(小中和)라고 한 것을 사대주의적 사고가 아니냐는 비판도 있으나, 현실 인식을 정확히 했다고도 볼 수 있다는 것이다.

요동에 하나의 별천지가 있어 / 중국과 구별되어 나뉘어 있네
큰 파도 넓은 바다 삼 면을 둘러쌌고 / 북녘은 육지와 선처럼 이어졌네
가운데 사방 천 리 여기가 조선인데 / 강산의 형승은 천하에 이름있네
농사 지어먹고 우물 파서 물 마시는 예의바른 국가인데
중국사람들은 이름하여 소중화라 했도다
(遼東別有一乾坤 斗與中朝區以分 洪濤萬頃圍於北 有陸連如線三面
  中方千里是朝鮮 江山形勝名敷天 耕田鑿井禮義家 華人題作小中華)

『제왕운기』의 「고려기」는 '혜정 급광종, 개시 조지자, ……'와 같이 2·3조로 읽는 오언(五言) 운기의 영사시로 기술하였다. 『제왕운기』를 쓴 이승휴의 역사관은 군주의 역할을 강조하면서 군주의 수신과 올바른 관료의 등용을 역설했다. 그리고 국가는 왕을 정점으로 하여 관료체제를 재정비할 것을 충렬왕에게 고하고자 했다. 「고려기(高麗紀)」의 한 구절을 인용하면 아래와 같다.

태백산 천제단 | 국가와 민족을 위한 제사를 지내왔다

혜종 정종 광종은 / 모두가 태조의 아들이오
어떤 분은 3년 어떤 분은 5년 / 또는 27년 왕위에 계셨다네
경종은 광종의 아들로 / 7년간 재위하셨지요
왕의 아버지로 추봉하니 / 태조 아들 대종 안종 그분이시네
(惠定及光宗 皆是祖之子 或三或五年 或三九臨莅
　景是光之子 七載作天吏 有繼得追封 祖子戴安是)

태백산 천제단

　잔뜩 찌푸린 아침 날씨에 태백산 천제단으로 오르는 출발점의 해발고도가
890m라니 1,560m의 태백산 등반은 어렵지 않게 느껴졌지만 수백 년 수령의
주목들은 고산의 풍토를 말해 주었다. 장군봉 비석이 안개 속에 나타났고 능
선을 따라 조금 더 가니 태백산 천제단이다. 장방형으로 돌을 쌓아놓은 천제
단 안에는 '한배검'이라는 글씨의 비석이 세워져 있고 여인들 몇 사람은 제물
을 차려놓고 합장한 자세로 그 둘레를 돌면서 소원을 빌고 있었다.

　천제단(天祭壇)은 단군조선시대 구을(丘乙) 임금이 쌓았다고 전해지는데, 상고시대부터 이 제단에서 하늘에 제사를 지냈고 신라 초기에는 혁거세왕이 천제를 올렸다고 한다. 천제단의 다른 이름은 구령단(九靈壇), 구령탑(九靈塔) 또는 마고탑(麻姑塔)이라고 하는데, 고려와 조선시대를 거치는 동안 방백수령과 백성들이 함께 천제를 올렸다. 그리고 구한말과 일제 때에도 국가와 민족의 안녕을 위하여 제사를 지냈다고 한다.

이승휴의 『제왕운기』에서 우리나라의 역사가 단군 이래 하나로 통합되어 흘러온 것처럼, 태백산의 천제단과 검룡소 또한 우리 국가와 민족의 안녕을 염원하며 대대로 제사를 지냈던 곳이다.

이번 탐방은 한민족의 뿌리와 화합정신을 역사적, 지리적으로 그리고 정신적으로 찾아볼 수 있었던 소중한 기회였다. 오늘 '이승휴'란 시제에 대하여 아래와 같은 3행시를 지어보았다.

이, 이른 봄날 인문학 탐방길에 찾아간 삼척의 두타산 천은사
승, 승방의 주인은 바뀌어도 칠백 년을 지켜온 동안거사의 제왕운기는
휴, 휴단(休斷) 없이 이어온 한민족의 역사를 화합시킨 뿌리였다네

대가야의
가야금과 잊힌 역사

흑산도 인문학 탐방 계획이 세월호 침몰사고로 취소된 대신 '길 위의 인문학' 탐방길은 김훈 작가와 함께 경북 고령으로 정해졌다. 김 작가는 대가야의 우륵과 가야금에 관한 장편소설 『현의 노래』의 저자이다. 나는 우륵의 가야금에 대해서도 관심이 있었지만, 대가야의 역사와 함께 한 번도 가보지 못했던 미지의 도시 고령이라는 곳에 더 흥미가 생겼다.

대가야의 역사문화

우륵의 가야금

우륵이 가야금을 만들었고 가야금 소리가 정정하게 울렸다는 정정골(쾌빈리 또는 가얏골)에 있는 우륵박물관 정원에는 금장지(琴匠址)란 표지석이 세워져 있었고 그 뒤편에는 수많은 오동나무 판자들을 말리고 있었다. 그리고 은은한 가야금 곡조가 스피커에서 울려 퍼지는 가운데 우리는 정자각에 모여앉아 김훈 작가의 설명을 들었다. 그는 우리나라에서 두 분의 영웅으로 이순신과 우

우륵박물관 | 우륵과 가야금의 제작과정을 전시해 놓았다

륵을 꼽는다고 하면서 『칼의 노래』와 『현의 노래』를 썼다고 한다.

우리는 우륵과 가야금의 역사에 관한 전시장을 둘러보며 문화해설사의 설명을 들었다. 우륵은 대가야 가실왕 때(신라 진흥왕 시기, 546~576) 삼한시대의 현악기와 중국의 악기 '쟁'을 참고하여 오동나무판 위에 12줄의 현을 양이두(羊耳頭)에 걸고 안족(雁足)을 받쳐 가야금을 만들었다. 왼 손가락으로 줄을 눌러 탄력을 조절하면서 오른 손가락으로 뜯으며 연주했던 〈가야금 12곡〉은 가실왕(일명 가보왕)의 명을 받아 여러 고을의 특징을 담아 우륵이 작곡했던 것이라고 한다.

그리고 가야금 공방에서 무형문화재 김동환 씨로부터 그 제작과정에 대하여 설명을 들었다. 울림판 오동나무는 30년 이상 자란 것으로 5년간 자연건조시킨 후, 중앙은 조금 두툼하게 대패질하고 인두로 지져서 무늬를 낸다. 밤나무나 호두나무로 만든 뒤판에는 해, 달, 구름 모양의 구멍을 뚫어 졸대로 울림판 밑에 붙인다. 12줄의 현은 30~80겹 가닥의 명주실로 굵기가 다르게 만들어 안족을 받쳐 연결하는데 수명이 한정적이라고 한다. 양이두가 없는 고구려의 거문고와 달리 처음에는 '가얏고'라고도 불렸던 당시의 가야금은 신라와 백제에 널리 퍼졌고 일본으로 건너가서는 '신라금(新羅琴)'으로 알려졌다고 한다. 정악가야금에 비하여 19세기 말부터는 양이두가 없는 것으로 변형된 산조가야금이 만들어져 보급되었고 지금은 18, 21, 25현의 가야금도 많이 연주되고 있단다.

지하에 묻힌 대가야문화

대가야가 쇠퇴하여 멸망할 무렵 551년 우륵은 가야금 하나만을 들고 신라에 망명하여 하림성에서 진흥왕의 악사가 되었다. 대가야에서 작곡한 〈가야금 12곡〉의 곡조가 단정하지 못하다는 평을 받은 후 보다 세련되고 말끔한 곡조를 작곡했다고 『삼국유사』에 기록되어 있다. 그 대가야의 12곡조는 현재 알 수 없지만 대가야의 지역적이고 민속적이면서 원시적이었던 것으로 추측된다고 한다. 그러나 1500여 년 전에 '가야'라는 나라는 망해 없어졌지만 우륵은 조국의 이름을 빛내는 '가야금'이라는 악기를 후세에 남겼던 것이다.

'대가야 왕릉의 출현'이라는 주제의 전시를 하고 있는 대가야박물관을 관람하였다. 고령(高靈)은 1600여 년 전 대가야의 옛 도읍지였다. 가야의 건국은 가야산신과 하늘의 천신 사이에 두 아들이 났는데, 첫째인 이진아사왕은 서기 42년에 대가야를 세웠고, 둘째 수로왕은 금관가야를 세웠다. 또 다른 설화는 하늘에서 내려온 6개의 황금알에서 동자가 깨어나 6가야(금관, 아라, 고령, 성산, 대·소가야)를 세웠다는 것이다. 6가야의 연합체는 그 후 금관가야가 제일 먼저 신라에 병합되어 김유신과 같은 장군이 나왔다. 대가야는 백제와 신라 사이에서 우호와 적대관계를 유지하면서 서쪽으로는 순창, 남으로는 순천 그리고 북으로는 진안·무주까지 땅을 넓혔다. 대가야는 400년경을 전후하여 야로지역의 철산지를 확보하며 강력한 철제무기와 농업을 발전시켜 당시 6가야를 주도하는 대가야를 형성하였다. 대가야는 562년 16대 도설지왕 때 신라에 정복당하였고 757년 '고령'이라는 이름으로 불리게 되었다.

대가야의 순장고분

고령의 지산동고분군은 대가야 왕릉이 조성된 초기의 유적이다. 2007년에 발굴된 73호 고분은 내부가 나무덧널로 이뤄진 대형 봉토 순장(殉葬)고분으로

대가야박물관 | 대가야의 역사와 순장묘에서 발굴한 자료들을 전시해 놓았다

1,700여 점의 출토품에서 대가야의 독특한 문화를 엿볼 수 있었다. 대가야의 순장덧널은 으뜸덧널의 좌우에 그리고 딸린덧널들이 옆에 만들어졌다. 으뜸 덧널 속에는 왕과 함께 3명이 순장되었는데 금동관과 금귀고리가 출토된 점 으로 보아 왕의 첩이나 시녀로 추정된다고 한다. 순장덧널에는 창고지기나 재 산관리자로 남성과 여성도 있었다. 이 끔찍했던 순장제도는 502년에 사라졌 지만 그 개념은 토용을 부장하는 방법으로 이어졌던 것이다. 그리고 여러 분 묘에서 출토된 수많은 토기와 장신구 그리고 큰 칼과 쇠창, 쇠화살촉 등 많은 철기들은 땅속에 묻혀 있던 대가야의 철기문화를 대변해 주었다. 고령의 가야 문화는 경주의 신라문화와 안동의 유교문화와 함께 족히 경북의 3대 문화로 평가받고 있다고 한다.

우리는 대가야의 왕족과 귀족들의 사후 안식처였던 지산동고분군으로 올라 갔다. 주산(해발 300m) 자락에 늘어선 무려 700여 기의 고분군은 지금 유네스 코 세계문화유산으로 등재 신청 중이라고 한다. 35명 이상의 순장자들이 함께 묻힌 44호 고분을 지나 산등성이에 오르니 대가야의 왕궁이 있었던 고령읍내 가 한눈에 내려다보였다. 1500년 전 대가야의 계세(繼世)사상의 장례 모습이

환상으로 다가오는데 고분에 피어 있는 몇 포기 패랭이꽃이 순장자의 원혼인
양 바람에 흔들린다.

김 작가는 『현의 노래』 책에서 순장의 모습을 아래와 같이 묘사하였다.

> 순장자들은 울지 않았다. 능선 위에서 순장자들은 신분에 맞는 의관과 장신구
> 를 갖추고 도열해서 두 번 절하고 왕의 상여를 맞았다. 왕들의 죽음은 종잡을 수
> 없었다. 왕들은 어려서 죽거나 늙어서 죽었고, 갑자기 죽거나 천천히 죽었다. 순
> 장자들 중에는 자원한 자들도 있었고 징발된 자들도 있었지만, 이제는 파뿌리처
> 럼 늙어버린 지밀중신이나 어린 왕의 똥을 받아내고 토한 젖을 닦아내던 늙은 유
> 모나, 늙은 왕의 살을 주무르던 젊은 시녀들은 자원도 징발도 아닌 채 저절로 순
> 장에 포함되었다.
>
> 왕을 장사 지낼 때마다 순장자들은 출상 전날 밤에 능선 위 묫자리에 모여 각자
> 의 구덩이 앞에서 밤을 새웠다. 어른 키만한 토기향로에서 향이 타올랐다. 그런
> 밤에 그들은 밤새도록 인기척을 내지 않았다. 풀벌레 소리가 어둠 속에 가득 찼고
> 교미하는 뱀들이 가랑잎 속에서 버스럭거렸다. 달과 별은 맑았고 바람은 소슬했
> 으며, 능선 아래쪽 대궐 주변의 관아와 그 너머 민촌에는 밤새도록 관솔불이 켜져
> 있었다.

선인들의 흔적을 되새기며

우리는 박물관 강당에서 곽용환 고령군수를 비롯하여 지역 문인들과 함께
『현의 노래』 낭독회에 이어 군수로부터 쌀 선물도 전달받았다. 그리고 김 작
가는 '인문학이란 자연이나 역사 등을 통해 자기를 반성하고 생각하는 일'이
라면서 '대가야의 고대문명은 불교나 유교 이전의 우리 삶의 원형'이라고 했
다. 철제투구와 무기를 만드는 대장장이와 가야금을 만드는 음악인이 바로 이
웃에 살면서 전쟁과 예술의 공동세계를 이루었던 이미지를 살려 『칼의 노래』
에 이어 『현의 노래』를 쓰게 되었다는 것이다.

박물관에는 지역 출신으로 조선 초기의 문신이자 성리학자인 점필재 김종직 (1431~1492)의 생애와 학문세계에 관해서도 전시해 놓았다. 김종직은 조선 초기 사림파의 거두로 문하에 수많은 인재들을 배출하였다. 그가 함양군수로 있을 때 그 고장에 나지도 않는 차 공물 때문에 고역을 당하는 백성들을 위하여 관청에서 차밭을 일구어 재배하도록 하였다. 그의 선비정신은 아래의 시에서도 엿볼 수 있다.

남아는 도를 근심하지, 가난을 근심하지 않으며 / 괴로움을 삭이고 즐거이 받아들여
기꺼이 도를 즐기는 선비가 되니 / 인빈으로 들어가는 자유의 몸일러라
여름에는 숲을 즐기고 겨울에는 한 잔의 술을 즐기며 / 종이 위 공명은 남들에게 주고
자진의 곡구와 장후의 삼경에서 / 아름다운 규범으로 후세를 열리라
(男兒憂道不憂貧 休把酸辛費受辛 樂道方成快活士 安貧始作自由身
林間伏臘唯耽酒 紙上功名却付人 谷口子眞三徑詡 芳規贏得後來伸)

개실마을 한옥스테이

우리는 '밥향기'에서 고령의 특식인 대가야 진찬으로 저녁을 먹은 후 점필재 종가마을인 개실마을로 가서 한옥스테이를 했다. 나는 선산(일선) 김씨 점필재의 17대손이라는 신안댁에서 하룻밤을 머물면서 주인이 차려온 주안상을 앞에 놓고 점필재의 학문과 업적에 대하여 여러 가지 대화를 나누었다.

아침 일찍 일어나 점필재 종택인 도연재(道淵齋)를 위시하여 20여 호의 일선 김씨 한옥집성촌을 둘러보았다. 이곳은 무오사화 때 화를 면한 그의 5대손들이 할머니의 고향인 이곳 개실마을(開花室)에 들어와 350여 년간 정착해왔다고 한다. 현재는 합가1리의 전통한옥 14동을 개량하여 한옥체험 장소로 활용하고 있었다. 문충세가(文忠世家)라는 현판이 붙은 점필재 종택에는 종손이 살고 있었으며 사당 앞 공간에는 그의 업적과 학문사상에 대한 안내판을 설치해 놓았다. 고령에 와서 대가야의 우륵도 만났지만 의외로 개실마을에서 민박하면서 점필재 종택을 구경할 수 있었던 것은 행운이었다.

조선 중기 남명 조식(1501~1572)은 이곳 지산리에 낙향하여 살고 있는 손아

지산동 순장고분군

래 매부인 월담 정사현을 찾아왔다가 고분군을 보고 "산 위에 저것들이 뭐꼬?"라고 했다니, 그때까지만 해도 가야고분군은 알려지지 않았던 모양이다. 일제 강점기 때 일본학자들이 고분 11기나 발굴하여 출토품을 가져갔는데, 해방 후에는 모두 434기가 발굴됨으로써 순장묘의 실체를 비롯하여 대가야의 역사문화가 세상에 드러나게 되었던 것이다.

조식은 그 감회를 다음과 같은 시 「월담정(月潭亭)」에 남겨놓았다.

가야국 옛 무덤은 산 위에 이어지고 / 월기(지산리) 쓸쓸한 마을은 없는 듯 남았구나
어린 풀은 아롱아롱 봄기운이 한창인데 / 겨울이면 말랐다가 이듬해 그 혼 다시 돋네
(伽倻古國山連塚 月器荒村亡且存 小草斑斑春帶色 一年銷却一村魂)

개포나루와 탄금대

우리는 낙동강 지류의 개포(개경포)나루로 갔다. 대가야와 신라의 경계지였던 그곳은 옛날 곡식과 소금을 실어 나르던 배가 드나들었고, 사람들도 붐비었다. 또 이곳은 고려의 팔만대장경이 서해와 남해를 거쳐 이곳에서 가야산

해인사로 옮겨졌던 통로였다. 김훈 작가는 대가야의 월광세자가 신라 이사부의 군대와 마주하여 진을 치고 싸우다가 전사한 최후의 격전지라면서 『현의 노래』의 그 부분을 낭독해 주었다. 그리고 장기리 알터마을의 암각화를 둘러보았다. 연대는 알 수 없지만 태양을 뜻하는 동심원과 신을 상형화한 신면형(神面形) 즉 도깨비 얼굴이 그려져 있는데, 풍요와 다산을 기원하는 주민들의 제사 장소로 해석한단다.

돌아오는 길에 들른 충주의 탄금대는 신라에 귀화하여 낭성에 살던 우륵을 진흥왕이 이곳 국원에 자리 잡고 살도록 했던 곳이다. 우륵이 제자들에게 가야금을 가르치다가 쉬었던 곳이라 하여 금휴포구(琴休浦口)라고도 불렀는데, 이곳에는 한강의 용신에게 제사를 지내던 '양진명소'도 있고 임진왜란 때 신립 장군이 배수진을 치고 싸웠던 '열두대'도 있다.

시원한 강바람을 쐬면서 탄금정 난간에 둘러앉아 이번 탐방의 마지막 행사로 낭독의 시간을 갖고 '가야산성'이라는 4행시 작품을 발표하였다.

　가, 가야 고을에서 사명으로 살아온 우륵인데
　야, 야속한 운명으로 신라 하림궁의 악사가 되었으니
　산, 산산이 흩어진 가야금 열두 곡조는
　성, 성스런 순장자의 마음 따라 가야고분에 묻혀있나

고령 탐방을 통하여 땅속에 숨겨져 있던 우리나라 고대의 토기와 철기유물들을 접하면서 가야의 역사와 문화에 대하여 새로운 인식을 갖게 되었다. 우리나라의 역사에서 '3국시대'를 이제는 대가야를 포함하여 '4국시대'로 바꾸어야 한다는 주장도 일리가 있는 것 같았다. 그리고 역사의 현장을 배경으로 소설을 만들어 내는 작가의 탁월한 능력이 존경스러웠다. '길 위의 인문학' 재미를 또다시 진하게 느낄 수 있었던 탐방이었다.

금강따라 흘러간 백제의 꿈

국립중앙도서관에서 주관하는 이번 '길 위의 인문학' 탐방은 공주와 부여에서부터 시작되었다. '금강의 향기, 서해의 꿈을 찾아서'라는 주제로 국민대 박종기 교수와 함께 충남 내포지역의 역사문화까지 둘러보았다.

백제 도읍지의 유적

우리는 64년 동안 백제의 왕궁이었던 공산성을 찾아갔다. 백제는 기원전 18년에 한강변의 위례성에서 건국한 후 475년 문주왕 원년에 웅진(지금의 공주)으로 옮겨갔다가 538년(성왕 16년)에 사비(지금의 부여)로 다시 도읍을 옮겼다. 공산성은 백제 때 웅진성, 고려 때에는 공주산성이었으나 조선 인조 이후에는 쌍수산성이라 했다. 성곽뿐 아니라 여러 누정들을 정비해 놓은 공산성은 문화해설사의 설명대로 1500년간 수많은 백제의 역사들을 간직하고 있었다. 공주는 고려 현종에 이어 조선시대 이괄의 난 때 인조가 피란왔던 곳이다. 인절미와 쌍수정(雙樹亭)의 유래는 인조가 5박 6일간 이곳에 피란왔던 사연에서

곰나루의 웅신단 | 그 옆에 웅신단비가 있다

시작되었다고 한다.

공주 곰나루의 전설

우리 일행은 옛날 웅진의 교통로였던 금강의 곰나루(고마나루)로 나갔다. 제사를 올리던 '웅신단(熊神壇)' 뜰에 둘러앉아 박 교수로부터 금강 즉 곰강의 웅녀(熊女)에 관한 전설을 들었다. 연미산에 살던 웅녀와 어느 나무꾼과의 사이에 두 아이가 태어났다. 나무꾼이 도망을 간 후 웅녀는 아이들과 함께 금강에 빠져 죽었다는 슬픈 사연이 있어 이곳이 곰나루 즉 웅진(熊津)이 되었다고 한다. 그 후 이곳은 '웅주'라 불리면서 백제역사의 중심부가 되었다.

이날 때마침 최광식 전 문화체육부 장관이 백제역사의 해설자로 곰나루에 나왔다. 그는 우리나라 고대사를 전공한 고려대 교수였고 국립박물관장을 거쳐 장관이 된 분이다. 그는 서울(한강)이나 평양(대동강) 그리고 고구려의 집안(압록강)과, 부여의 길림(송화강)과 마찬가지로 공주는 금강으로 둘러싸인 행주형(行舟形) 도시라고 한다. 강(江)이라는 한자도 하늘과 땅을 물로 연결지어주는 자연이라고 설명한다. 고대로부터 강은 충적토를 형성하여 사람들이 작물을 경작함으로써 인류의 문명이 발달하게 된 모태라고 설명한다.

백제 또한 한강변에서 500년, 금강의 웅진에서 64년, 사비에서 100여 년을 보냄으로써 우리나라 5국(부여, 고구려, 신라, 백제, 가야) 중 강을 가장 많이 차지했던 나라였던 것이다. 백제의 꿈은 바다로 향하는 금강(錦江, 비단강)과 함께 발전되었지만 천 년을 채우지 못하고 그 꿈은 금강을 따라 일본으로 건너갔다고 한다. 최 전 장관은 나태주의 「금강가에서」라는 시를 읊어주었다.

> 비단강이 비단강임을 / 많은 강을 돌아보고 나서야
> 비로소 알겠습디다 / 그대가 내게 소중한 사람임을
> 더 많은 사람들을 만나고 나서야 / 비로소 알겠습디다
> 백 년을 가는 / 사람 목숨이 어디 있으며
> 오십 년을 가는 사람 / 사랑이 어디 있으랴……
> 오늘도 나는 / 강가를 지나며 / 되뇌어 봅니다

부소산성 낙화암

국립부여박물관에서 백제금동대향로의 진품을 구경한 후 사비문에서 2km의 소나무 산길을 따라 부소산성 낙화암 백화정까지 올라가니 백마강에서 불어오는 바람이 시원하였다. 산자락에 세워진 「부여」 시비가 사라진 백제의 왕도를 회상시켜 주었다.

> 따뜻한 봄날에 동무들과 / 백제의 옛 서울 찾았더니
> 무심한 구름은 오락가락 / 바람은 예대로 부는구나
> 부소산 얼굴은 아름답고 / 우는 새 소리도 즐겁도다
> 성지(城趾)는 지금도 / 반월(半月)이란 / 이름과 한가지 남아 있다
> 백마강 맑은 물 흐르는 곳 / 낙화암 절벽이 솟아 있는데
> 꽃처럼 떨어진 궁녀들이 / 길고 긴 원한을 멈췄으리

국민대 박 교수는 백제의 마지막 왕인 의자왕이 삼천궁녀를 거느리고 호화

생활을 하다가 나라가 망했다는 것은 사실이 아니고 삼천궁녀가 낙화암에서 떨어져 죽었다는 얘기도 정사의 기록이 아니라 구전이 사실화된 얘기라고 일러준다. 그리고 나 · 당 연합군에게 쫓긴 백제사람들은 궁녀뿐 아니라 귀족부터 평민에 이르기까지 낙화암에서 몸을 던졌을 것이고, 그중 살아남은 이들은 고란사나루터에서 쪽배에 옮겨 타고 하류의 구드래나루로 가서 산중으로 또는 해외 일본으로 건너갔을 거라고 한다.

근초고왕(346~375)시대에 가장 융성했던 백제는 고구려의 공격으로 한강변 하남성에서 밀려 내려와 금강을 해자로 삼아 천연요새인 웅천으로 천도하였다. 그러나 그곳은 경작지가 좁아 또다시 사비로 옮기면서도 금강을 떠나지 못했었다. 그 이유는 금강을 통하여 서해 건너 중국의 한나라문화를 받아들일 수 있었고 또 뱃길을 통하여 일본과의 교역을 왕성하게 할 수 있었기 때문이었다.

백제의 꿈은 사라지고

백제는 해외로 향한 꿈이 컸던 해양국가였다. 그러나 그 꿈은 나 · 당 연합군에 의해 낙화암의 비운과 함께 짓밟혔고 그 후예들은 다시 후백제를 세웠으나 꿈을 되살리지 못하였다. 춘원 이광수도 이곳에 와서 「낙화암」이란 시로 그의 심경을 피력했었다. 여기 사자수는 사비강, 백강, 백촌강과 함께 백마강의 다른 이름이라 한다.

사자수 내린 물에 석양이 빗길 제 / 버들꽃 날리는데 낙화암이란다
모르는 아이들은 피리만 불건만 / 맘 있는 나그네의 창자를 끊노라
낙화암 낙화암 왜 말이 없느냐

부소산 낙화암에서 고란사로 내려가니 백마강 물은 어느 노랫말처럼 맑고 푸르지는 않았지만 꽤 많은 수량이라 보트놀이하는 관광객들이 많았다. 우리 일행도 유람선에 올라 석양을 받으며 구드래나루로 향하는데 스피커에서 〈꿈꾸는 백마강〉 옛 노래가 흘러나온다. 박 교수가 목청을 높여 노래를 부르니 모두가 손뼉을 치며 따라 불렀다.

낙화암 백화정 | 백제와 금강의 역사에 대하여 최 전 장관이 설명한다

백마강 달밤에 물새가 울어 / 잊어버린 옛날이 애달프구나
저어라 사공아 일엽편주 두둥실 / 낙화암 그늘 아래 울어나 보자

백제의 꿈은 금강따라 흘러간 지 오래되었고 백마강 낙화암의 전설도 애달
픈 노랫소리와 함께 허공으로 퍼져 흩어졌다. 구드래나루에는 나룻배와 함께
식당과 유흥시설이 갖추어져 있었다. 이 나루는 건너편 왕진나루와 함께 옛날
에는 백마강(금강)의 백제(부여)나루터로 수많은 인마와 온갖 문물의 통로였던
곳이다. 구드래나루는 그때 고구려나 신라는 물론 중국과 일본에까지 통하는
길목으로 백제의 꿈을 실어 날랐던 곳이다. 그래서 지금도 일본에서는 백제를
'구드래' 라고 부른다고 한다.
육지의 길처럼 강은 바다로 향하는 문화교류의 통로이다. 그 교류의 장은
나루터이고 나루터에서의 인적교류야말로 인간의 삶의 현장이라 할 수 있다.
나의 호가 청강인 것처럼, 내가 살아오면서 만났던 사람들과의 관계가 나의
인생이었다. 그래서 나는 희수년에 생활기를 엮은 책의 제목을 『청강의 나루
터 이야기』라고 했던 것이다.

백마강 구드래나루터 | 이곳을 통하여 백제는 외국과 문물을 교환했다

충남내포의 역사문화

우리는 보령·청양 등지의 내포문화권의 역사인물을 찾아 길을 나섰다. 보령의 해안도로를 따라 토정 이지함의 가족묘에 들렀다. 1517년 보령에서 태어난 이지함은 목은 이색의 6대손인데, 맏형 이지번에게서 글을 배웠고 그 후 선조 때에는 동인 중 북인의 영수였던 조카 이산해를 가르쳤었다. 이 가문의 역대인물들과 그 후손들이 한데 묻혀 있는 묘역은 소박하면서도 다정스럽게 느껴졌다. 박 교수는 숙종 때 그의 현손인 이정익이 이지함의 유고를 모은 『토정유고』에 「토정비결」에 관한 글이 포함되어 있지 않은 것으로 보아 『토정비결』은 이지함의 작품이 아니라, 19세기 후반 어느 사람이 그의 명성을 빌려 쓴 책이라고 설명해 주었다.

충청수영의 영보정

탐방단은 보령시 오천면 소성리에 있는 충청수영(忠淸水營)터를 방문하였다. 그곳은 1509년(중종 4년) 수군절도사 이장생이 서해를 통해 침입해오는 왜적

오천항의 충청수영터

을 감시하고자 쌓은 성인데 1896년 고종 때 폐영되었다. 오천항(鰲川港)의 바닷물로 3면이 둘러싸여 있는 지형도 절경이었지만 이곳에 있던 영보정(永保亭)의 경치에 대한 찬사는 여러 문객들의 시로 남아 있다. 다산 정약용도 1795년(정조 19년)에 청양의 금정찰방으로 좌천되어 5개월 동안 머물면서, 백제의 고도인 부여와 공주를 위시하여 광천과 보령지역을 유람하며 이곳에 들러 다음과 같은 시 「등영보정(登永保亭)」을 남겼다.

바다 옆 성곽에는 붉은 누각이 서 있고 / 주렴 가득 가을빛은 쓸쓸하기 그지 없네
보름달과 함께 밀물은 빈 골짜기로 몰려들고 / 섬은 찬 구름을 이고 멀리 떨어져 있네
이함이 살던 옛집에는 스님 혼자 머무르고 / 박은이 남긴 명구는 기생들도 전해주네
만 리 멀리 물결 너머 어디로 가려는가 / 모래밭의 장사배를 한가로이 바라보네
(城上朱樓積水邊 一簾秋色澹簫然 潮携滿月趨空壑 島綴寒雲落遠天
李菡舊居僧獨住 朴誾佳句妓猶傳 煙波萬里將何適 閒看沙汀沽客船)

우리들은 천수만의 입구 오천항이 내려다보이는 충청수영의 고목 느티나무

아래 진휼청(賑恤廳) 앞마당에 모여앉아 '공주보령' 시제의 4행시 우수작에 대한 발표회를 갖었다.

공, 공기 맑고 새싹이 푸른 인문학 나들잇길에
주, 주렁주렁 이어지는 곰나루 구드래나루 옛이야기들
보, 보며 들으며 느껴지는 백제의 천 년 꿈은
령, 령(嶺)넘어 서해로 금강따라 말없이 흘러갔네

백제 영혼들의 안식처

우리 탐방단은 청양군 화성면에 있는 조선 영·정조 때 명재상이던 채제공(1720~1799)을 봉안한 상의사(尙義祠)에 들렀다. 그리고 성주산 남쪽 기슭에 있는 '구산선문(九山禪門)'의 하나인 성주사(聖住寺)를 찾아갔다. 백제 때 전사한 군사들의 영혼을 모셔 오합사(烏合寺)라 했다는데 그래서 오서산(烏棲山)을 위시하여 이 지역에는 오석이 많이 나는 모양이다.

신라가 삼국을 통일한 후 822년 김헌창의 난이 평정되자 태종무열왕 8대손인 낭혜선사는 당나라에 갔다가 돌아와 이 절을 중창했다고 '낭혜화상백월보광탑비(朗慧和尙白月葆光塔碑)'에 새겨져 있는데 이 비문은 최치원의 사산비명(四山碑銘) 중의 하나라고 한다. 무열왕의 후손이자 강릉 김씨 시조 명주군왕의 아들인 김헌창이 옛 백제땅을 중심으로 장안국(長安國)을 세웠던 역사의 현장을 확인해 볼 수 있었다.

이번 탐방의 마지막 코스로 칠갑산 장곡사에 들렀다. 자연지형에 맞추어 건물마다 기초높이를 다르게 건축한 통일신라 때의 소박한 사찰 경내가 특이하였다. 충청남도의 구석구석을 찾아가본 이번 탐방은 금강을 따라 발전되었던 백제의 꿈을 살펴볼 수 있어 매우 감명 깊었다.

삼국유사의
경주 이야기

경주 탐방에 앞서 계명대 이종문 교수는 '경주, 감동이 밀려오는 삼국유사의 땅'이란 주제로 사전강의를 해주었다. 『삼국유사』는 일연스님에 의하여 1284년부터 편찬된 책이다. 5권 2책 중 1,2권은 건국의 시조와 왕들의 사적 그리고 3국의 역대 왕들의 계통을 기술한 역사서이고, 3,4,5권은 불교에 관한 법전으로 사찰과 탑, 고승들의 사적과 여러 승려들의 사상과 이적 등을 기술하였다.

이야기창고, 삼국유사를 만나다

신라문화가 꽃핀 경주
김부식이 1145년에 저술한 『삼국사기』가 역사의 정사를 기술한 책이라면 『삼국유사』는 숭화(崇華)사상을 배격하는 역사관에 입각하여 썼고, 많은 민속적인 설화와 전설을 포함하는 야사와 같은 책이기에 '이야기창고'라고 한다는 것이다.

『삼국유사』 이야기 중에 이 교수가 우선 소개한 얘기는 계림과 경주향교에 관한 것이었다. 서기 60년에 월성의 서쪽 마을 즉 계림(鷄林) 또는 시림(始林)에서 밝은 빛이 비추고 흰 닭이 울고 있었는데, 황금궤짝에서 발견된 아이가 경주 김씨의 시조인 알지(閼智)였다. 왕이 태자로 삼았으나 알지는 왕위를 사양하였고 그의 7대손인 미추왕(261~284)이 박씨와 석씨에 이어 김씨로는 처음으로 신라의 13대 왕이 되었다. 그 이후 경주 김씨가 제17대 내물왕(356~402)에서부터 51대 진성여왕(887~897)까지 이어가면서 3국을 통일하고 찬란한 신라의 불교문화를 이룩하였으나 56대 경순왕(927~935)을 마지막으로 천년사직이 끝났던 것이다.

계림의 바로 옆에 있는 경주향교는 조선시대의 유적이라고 생각하겠지만 그곳은 '신라 10현(新羅十賢)' 중 한 사람인 설총(薛聰)이 태어난 요석궁(瑤石宮) 터였다. 원효대사(617~686)가 어느 날 미친 사람처럼 거리에서 "누가 내게 자루 없는 도끼를 다오. 하늘을 지탱할 기둥을 만들도록" 라고 부르짖었다. 무열왕은 이 스님이 아마도 "귀한 여인을 얻어 어진 아들을 얻고자 하는구나" 라고 생각하고 그때 과부가 된 요석공주가 살고 있던 요석궁으로 원효를 들이도록 했다. 원효는 그 뜻을 미리 알고 남산에서 내려와 문천교를 건너다 일부러 물에 빠졌다. 궁궐관리가 요석궁에 들어가 옷을 말리도록 했는데 그 후 공주는 임신하여 설총을 낳았다.

바로 이 요석궁 자리가 고려의 교육기관인 향학이 있던 곳이고 이어서 조선의 향교가 자리 잡았다. 일연의 『삼국유사』에 의하면 고려의 향학이 있던 이곳은 682년 신라 신문왕 2년에 교육기관이었던 국학(國學)이 설립된 곳이다. 우리나라 최초의 대학은 372년 고구려 소수림왕 2년에 설립한 태학(太學)이지만, 신라의 삼국통일에 의하여 신라의 국학이, 그 다음에는 고려의 향학(鄕學)으로 이어져 조선의 향교(鄕校)로 발전했다는 것이다.

지금 경주향교 옆에는 세속의 변화에 따라 요석궁이라는 음식점이 있지만, 그 옆에 있는 경주 최부잣집 육훈(六訓)의 교훈과 항일정신은 바로 신라의 국학에서 비롯된 문화정신으로 이어지는 것이라고 한다.

분황사터에 남아 있는 석정과 모전석탑

신라의 호국사찰

분황사(芬皇寺)는 634년(선덕여왕 3년) 호국의 정성으로 세워진 신라 7대 사찰 중 하나이다. 그러나 천 년의 왕국이 무너진 후 몽골의 침략과 임진왜란으로 완전히 파괴된 절터에는 돌을 벽돌처럼 다듬어 세운 3층모전석탑과 호국의 용이 산다는 석정(石井), 그 외 흩어진 석물 몇 가지만 황량하게 남아 있었다. 함께 동행한 한양대 고운기 교수는 분황사가 '원효의 절'이라고 할 만큼 스토리텔링의 자료가 많다고 한다.

신라 불교의 대선사였던 원효대사는 의상과 함께 당나라에 갔던 뒷얘기도 많지만, 원효가 죽자 아들 설총은 유해를 잘게 부숴 아버지의 얼굴 모양, 소상 (塑像)을 만들어 분황사에 모셨다. 설총이 예불을 드리자 소상이 머리를 돌려 아들을 향했다고 한다. 세상을 호령했던 원효도 파계승의 아들이라는 꼬리표를 붙여 홀로 남겨둔 아들에 대하여 평범한 아버지의 애틋한 정을 보여주었던 설화라 하겠다.

또 분황사에는 35대 경덕왕(742~765) 때 희명(希明)이라는 여인이 있었는데 5살 된 자식이 시력을 잃게 되었다. 어미는 아이를 안고 분황사 왼쪽 전각의 북쪽 벽에 그려진 천수관음상(千手觀音像) 앞에 가서 아래와 같은 「천수대비가(千手大悲歌)」를 지어 부르며 기도한 끝에 눈을 뜨게 했다는 얘기이다.

> 무릎이 헐도록 두 손바닥 모아 / 천수관음 앞에 빌고 비나이다
> 일천 개 손 일천 개 눈 / 하나를 놓아 하나를 덜어
> 둘 다 없는 내라 / 한 개사 적이 헐어주시려는가
> 아, 나에게 끼치신다면 / 어디에 쓸 자비라 이보다 큰고

천수대비는 천 개의 눈과 천 개의 손을 가지고 세상을 두루 살피며, 어두운 곳에 손길을 내민다는 관음보살이다. 눈 먼 아이를 안고 절박한 마음으로 부처님의 자비를 간구했던 모정은 불심만큼이나 컸던 것이다. 천수천안대비상(千手千眼大悲像)이 그려져 있었다는 분황사의 왼쪽 전각은 없어진 지 오래고 깨어진 기왓장들만 흩어져 있었다.

황룡사는 553년(진흥왕 14년)에 시작하여 17년 만에 완성하였다. 574년 인도의 아소카왕이 철 57,000근과 금 3만분으로 삼존불상을 만들려던 뜻이 이루어지지 못하자 그 자재를 신라로 가지고와 584년(진평왕 6년)에 5m가 넘는 장육존상(杖六尊像)을 모시는 금당을 지었다. 그로부터 60여 년 뒤 외적의 침입을 막기 위해 643년(선덕여왕 12년)에 자장율사의 권고로 9층목탑을 세우기 시작하여 645년에 완공되니, 황룡사는 명실상부한 신라의 최대 사찰이 되었다.

황룡사종은 그로부터 다시 120여 년이 지난 754년 35대 경덕왕 때 만들어졌으니 신라의 문화콘텐츠인 장육존상, 9층탑, 신종 등이 만들어지는데 200여 년이 소요되었던 것이다. 그 후 신라가 3국을 통일하여 전성기를 누리며 만방에 권위를 떨쳤으나 1238년(고종 25년) 몽고의 침입으로 신라의 문화는 모두 불타 없어졌다.

우리는 금계국이 만발한 황룡사터 한가운데 금당의 장육존상 기단에 걸터앉아 사라진 신라의 옛이야기를 들었다. 솔거의 금당벽화 얘기는 오랜만에 듣는 이야기였고 9층석탑의 위용은 상상하기 쉽지 않았다. 저 멀리 산으로 둘러싸여 있는 경주분지의 중앙에 세워진 분황사─황룡사 금당─9층목탑은 반월

감은사 터에 남아 있는 3층석탑

성을 옆에 두고 남산을 향해 일직선으로 배치되어 있었다. 고 교수는 신라가 삼국통일 후에 수도를 국토의 중앙지역으로 옮기지 못했던 이유도 이와 같이 아름답고 웅장하게 설계 건축했던 왕도에 대한 애착이 너무 컸기 때문일 것이라고 하였다.

신라왕조를 지켜낸 군주들

죽어서도 나라를 지킨 문무왕

다음은 감은사(感恩寺)와 대왕암 수중릉(水中陵)으로 향했다. 덕동호반을 끼고 추령터널을 지나니 동해바다가 내다보이고 좌측 길옆에 두 개의 3층석탑이 나타났다. 문무왕은 삼국통일을 이룩한 후 왜구의 침입을 막기 위해 이곳에 감은사를 세웠으나 완공하기 전에 죽고 아들인 신문왕이 그 뜻을 이어받아 완성하였다. 문무왕은 "내가 죽으면 바다의 용이 되어 나라를 지키고자 하니 동해의 대왕암에 장사지내라"고 하였다. 그 은혜에 감사한다는 뜻으로 감은사라 했다는데 지금은 두 개의 3층석탑만 남아 있었다. 그 날렵하면서도 장중한 석탑의 모습만으로도 신라의 3대 호국사찰(황룡사, 사천왕사, 감은사)의 역사적 의미를 알 수 있을 것 같았다.

감은사의 금당 자리를 개발하여 노출된 주춧돌에 둘러앉아 고 교수로부터 『삼국유사』에 기록된 전설 같은 얘기를 들었다. 문무왕은 바다의 용이 되어 대종천(大鐘川)을 따라 올라와 용소를 거쳐 감은사의 금당 동쪽의 주춧돌 밑의 구멍을 통해 왕래하였다고 한다. 대종천의 이름은 몽고인들이 황룡사의 종을 추령을 넘어 바다로 반출하려고 했다는 전설에서 생겼다는 얘기도 해주었다.

하얀 파도가 밀려오는 동해 바닷가로 나가 대왕암을 바라보면서 고 교수의 얘기는 계속되었다. 신문왕이 바닷가에 나가서 받았다는 『삼국유사』의 만파식적(萬波息笛) 이야기였다. 이 피리를 불면 적병이 물러나고, 병이 치료되며, 가뭄에는 비가 오고, 홍수 때는 하늘이 맑아지고, 바람이 자고 파도가 잔잔해 진다는 것이다. 무열왕에 이어 3국을 통일한 후 나라를 지키고자 평생을 바친 문무왕이 왕권의 강화를 위하여 신문왕에게 주었다는 이 피리 얘기는 『삼국유사』의 「기이(紀異)」편에 세 군데나 나온다고 한다. 신문왕이 용을 보았다는 이견대(利見臺)를 바라보면서 문무왕이 보여주었던 신라 호국의 의지를 상상해 보았다.

진평왕릉과 흥덕왕릉

우리는 26대 진평왕릉으로 향했다. 경주시내에 뭉쳐 있는 대원릉이나 고분공원의 능과는 달리, 진평왕릉은 보문동 들판에 외따로 나무 숲속에 가려져 있었다. 신라 전성기의 초반에 54년이라는 최장수 재위기간 동안 복잡다난했던 삶과는 달리 그 왕릉의 모습은 부드럽고 평화로워 보였다.

진평왕은 24대 진흥왕의 손자인데 진흥왕은 두 왕자(동륜과 금륜)를 두었다. 『삼국사기』와 『화랑세기』에 의하면 태자인 동륜이 부왕의 후궁인 보명궁을 사모하여 월담하다 개에 물려 죽었다. 금륜이 25대 진지왕이 된 지 4년 만에 폐위되고 동륜의 아들은 아버지의 사망으로 빼앗겼던 왕위를 13살 때인 579년에 다시 찾아 26대 진평왕이 되었다.

진평왕릉

　나이 어린 진평왕은 할머니 사도부인이 수렴청정을 했고, '미실'이라는 여장부가 신라의 왕정을 주무르고 있었다. 사실은 금륜이 진지왕이 된 것이나, 진지왕을 폐위시킨 것도, 그리고 동륜의 아들을 진평왕으로 만든 것도 미실의 손에서 나온 작품이었던 것이다. 진평왕은 왕위에 오르자 두 동생(백반과 국반)을 활용하여 사도부인과 미실을 견제하고 '하늘이 내려준 옥대'로 왕권을 회복하였다고 『삼국유사』는 기록하고 있다. 왕권의 강화와 외세의 침략으로부터 신라왕조를 보호하기 위해 이 옥대와 함께 황룡사의 장륙존상과 9층탑을 건축하였는데 일연은 그 상징성을 『삼국유사』에 강조해 놓았던 것이다.

　진평왕은 왕위를 첫째 딸 덕만에게 물려주어 27대 선덕여왕을 만들었다. 둘째 딸 천명은 김춘추를 낳아 무열왕이 되었고, 셋째 딸 선화는 백제 무왕의 부인이 되었다. 아들없이 딸 셋을 두었지만 모두 왕의 반열에 올려놓았으니, 진평왕은 신라의 융성과 함께 성공한 삶을 살았던 왕이라 할 수 있다. 진평왕릉의 모습은 그러한 업적을 알고 나서 보니 권위가 있으면서도 부드러운 능선과 주변의 분위기가 더욱 평화스럽게 느껴졌다.

　버스를 타고 이언적의 옥산서원(玉山書院)이 있는 안강읍 육통2리 마을을 거

군위의 삼존석굴 | '팔공산 석굴암'이라고도 한다

쳐 흥덕왕릉에 다다르니 우선 울창한 소나무 숲이 예사롭지 않았다. 이리저리 비뚤어진 안강소나무들의 조화가 오히려 아름답게 보였고 왕릉의 운치를 높여주는 것 같았다.

이종문 교수는 흥덕왕릉은 신라왕릉 중에서 가장 잘 갖추어 놓은 무덤인데, 신라 후기에 오면서 교외로 나온 예 중의 하나라고 한다. 솔밭 서편에 남아 있는 커다란 귀부(龜趺)는 3m×4m 정도의 거북 모양이었다. 비석은 없어졌지만 무열왕비만큼이나 큰 비석 기단의 규모로 보아 흥덕왕비로 비정한단다.

40대 애장왕을 살해하고 41대 헌덕왕에 이어 왕위에 오른 흥덕왕은 장보고로 하여금 완도에 청해진을 설치하고 바다를 제패하였다. 흥덕왕이 많은 치적에도 불구하고 유약한 왕으로 기록된 것은 '앵무새사건' 때문이라고 한다. 즉 중국의 사신이 선물한 한 쌍의 앵무새를 길렀는데 암컷이 죽은 후 수컷은 거울에 비친 자기 모습을 보고 계속 쪼며 외로움을 달래다가 죽었다. 흥덕왕은 장화부인이 죽은 후 앵무새의 사랑을 생각하며 신하들의 권유를 뿌리치고 시녀들도 물리친 후 독신으로 계속 살았다. 죽으면 장화부인과 합장해달라는 유언에 따라 장화부인과 합장하여 흥덕왕릉은 일명 '장릉(章陵)'이라고 한단다.

삼국유사의 산실, 인각사

우리 일행은 영천시에 있는 은해사(銀海寺) 거조암(居祖菴)으로 갔다. 조계종의 시원이자 1190년 보조국사의 정예결사운동으로 한국불교의 정신사적 위상을 정립했던 영산전(靈山殿, 국보 제14호)을 둘러보았다. 그리고 군위군의 팔공산 절벽의 자연동굴에 만들어 놓은 석굴사원(국보 제109호)을 구경하였다. 이곳 아미타여래 삼존석굴은 경주 석굴암보다 50여 년 먼저 발견되어 제2 석굴암이라고도 하는데 불교미술사에 중요한 위치를 차지한단다.

마지막 코스로 우리는 군위군의 인각사(麟角寺)로 향했다. 인각사는 신라 선덕여왕 때 원효가 세운 절이다. 그 후 일연스님이 1284년(충렬왕 10년)부터 5년간 이곳에 머물면서 『삼국유사』를 저술했던 곳이다. 일연(1206~1289)은 경산 출신으로 8세에 출가하여 양양의 진전사를 비롯하여 여러 사찰을 돌며 운수(雲水)생활을 하다가 보각국사가 된 후 인각사에 들어와 『삼국유사』를 마무리 하고 이곳에서 입적하였다. 인각사는 정유재란 때 불타 없어졌고 보각국사 일연의 비는 왕희지의 글씨였던 까닭으로 임진왜란 후 민초들에 의하여 파손되었다고 한다. 파괴된 비신 일부만 남아 있는 모습이 처량하였고, 보각국사 정조지탑(普覺國師靜照之塔)이라는 글씨가 희미하게 보이는 부도탑은 사리가 유실된 채 지금 복원 중인 인각사 옆에 세워져 있었다.

이 탑은 원래 인각사의 건너편 일연의 어머니 산소가 마주 보이는 화산에 있었는데 수차례 이전되었다가 1962년 현재의 위치로 옮겨 왔다고 한다. 8세에 출가한 아들을 그리워하며 70년 동안을 홀로 사신 어머니를 생각하여 일연은 죽어서나마 어머니를 향해 묻히고 싶었던 것이다. 그런 것이 후일 보각국사가 되었으면서도 어머니를 그리워하는 인간의 모습이 아닌가 하는 생각이 들었다. 서울로 돌아오는 길에 '아, 일연'이란 주제의 3행시 우수작품을 발표하였다.

아, 아득한 옛날 신라의 숨겨진 역사 이야기가 궁금하여
일, 일연이 남겨놓은 삼국유사의 기록을 찾아 경주에 왔는데
연, 연이틀 헤매어도 곳곳에 묻힌 전설과 설화들은 끝이 없구나

이, 이른 봄날 인문학 탐방길에 찾아간 삼척의 두타산 천은사
승, 승방의 주인은 바뀌어도 칠백 년을 지켜온 동안거사의 제왕운기는
휴, 휴단(休斷) 없이 이어온 한민족의 역사를 화합시킨 뿌리였다네

문학작품의
배경을 찾아

영산강따라 피어난
인문학

　조선일보와 함께 하는 이번 '길 위의 인문학' 프로그램은 전남 장흥과 담양 그리고 광주 일원의 영산강유역을 탐방하는 코스였다. 주제는 '영산강에 흐르는 인문학의 물결'이었다. 조선대 사학과 이종범 교수가 사전강의에서 면앙정, 식영정, 환벽당, 소쇄원 등의 정자들을 소개하였는데, 모두 16세기 조선의 가사문학을 꽃피웠던 수많은 역사인물들의 요람이었다.

가사문학의 흔적을 찾아서

　특히 송강 정철의 「성산별곡」, 「사미인곡」, 「속미인곡」 등 수많은 시가들이 탄생했던 그곳은 내가 꼭 찾아가 보고 싶었던 곳이다. 더욱이 동국대 김갑기 교수와 함께 「관동별곡(關東別曲)」 동해안을 탐방하는 계획과 연계하여, 담양의 송강 가사문학의 흔적을 찾아본다는 것은 잘 맞아 떨어지는 기회였기 때문이다.
　호남고속도로의 백양사 입구에서 내장산으로 들어가는 길은 온통 단풍으로 물들어 있었다. 주변에는 단감과 대봉감의 주산지답게 빨간 감들이 주렁주렁

내장산 백양사의 쌍계루

매달린 감나무가 집 둘레는 물론 밭둑과 산기슭에까지 지천이었다.

영산강의 면앙정가단

노령산맥의 끝자락 백암산의 웅장한 백학봉 바위 아래 물들어 가는 단풍은 백양사 쌍계루와 함께 가을 운치가 절정에 이르렀다. 그래서 고려 말에는 삼봉 정도전, 목은 이색, 포은 정몽주 그리고 조선 중기에 와서는 하서 김인후, 사암 박순, 면앙정 송순 등의 많은 문인 정객들이 이곳에 찾아와 기문을 남기고 백양사의 풍광을 읊었다고 한다. 쌍계루에는 정몽주의 원문 편액과 함께 훗날 하서 김인후(1510~1560)의 차운 편액 「쌍계루경차포은운」이 걸려 있었다.

누각 위의 두세 승려 안면이 익은데
능력껏 전부터 내려온 법을 지키니 좋아라
청수의 간절한 요청을 절간이 전하면서
포은의 시구는 목은 어른의 값어치를 높였네
일찍이 듣건대 기문은 환암이 베꼈다는데

송순의 면앙정

이제 보니 수행자의 호는 우연히도 징이로군

아픈 몸 이끌고 느릿느릿 돌길을 지나다보니

봄바람은 소년시절 산에 올랐던 일을 저버리지 않았네

(樓頭識面兩三僧 持守前規喜爾能 絶潤言因淸叟懇 烏川句爲牧翁增

曾聞寫記庵爲幻 今見隨行號偶澄 扶病懶經頑石路 春風不負少年登)

　우리는 영산강의 발원지 가마골 용소로 향했다. 용추산에서 발원하는 이 물길이 호남일대 136km를 휘감아 도는 영산강의 시원이라고 한다. 늦가을의 기온 탓도 있겠지만, 6·25 당시 빨치산과 치열한 전투가 벌어졌고 빨치산 사령관의 동굴 등 전쟁의 흔적이 남아 있는 피의 계곡이라 그런지 서늘한 냉기가 밀려왔다.

　강을 따라 산굽이를 돌고 마을을 지나 내려오자니 이종범 교수는 "산은 사람을 가르고 강은 고을을 나눈다"고 한다. 담양읍내는 생각보다 넓은 평야에 자리 잡고 있었다. 죽세공으로 유명한 고을답게 울창한 대나무를 가꾸어 놓은 죽녹원을 바라보며 면앙정(勉仰亭)에 이르렀다.

면앙정은 대나무와 참나무 숲으로 에워싸인 제봉산 자락에 송순(1492~1582)이 건축한 정자이다. 중앙에 방을 두고 좌우에 마루를 배치한 면앙정에 앉아 주변을 둘러보니 언덕 아래의 오례천을 넘어 영산강이 흐르는 넓은 들판이 시야에 펼쳐진다. 송순은 '십 년을 경영하여 초려 한 칸 지어내니 / 반 칸은 청풍이요 반 칸은 명월이라 / 강산은 드릴 데 없으니 둘러두고 보리라'라는 시를 지었다. 그리고 송순은 이곳에서 당대의 많은 학자 및 시인들과 교류하면서 창작활동을 펼쳐 호남 제일의 '면앙정가단(勉仰亭歌壇)'을 이루었다. 그의 시 중에서도 문학적인 감수성과 탁월한 언어감각이 묻어나는 3언시는 다음과 같다.

내려다보면 땅이요 / 우러러보면 하늘이요
그 가운데 정자가 있으니 / 호연한 흥취 일어나네
바람과 달을 불러들이고 / 산과 내를 끌어당겨
명아주 지팡이 짚고 / 백 년을 누리리라
(俛有地 仰有天 亭其中 興浩然 招風月 挹山川 扶藜杖 送百年)

성산사선의 문학활동

우리는 송강정(松江亭)을 둘러본 후 식영정(息影亭)으로 향했다. 식영정은 '그림자가 쉬고 있는 정자'라는 뜻으로 서하당 김성원(1525~1597)이 1560년(명종 15년)에 스승이자 장인인 석천 임억령을 위하여 지은 정자이다.

식영정은 소쇄원 그리고 환벽당과 함께 '일동삼승(一洞三勝)'을 이루었는데 이들은 스스로 '선유동'이라 자부하면서 '성산별곡의 무대'를 이루었다. 흔히 임억령과 김성원 그리고 고경명(1533~1592)과 정철(1536~1593)을 '성산사선(星山四仙)'이라 불렀고 이들이 성산의 절경 20곳을 택하여 각각 20수씩 모두 80수의 「식영정이십영(息影亭二十詠)」을 지었던 것은 유명한 이야기다. 정철은 그 외에도 이곳에서 「식영정잡영」, 「소쇄원제초정」, 「서하당잡영」 등 많은 한시와 단가를 남겼다.

식영정의 지실천 남쪽 산줄기 끝에는 환벽당 정자가 있다. 환벽당은 사촌

송강 가사문학의 산실 | 식영정 일원에는 부용당과 서하당이 아름답다

김윤제(1501~1572)가 나주목사를 지낸 다음 1545년 을사사화를 겪고 귀향하
여 세웠다. 김윤제는 식영정을 지은 서하당 김성원의 삼촌이다. 환벽당에 대
하여 소세양은 임정(林亭), 김인후는 용정(龍亭), 송순은 환벽정(環碧亭)이라고
불렀는데 김윤제는 벽간당(碧澗堂)이라고 했다. 그는 낮에 꿈을 꾸었는데 정자
앞 시냇물에서 용 한 마리가 목욕을 하고 있었다. 깜짝 놀라 깨어 나가보니 한
소년이 시냇가에 앉아 있었다. 김윤제는 이 소년이 장차 비범한 인물이 되리
라 생각해서 문하에 두고 가르치고 사위인 유강창의 딸(외손녀)과 혼인시켰는
데 그 소년이 바로 송강 정철이었다.

송강가사의 고향

송강 정철은 을사사화 때 부친의 유배지(함북 정평)로 따라갔다가 돌아와 조
모 댁에서 살았다. 1551년(명종 6년)에 부친이 사면되어 온 가족이 담양군 창
평에 내려왔을 때 성산 기슭의 지실천(지곡)에서 김성원, 고경명과 함께 김윤
제의 문하생으로 공부하였다. 이 무렵 10년 동안 정철은 임억령으로부터 시를
배우고 면앙정의 송순, 소쇄원의 양산보, 기대승, 김인후 등을 스승으로 삼아

학문을 익혔다.

그 후 1580년(선조 13년) 강원도 관찰사로 나가「관동별곡」,「훈민가」를 지었고, 이산해가 이끄는 동인들과의 마찰 때문에 1585년(선조 19년) 대사헌직을 사직하고 이곳 고향에 내려와 1589년까지 은거하면서「성산별곡」,「사미인곡」,「속미인곡」을 지었다.

> 어떤 지나는 손님이 성 안에 머물면서 묻기를
> 서하당 식영정의 주인아, 내 말을 들으시오
> 인생 세간에 좋은 일 많건마는
> 어찌 당신은 한 강산을 갈수록 더욱 낫게 여겨
> 고요하고 쓸쓸한 산속에 들어가 나오시지 않는가? // 후략「성산별곡」중에서

정철은 선조의 부름을 기다리고 기다려도 소식이 없자 술에 빠져 더욱 호방해졌다. 정철의 술 실력은 임금님도 알았던지 하루에 한 잔씩만 마시라고 은잔을 하사했더니 술잔을 바가지만큼 크게 만들어 마셨다고 한다. 호방하면서도 강직하고 융통성없이 청렴하여 동인들의 적이 되어 임금 아니면 술밖에 기댈 데가 없었으니 그의「장진주가」는 당연한 노래였을 것이다.

> 한 잔 먹새 그려 또 한 잔 먹새 그려
> 곳 걱거 산(算) 노코 무진무진 먹새 그려
> 이 몸 주근 후면 지게 우희 거적 더퍼 주리혀 매여 가나
> 유소보장(流蘇寶帳)의 만인(萬人)이 우러네나
> 어욱새 속새 덥가나무 백양(白楊) 수페 기기 곳 가면
> 누른 해, 흰 달, 굴근 눈, 쇼쇼리 바람 불 제
> 뉘 한 잔 먹쟈 할고
> 하물며 무덤 우희 잔나비 휘파람 불 제, 뉘우친 달 엇더리

송강가사문학관을 뒤에 두고 소쇄원으로 들어가니 침침한 대나무 숲이 앞

을 막는다. 소쇄원은 조광조(1482~1519)의 제자인 소쇄 양산보(1503~1557)가 1530년(중종 25년)에 담양군 지곡리에 건립한 원우이다. 홍문관 대사헌으로 있던 양산보는 1519년 기묘사화가 일어나 스승인 조광조가 사사되자 모든 관직을 그만두고 이곳 고향으로 내려와 세 칸 초가를 지었다.

호남사림들의 삶과 멋

양산보의 소쇄원

이때까지는 임정(林亭)이라 했는데 1534년 송순이 찾아와 소쇄원(瀟灑園)이라 이름을 지어주었다고 한다. 그리고 1542년 송순이 전라감사시절 물자와 역부를 지원하여 규모를 갖추어 주었다. 송순은 양산보의 외사촌이었다. 뒤편의 제월당은 정면 3칸, 측면 2칸의 팔작지붕으로 주인의 사색장소였고 그 앞 냇물가에 있는 광풍각은 정면 3칸, 측면 4칸의 팔작지붕으로 손님들과 만나 시회를 갖는 공간이었다. 송순은 소쇄원의 뜻을 아래와 같이 풀어주었다.

자그만 집 영롱하게 지어져 있어 / 앉았으니 숨어살 마음 생겨
연못 고기는 대나무 그늘서 노닐고 / 폭포는 오동나무 그늘에 쏟아지네
사랑스런 돌길 바삐 돌아 거닐며 / 이우는 매화 거듭 읊조린다네
숨어사는 깊은 뜻 알고 싶어서 / 평상 머리의 새집 들여다보네
(小閣玲瓏起 坐來生隱心 池魚依竹影 山瀑瀉梧陰
愛石頻回步 憐梅累送吟 欲知幽意熟 看取近床禽)

소쇄원은 선비들이 세속을 떠나 자연의 풍광을 감상하고 사유하면서 은거생활을 할 수 있는 분위기로 사대부의 이상향이랄까 도가적인 무위자연의 삶을 살 수 있는 조선의 대표적인 정원이다. 그 당시 소쇄원에는 송순, 임억령, 김인후, 기대승, 김성원, 정철, 백광훈, 송시열 등 혁혁한 명현문사들이 드나들었으니, 소쇄원이야말로 16세기 후반 호남사림문화의 근거지라 할 수 있다.

소쇄원의 광풍각과 제월당

양산보의 「소쇄원제영(瀟灑園題詠)」은 아래와 같다.

단구(신선세계)를 찾기 어려움을 어찌 한 하리오

선계가 분명 이 봉우리에 있을레라

밝고 넓게 차지한 하늘과 땅은 너그러이 받아들이고

크게 산수를 거두어 넓게 늘여 놓았네

세월이 몇 해나 지났는지 소나무와 대나무도 늙었네

시와 술로 세월을 보내니 붓과 벼루도 말랐네

한가히 난간에 기대어 흐르는 물 뒤돌아보니

들려오는 세상 소식 끊긴 지 얼마나 되었는가

(丹丘何恨訪尋難 眞界分明此一巒 曠占乾坤寬納納 恢收山水引漫漫

風霜幾歲松筠老 詩酒爲年筆硯乾 散倚曲欄流顧眄 世緣消息絶來干)

우리는 금호화순호텔에 여장을 풀고 『강은 이야기하며 흐른다』의 저자인 소설가 한승원 씨의 강연을 들었다. 영산강은 지도를 펴놓고 보면 잎사귀가 모두 떨어진 노거수와 같다고 한다. 담양·장성·광주·함평 등지로 뻗은 실줄기와 가지들이 모여 목포를 향하여 굵은 기둥줄기로 이어지는 거대한 나무와 같다는 것이다. 영산강은 한반도의 다른 강과 달리 경사가 완만하고 얕기 때문에 하구둑이 생기기 전에는 바닷물이 나주 그리고 광주 광산까지 들어왔었다. 그동안 홍수예방뿐 아니라 농업과 공업용수와 생활용수를 확보하기 위해 네 개의 댐(담양호, 장성호, 광주호, 나주호)이 건설되었다.

강 앞에 서면 사람도 역사도 하나하나의 풍경이 되고 강의 목소리는 시의 현실 그 자체라고 한다. 그래서 영산강의 지류 가장자리에 서 있는 담양의 정자들은 한국 가사문학의 시원이자 거점이 되었다고 한 자가는 강조해 주었다.

월봉서원과 필암서원

영산강 지류인 황룡강 줄기에는 조선의 유명한 선비고장이 있다. 우리는 먼저 광주 광산동에 있는 월봉서원을 찾아갔다.

월봉서원은 조선 중기의 성리학자 고봉 기대승(1527~1572)의 학문과 덕행을 추모하여 1578년(선조 11년)에 세워졌던 망천사를 1646년에 현재 위치로 옮기고 1654년(효종 5년)에 월봉이란 사액을 받은 서원이다. 그 후 1671년 송시열의 건의로 박상과 박순이 이향되었고 1673년 김장생과 김집이 추가 배향되었다고 한다.

월봉서원에서 멀지않은 장성군 황용리에 김경우(1517~1559)가 1550년에 지은 요월정이 있는데 기대승과 김인후가 자주 놀러와 시를 지어 읊었다고 한다. 월봉 기대승의 시「요월정운(邀月亭韻)」의 한 구절은 아래와 같다.

지붕 위에 흐르는 햇살 굴러가는 수레와 같아 / 강산에는 지금 구월의 가을빛이로다
쓸쓸한 낙엽이 빗속에 나부끼고 / 첩첩의 먼 봉우리 허공에 솟았구나
(屋角流光似轉車 江山今月九秋餘 蕭蕭落木空飄雨 疊疊遙岑欲挿虛)

우리는 백우산으로 올라가는 '황룡강누릿길' 중 '선비마실길'을 옆에 두고 행주 기씨의 종가 앞을 지나 기대승의 묘로 올라갔다. 울창한 소나무 숲과 묘

기대승의 월봉서원

는 기씨 종문에서 관리하는 듯 잘 정돈되어 있었다. 기대승은 32세에 이황의 제자가 되어 그 후 이황과 12년 동안 서한을 주고받으며 '사단칠정(四端七情)'을 주제로 8년간의 논쟁을 펼쳤었다.

장성에 있는 필암서원은 울산 김씨 하서 김인후(1510~1560) 선생을 모시고 학문을 수련하는 공간이었다. 필암서원은 그가 죽은 뒤 30년이 지난 1590년(선조 23년)에 호남유림들이 사우를 짓고 위패를 모셨는데, 정유재란 때 소실되자 1624년(인조 2년) 이곳으로 옮기고 1659년(효종 10년)에 필암이라는 액호를 하사받았다. 그 후 1672년(현종 13년) 양산보의 아들이자 그의 제자이며 사위인 고암 양자징(1523~1594)을 함께 배향하고 있었다.

김인후는 장성에서 태어나 송순과 박상의 문하를 출입하였고 24세에 성균관에서 9세 위인 퇴계와 함께 공부하였다. 하서는 퇴계에 대하여 '선생은 영남의 빼어난 인물이며 이백, 두보의 문장력에 조맹부의 필력을 지녔다'고 칭송하니, 퇴계는 '성균관에서 교유할 만한 사람은 하서뿐이다'라고 화답했다고 한다.

필암서원의 곽연루

김인후와 인종

　1543년 하서 김인후가 홍문관 박사 겸 세자시강원 설사로 동궁세자(후일 인종)를 가르칠 때, 세자는 그의 인품과 학문에 감동하여 『주자대전』과 〈묵죽도〉를 그려 하사하였다. 그는 세자의 청으로 〈묵죽도〉의 왼쪽 하단에 아래와 같은 글을 써넣었다. 이 그림은 현재 국립광주박물관에 소장되어 있는데 그 판각이 정조의 친필 현판이 붙어 있는 경장각(敬藏閣)에 보관되어 있었다.

　　뿌리와 가지 / 마디와 잎새가 이리 정미하니 / 바위를 친구삼은 정갈한 뜻 여기에
　　있지 않습니까 / 비로소 성스런 혼이 조화를 기다리심을 보았나이다
　　온 천지가 어찌 어김이 있겠습니까

　인종이 승하하고 1545년 을사사화가 일어나자 김인후는 벼슬을 그만 두고 고향에 돌아와 오로지 학문에 전력하면서 정철, 조희문, 양자징, 기효간 등 제자들을 가르쳤다. 김인후는 인종의 정치를 그리워하며 외척권신의 음모와 공작정치 속에서 화를 당한 신료뿐 아니라 화를 모면한 선비의 신세에 대하여

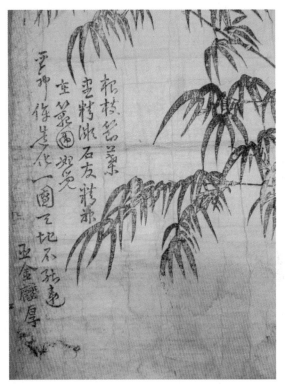
인종의 묵죽도 | 하서 김인후가 글을 써 넣었다

다음과 같이 읊었었다.

> 어진 바람 온누리에 떨치자 / 만물이 우쭐대며 춤을 췄었지
> 갑자기 눈서리 휘몰아치자 / 곧은 줄기 시들고 꺾이네
> 뭇 새들 구슬피 울부짖다가 / 날고 난들 어디에 깃들고
> 어둘 녘 저문 구름 일면 / 장대비 주룩주룩 퍼부을 것인데

　김인후는 1550년대부터 고향 장성에서 담양을 오가며 양산보·송순·임억령·송인수·유희춘 등 수많은 인물들과 교류하면서 성산과 면앙정의 시가단 즉 호남시단(湖南詩壇)에서 본격적인 활동을 하였다. 그는 이때 자연에 대한 감상이나 탐미보다는 인생과 인사의 정도를 위한 시를 많이 썼다. 국문시가로는 아래의 「자연가(自然歌)」와 같이 세상을 살다가 고향으로 돌아와 풍광이 수려

한 소요의 공간에서 여생을 보내는 심정을 토로하였다.

　　청산도 절로절로 녹수도 절로절로 / 산 절로 수 절로 산수간에 나도 절로
　　이 중에 절로 자란 몸이 늙기도 절로 하리라

　한동안 술에 취하고 시에 묻혀 살면서도 화초 심고 물고기 기르며 인종이
선물한 『주자대전』을 착실히 살폈고 『태극도설』에 대하여 기대승과 논변을 하
였다. 그래도 해마다 인종의 기일이 되면 마을 앞 난산에 올라가 인종을 그리
워하며 한양을 향해 통곡했다고 한다.

　　임은 서른 / 나는 서른여섯 / 새로 만난 기쁨 나누지 못하고
　　한번 이별하고 나니 화살이더이다 / 한창때 해로할 짝 잃고
　　눈 어둡고 이 빠지고 머리는 하얗다오 / 덧없이 몇 년인지 여태껏 죽지 못했소

　담양·광주·장성 탐방길의 종점인 필암서원의 툇마루에 앉아 '영산강'을
테마로 아래와 같은 3행시를 발표하였다.

　　영, 영구히 흘러가는 영산강 물줄기 여울을 지나면서
　　산, 산굽이 돌 때마다 맺어놓은 역사와 사연들이
　　강, 강과 들판 내려다보이는 정자마다 간직되어 있으니,
　　　청사에 빛나는 가사문학은 남도의 자랑이네

북악산 기슭의
현대문학

'북악산 골짜기에 피어난 인문정신' 이라는 주제의 인문학 탐방에 앞서 교보문고에서 사전강의를 들으며 현대문학의 배경에 대하여 조그만 호기심이 생겼다. 동국대 장영우 교수는 1930년대에 북악산 기슭에 자리 잡고 작품활동을 했던 만해 한용운, 상허 이태준 그리고 윤동주에 대하여 그들의 문학배경을 설명해 주었다. 특히 김소월과 정지용 등 많이 알려진 현대시인들과의 관계나 그 시대상에 관한 얘기는 흥미를 돋우어 주었다.

가슴속에 피어난 인문정신

한용운의 님의 침묵
국립중앙도서관에서 출발한 버스는 우선 만해 한용운 시비가 있는 동국대학교에 들렀다. 본관 옆 소나무로 둘러싸인 한적한 곳에 '만해한용운시비'가 높다랗게 세워져 있었다. 동국대 제1회 졸업생이자 동창회장이었다는 만해는 시인이자 독립운동가, 종교인으로 알고 있지만 많은 사람들의 가슴속에 '님'

동국대 경내에 있는 만해한용운시비

으로 남아 있는 분이다. 1987년에 동문들이 뜻을 모아 세웠다는 시비 뒷면에는 그의 유명한 시 「님의 침묵」이 새겨져 있었다.

님은 갔습니다
아아- 사랑하는 나의 님은 갔습니다
푸른 산빛을 깨치고 단풍나무 숲을 향하여
난 작은 길을 걸어서 차마 떨치고 갔습니다
황금의 꽃같이 굳고 빛나던
옛 맹세는 차디찬 티끌이 되어서 한숨의
미풍에 날아갔습니다
날카로운 첫 키스의 추억은 나의 운명의 지침을 돌려놓고
뒷걸음쳐서 사라졌습니다 // 후략

1990년대 동국대 학생들은 만해시비에 얽힌 추억을 한 자락쯤은 다 가지고 있다고 장 교수가 귀띔해 주었다. 크리스마스를 앞두고 애인이 떠나갔던 어느 학생은 소주 한 병을 사들고 이곳을 찾아와 술잔을 기울이며 '님은 갔습니다' 를 되뇌었다는 것이다. 젊은 그들에겐 만해시비는 첫사랑을 떠나보낸 상흔으로 남아 있다고 한다.

그가 말한 '님'의 의미가 조선시대에는 임금에 대한 표현일 수 있었고 사랑하는 사람에서부터 잃어버린 조국이라는 다양한 의미를 갖는다고 하면서, 「님의 침묵」을 자기 당대에만 읽히기를 원했던 만해의 뜻이 무엇이었을까?에 대해서 장 교수는 각자 상상해 보라고 한다.

또 장 교수는 문학이란 다양성과 애매성이 특징이라고 하면서 문학작품의 이해란 다른 사람과 나의 생각의 차이를 발견하는 것이라고 한다. 요즘에는 학생들에게 시에 대한 공부를 도와준다는 뜻에서 일방적인 해석을 주입하는 학교 교육이 정말로 안타깝다고 하면서 상상력의 차이를 시인하고 발전시켜 주는 것이 진정한 문학교육이라고 했다.

인문정신과 문학사조

장충동 쪽으로 언덕길을 내려가니 수필가 전숙희 씨가 세운 한국현대문학관이 있었다. 우리나라 최초의 종합 문학관이라는 이곳에는 여러 시인 작가들의 친필원고와 대표시집을 비롯하여 소설의 초판본들과 그 외 많은 문학자료들을 수집 전시하고 있었다. 그야말로 우리나라 근현대문학을 살펴볼 수 있는 공간이었다. 특히 우리나라 현대문학의 계보에서 KAPF(조선예술가동맹) 작가와 동반자 작가들이 활동했던 일제시대의 문학 분위기를 두루 이해할 수 있었다.

우리는 성북동으로 향하던 길에 명륜동 성균관에 들러 조선시대의 학문 분위기에 대하여 설명을 들었다. 1289년 고려 충렬왕 때 국자감을 '성균(成均)' 이란 이름으로 바꾸고 1308년 충선왕 1년에 성균관이 되었다고 한다. 조선건국 후에도 성균관은 존속되었는데, 1395년에 한양의 숭교방지역에 대성전과 명륜당이 건축되었다.

전국에서 선발된 유생들이 함께 거처하면서 공부하던 동재와 서재의 뒷마루에 걸터앉아 성균관의 역사와 건물에 관한 이야기, 왕세자와 유생들의 공부 이야기 그리고 회화나무를 비롯하여 정조 때 심었다는 은행나무 고목에 얽힌 이야기들을 들었다. 그리고 1894년 갑오개혁으로 과거제도가 폐지된 후 성균관은 전통적인 유학과 도덕을 지켜나가는 모체로 바뀌었고 해방된 후 1946년에 성균관대학교가 설립되었다고 한다.

성균관을 둘러보고 나오니 그 입구에 있는 영조의 탕평비가 나의 관심을 끌었다. 1742년(영조 18년)에 성균관 유생들에게 당쟁의 폐해에서 벗어나 참다운 인재가 되기를 권장하기 위하여 영조가 세웠다는 이 비석을 보며 조선 중기 사색당파의 문제가 얼마나 심각했는지 짐작할 수 있었다.

두루 화친하고 편당을 짓지 않는 것은 / 군자의 공정한 마음이고
편당을 짓고 두루 화친하지 않는 것은 / 소인의 사심이다
(周而弗比 內君子之公心 比而弗周 寡小人之私心)

현대문학의 배경

조선의 인문정신을 가슴에 담고 우리는 성북동 수연산방으로 향했다. 수연산방은 소설가 상허 이태준이 1933년부터 1946년까지 거처하며 여러 작품을 집필했던 곳이다. 이 집은 대지 120평, 건평 약 20여평의 개량한옥이다. 일각 대문을 들어서면 'ㄱ'자형 본채 처마에 수연산방(壽硯山房), 죽간서옥(竹澗書屋), 기영세가(耆英世家), 문향루(聞香樓) 등의 편액이 걸려 있었다.

성북동 인문학

이태준은 1903년 강원도 철원에서 태어났으나, 구한말 개화당에 관여하여 조선 관리들의 등쌀에 시달리던 아버지를 따라 블라디보스토크로 이주했었다. 아버지가 1909년 조선의 망국소식을 듣고 통곡하다가 병이 나서 사망한 후, 1912년 가족들이 고향으로 돌아오던 중 누이동생을 출산하던 어머니마저

성북동의 수연산방 편액들

함경도 소청에서 숨을 거두어 이태준은 졸지에 고아가 되었다.

1892년생인 춘원 이광수가 '조부나 아버지는 쓸모없는 인물들'이라고 한데 비하여, 이태준은 고아로서 아버지에 대한 존경심으로 '신비화된 아버지상'을 가지고 있었다고 한다. 이광수가 일본을 모델로 한 근대성의 세계를 정신적 아버지로 모방했다면, 이태준은 아버지의 민족정신과 선비정신의 이념과 사상을 계승하려고 했었다.

신변에 관한 사소설을 썼던 상허는 1930년대 후반에 와서 식민지 현실을 주목하면서 일본을 인정하는 태도로 「장마」와 같은 소설을 쓰기도 했다. 안국동을 안국정이라고 일본식 이름으로 바꾼데 대해 불평을 하면서 창씨개명을 예고하기도 했었다. 역사는 있었던 일이고 문학은 있을 법한 허구의 일을 쓰는 것이라고 장 교수는 부언해 주었다.

이태준이 과거 조선예술가동맹(카프)에 반감을 갖고 모더니즘적 실험을 추구하며 구인회를 결성했으나, 좌파작가들의 생각에 동조하면서 그의 문학관은 바뀌지 않았다. 그러나 해방이 되자 임화 등이 주도한 조선문화건설중앙회에 참여하여 주위사람들을 놀라게 했다. 그리고 1946년 7월에 월북하여 '방소문화사절단'의 일원으로 소련을 방문하였다. 이태준은 「소련기행」, 「해방전후」 등을 쓰면서 제도로서의 사회주의에 호감을 가졌지만 사회주의 창작방법론에 관해서는 동의하지 않았다. 6·25 이후 김일성 소설을 쓰라는 당

성북동 심우장 | 장 교수가 만해의 행적에 대하여 설명한다

의 요구를 거절해 마침내 숙청되었지만 문학의 예술성에 대한 추구를 잊지 않았던 '월북작가'로 평가받는다고 한다.

우리는 다음 탐방지로 성북동 언덕배기에 있는 만해의 심우장을 방문하였다. 만해 한용운(1879~1944)은 1933년 충남 보령 출신의 간호부 유숙원과 결혼해 지금의 성북동에 집을 짓고 택호를 심우장이라 했다. '심우(尋牛)'는 선종의 깨달음에 이르는 과정을 잃어버린 소를 찾는다는 의미의 수행단계 중, '자기의 본성인 소를 찾는다'는 뜻이란다. 현판 글씨는 함께 독립운동을 했던 오세창이 썼다고 한다.

만해는 집을 지을 때 일본 총독부가 보기 싫다고 해서 그 반대편 동북방향으로 지었다. 시인이자 민족지도자였던 만해는 동지들에게는 깊은 의리를 보여주었지만, 변절자에겐 서릿발처럼 차갑게 대하였다. 신채호의 묘비건립에 앞장섰고 김동삼의 유해를 심우장에 모시고 와서 5일장을 치르게 한 반면, 최린이 찾아왔을 때에는 만나주지도 않았다. '일본은 반드시 망한다'는 말을 자주 했던 만해는 해방을 14개월 남겨둔 1944년 6월 29일 입적하여 망우리에 안장되었다.

청운동 시인의 언덕

우리는 심우장 마루와 뜨락에 둘러앉아 탐방단원인 남명희 씨가 나와 「님의 침묵」을 낭송하면서 시인이자 승려이고 또 민족지도자로서 남긴 만해의 자취를 되새겨보았다. 그리고 '성북동' 시제에 대한 3행시를 발표했다.

성, 성균관에서 소개받은 조선의 인문정신을 가슴에 새기고

북, 북악산 성벽 아래 심우장과 수연산방을 돌아보니

동, 동네 골짜기에 피어났던 우리 문학, 일제 억압에서도 살아있었네

윤동주문학관

지난 7월 25일에 개관한 청운동 윤동주문학관으로 자리를 옮겼다. 윤동주가 1940년 전후 연희전문학교에 재학 중 누상동 김송의 집에서 하숙하면서 산책을 하고 시를 썼던 이곳에 종로구청은 '시인의 언덕'을 조성해놓았다. 그리고 얼마 전 청운수도가압장과 물탱크를 개조하여 윤동주문학관을 만들면서 이곳이 윤동주의 시처럼 우리 영혼의 가압장이 되기를 바란다고 하였다.

문학관 입구 벽에는 그의 시 「새로운 길」이 새겨져 있었고 전시실에는 그의

연보와 시집들이 전시되어 있었다. 나는 지난번 연변의 화룡현 명동촌에 있는 그의 생가를 방문하여 그의 시세계를 살펴보았는데, 그의 시는 일제의 침략으로 조국을 잃어버렸던 시대에 살면서 느꼈던 그의 고독감과 정신적 방황이 표출된 것이라고 하였다.

그리고 어두운 시대를 살면서도 순수하게 살아가고자 했던 정신과 마음으로 그의 내적 의지를 노래한 것이 윤동주 시의 특색이라고 장 교수가 설명해 주었다.

우리는 '닫힌 우물' 안에서 시인의 일생과 시세계를 담은 영상물을 감상하면서 그의 시 「별 헤는 밤」, 「서시」, 「자화상」, 「참회록」을 낭송하였다. 내가 태어났던 1939년 9월에 썼다는 시 「자화상」에서 나는 사람의 모습을, 아니 내 모습을 보는 것 같았다.

산모퉁이를 돌아 논가 외딴 우물을 홀로 찾아가선
가만히 들여다봅니다
우물 속에는 달이 밝고 구름이 흐르고 하늘이
펼치고 파아란 바람이 불고 가을이 있습니다
그리고 한 사나이가 있습니다
어쩐지 그 사나이가 미워져 돌아갑니다
돌아가다 생각하니 그 사나이가 가엾어집니다
도로 가 들여다보니 사나이는 그대로 있습니다
다시 그 사나이가 미워져 돌아갑니다
돌아가다 생각하니 그 사나이가 그리워집니다
우물 속에는 달이 밝고 구름이 흐르고 하늘이
펼치고 파아란 바람이 불고 가을이 있고
추억처럼 사나이가 있습니다

길 위의 시
새재와 목계나루

교보문고가 주관하는 '길 위의 인문학' 탐방지는 문경새재와 충주 목계나루이다. 원로시인 신경림 작가와 함께 길 위의 시를 찾아가는 것이다. 그는 고향이 충북 충주인데, 어렸을 때 영남대로의 길목인 목계장터에서 수많은 사람들을 보면서 길 따라 떠나는 것을 좋아해 '길 위의 시인'이 되었다고 한다. 길은 나에게도 의미 있는 화두였기 때문에 나의 책 『청강의 나루터 이야기』에도 '길, 새로운 세계와의 소통'이란 글을 실었다.

길로 세상을 만나다

길 이야기

길이 있어 여행을 떠나고 그래서 새로운 사람과 풍물을 만나고 넓은 세상을 보게 되는 것이다. 신 시인이 쓴 「목계장터」도 훌륭한 시지만 그가 느끼는 길에 관한 이야기, 길과 문학과의 관계 등 '길 이야기'를 듣기 위해 국립중앙도서관으로 갔다. 그는 나보다 네 살이 많다고 하니, 거의 동시대에 태어나서 우리나라의 전쟁과 정치적 변혁기를 겪어본 처지였다. 그는 어린시절 가난과 고생을 다 경험했던 사람으로 소박하고 가식 없는 시골 아저씨 같았다.

신 시인은 길은 걷는 것이라고 한다. 충주 목계장터에서 보는 사람들은 모두 대구나 안동에서 서울로 걸어가는 것이었다. 그들이 얘기하는 곳들은 모두 그에게 가보고 싶은 곳이 되었고 길 떠나는 여행은 그의 꿈이자 목적이 되었다고 한다. 6 · 25 전쟁 때에는 집을 나서는 것이 좋았고 또 고생하다보니 고향으로 돌아가는 길도 좋았단다. 그 길이 훗날에는 전국을 유람하는 아름다운 경험으로 문학정서의 바탕이 되었다는 것이다.

그에게 시는 말의 아름다움을 깨달아 지절로 쓰게 되는 것이라고 한다. 남을 감동시키거나 가르치기 위해서 쓰는 것은 시가 아니고 자기가 사는 것 그리고 느끼는 것을 그냥 쓰는 것이 시라고 한다. 즉 시란 말로 하는 예술이지 목적성이 강조되는 글은 시가 아니라는 것이다. 신경림 시인의 시 「길 이야기」는 아래와 같다.

생각해 보면
내게는 길만이 길이 아니고
내가 만난 모든 사람이 길이었다
나는
그 길을 통해 바깥세상을 내다볼 수 있었고
또 바깥세상으로도 나왔다
그 길은 때로 아름답기도 하고
즐겁기도 하고 고통스럽기도 했다
하지만 나는 지금
그 길을 타고
사람을 타고 왔던 길을 되돌아가고 싶은 생각이
문득 들기도 하니 웬일일까

그는 '민요를 찾아서' 그리고 '시인을 찾아서' 시골여행을 했을 때 길을 걷

문경새재의 옛길

고, 사람을 만나고, 그들의 생각을 듣고, 색다른 풍물을 보면서, 서로의 이해
와 존중이 생기고 평화의 의미를 깨달았다고 한다. 사람들이 길을 만들었지만
거꾸로 길은 사람들한테 세상 사는 슬기를 가르쳐 준다고 했다. 그래서 혼자
서 가든 동행인과 함께 가든 여행은 머리가 아닌 몸으로 직접 배우는 길이란
다. 청송에서 영덕으로 가는 복숭아 꽃길이 그렇게 좋았고, 남원에서 거창으
로 넘어가는 육십령 단풍길이 환상적이었다고 한다. 그 외에도 제천에서 정선
가는 길이나 하동에서 구례 가는 길도 인상적이었다고 한다.

문경새재 문학의 길

수안보 새재로에서 조령산휴양림으로 들어가는 숲길은 주변이 온통 푸른
나무들뿐이다. 문경새재 제3관문인 조령관으로 올라가는 숲길은 너무 한적하
고 시원하여 걷기에 좋다.

조령관을 바라보며 '문경새재과거길', '한국의 아름다운 길'이란 표지석 앞에
모여서서 ㈜여행이야기의 박광일 대표가 새재의 유래에 대해 설명해 주었다.
옛날에는 문경을 '신석호'라 했단다. 평산 신씨가 많고, 시멘트 만드는 돌(石)이
많고, 호랑이가 많아서 그렇게 불렸는데, 지금은 호랑이가 없는 대신 새잿길(路)

이 유명해져 '신석로'라고 한단다. 과거시험을 보러가는 선비들이 추풍령을 넘어가면 추풍낙엽같이 떨어지고, 죽령을 이용하면 죽죽 낙방하기 때문에 문경새재를 넘어갔다고 한다. 그리고 신립 장군이 새재에서 물러나 탄금대에서 배수의 진을 쳤으나 당시의 군인들은 정규군이 아니라 동원된 농민군이었고 기마병들은 장맛 속에서 기동이 어려웠기 때문에 패배했다고 설명해 주었다.

우리나라의 '걷기 좋은 길'로 선정된 문경 새잿길에는 곳곳에 옛 문사들이 남긴 시구를 새겨놓았다. 문경새재는 많은 선비들이 걸었던 길이기도 하지만 그 경치가 아름다워 이곳만큼 많은 시가 남겨져 있는 곳도 없을 것이라고 한다. 옛날 문인들이 새재를 넘으면서 인생과 세상사를 생각하며 남겼던 시들 중 석문 정영방(1577~1650)의 시를 소개하면 다음과 같다.

조령산길은 험한데 / 그대는 어디로 가고자 하는가
추운 날씨에 나그네가 되니 / 달이 차면 고향을 바라보네
(鳥嶺山路險 之子欲何之 天寒爲容日 月滿望鄕時)

제2관문 조령관을 거쳐 제1관문 주흘관으로 내려오는 숲길은 너무 좋았다. 도중에 '장원급제길'도 있고 '시가 있는 옛길'도 있다. 옛날 경상도 관찰사가 새로 임명되어 내려오면 임무교대를 했던 교귀정은 그 옆에 굽어 누운 노송이 그 역사를 말해 주고 있었다. 길 위의 노래, 고갯길의 노래가 저절로 흘러나오니, 문경 새잿길은 정말로 이야기가 넘치는 문학의 길인 것 같았다. 길옆 어느 곳에는 아래와 같은 아리랑 노래비도 세워놓았다.

문경새재 박달나무 홍두께 방망이로 다 나가네
아리랑 아리랑 아라리오, 아리랑 고개로 날 넘겨만 주소
홍두께 방망이는 팔자가 좋아 큰애기 손질로 놀아나네
아리랑 아리랑 아라리오, 아리랑 고개로 날 넘겨만 주소
문경새재 고개는 웬 고갠지 구비야 구비마다 눈물이 나네
아리랑 아리랑 아라리오, 아리랑 고개로 날 넘겨만 주소

문경새재 제2관문 | 조곡관

시와 시인의 고향

초곡천계곡의 시원한 물길을 따라 흙길을 밟으며 자연의 숲속 아름다움을 구경하는 즐거움도 크고 인문학 이야기의 재미도 쏠쏠하지만, 걷다보니 지역의 고유한 음식 맛이 더 기다려졌다. 우리는 새재IC 입구에 있는 약돌한우타운에서 거정석 약돌가루를 첨가한 사료로 키웠다는 불고기 요리에 오미자막걸리를 한 잔 하니 마음도 여유로워졌다.

우리들은 오후의 일정으로 신경림 시인이 태어나서 유년기를 보냈던 충주시 노은면 연하리로 갔다. 노은초등학교 강당 앞에는 「농무(農舞)」 시비를 세워놓았는데, 낡은 목조건물의 추억과 없어져버린 벚나무의 추억이 그립다고 시인은 어린시절을 회상하였다. 이어서 청주과학대학의 노창선 교수의 '신경림 문학공간 연구'라는 제목의 강연을 들었다.

충주 목계나루

신 시인의 초기 시와 수필의 문학공간은 길과 강 그리고 장터로 집약되는

노은초등학교에 세워 놓은 신경림 시비

데, 그것들의 상징성이 '목계나루'로 통합된다는 것이다. 첫 시집 『농무』에 수록된 작품들은 그때의 농촌과 소읍내의 실제적 체험이 그대로 투영되어 있단다. 1974년에 처음 「목계장터」를 《경향신문》에 발표한 후 마음에 들지 않아 다시 썼지만 주제의 안이성과 방법의 상투성에서 벗어나지 못했다고 한다. 그래서 1975년 목계나루터를 다시 찾아가서, 전작에는 우리 고유의 가락이 빠져 있는 것을 새롭게 깨달은 후 2년여 만에 「목계장터」를 완성하여 발표했단다. 그래서 그는 '목계선생', '목계시인'이라 불리게 되었다는 것이다.

우리는 신경림 시인의 생가를 둘러보고 오늘의 마지막 탐방지인 목계나루 현장으로 갔다. 목계나루는 충주와 원주 그리고 장호원으로 갈라지는 삼거리의 남한강변이다. 1920년대 초까지 성시를 이루었던 조선시대 5대 갯벌장 중 하나로 그 규모가 컸다고 하는데, 지금은 국도가 신설되고 육로교통이 발달되어 조그만 삼거리 마을에 불과하다. 그곳에는 '목계나루터'라는 커다란 석조 표지석이 있었고, 그 옆에는 신 시인의 「목계장터」 시비가 세워져 있었다. 원주에 있는 박경리 토지문학공원과 30분 거리여서 문학답사공간으로서의 의미가 크다고 한다. 「목계장터」는 길과 강나루 그리고 장터라는 세 가지 상징적 요소가 결합된 신경림 문학의 중심공간이 되었던 것이다.

하늘은 날더러 구름이 되라 하고
땅은 날더러 바람이 되라 하네
청룡 흑룡 흩어져 비 개인 나루
잡초나 일깨우는 잔바람이 되라네
뱃길이라 서울 사흘 목계 나루에
아흐레 나흘 찾아 박가분 파는
가을볕도 서러운 방물장수 되라네
산은 날더러 들꽃이 되라 하고
강은 날더러 잔돌이 되라 하네
산서리 맵차거든 풀 속에 얼굴 묻고
물여울 모질거든 바위 뒤에 붙으라네
민물 새우 끓어 넘는 토방 툇마루
석삼년에 한 이레쯤 천치로 변해
짐 부리고 앉아 쉬는 떠돌이가 되라네
하늘은 날더러 바람이 되라 하고
산은 날더러 잔돌이 되라 하네

소설 속에 들어간
화개장터

이번 '길 위의 인문학' 탐방은 하동 · 구례 섬진강 지역이었다. 주제는 '문학이 된 장날, 문화가 된 장터'로 하동장(2·7장)과 구례장(3·8장)을 비롯하여 화개장터를 둘러보는 것이다.

소설 『객주』의 저자이자 (사)장날의 이사장인 김주영 작가가 해설자로 동행하면서, 재래장터의 분위기를 둘러보고 그 의미를 설명해 주었다. 그래서 지참도서로 김주영 『잘가요 엄마』와 김동리 「역마」가 추천되었다. 특히 김동리는 금년이 탄생 100주년이 되는 해이고 그의 소설 「역마」의 배경이 바로 화개장터라, 장터의 소설문학과 그 분위기 문화를 살펴보려는 것이었다.

문학이 된 장터

섬진강 벚꽃길

섬진강은 계곡뿐 아니라 산세도 아름답다. 지난번 나의 문집 사진을 찍으러 집사람과 함께 왔던 하동나루터 부근 섬진강포구 하늘채 식당에서 재첩국을 곁들인 참게장 정식으로 점심을 먹었다. 그리고 섬진강둑을 거닐며 이곳 출신 남대우 시인의 「하동포구」 시비공원을 둘러보고 하동포구의 봄경치를 감상하였다.

하동포구 팔십 리에 물새가 울고 / 하동포구 팔십 리에 달이 뜹니다
섬호정 댓돌 위에 시를 쓰는 사람은 / 어느 고향 떠나온 풍류랑인고
하동포구 팔십 리의 굽도리 배야 / 하동포구 팔십 리에 봄을 실어라
백사장 모래 위에 남아 있는 글자는 / 꽃바람에 쓸리는 충성충자요 // 후략

우리는 하동시장으로 들어가 장터 구경을 했다. 널찍한 공간과 시설에 비해 장날인데도 불구하고 너무도 한산하다. 동행한 몇 사람이 김주영 작가와 함께 시장 가운데 장터국밥집에 들어가 악양막걸리를 나누면서 장터 탐방의 맛을 음미하였다. 김 작가는 막걸리는 새끼손가락으로 휘졌고 엄지손가락을 담가 술잔을 잡아야 제 맛이 난다면서 시범을 보여주었다.

김주영 작가의 장편소설 『객주』에도 화개장터가 등장한다. '내로라하는 장돌림들이라면 누구나 한두 번은 하동포구를 거친 경험이 있었으니, (중략) 취리에 밝고 물리만 익히면 (중략) 밑천을 잡을 수도 있었기 때문이다'라고 하였다. 김 작가는 서양에는 광장이 있는 것처럼 우리에겐 장터가 있다면서, 장터에서는 물건만 팔고 사는 게 아니라 사람도 만나고 친정소식과 새로운 정보가 교환되는 문화소통의 장소였다고 그 의미를 강조한다.

소설가와 시인과 가수

김동리는 박목월과 함께 경주사람인줄 알고 있었는데, 어떤 연유로 이곳 화개장터에 와서 소설 「역마」를 쓰게 되었느냐고 물었더니, 김동리는 이곳에 와 본 적이 없었단다. 그뿐 아니라 『토지』를 쓴 박경리도 이곳 악양 평사리에 와 본 적이 없었고, 최 참판댁은 오히려 『토지』가 쓰여 진 뒤에 생긴 집이고 소설의 분위기에 맞춰 동네가 건설되었다고 한다. 정말로 유명한 소설, 문학작품의 영향이 그토록 크다는 것을 새삼 느낄 수 있었다.

옆에 있던 '인문학사랑회' 이종주 대표는 김동리와 서정주의 일화를 들려주

화개장터에 건립해 놓은 「역마」의 조형물들

었다. 즉 김동리가 "벙어리도 꼬집히면 우는 것을……"이라며 시 한 수를 읽
자, 서정주가 감탄하면서 그 시구를 재음미하였다. "벙어리도 꽃이 피면 우는
것이라……" 하면서, "내 이제 자네를 시인으로 인정컸네" 그러자 김동리가
낯을 찡그리며 대꾸했다. "아이다. 이 사람아, 벙어리도 꼬집히면 우는 것
을……" 김동리는 벙어리 울음을 인과관계에 맞춰 표현했으니 소설가 기질이
더 많았고, 서정주는 그 소리를 시적으로 받아들였으니 평생 시인으로 살았던
것이다. 서정주는 김동리에게 "그래서 자네는 산문 쪽으로 가야겠네"라고 충
고 했고 그 후 김동리는 소설가가 되었다고 한다.

그날 하동장은 장날인데도 불구하고 너무 한산했다. 우리는 다음 행선지 화
개장터로 옮겨가니, 우선 엿장수의 장단에 맞추어 이어지는 구성진 노랫가락
이 조그만 장터에 울려 퍼진다. 가수 조영남이 부른 유명한 노래 〈화개장터〉
가 저절로 콧노래로 흘러나오는데, 일찍이 다산 정약용도 이곳을 찾아와 그
시장 풍경을 노래한 시 「화개장」을 남겼었다.

조랑말 고개 숙여 골짜기 벗어나니 / 나룻배 뜬 강에 봄물이 푸르구나

따사로운 백사장에 이제 막 장이 서니 / 부엌마다 연기 나고 주안상 벌려있네

언덕엔 소와 말이 서로 얼려 희롱하고 / 포구에 돛배들이 엮은 듯이 총총하네

서쪽은 남원이요 북쪽은 상주여서 / 크고 작은 장꾼들이 떼지어 모여드네 // 후략

(鳴驢引頸欣出谷 野渡舟橫春水綠 沙平日煖市初集 萬竈煙生羅酒肉

岸邊牛馬交相戱 浦口帆檣森似束 西通帶方北沙伐 豪商大賈於斯簇)

화개장터와 역마

화개장터 중앙에는 장터의 유래와 이곳에 얽힌 역사를 기술한 전시물이 계시되어 있었다. 1725년에 개장되어 전라도와 경상도의 해산물과 산간 육지의 토산품들이 모여들어 해방 전까지 만해도 1·6장으로 우리나라 5개 장터 중의 하나였다고 한다. 요즘은 장날도 따로 없이 섬진강과 쌍계사 벚꽃길을 구경하러 오는 관광객들을 맞이하는 상설 난장판이 되었다. 김동리는 그의 소설 「역마」에 화개장을 아래와 같이 묘사하였다.

장날이면 지리산 화전민들이 더덕, 도라지, 무릇, 고사리들이 화갯솔에서 내려오고, 전라도 황아장수들의 실, 바늘, 면경, 가위, 허리끈, 주머니끈, 족집게, 골백분들이 또한 구렛길에서 넘어오고, 하동길에서는 섬진강 하류의 해물장수들이 김, 미역, 청각, 명태, 자반조기, 자반고등어들이 올라오곤 하여, 산협치고는 꽤 성한 장이 서는 곳이기도 했다.

화개장터에는 소설 「역마」의 테마조각물들이 설치되어 있었다. 청상과부 옥화와 그의 아들 성기가 살고 있는 주막에 체장수 영감과 그의 딸 계연이 들러 소설이 무르익는다. 계연을 성기와 맺어주어 아들의 역마살을 잠재우려 하던 옥화의 바람은 계연이 자신의 이복동생이라는 사실을 알게 된다. 옥화는 계연이 때문에 가슴 아파하는 성기에게 체장수가 36년 전 화개장터에서 놀고 갔던 남사당패로 성기의 할아버지이고, 계연의 왼쪽 귓바퀴 위의 검정 사마귀도 자기와 닮았다는 것을 얘기한다. 결국 성기는 엿판을 둘러메고 떠돌이 운명을

사성암에서 내려다 본 구례읍내와 섬진강

받아들이면서 계연이 떠난 반대 방향으로 길을 떠난다. 소설 「역마」의 그러한 장면들을 조각물로 새겨 재현해 놓으니 화개장터는 바로 소설이 되어 문학동네가 되어 있었다.

지리산 자락의 역사문화

그리고 근대에 겪었던 화개전투의 기록도 있었다. 한국전쟁 발발 후 남하하는 인민군을 1950년 7월 25일 경찰과 군인들이 이곳에서 저지하여 순천과 진주로의 진격을 지연시킴으로써 한 · 미 연합군이 반격할 수 있는 시간을 벌어주었다. 화개전투에서 산화한 학도병에게 바치는 박보운 시인의 「이 몸을 조국에 바치나이다」라는 시비도 세워져 있었다.

쌍계사로 들어가는 '십리 벚꽃길'에 꽃은 이미 떨어졌지만 아름다운 계곡의 운치는 여전하였다. 우리는 '하동차' 시배지에 들렀다. 차는 신라 선덕여왕 때 처음 우리나라에 들어왔다는데, 이곳의 차는 828년 흥덕왕 때 김대렴이 당나라에서 차 씨앗을 가지고 와 심었고 진감선사가 쌍계사 부근에 차밭을 조성했다는 것이다.

우리는 쌍계사 경내를 둘러보았다. 724년 신라 성덕왕 때 의상대사 제자인 삼법화상이 자리를 잡은 후 당나라에서 돌아온 진감국사가 840년(문성왕 2년)에 중창하였다고 한다. 최치원이 비문을 짓고 썼다는 진감국사대공탑비는 국보 제47호이다.

지리산 자락의 산수유마을로 유명한 산동면 온천관관지 송원리조트에 여장을 푼 후 강당에 모여 필독 지참서인 김 작가의 장편소설『잘 가요 엄마』의 윤독회를 갖았다. 김 작가는 책 뒤에 있는 '작가의 말'을 직접 소개해주면서 이 소설은 작가의 자서전이자 고백서라고 했다.

지리산 둘레의 아침 공기는 한없이 맑고 신선하다. 아침식사 후에는 구례읍이 한눈에 내려다보이는 오산 사성암으로 올라갔다. 사성암은 원효대사, 의상대사, 도선국사, 진각선사 등 네 분의 성자가 수도하였다고 해서 이름 붙여졌다고 한다. 약사전으로 올라가니 원효대사가 성전 암벽에 손톱으로 그렸다는 마애여래입상이 약사전 안에 유리로 덮어 보존되어 있었다.

소설가의 장터사랑

구례장터는 근래에 보기 드물게 성시를 이루어 '문학이 된 장날, 문화가 된 장터'의 본보기가 되어 있었다. 시장 건물도 기와집으로 규격을 맞추어 지어놓고 건물 사이에는 지붕을 덮어놓았다. 아직 지리산의 산나물이 대대적으로 나오지 않았는데도 불구하고 많은 시골 아주머니들이 좌판을 벌여 놓았고 시장 보러 나온 사람들로 꽤나 붐비고 있었다. 우리 일행들도 흩어져 필요한 것들을 사고 구경하였다. 나도 들에서 새로 자란 향기 짙은 달래와 두릅을 한 봉지씩 샀다. 우리 몇 친구들은 부침개집에 들어가 풍성한 파전과 담양의 죽향 막걸리를 시켰더니, 도토리묵 한 접시를 덤으로 내어놓는 시골장터의 인심을 맛볼 수 있었다. 모처럼 활기가 넘치는 구수한 전통시장 구경을 할 수 있어 기분이 좋았다.

마지막 탐방 장소인 화엄사 입구에 있는 예원에서 맛깔스런 비빔밥으로 점

화엄사 뒤 언덕에 있는 4사자3층석탑

심을 먹는데, 김 작가가 장터에서 사온 산수유막걸리를 내놓아 분위기를 더욱
화기애애하게 만들어 주었다.

  1630년 인조 때 재건한 화엄사에는 각황전을 비롯하여 그 앞의 석등과 4사
자3층석탑 등이 국보로 지정되어 있다. 각황전 뒤편 언덕 위에 있는 적멸보궁
사리석탑은 548년에 인도의 연기조사가 가지고 온 사리를 보관하기 위하여
세웠단다. 탑 앞에서 연꽃을 들고 무릎을 꿇고 앉아 탑 밑에 세워놓은 어머니
상을 바라보는 조사의 형상은 주변의 노송과 함께 1200여 년 동안을 지켜온
듯 아름다운 조화를 이루고 있었다.

  우리 일행은 화엄사 보제루 강당에 올라앉아 '하동포구' 시제에 대한 4행시
를 발표했다.

  하, 하얀색 화사한 벚꽃은 저 홀로 먼저 졌는데
  동, 동백꽃은 아직도 개나리를 반기는 섬진강변
  포, 포근히 쌍계사 입구에 자리 잡은 화개장터
  구, 구수한 사투리의 국밥집 아줌마가 나를 부르네

북부 동해안의
서정시

동해안 북부지역의 역사문화 유적을 찾아가는 인문학 탐방이다. 이 지역에는 강원도 역사와 종교의 유적들도 많지만, 동국대 김갑기 교수와 함께 계획하고 있는 '송강 정철의 관동별곡' 문학 탐방을 예행하는 의미도 있고 또 고향에 숨겨 있는 문화 이야기를 듣고 싶었다. 그런데 이번 탐방에는 역사학자가 아닌 문태준 시인과 이상국 시인이 함께 참여하였다.

시란 무엇인가

국립중앙도서관 사전강의에서 문 시인은 '나의 서정 나의 악흥'이라는 제목으로 시에 관한 이야기를 해주었다. 특히 강원도 백담사와 연계된 선시 그리고 '설악동문학'에 관한 시인들의 활동과 작품들도 소개해 주었다.

시란 '가장 적합한 말을 찾아내는 것'이라고 한다. 한유는 「퇴교(退橋)」라는 시에서 물에 부는 바람을 '물이 운다', 풀의 고요함을 흔드는 바람을 '풀이 운다'라고 했단다. 즉 평형(平衡)의 깨어짐을 '운다'라고 표현한 불평형(不平衡),

즉 고였던 게 확 트이는 것이 바로 시라는 것이다. 시인 이상은 배롱나무 꽃나무에서 열심히 꽃을 피워낸 꽃나무를 보면서, 꽃은 보이지 않고 '향기가 만개하였다'라고 하였다. 같은 공간에 공존하더라도 더 주목되는 것이 있다는 것이다. 즉 때에 따라 감각의 방향전환 같은 것을 느껴서 표현하는 것이 시라고 했다.

그는 또 시를 쓰는 데는 '물질과 생명이 내는 소리를 고요하게 듣는 것'이 중요하다고 했다. 그래서 봄은 새의 울음소리가, 여름은 우레, 가을은 풀벌레, 그리고 겨울은 바람소리가 많이 묘사된다고 한다. 미국의 린다호건은 「인디언의 얘기와 지혜」에서 사람이 태어나는 것을 '바람이 우리에게 들이와서, 평생 우리를 들이마시다가 죽을 때는 자연으로 돌아간다'라고 하였다. 알듯 모를듯한 표현들이지만 그래서 시어들은 오묘한 맛이 있는지 모르겠다.

일본에는 하이쿠(俳句, 배구)라는 5-7-5의 17자의 시가 있단다. 즉 '무를 뽑아서 무로 갈 길을 가르쳐 주었네'라는 시에서 흙냄새를 느낄 수 있고, '오랜 연못에 개구리 뛰어드는 물소리 텀벙'이라는 시에서는 연못의 고요한 수면을 연상케 한다는 것이다.

간소하고 함축적인 시어들

조선조 3대 여류시인 중 한 사람이었던 이옥봉은 아래와 같은 시 「자술(自述)」(일명 「몽혼(夢魂)」)을 썼다. 그리운 님을 꿈속에서나마 찾아가고 싶은 애절한 사랑을 '밟고 지나간 섬돌이 모래가 될 만큼'이라고 했는데, 줄이고 간소화시키면서도 우회적으로 표현한 언어 선택이야말로 상상의 폭을 한없이 넓혀주는 묘사방법이라고 설명해 주었다.

요사이 안부를 묻노니 어떠하신지요
달 비친 사창에 저의 한이 많습니다
만약 꿈속의 넋에게 자국을 남기게 한다면
문 앞의 돌길이 반은 모래가 되었을 겁니다
(近來安否問如何 月到紗窓妾恨多 若使夢魂行有跡 門前石路半成沙)

문 시인은 시 몇 편을 더 소개해 주었다. 길상호의 「투명한 가을」을 함께 읽으며, "붉게 물든 담쟁이 잎이 창가에서 바람에 흔들리다 떨어지는 모습을 상상해보라"고 한다. 유리창을 닦던 장갑(담쟁이)이 떨어진 뒤 가을을 맞는 마음은 맑고 푸른 가을 하늘밖에 남지 않을 것 같았다.

> 줄기 하나에 매달려 담쟁이는 / 유리창을 닦습니다
> 종일 문지르고 문지르다가 / 붉은 목장갑이 다 닳습니다
> 헐거워진 장갑은 저 아래 / 툭, 던져버리기도 하는데
> 그 자리에 파란 하늘이 / 조용히 내려와 앉습니다
> 이제 맑은 눈동자를 보았으니 / 당신을 쓰다듬던 나의 손도
> 거둘 때가 되었습니다

동해안으로 가는 길에서 인제 그리고 원통 주변의 군부대 막사들 그리고 이따금씩 오가는 군 트럭들을 보노라니, 50년 전 군대생활을 하던 추억들이 새로워졌다. 용대리 삼거리를 지나 진부령으로 들어가는 계곡에는 맑은 물줄기를 따라 기암들과 소나무가 어울려 여전히 아름다웠다. 1950년대 말 대학시절 방학이 되면 속초에 계시던 어머님을 뵈러 다녔던 길이다. 그땐 비포장 일방통행 군사도로에서 군인들이 무전기로 교통정리를 했었는데, 이제는 깨끗하게 정비된 아스팔트길이라서 서울과 속초 간 노선버스는 2시간대에 간다고 한다.

고성의 역사문화

건봉사의 역사와 사연

우리는 진부령을 넘어 건봉사에 들렀다. 건봉사는 6·25 이후 민통선 안에 위치했던 관계로, 1988년 개방될 때까지는 일반인들에게 거의 알려지지 않았던 절이다. 나는 몇 년 전 가족과 함께 찾아와 임진왜란 당시 사명대사가 6천

화진포 호숫길을 걷는 탐방단

명의 승병을 일으켰던 건봉사의 역사에 대하여 조금은 알고 있었지만, 이번 기회에 '사명당의 승병기념관'에 들러 호국불교를 실천한 사명대사의 일대기를 더 자세히 살펴볼 수 있었다.

경내에는 이끼 낀 바위에 「출정사」 그리고 만해 한용운의 「오도송」을 새겨 놓았다. 「출정사」는 6 · 25 전쟁 중에 발간된 시집 『시산을 넘고 혈해를 건너』에 수록된 조영암의 시로서, 전쟁터로 나가는 한국 젊은이의 비장한 애국애족의 영혼을 엿볼 수 있었다.

복사꽃 붉은 볼이 너무도 젊어 / 사랑도 하나 없이 싸움터로 달린다

나라와 겨레 위해 몸이 슬어도 / 천 년 후 백골은 웃어주리니

흐려오는 안정(眼精)에 얼비치는 사람아 / 흰 눈발 촉루 위에 입 맞춰 달라

한용운은 17세에 고향을 떠나 설악산 오세암에 들어왔다. 1905년에 백담사에서 연곡(連谷)을 스승으로 삼고 승려가 되었고, 만화(萬化)에게서 법을 받았다. 그때 만해가 썼다는 「오도송(悟道頌)」은 다음과 같다.

사나이 가는 곳은 어디나 고향인데 / 누가 오래도록 나그네 마음으로 보내는가
한 번 큰 소리 내어 온 천지를 뒤흔드니 / 눈 속에 핀 복사꽃도 하늘하늘 흩날리네
(男兒到處是故鄕 幾人長在客愁中 一聲喝破三千界 雪裡桃花片片飛)

산·바다·호수의 고장

'산·바다·호수가 어우러진 아름다운 통일 고성' 그리고 'DMZ와 금강산이 있는 고성'이라는 광고판에서 북한과 접경인 이 지역 주민들의 통일 소망을 느낄 수 있었다. 거진항 염광활어횟집의 푸짐한 생선매운탕은 백두대간을 넘어온 허기를 채우기에 흡족하였다.

화진포는 동해안의 석호 중의 하나로 주변에 우거진 송림과 함께 호수의 경관이 아름다워 옛날부터 휴양지로 유명한 곳이다. 특히 광복 후 북한의 김일성이 그리고 6·25 전쟁 후에는 남한의 이승만 대통령과 이기붕 부통령이 이곳에 별장을 지어놓고 휴식하러 왔었다. 이상국 시인의 「겨울 화진포」를 읽으며 분단된 한반도의 역사 현실을 생각해 보았다.

전략// 춥다 / 그래도 물은
떠도는 새들 때문에 얼지 못하고 / 산그림자로 겨우 제 몸을 덮었을 뿐
추위 속에 잠들면 죽는다고 / 물결이 갈대들의 종아리를 친다
하늘에도 검문소가 있는지 / 북으로 가는 청둥오리 수천 마리
서로의 죽지에 부리를 묻고 연좌하고 있다
이미 죽은 주인을 기다리며 / 반세기 가까이 마주보고 선
저 역사의 무허가 건물들 / 이승만과 김일성 별장 사이 물빛은 화엄인데
새떼들만 가끔 힘찬 활주 끝에 떠오르며 / 물속의 산을 허문다

호수를 내려다보는 언덕에 있는 이승만 별장은 30평도 안 되는 단층 슬래브 집이다. 지금은 '이승만 대통령 화진포기념관'으로 개조하여 휴전 후 1950년대 그의 활동상황을 전시해 놓았다. 그가 남긴 수많은 서예유품들은 대부분 반공정신을 고취하고 부국강병으로 국토통일의 염원을 보여주는 것들이다.

청간정 앞바다 | 갈매기들이 모래톱에서 휴식하고 있다

　해안 절벽 위 우거진 송림 속에 위치한 '화진포의 성'은 당초 셔우드 선교사에 의해 1938년에 독일 망명건축가 베버가 건축했다는데, 1948년 김일성이 가족들(처 김정숙, 아들 김정일, 딸 김경희)을 이곳에 데리고 와 쉬었다 해서 '김일성 별장'이라고 부른다. 6 · 25 전쟁 중 훼손된 것을 수리하여 지금은 반공전시관으로 이용하고 있었다.

청간정의 노래

　화진포 주변의 송림길은 청간정으로 이어졌다. 노송으로 뒤덮인 조그만 언덕 위의 청간정 2층누각은 정확한 창건연대는 알 수 없지만 1529년(숙종 15년)에 중수했다는 기록이 있다고 한다. 지금의 정자는 갑신정변 때 불타 없어진 것을 1930년 지방민들이 재건하였고 현판은 이승만 대통령의 친필이라고 한다.

　청간정 누대에 올라 파도가 잔잔한 망망대해 동해바다를 내다보았다. 청간천이 옆으로 돌아 바다와 만나 이루어진 모래톱에는 갈매기들이 모여앉아 잔잔하게 밀려오는 파도를 기다리는 모습이 한 폭의 그림이었다. 그래서 청간정은 일출과 일몰의 정취가 빼어나 예로부터 많은 시인 묵객들이 찾아와 '관동팔경수일경(關東八景秀一景)'이라 했었다. 우리는 문태준 시인으로부터 동해안의 서정시에 대한 설명을 들었다. 그리고 오세영의 시 「바닷가에서」를 낭송하며 문학의 맛을 느껴보았다.

사는 길이 높고 가파르거든 / 바닷가 / 하얗게 부서지는 파도를 보아라
아래로 아래로 흐르는 물이 / 하나 되어 가득히 차오르는 수평선
스스로 자신을 낮추는 자가 얻는 평안이 / 거기 있다 // 중략 //
사는 길이 슬프고 외롭거든 / 바닷가 / 가물가물 멀리 떠 있는 섬을 보아라
홀로 견디는 것은 순결한 것 / 멀리 있는 것은 아름다운 것
스스로 자신을 감내하는 자의 의지가 / 거기 있다

동해안 설악의 문학

영금정과 울산바위

설악산이 바라보이는 속초 동명항 끝자락 바위언덕 위의 영금정에 올라서니, 앞으로는 망망대해요 뒤로는 어항을 둘러싼 속초시내가 설악산 그림자 밑에 안기었다. 양양 출신이고 속초에 살고 있다는 이상국 시인이 파도가 몰아칠 때마다 신비한 거문고 소리가 들렸다는 영금정의 유래와 함께 고향의 역사 얘기를 들려주었다. 일제 때 방파제 구축을 위하여 해안 바위들을 무자비하게 폭파시킴으로써 신선이 불던 신비한 거문고 소리는 사라졌다고 한다.

그래도 절벽에 부딪치는 하얀 파도는 지금도 관광객들의 시선을 끌어 모으고 있었다. 동해의 일출은 못 보았지만 아침 햇살이 반사되는 설악산 울산바위의 위용은 장관이었다.

우리는 동해안의 서정을 찾아 낙산사 의상대로 향했다. 낙산사 홍예문 앞에서 문화해설사의 설명을 듣자니 산불로 소실된 낙산의 풍광이 아쉬울 뿐이었다. 그나마 복원해놓은 경내를 둘러보니 새로이 솟아나는 푸른 초목들이 동해를 내려다보는 해수관음상의 자비와 함께 사람들의 마음을 위로해 주는 것 같

낙산사 의상대로 들어가는 홍예문

았다. 그리고 '동해안'이란 시제의 3행시를 발표하였다.

동, 동해의 서정 따라 화진포를 산책하고 설악에 들어오니
해, 해맞이하기에는 청간정도 좋다지만 영금정도 일품인데
안, 안개 없는 가을 아침 울산바위 햇살이 탄성을 불러내네

낙산사를 떠난 버스는 물치를 지나 진전사지를 향해 설악산 아래로 들어갔다. 그곳은 내가 1961년 군대생활을 했던 동해안방어사령부의 육군 비행장이 있는 곳이다. 지금도 울타리 안에는 활주로가 있고 군부대가 주둔하고 있었다. 이 골짜기 안에 우리가 찾아갈 만한 신라의 명찰 진전사가 있었다니 정말로 몰랐던 일이다. 석교리마을을 지나 한참을 더 들어가니 3층석탑 하나만 외로이 서 있는 진전사 빈터가 나타났다.

진전사와 일연의 사연

진전사는 통일신라 후기 도의선사가 창건한 절이다. 도의선사는 스님과 잠

진전사터에 남아 있는 3층석탑(국보 제122호)

자리를 했던 어머니가 39개월 만에 아버지의 흰 무시개 꿈으로 태어났다고 한다. 당나라에 유학하여 지장스님으로부터 선종(禪宗)의 가르침을 받고 돌아와 '구산선문(九山禪門)'을 개척한 효시가 되었다. 당시에는 교종(敎宗)이 성행했기 때문에 선법(禪法), 즉 누구나 선을 하면 열반에 들 수 있다는 평등사상의 불법이 받아들여지지 않자 도의는 이곳 둔전리에 들어와 40년간 선(禪)을 전파하였다고 한다.

이상국 시인은 진전사에서의 일연스님 얘기를 해주었다. 고려 무신정권시대 경상도 경산에서 태어난 김견명은 8살에 전라도 광주의 조그만 절로 공부하러 떠났다. 그 후 14세의 소년은 진전사에 들어와 희연으로 출가하여 5년을 살았다. 그는 나중에 이름을 일연으로 바꾸었고, 유명한 『삼국유사』를 썼던 것이다.

고려 후기 1193년에 이규보는 『동명왕편』을 썼는데, 그는 김부식의 『삼국사기』 자료 속에서 동명성왕 주몽을 만났다. 그는 동명성왕의 얘기가 환상이 아니고 성스러운 신으로 다가와 우리의 역사를 세웠다고 했다. 그로부터 백년쯤 뒤 일연스님은 『삼국유사』를 썼다. 거기에는 양양의 낙산사와 평창의 월정사 이야기가 나오는데 그 속에는 의상과 원효, 범일과 조신의 이름이 많이 등장하고 있다. 이는 소년 일연이 진전사에 살면서 낙산사와 월정사를 이웃집처럼 수없이 자주 드나들었다는 증거라고 한다. 그는 이 절의 한 모퉁이에 앉아 먼 고향을 떠올렸고, 길을 떠난 인생을 생각했을 것이다. 그리고 그의 체험과 불법을 글로 옮길 생각을 키워가지 않았겠는가 상상해 보았다.

진전사가 조선 중기에 폐사된 후 외로이 남아 있는 3층석탑은 강릉의 객사 문과 함께 영동의 유일한 국보라고 한다. 이 석탑은 8세기의 불국사 석가탑과 대비되는데 네 분의 부처와 함께 비천상이 정교하게 새겨져 있다. 진전사터에서 한참을 걸어 올라가면 둔전저수지 위에 진전사 새 절을 지어놓았는데 그 옆 언덕 위에 도의선사의 부도탑이 오랜 역사를 말해 주고 있었다.

예술과 지혜가 빛나는
문화공간

겸재따라 찾아간
한양 서촌

조선일보와 국립중앙도서관 그리고 교보문고가 주관하는 '길 위의 인문학' 탐방은 겸재 정선을 따라가는 250년 전의 한양여행이었다. 경복궁 서쪽 인왕산 아래 옥인동 일대를 찾아가서 《장동팔경첩(壯洞八景帖)》의 옛 경관을 확인하는 것이다. 한양 서촌(西村) 탐방에 앞서 겸재의 〈진경산수화〉에 관하여 한국학중앙연구원 윤진영 연구원의 사전강의를 들었다.

서촌의 숨겨진 이야기

겸재의 장동팔경첩

나에게는 《장동팔경첩》의 〈진경산수화〉에 대한 역사적 의미도 중요했지만, 글뿐만 아니라 그림도 시대적 변화를 확인하면서 자연경관 속의 역사를 이해할 수 있다는 것을 새삼 깨달았다. 그리고 아직 〈진경산수화〉와 그 속의 실경이 보존되어 있는 서촌의 문화자원적 가치와 인문경관의 위상에 대하여 새롭게 인식할 수 있었다.

1745년(영조 21년) 양천현령을 끝으로 인왕곡으로 돌아온 겸재는《장동팔경첩》에 인왕산 기슭에서부터 백악산에 이르는 서촌의 명소들을 그려넣었다. 〈필운대(弼雲臺)〉, 〈수성동(水聲洞)〉, 〈옥류동(玉流洞)〉, 〈청풍계(淸風溪)〉, 〈백운동(白雲洞)〉, 〈자하동(紫霞洞)〉에 얽혀 있는 인물들에 대한 이야기들은 더욱 실감나는 역사로 다가왔다. 그뿐 아니라 북악산 기슭에 남곤(1471~1527)이 지은 대은암(大隱巖)에서 나누었던 박은, 이행과의 우정 이야기도 흥미로웠다. 또 정쟁과 사화를 피해 유유자적했던 김수흥은 독락당(獨樂亭)에서 그리고 성수침은 청송당(聽松堂)에서 벗들과 만나고 제자들을 길러냈던 이야기들도 한없이 흥미로웠다.

《장동팔경첩》은 두 본이 있다. 한 본은 1751년(영조 27년)에 그린 것으로 간송미술관에 소장되어 있고 다른 한 본은 1755년에 그린 것으로 현재 국립중앙박물관에 보관되어 있다고 한다.

장동(壯洞)은 당시의 창의궁과 육상궁 사이를 지칭하지만, 이 화첩에는 그 범위를 벗어나 수변의 여러 곳을 포함하고 있다. 겸재는 우리나라 명승과 명소들을 독자적인 진경산수화풍으로 화폭에 창출한 인물이다. 특히 서촌을 그린 〈진경산수화〉는 그가 60대 이후의 완숙한 화풍으로서 예술성은 물론 약 250여 년 전 서촌의 정경을 후세에 남겨놓았다는 의미가 있다.

진경산수화의 현장

필운대는 한양의 전경을 조망할 수 있는 곳으로 그 인근에 선조 때의 재상이었던 백사 이항복(1556~1618)의 집이 있었다. 현재의 배화여고 서쪽 암벽에 필운대(弼雲臺)라 쓴 이항복의 친필 글씨가 남아 있다. '물소리계곡'으로 이름난 수성동은 누상동과 옥인동 사이의 계곡이다. 깊은 골짜기로 인왕산에서 내려오는 냇물과 바위들이 아름답게 어우러진 곳으로 유명한데,《몽유도원도》의 야사가 서려 있는 안평대군의 별서 무계정사가 있었던 곳이다. 또 이곳은 옥류동에 송석원(松石園)을 짓고 살았던 중인 천수경을 비롯하여 위항시인들이 송석원 시사(詩社) 모임을 자주 갖었던 곳이다.

더욱이 1751년에 그린 정선의 〈인왕제색도(仁王霽色圖)〉와 1780년 강희언의

겸재 정선의 〈수성동〉

〈인왕산도(仁王山圖)〉에 남아 있는 당시의 명소들이 지금도 그 흔적을 찾아볼
수 있고, 그 뒤에 숨겨진 역사 이야기들을 풀어낸다는 것이 경이로울 뿐이다.
필운대의 꽃 경치가 얼마나 좋았던지, 정조도 세자시절 이곳에 나와 다음과
같은 「필운화류(弼雲花柳)」란 시를 지었었다. 장안사람들이 모두 꽃구경을 하러
가는 가운데서도 글을 읽는 젊은이에게는 벼슬을 주어야겠다고 했으니, 군주
의 소양과 위엄을 이미 갖추고 있었던 모양이다.

〈독서여가도〉에 그려진 겸재 정선

필운대의 곳곳마디 번화함을 과시하여라
만 그루 수양버들에 만 그루의 꽃이로다
가벼이 덮인 아지랑이는 좋은 비를 맞이하고
막 재단해 빤 비단은 밝은 놀을 엮어 놓은 듯
백단령 차려입은 사람은 모두 시짓는 벗들이고
푸른 깃발 비스듬히 걸린 집은 바로 술집일세
혼자 주렴 내리고 글 읽는 이는 뉘 아들인가
동궁에서 내일 아침에 또 조서를 내려야겠네
(雲臺底處矜繁華 萬樹柳楊萬樹花 輕斂柳絲迎好雨 新裁浣錦綴明霞
 長城百劫皆詩伴 橫出靑簾是酒家 獨閉書有何氏子 春方朝日又宣麼)

수성동에는 안평대군(1418~1453)의 비해당(匪懈堂)이 있었고, 서촌에 사는
안동 김씨 자제들뿐 아니라 김정희를 비롯 수많은 문객들이 찾아와 시를 짓고
놀았던 곳이다. 특히 계곡에 있던 기린교(麒麟橋)를 겸재의 그림에 근거하여
2011년에 다시 복원했다니, 찾아가서 옛날의 운치를 감상하고 싶었다. 그리

고 도성의 5대 경승 가운데 하나였던 옥류동계곡에는 장동(壯洞) 김씨 세도가의 별서들이 늘어 있었다.

일제 강점기에 와서는 순조비였던 순정왕후의 숙부이자 친일행각을 벌였던 윤덕영(1873~1940)의 서양식 호화별장 벽수산장도 여기에 있었다고 한다.

명문 세도가의 흔적들

청풍계는 옥류동과 백운동 사이의 깊은 골짜기로 17세기 이후부터 안동 김씨 일문의 세거지였다. 이곳에는 김상헌의 형 김상용(1561~1637)의 집 '선원고택'이 있었고, 시냇물 위쪽 바위에 대명일월(大明日月), 백세청풍(百世淸風)이라는 각자가 있었으나 현재는 '백세청풍' 네 글자만 남아 있다. 김상용과 김상헌의 후손들이 대를 이어 이곳에 살면서 '삼수육창(三壽六昌)' 장동 김씨의 터전이 되었는데, 정선이 〈청풍계〉를 여러 점 그린 것도 안동 김씨의 후원과 그 후손들(창협, 창흡, 창업)의 문하에 드나들며 교류했기 때문이라고 할 수 있다. 이곳은 김상헌(1570~1652)이 「근가십영(近家十詠)」에서 〈청풍계〉에 대한 추억을 다음과 같은 시로 표현했을 정도로 조선 말기 세도정치의 주체들인 안동 김씨의 세거지였다.

> 우리 부자 형제들이 한 집 안에 앉아서는 / 바람과 달 음악과 술로 사시사철 즐기었네
> 그 좋던 일 지금 와선 다시 할 수 없거니와 / 이러한 때 이런 정을 어느 누가 알 것인가
> (父子兄弟一堂席 風月琴樽四時樂 勝事如今不可追 此時此情何人識)

특히 독일에 갔다가 다시 돌아온 겸재의 〈금강산도〉 등을 설명하면서, 윤진영 연구원은 자연의 아름다운 경관은 사람으로 인하여 유명해진다고 하였다. 옥계시사의 위항시인 장혼은 「옥계아집첩서」에 '아름다움은 절로 아름다운 것이 아니라, 사람으로 인하여 드러난다(美不自美 因人而彰)'라고 했다. 조선 중기 문인 소세양은 송순의 면앙정 현판에 '산과 물은 천지간에 무정한 사물이므로 반드시 사람을 만나서 드러나게 된다'고 했다.

그리고 왕희지가 놀던 산음의 난정(蘭亭)이나 소동파가 노닐던 황주의 적벽

김상용 집터에 남아 있는 암각서 | 백세청풍

(赤壁)은 왕희지와 소동파의 붓이 없었더라면 황량하고 적막한 땅에 불과했을 것이다. 옛사람들은 글로 아름다운 땅의 주인이 되었던 것이다. 다시 말하면 글과 그림은 세인들에게 기억의 끈을 놓지 않게 하고 후세사람들에게 그것을 깨닫게 하는 매개체가 된다는 것이다.

그러므로 자연명소의 요건은 인물과 역사가 함께하는 공간이어야 더욱 빛난다고 할 수 있다. 겸재 정선이 남겨놓은 한양 서촌의 〈진경산수화〉는 이 지역의 명승뿐 아니라 인문, 지리 그리고 역사배경을 논할 수 있는 작품으로써, 회화사는 물론 조선 후기의 문화사를 이해하는데 매우 귀중한 자료라고 할 수 있는 것이다.

겸재의 장동팔경을 찾아가다

겸재기념관

'길 위의 인문학' 동호인 최상민 선생과 이광세 화백 등은 겸재기념관을 먼

이항복의 집터 | 필운대

저 보기 위하여 9호선 양천향교역에서 만났다. 겸재 정선이 1740년(영조 6년)부터 5년간 양천현령으로 재임하는 동안, 친구 시인 이병연과 함께 남겨놓은 한강 주변의 경승을 그린 《경교명승첩(京郊名勝帖)》과 함께 《양천팔경첩(陽川八景帖)》을 감상하면서, 그의 생애와 함께 〈진경산수화〉를 이해하기 위해서였다. 특히 〈소악후월(小岳候月)〉, 〈공암층탑(孔巖層塔)〉, 〈설평기려(雪坪騎驢)〉, 〈종해청조(宗海聽潮)〉, 〈빙천부신(氷遷負薪)〉 등의 그림은 한강변의 경승도 보여주거니와 그 제목 또한 시적이었다.

그리고 궁산(宮山)의 소악루(小岳樓)에 올라가보라는 관장의 권유에 따라, 양천향교를 지나 낙엽이 쌓인 궁산 언덕으로 올라가니 한강이 시원하게 한눈에 내려다보인다. 겸재가 그린 《경교명승첩》의 〈목멱조돈(木覓朝暾)〉이며 〈안현석봉(鞍峴夕烽)〉의 그림사진과 비교하여 한강 너머에 실제로 보이는 남산과 안산의 모습을 찾아보았으나 난지도의 쓰레기 산과 아파트단지에 가려 제 모습을 볼 수 없었다. 조선시대 '서호(西湖)'라고 일컬으며 주변의 경승을 즐기던 한강변은 모두 직선화되고 여러 개의 다리들이 가로놓여 있었다. 선유도와 함께 어우러졌던 운치는 모두 사라졌지만 아름다운 경치는 여전한 것 같았다.

양천에서 점심을 먹고 전철을 갈아타면서 경복궁역에 도착했다. 우리는 도보로 《장동팔경첩》에 남아 있는 필운대, 수성동, 옥류동, 청풍계를 찾아 인왕산 기슭의 주택가로 들어섰다. 배화여고 경비원이 알려주는 대로 건물의 뒤로 돌아가니 필운대란 각서가 새겨진 바위 절벽이 눈앞에 나타났다. 이 바위 밑까지 건물들이 들어찼으니, 오히려 필운대가 없어지지 않고 안내 간판이 세워져 있는 것만으로 다행이란 느낌이 들었다.

필운대와 수성동

필운대 부근에는 백사 이항복(1556~1668)의 집과 그의 처가인 권율 장군의 집도 함께 있었다고 한다. 이항복이 암벽에 새겨놓은 필운대란 친필 글씨와 함께 9대손인 이유원(1814~1888)이 훗날에 찾아와 남겨놓은 아래의 시도 그 옆 바위에 새겨져 있었다.

우리 조상님 사시던 옛집에 후손이 찾아오니
푸른 소나무와 바위벽에는 흰 구름만 깊이 잠겼구나
백여 년의 오랜 세월이 지났건만 유풍은 가시지 않아
옛 조상님의 차림새는 예나 지금이나 같아라
(我祖舊居後裔尋 蒼松石壁白雲深 遺風不盡百年久 父老衣冠古亦今)

그 다음에 찾아간 곳은 겸재의 《장동팔경첩》에 그려 있는 〈수성동(水聲洞)〉이다. 필운대로로 나와 묻고 또 물으면서 옥인길을 따라 한참을 올라가니 '윤동주 하숙집터'라는 표시가 나왔다. 마을버스 09번의 종점에서 조금 올라가자 새로 정비한 수성동계곡이 나타났다. 겸재의 〈수성동〉 그림과 설명 표시판 뒤편으로 좁고 깊은 바위 틈새 위에 기린교가 저만치 보인다. 옥인아파트를 헐어내고 겸재의 그림에 근거하여 이 계곡을 복원함으로써 돌판 두 개를 붙여놓은 기린교가 다시 살아났던 것이다.

확 트인 계곡 위로 인왕산 정상이 맑은 하늘에 솟아 있고, 계곡을 따라 올라가니 바위 틈새의 계곡들이 좌우편에서 모아진다. 겸재의 그림에서와 같이 250여 년 전 무성한 숲속의 계곡을 상상하니, 추사 김정희의 다음과 같은 시

기린교를 복원해 놓은 수성동계곡

「우중에 수성동 폭포를 구경하다(水聲洞雨中觀瀑此心雪韻)」의 분위기가 그대로 느껴지는 것 같았다.

> 골짜기 들어서자 몇 걸음 안가 / 나막신 아래에서 우레 소리 진동하는데
> 젖다 못한 산안개 몸을 감싸니 / 낮에 가는데도 밤인가 의심되는 구나 // 중략//
> 산심이 정히도 숙연해지니 / 온갖 새들도 지저귀는 소리없네
> 원컨대 이 소리 가지고 가서 / 저 야속한 무리들을 깨우쳤으면 // 후략//
> (入谷不數武 吼雷殷屐下 濕翠似裏身 晝行復疑夜
> 山心正蕭然 鳥雀無喧者 願將此聲歸 砭彼俗而野)

청풍계를 찾아서

세심대(洗心臺)를 찾아 주택가를 지나 서울농아학교에 이르니, 교정에 있는 그곳은 지금 수업중이라 못 들어간다고 한다. 250여 년 전 산수 좋던 이 지대의 풍물들이 이제는 모두 파괴되어 사라졌거나 기관이나 주택 속에 파묻혀버린 것이 아쉬울 뿐이다.

발길을 돌려 장동팔경의 청풍계(淸風溪)를 찾아갔다. 동네 골목길 관광안내도에 표시되어 있는데, 동네사람들은 '김상용의 집터'라는 청풍계를 알지 못하였다. 길에서 헤매다가 우연히 '길 위의 인문학' 탐방단의 사진기자 이승하씨를 만나 그곳의 이야기를 들을 수 있었다.

청운초등학교는 송강 정철의 생가터라 그의 시를 여기저기에 새겨놓았다. 현대아파트 경비실에 들러 청풍계라고 쓴 암각서 바위를 물으니 조금 올라가면 된다는 것이다. 가파른 인왕산 언덕길의 오른쪽 높은 축대 밑에 커다랗고 늠름하게 새겨놓은 '백세청풍(百世淸風)'이라는 글씨가 눈에 띄었다. 어느 주택의 높다란 축대 아래에 갑자기 나타난 이 암각서를 보자 반가움과 함께 씁쓸한 실망감이 몰려왔다.

이 일대가 '장동 김씨' 가문의 역대 주택들이 있었고, 온갖 이름의 각(閣)과 정(亭) 그리고 대(臺)와 지(池)자의 풍류정자들이 줄지어 있었던 곳이다. 겸재의 그림에서도 여러 정자들이 계곡을 따라 층층이 늘어섰던 지역인데, 몇 십 미터 높이의 축대들이 받쳐주는 호화주택들로 바뀌었으니 옛 모습은 사라지고 없었다. 그래도 겸재의 그림을 바탕으로 그 흔적이나마 찾아볼 수 있었으니 오늘의 목적은 다 이룬 것 같았다.

우리는 마지막 행선지로 겸재 정선의 생가터를 찾아 경복고등학교로 갔다. 본관 앞에 정선의 〈독서여가(讀書餘暇)〉 그림을 새겨놓은 커다란 바위가 그의 생가터임을 알려주었다. 이곳이 장동 김씨들의 세거지와 이렇게 가까웠으니, 친밀하게 지냈던 그들에 관한 그림을 많이 그렸던 분위기를 짐작할 수 있었다.

남곤의 집이었던 백악산 기슭의 대은암도 겸재는 '장동팔경'의 하나로 그림을 그렸다. 그 대은암이 경복고교의 본관 건물 앞 바위에 새겨놓은 교가의 첫머리에 나와 있었다.

도예의 고장
광주분원

국립중앙도서관을 출발한 버스 안에서 명지대 윤용이 교수의 사전강의 녹화테이프를 한참 보다보니 어느덧 버스는 중부고속도로 광주IC로 나선다. 이 길을 많이 다녔지만 바로 옆에 '광주조선백자도요지'가 있는 줄은 몰랐다. 아크릴판으로 지붕을 덮은 건물내부로 들어서니 비탈진 지표에 수많은 도자기 조각들이 출토된 상태로 흩어져 있고 가마터도 노출되어 있었다.

조선백자에 숨겨진 이야기

함께 동행한 신한균 사기장이 도요지의 배경을 설명해 주었다. 가마의 불 때는 곳을 봉통이라 하는데 중국의 가마는 벽돌로 지상에 만드는 반면, 조선의 가마는 동고서저의 자연경사면에 만드는 반지하의 '오름가마'라고 한다. 길이가 23m, 내벽의 폭은 1.7~3m로 굴뚝 쪽으로 갈수록 폭이 넓어졌다. 4 개의 번조실(燔造室)은 장방형으로 각 실 사이에 격벽을 설치하였다. 전시장 주위에는 이곳에서 출토된 도자기들을 분류하여 전시해 놓았다. 경기도 광주지

광주분원백자자료관

역이 옛날부터 유명한 도예지라는 것은 알고 있었지만 현장에 와서 그 모습을 직접 보기는 처음이었다.

도자기는 고려 때 중국으로부터 들여왔는데 옥을 좋아했던 그들은 옥을 만들기 위한 노력의 결과 자기 제조방법이 일찍 발달했다고 한다. 우리나라도 신라 때 점토(진흙)로 만드는 토기(옹기)가 있었으나 고려 때는 중국보다 우수한 '비색청자'를 제조하였다. 청자도 점토로 굽는 사기라는 점은 자기에서도 같은 말이라고 한다. 청자는 점토(粘土)로 초벌구이를 한 다음, 나무재를 섞은 유약을 발라 1,200도로 구우면 아름다운 비취색을 낸다는 것이다. 반면 백자는 자토(瓷土, 일명 백토 또는 고령토)를 사용하고 1,300도 이상으로 구어야 한다는 설명이었다.

광주분원백자자료관

우리는 다시 퇴촌을 지나 경기도 광주시 남종면 분원리에 있는 분원백자자료관으로 갔다. 붕어찜으로 유명한 팔당호반의 분원리에 도착하여 언덕 위에 위치한 분원초등학교로 올라가니 학생들이 운동장에서 천진난만하게 장난치며 뛰어 놀고 있었다. 초등학교의 폐교사를 개조하여 만든 자료관 앞 잔디밭에는 채제공을 비롯하여 역대 사용원(司饔院) 번조관(燔造官)들의 선정비가 줄지어 세워져 있었다. 그리고 자료관 현관 위에는 '한강 따라 500년, 분원에서 왕실까지'라는 현수막이 걸려 있었다.

신 사기장은 조선시대의 사용원분원, 백자번조소에 대하여 설명해 주었다. 사용원이란 왕실과 궁궐에 필요한 음식 관련 업무를 관장하는 부서로서, 음식 그릇으로 쓸 백자번조소를 분원이라고 한단다. 당시에는 국가의 최대 사업이 바로 도자기 생산이었기 때문에, 현재 경기도 광주시 남종면을 위시하여 6개 면에 약 340여 개소의 가마터가 있었다고 한다. 성종 때 전성기의 이 분원에는 사기장을 포함하여 380명의 법정인원과 천여 명의 노동인력이 동원되었다.

분원리는 우선 주변에 소나무가 많았고 서울이 가까워 도자기를 운반하기 편리한 한강이 있기 때문에 지리적 위치가 좋다는 것이다. 소나무는 불살이 가장 길어 화력이 좋을 뿐더러 재가 잘 삭고 공기 유통이 잘되어 도자가마에는 꼭 소나무를 써야 했다. 그리고 백토는 전국 여러 곳에서 가공하여 공급했다고 한다.

조선시대 백자의 특징은 순결과 흰옷을 사랑하는 우리 민족성을 반영하는 색깔이라고 한다. 초기에는 순백색이 특징이었으나 중기에는 우아한 유백색, 후기에 와서는 관요가 토착화된 분원시대인데 기발한 기술로 담청 백색이 주류를 이루게 되었다.

전승도예의 기법은 가스가마를 쓰는 현대도예와 달리 장작가마였는데, 장작가마에서도 도공의 열정에 따라 도자기의 색깔이 달라진다고 한다. 신 사기장은 도자기의 색은 불의 예술이라고 하는데, 장작은 화가의 붓과 물감과 같이 장작을 언제 어떻게 던져 넣느냐에 따라 명품이 만들어진다는 것이다.

광주분원백자자료관에는 도예에 관한 여러 가지 설명들이 있었다. 도자기의 이름 및 종류(청자, 분청사기, 백자)와 표면에 넣은 문양과 안료(산화코발트의 청화문, 산화구리의 진사문, 산화철의 철화문) 그리고 조각기법(음각, 양각, 투각, 상감)과 그릇의 모양과 쓰임새를 순서대로 붙여 구분하여 부른다. 분원리 도마치가마터에서 출토된 것으로 아래의 시를 청화 안료로 써넣은 백자접시가 전시되어 있었다. 시를 담고 있는 도자기는 또 하나의 예술품이 된 것이다.

> 달빛 차가운 대나무 계곡에 도연명이 취해 있고
> 꽃 시장의 향기로운 바람결에 이태백이 잠들었는데
> 돌이켜보면 세상 일이 꿈만 같은데
> 인간의 삶은 술 마시지 않아도 취한 것만 같구나
> (竹溪月冷陶令醉 花市風香李白眠 到頭世事情如夢 人間無飮似樽前)

우리 도자기의 발달과정

고려청자

10세기 후반 고려 광종(950~975)과 성종(982~997) 때 중앙집권정책과 함께 중국의 문물이 들어왔는데, 958년에 귀화한 중국인 쌍기의 진언에 따라 과거제도를 실시하였다. 이때 선종불교의 전파와 다도에 필요한 도자기의 요구가 생겼다. 문종(1047~1082) 때까지의 고려청자 모습은 북송과의 교류로 중국 문양과 기형이 적용되었다. 그 후 12세기 전반에 와서 예종(1105~1122)과 인종(1122~1146)에 이르러 귀족정치가 완성되면서 고려문화는 황금기를 맞는다. 이때의 고려청자는 제작 솜씨가 교묘해지고 그 빛깔이 아름다워졌다.

12세기 후반 의종(1146~1170)과 명종(1170~1197) 때 귀족사회의 화려함이 쇠퇴하면서 1170년 '무신의 난'으로 큰 전환기를 맞는다. 이 시기에 특히 '상감청자'의 초보적인 기법이 나타났다. 본격적인 상감청자는 1170년 이후에 발전되었다. 원종(1259~1274)과 충렬왕(1274~1308) 시기에는 원의 세력에 배경을 둔 권문세족들에 의하여 고려자기도 원대의 도자기 영향을 받아 1290년대는 충렬왕의 사치와 유락으로 '화금청자' 등 특이한 도자가 제작되었다.

공민왕(1351~1374)과 우왕(1374~1388) 시기에는 원·명의 교체기로 새로운 사회세력이 등장하여 개혁정치를 추진하면서 신흥무인들의 협력으로 조선왕조가 시작되었다. 이 시기의 도자는 40년간의 왜구와 홍건적의 침략으로 경제

경기도자박물관

적 어려움을 겪게 된다. 신흥사대부들은 성리학을 받아들여 검소하고 실용적
이며 합리적인 생활을 추구하였다. 그들은 유기 대신 칠기와 목기를 권하면서
실용성 있는 도자기의 대량생산을 요구하게 되었다. 왜구의 침입으로 강진·
부안해안의 가마들이 파괴되고 해로의 조운이 막히자 전국의 내륙지방 곳곳
으로 가마가 분산되었다.

1350년대에는 유색이 암녹색으로 변하고 유면도 거칠어져 14세기 후반과
15세기 전반이 되면서 분청사기가 나타나게 되었다. 1391년의 백자발은 경
질의 백자였는데, 담청색을 머금은 백자유는 거친 태토 위에 시유된 조선 초
기의 백자와 비슷하게 만들어졌다. 이러한 도자의 양상은 곧 이어 조선의 분
청자와 백자의 모체가 되었던 것이다.

조선의 백자

우리는 다시 고속도로를 타고 곤지암에 있는 경기도자박물관으로 갔다. 광
주·이천·여주가 도자기로 널리 알려져 있으나 이렇게 대규모의 도자박물관
이 이곳에 있는 줄은 몰랐다. 전시실에는 도자기에 관한 여러 가지 내용이 이

도자기 제작체험

해하기 쉽게 실물과 함께 잘 정리하여 전시해 놓았다.

도자기를 특징별로 토기, 도기, 석기, 자기로 구분하여 재료와 특징을 열거해 놓았고, 고려청자, 분청사기, 조선백자의 발달과정과 각각의 특색을 설명해 놓았다. 그리고 도자기 각 부분의 명칭도 표시해 놓았다.

그곳에서는 마침 '나, 너, 우리가 함께'라는 주제의 '경기세계도자비엔날레'가 열리고 있었다. 2층에는 도자기의 명소인 한국의 광주와 중국의 경덕진을 주제로 '한·중 도자예술교류전'이 전시되어 있었다. 중국의 백자작품들은 여러 가지 밝은 채색의 그림들이 산뜻하고 화려하게 그려져 있는데 반해, 우리나라의 백자들은 거의 단색으로 담백하면서도 소박하고 단아한 느낌을 주었다.

우리는 세미나실에 모여 신 사기장으로부터 도예에 관한 열정어린 강의를 들었다. 신라 때에는 토기에 유약을 발랐던 '녹청자'가 있었지만, 고려에 와서 중국의 도예가 예성강과 한강의 중부지역으로 들어왔다. 몽고의 침략으로 전라도 강진·부안 등지로 옮겨가 점토로 만드는 청자가 개발되었는데, 그 당시에는 분업적으로 작업이 발달하여 비색 청자까지 만들어냈다. 고려가 후기에

필자가 빚은 '길 위의 인문학' 기념 작품

접어들어 국력이 쇠약해지고 왜구의 침략이 잦아지면서 도공들은 내륙으로 가족끼리 흩어지게 됨으로써 청자의 질은 떨어졌다. 이때 청자에 백토가루를 덮어 만든 분청사기가 만들어지게 되었다. 조선에 들어와서는 강도가 높은 백자가 만들어지면서 백토 공급을 위해 분원이 생겼고, 여러 가지 안료를 사용하고 백자 유약이 개발되어 조선백자가 명품으로 발전되었다는 것이다.

도예 탐방의 마지막 행사로 우리는 도자기 만드는 물레체험을 했다. 현지의 사기장 지도로 각자 자기의 작품을 만드는데, 우선 손으로 촉감을 느껴보라는 것이다. 생전 처음 경험하는 손 느낌은 어렸을 적에 흙장난하던 기억을 되살려주었다. 그리고 엄지손가락으로 돌아가는 점토의 중앙을 누르면서 서서히 벌려야 하는 손동작은 쉽지 않았다. 결국 지도하는 사기장의 도움으로 마무리는 되었지만……. 오늘 '도자문화'란 시제에 대하여 4행시를 발표했다.

도, 도공의 불타는 영혼과 정성을 다 모아

자, 자부심으로 흙속에 이겨 넣고 다듬어서

문, 문양과 색채를 손재주로 그려내니

화, 화력의 조화인가? 도예 걸작품이 태어나네

동양 3국의 도자기전쟁

신 사기장은 도공이란 말은 일본말이고 우리의 전통적인 말은 '사기장'이라고 강조한다. 그는 임진왜란을 일본에서는 도자기전쟁 또는 차사발전쟁 즉 '다완전쟁(茶碗戰爭, 자완노센스)'이라고 한다면서, 한·중·일 간의 도자기는 차와 깊은 관계가 있다고 설명해 주었다. 은과 동이 많이 생산되는 일본에서는 주로 은그릇을 많이 쓰면서 중국으로부터 청자, 백자를 수입하였다. 그런데 임진왜란 10년 전부터 말차를 마시는 일본인들에게 조선의 막사발이 인기를 얻으며 다도문화가 발달되었다. 일본의 유명한 선승이자 다인(茶人) 천이휴(千利休, 센노리큐)는 금잔이나 은잔은 다도의 예가 아니라고 선언하면서, 소위 조선의 막사발 즉 정호다완(井戸茶碗, 이도자완)의 아름다움을 추구하였다. 즉 고독하면서 순진하고 절제되고 청정한 멋을 좋아했던 것이다.

신 사기장은 조선의 막사발에 대하여 다음과 같이 비유하였다. 처녀 총각이 연애하는 장면도 아름답지만, 석양빛을 받으며 할아버지는 앞에서 그리고 할머니는 조금 뒤에서 걸을 때 할아버지가 뒤돌아보는 모습도 아름답다는 것이다. 이러한 멋이 당시 일본의 다도정신에 딱 맞아떨어져 조선의 막사발을 선호했던 것이라고 한다.

조선의 막사발

조선의 밥사발이 일본의 어느 가문으로 들어가서 '이도자완'으로 이름 붙여 국보로 지정되면서, 어떤 지식인은 이러한 다도 때문에 일본의 에티켓이 생겼다고 하였다. 명치유신 이후 풍신수길(도요토미 히데요시)이 조선의 막사발을 꺼내 보이면서 조선에 가면 이것이 많다고 하면서 침략을 부추겼다고 한다. 그러나 왜인들은 조선에 와서 그 막사발을 찾기 위하여 무덤까지 도굴했으나 허사였다. 왜냐하면 그것은 조선의 제기였는데, 당시 조선에서는 유기제기를 썼으나 너무 비싸 일반 가정에서는 황색을 가미시킨 막사발을 대신 썼다. 그러니 제기는 무덤에 넣는 것이 아니라 각 가정의 깊은 곳에 보관해두었으니 쉽게 찾아낼 수 없었던 것이다.

조선에서 밥사발 제기는 일반 밥그릇과 구분하기 위하여 굽을 높이고 표면을 분청사기 형태로 오돌토돌하게 하였고 입술을 불규칙하게 만들었다. 그런데 일본에서는 그 모습에 대하여 '우연히 실패한 아름다움'이라고 설명하면서 신비스럽게 여기며 황색빛에서 비애를 느끼면서도 좋아했다는 것이다. 그 결과 일본에서는 굽이 높아 넘어지기 쉬운 밥그릇이 지금까지 전래되어 손으로 들고 숟가락없이 젓가락으로 밥을 먹는다는 것이다.

임진왜란 때 일본으로 잡혀간 우리나라 도공들은 중국 도자기를 본떠 대량으로 생산하여 인도를 거쳐 유럽으로 수출함으로써 일본은 혼란기에 빠진 중국을 대신하여 많은 부를 축적하였다. 이때 도자기가 파손되지 않도록 흙으로 채우고 일본민화가 그려진 포장지로 싸서 수출했는데, 그 민화로부터 서양의 인상파화풍이 발전되었다고 한다. 16세기까지 도자기는 중국과 조선이 종주국이었는데, 그중에서도 조선의 백자와 사발은 '신의 그릇'으로 평가받아 지금도 경매시장에서 가장 비싼 값으로 매매된다고 한다.

광주의 도요지가 가까이 있었는데도 그동안 무심했던 현장을 탐방함으로써 우리의 도자문화에 대하여 조금 이해할 수 있었다. 소박하면서도 견고하고 투박하면서도 정이 가는 조선백자의 아름다움은 '백자달항아리'가 그 대표적인 모습이라는데, 거기에서는 오히려 어떤 여백의 너그러움과 여유의 멋을 찾을 수 있다는 것이다.

천 년의 지혜
팔만대장경

'길 위의 인문학' 탐방코스로 합천 해인사가 정해졌고 그 주제는 '천 년의 지혜, 고려대장경을 만나다' 이었다. 나는 불교의 문화나 그 교리에 관심이 있다기보다 고려대장경의 문화적 가치와 그것이 만들어졌던 고려사회의 의식구조에 대하여 궁금증이 더 많았다. 그동안 많은 역사드라마가 있었으나 주로 조선의 500년 역사 이야기들이었다. 근래에 와서 고구려의 〈주몽〉과 〈광개토태왕〉, 신라의 〈선덕여왕〉, 백제의 〈근초고왕〉 등의 드라마를 통하여 삼국의 역사가 부분적이지만 소개되었다. 그러나 고려에 대해서는 몇 년 전 〈왕건〉이 전부였던 것 같다.

그러나 대장경을 비롯하여 금속활자와 청자 등 세계적으로 찬란한 문화유산이 있었음에도 불구하고 고려에 대한 역사 소개는 별로 없었다. 강화도를 탐방하였을 때, 1232년 몽골의 침략으로 고려의 조정이 강화도로 쫓겨 가 근 40년을 보냈던 치욕의 역사 뒷이야기가 유일했던 것 같다. 그래서 국민대 박종기 교수의 사전강의도 열심히 들었고 그가 추천한 『새로 쓴 500년 고려사』도 읽어보았다.

요즘 각 지역 자치단체마다 자연경관이나 역사 이야기를 배경으로 온갖 이름의 길들을 만들어 관광객들을 유치하고 있지만, 해인사의 팔만대장경과 함께 홍류동천(紅流洞川)의 '소리길'은 나에게 이번 탐방을 더욱 기다리게 해주었다.

대장경, 살아있는 천 년의 지혜

부인사의 초조대장경

대구 팔공산 부인사로 향하는 버스 안에서 한국학중앙연구소 한형조 교수는 일행들에게 일일이 자기소개를 시켰다. 모두들 이 탐방단에 선발된데 대하여 행운이라는 것을 강조하면서 큰 희망을 지니고 있었다.

고려의 국가사업으로 만들어낸 고려대장경의 제작과정을 DVD 영상으로 보여주었다. 즉 목재의 선정에서부터 소금물에 담그고 말리기, 경판다듬기, 마구리장쇠붙이기, 한자 글씨를 경판에 붙이고 기름바르기, 판각, 옻칠하기에 이르기까지 고려조정이 쏟아 부은 호국불교의 정성과 그 사회의 통합된 분위기를 짐작할 것 같았다. 원목이 27,000그루였고 총 81,258장의 경판에 수록된 글자는 무려 5,200만 자로 총 무게가 280톤이나 되는 팔만대장경, 즉 고려대장경은 틀린 글자나 빠진 글자없이 글씨가 너무 명필이라, 추사 김정희도 '비육신지필 내선인지필(非肉身之筆 乃仙人之筆)', 즉 사람이 쓴 글씨가 아니고 신이 쓴 것이라고 했다는 설명이다.

경부고속도로 북대구IC로 나가 팔공산 부인사(符仁寺)로 가는 길은 굽이굽이 계곡을 따라 돌아간다. 부인사 입구에 들어서니 '초조대장경 천 년의 해, 고려대장경의 진실'이라는 플래카드가 걸려 있다. 미리 연락을 받은 주지 여승이 나와 일행을 반갑게 맞이하며 부인사의 유래를 설명해 주었다. 이 절은 신라 645년 선덕여왕 13년에 창건되었는데, 호국통일의 기원도량인 동시에 왕의 모후인 마야부인(摩耶夫人)의 명복을 비는 원당(願堂)이었다고 한다. 그래서 부인사(夫人寺)라 했는데, 예전부터 선덕여왕의 어진을 모신 숭모전에서 매년 숭모대제를 지낸다고 한다.

천 년 전인 1011년부터 1087년까지 각인된 초조대장경은 해인사의 팔만대

대구 팔공산 부인사 | 초조대장경이 보관되어 있었다

장경보다 200년이나 앞선 것으로, 1132년(인종 10년)에 개경의 흥왕사로부터 옮겨와 부인사에 봉안하였다. 그 후 1232년(고종 19년) 몽고의 2차 침략으로 모두 소실되었다는 것이다. 주지스님은 기록밖에 남아 있지 않는 초조대장경의 흔적을 찾기 위하여 부인사 남쪽 경판고터를 발굴 조사하고 있다고 한다. 스님은 또 '부인사 초조대장경'을 홍보하기 위하여 삼광루 안에 전시된 여러가지 프로그램들을 보여주면서, '지금은 길이 없지만 사람이 자주 가면 길이 된다'는 말을 믿고 발굴작업을 추진한다는 것이다.

고려대장경

고려대장경은 초조대장경(初雕大藏經)과 재조대장경(再雕大藏經)이 있다. 초조대장경은 '부인사(夫人寺) 고려대장경'이라고도 하는데, 대구 팔공산 부인사에 보관되어 있다가 소실되고 현재 일본 교토의 남선사에 1,712책 그리고 국내 박물관과 도서관에 214책의 인본이 있다. 재조대장경은 팔만대장경 또는 '해인사대장경'이라고도 하는데 현재 가야산 해인사 장경판전(藏經板殿)에 보관되어 있는 것이다.

고려 1011년(현종 2년)에 호국의 불심으로 대장경의 조판이 시작되어 1029년(현종 20년)에 1차로 국전본이 완성되었다. 그리고 문종 때 다시 보완작업을 시작하여 1087년(선종 4년)에 국후본이 완성되었다. 이것이 바로 천 년 전에 만들어진 세계에서 두 번째의 목판대장경인 초조대장경으로 '고려의 지혜'라고 평가받는 것이다. 그러나 팔공산의 부인사에 보관되었던 그 대장경판은 1232년(고종 19년) 몽골의 침입으로 소실되었고, 인본이 일본과 우리나라에 남아 있다. 조선시대 이규보는 초조대장경의 소실에 대한 슬픔을 그의 저서인 『대장각판군신기고문』에 '여러 해 동안 쌓은 공이 하루아침에 재가 되어 나라의 큰 보배를 잃어버렸다'고 기록해 놓았다.

그리고 거란은 1031년에 시작하여 1054년 한문체의 거란대장경(契丹大藏經)을 완성하였는데, 9년 후인 1063년(문종 13년)에 고려에 들어왔다. 1231년(고종 18년)부터 1258년까지 몽골의 침략이 잦아들자, 고려는 국왕과 조정 그리고 최씨 무신정권의 협력하에 호국불교의 정신으로 1237년(고종 24년)에 대장도감을 설치하고 대장경을 만들기 시작하였다. 12년이 걸려 1248년(고종 35년)에 완성한 대장경이 재조대장경이다. 그 내용은 초조대장경 판본이 약 60%(국전본 91%와 국후본 3%), 송판본이 10%, 거란판본이 30%로 명실공히 세계 최대의 팔만대장경으로 완성되었다.

조선대에 들어와 1398년(태조 7년) 왜구의 침입과 병란을 피하기 위하여 팔만대장경을 강화도 선원사에서 해인사로 이관되었다. 1400년대에는 일본이 여러 차례 대장경을 요구하였으나 거절하였고 1695년(숙종 21년) 이후 일곱 번의 화재를 모면하였다. 그리고 1951년 9월 18일, 6·25 전쟁 중 김영환 공군 대령의 현명한 판단으로 공습을 피하게 되었다.

해인사의 장경판전은 1995년 유네스코 세계문화유산으로, 팔만대장경은 1962년 국보 32호로 지정되었고, 2007년 유네스코 세계기록유산으로 등재되어 천 년 전 고려의 국력과 지혜를 보여주고 있는 것이다. 그러나 팔만대장경은 세계적인 문화유산으로서의 공식 이름은 국적이 표시되는 '고려대장경'이라 하는 것이 타당하다는 여론도 있다.

경판고 입구 정문

가야산 해인사의 불심

해인사로 들어가는 가야천에는 맑은 물과 흰 바위들이 청정계곡의 운치를
그대로 보여 주고 있었다. 우리는 이 아름다운 길을 다음날 걷기로 하고 곧바
로 해인사로 향했다. 우선 성보박물관에 들러 '해인아트프로젝트, 통(通)'을
관람하며 대장경 조성 천 년을 맞는 현대미술과 마음을 통했다.

김영환 장군의 추모비를 지나고 가야산 해인사의 일주문을 통과하니 해인총림
건물이 나온다. 돌계단을 올라가 구광루 앞에 모여앉아 해인사 팔만대장경에 대
한 박종기 교수의 설명을 들었다. '인간의 행복은 고요한 데서 빛(지혜)을 볼 수
있다'는 의미의 대숙광전(大寂光殿)을 바라보며 해인사의 유래를 들려주었다.

신라 40대 애장왕 때(800~809) 순응과 이정이 당나라에서 돌아와 우두산(牛
頭山, 현재의 가야산)에 초막을 지었다. 왕비의 등창을 낫게 해주자 이곳에 원당
을 지어 해인사를 창건했단다. 고려 태조는 918년에 해인사의 주지 희랑(希郞)
이 후백제의 견원을 뿌리치고 도와준 보답으로 국찰(國刹)로 삼아 해동제일의
도량이 되었다고 한다.

팔만대장경이 보관되어 있는 해인사 경판고 | 창문의 구조가 독특하다

우리는 '팔만대장경'이라고 쓴 대문을 지나 장경판전으로 올라갔다. 수다라
장(修多羅藏) 양쪽 기둥에는 '사십년설하증법(四十年設何曾法)'과 '육천권경독사
방(六千卷經獨四方)'이라는 주련이 걸려 있었고, 그 뒤 법보전 기둥에는 '원각도
장하처(圓覺道場何處)'와 '현금생사즉시(現今生死卽是)'가 걸려 있었다. 두 경판고
의 공기 유통 창문이 매우 과학적이라고 한다. 뒤편 높은 산 쪽의 창문은 위가
크고 아래가 작은데, 그 앞쪽의 창문은 위가 작고 아래가 크다. 두 판고뿐 아
니라 양쪽에 있는 사간고(寺刊庫)에 가득히 채워져 있는 팔만대장경을 간직해
온 천 년의 지혜와 역사가 참으로 경이로웠다. 먼지에 쌓여 허술하게 정리되
어 있으면서도 그동안 숱한 전란과 화재를 모면해온 것은 호국의 불심 덕분인
것 같기도 했다. 그러나 앞으로 잘 보존해야 할 책임이 우리 몫인데, 일반인들
의 관람도 좋지만 안전한 관리체제가 부족한 것 같아 아쉽게 느껴졌다.

어스름해진 가야산 골짜기의 식당촌에서 저녁을 먹은 후 가야관광호텔에서 인
문학 강의가 계속되었다. 한형조 교수는 '나라를 지켜주는 힘'으로서의 불교가
송나라 때 고려에 들어와 팔만대장경이 만들어지는 전성기를 이루었다. 그러나

가정(家庭)을 부정하는 불교에서 파생된 주자학이 보급되면서 조선대에 들어와서는 성리학이 꽃을 피웠다. 퇴계는 수도생활적인 인용형 학문을 한데 비해, 9번이나 장원급제를 했던 율곡은 어머니가 사망하자 잠깐 금강산에 들어갔다 하산한 후 창작형 학문과 현실정치를 했다고 설명해 주었다. 이는 불교나 유교와 같은 철학에는 큰 산 아래에 작은 산이 있는 것처럼 경계가 없다는 것이다.

그리고 「반야심경(般若心經)」의 '색즉시공 공즉시색(色卽是空 空卽是色)'은 '물질(色)은 빈(空) 것과 다름이 없다', 즉 '우리가 보는 세계는 기실 비어 있다'는 말이란다. 그리고 마음이란 '다른 사람의 마음을 못 본다고 불행해지는 것이 아니라, 자기 마음의 움직임을 못 보면 불행해진다'는 것이다.

성철스님의 '산은 산이요 물은 물이다'란 말의 유래를 설명해 주었다. 오등회원(五燈會元)에 노승이 30년 전에 참석했을 때 '견산시산 견수시수(見山是山 見水是水)'라 했는데, 후에 와보니 '견산불시산 견수불시수(見山不是山 見水不是水)'이더라. 그런데 다시 와보니 '의전 견산기시산 견수기시수(依前 見山祇是山 見水祇是水)'라 한데서 앞부분만을 따온 것이라고 한다.

인문학은 자연과 함께

윤후명 시인 겸 소설가는 '한 권의 책'이라는 화두로 기록성을 강조하면서 무조건 글을 써보라고 권유한다. 논문이 아니라 대화체의 글 몇 개만 넣으면 소설이 된다는 것이다. 그리고 스마트폰으로 유명한 미국의 마이크로소프트 회사 사장인 스티브 잡스도 죽기 전 마지막 소망으로 자기에 대한 책, 자서전 한 권을 써달라고 했었다. 즉 디지털 유비쿼터스(digital ubiquitous) 스마트폰보다 아날로그(analog) 책을 부탁했다면서 '길 위의 인문학'을 통하여 자기만의 책 한 권을 써보라고 권하였다.

가야산 소리길
산채비빔밥으로 아침식사를 한 후 '가야산 소리길'에 나섰다. 나무 숲속 맑은

가야산 홍류동 소리길

계곡을 흘러내리는 물소리는 굽이마다 다르게 들린다. 소리길에서는 물소리 외에 바람소리 새소리 등 자연의 소리도 들리지만, 불교용어로 해석하면 '깨달음의 길'이라는 것이다.

낙엽으로 뒤덮인 흙길과 나무판자로 다듬어 놓은 소리길을 따라가자니, 깊은 계곡을 내달리던 물도 기암괴석 아래 용소에서 잠시 맴을 돈다. 이 물이 붉은 단풍잎으로 물들었으니 홍류동이라 하는 것 같았다. '합천 8경' 중의 하나인 가야산 홍류동계곡에는 19경이 있는데, 한 모퉁이 지날 때마다 담(潭) · 폭(瀑) · 암(嵓) · 대(臺) 등의 이름이 붙은 명승지가 나타난다. 옛날의 풍류시인들도 예외 없이 이곳을 찾아 수많은 시를 남겨 놓았다. 그중 「홍류동(紅流洞)」시 한 수를 옮겨보면 다음과 같다.

봄바람에 철쭉이 온 산봉우리에 피어나니 / 거울 같은 물속에 붉은 연지 가득하구나
만약에 단풍 붉은빛을 다시금 옮긴다면 / 크고 넓은 비단물결에 반쯤은 잠기리라
(春風躑躅發層巒 膩漲臙脂水鏡間 若使重移楓葉景 溶溶錦浪半函山)

한참을 내려오면 노송이 어우러진 바위 위에 농산정이 나타난다. 신라 때 최치원이 이곳에서 유람하면서 지어 놓은 정자란다. 정자 아래 큼직한 바위에 '동(洞)'이라 새겨놓은 글자가 보이는데, 최치원이 새긴 홍류동의 '홍(紅)'자와 '류(流)'자는 폭우에 유실되었다고 한다. 농산정 안내판에는 사라져버린 최치원의 흔적이 아쉬운 듯, 다음과 같은 그의 시 「제가야산독서당(題伽倻讀書堂)」을 적어놓았다.

첩첩바위 사이를 미친 듯 겹겹 봉우리 울리니
지척에서 하는 말소리도 분간키 어려워라
늘 시비하는 소리 귀에 들릴까 두려워
짐짓 흐르는 물로 온 산을 둘러버렸다네
(狂奔疊石吼重巒 人語難分咫尺間 常恐是非聲到耳 故教流水盡籠山)

진흥왕척경비

우리는 '법보종찰가야해인사'의 홍류문 앞 주차장에서 버스를 타고 창녕으로 향했다. 창녕은 가야시대의 문화유적과 유물들이 많이 남아 있는 곳이다. 화왕산 억새군락도 많은 관광객들이 찾아가는 곳이지만, 이 일대는 가야시대뿐 아니라 통일신라시대의 문화재들이 많이 남아 있다. 우선 국보 33호인 '창녕진흥왕척경비'를 비롯하여, 국보 34호인 술정리 '동3층석탑'은 불국사의 석가탑에 버금갈 만큼 단아한 불교 예술품이라고 한다.

신라는 670년 삼국통일의 기초를 닦은 24대 진흥왕(540~576)이 당시 비화가야(非火伽倻)였던 이곳을 점령하고 561년(진흥왕 22년)에 척경비(拓境碑)를 세웠다. 진흥왕은 한반도의 북부를 침공하여 충청도 마운령, 북한산, 함경도 황초령에까지 이르러 순수비를 세웠다. 그 비들은 후대에 추사 김정희가 금석문을 연구하다가 '순수관경(巡狩管境)'이라는 글자를 발견함으로써 진흥왕순수비라는 것을 밝혀냈었다. 그러나 1914년에 어느 초등학교 교장에 의하여 발견된 창녕비는 그러한 표현이 없어 척경비라 하여 국보 33호로 지정되었다. 비문의 내용은 진흥왕이 순시했던 사적과 수행인물들에 관한 기록이라고 설명

창녕 진흥왕척경비각

해 주었다.

서쪽으로 기울어지는 햇살을 받으며 척경비각 앞 잔디밭에 둘러앉아 문학의
의미에 대하여 마무리 강의를 들었다. 그리고 오늘의 주제 '대장경'에 대한 3
행시 발표를 하였다.

대, 대구 팔공산 부인사에 천 년의 지혜를 찾아왔더니

장, 장경초조본은 사라지고, 여승의 마음만 안타까운데

경, 경이로운 팔만대장경이 해인사에서 나를 반기네

조선왕조실록의
오대산사고

봉평 이효석문학관을 들러보고 오대산사고(史庫)를 탐방하는 평창여행은 내 고장 강원도의 이야기라 놓치고 싶지 않았다. 추천도서인 신병주의 『규장각에서 찾은 조선의 명품들』을 읽고, 또 사전강의에서 윤독회를 통하여 『조선평전』을 선물로 받아 『조선왕조실록』뿐 아니라 조선의 기록문화유산에 대한 공부를 이번에 많이 할 수 있었다.

조선 기록문화의 보고

오대산과 세조의 사연

일행은 평창 봉평의 이효석문학관을 둘러보았다. 물레방앗간이 있는 장터마을로 내려오는 푸른 숲속의 오솔길은 온갖 들꽃들이 탐방객들을 반겨주었다. 풀내음식당에서 먹은 메밀냉면은 봉평의 맛을 보여주었는데, 함께 나온 메밀배추전, 메밀전병, 메밀묵 등의 모양새 있는 모둠접시도 향토의 풍미를 북돋아 주었다.

상원사 문수전 | 세조와의 여러 가지 사연이 전해지고 있다

오대산으로 들어가는 '천 년 숲길' 지금은 '선재길'을 따라 흐르는 오대천 계곡에는 장마 뒤 넘쳐흐르는 냇물이 바위에 부딪쳐 뒤집히며 흰 거품을 내는 모습이 장관이다. 녹음으로 우거진 계곡의 다리를 좌우로 몇 개 건너가니 '적멸보궁(寂滅寶宮)' '문수성지(文殊聖地)'라고 금색 글씨로 새겨놓은 상원사 입구이다. 세조가 이곳에 와서 목욕할 때 의관을 벗어 걸었다는 '관대(冠帶)걸이' 석비가 세워져 있었다. 해설자로 동행한 신 교수는 정유재란으로 왕위에 오른 세조는 민심을 달래기 위해 지방행차를 많이 했다면서, 보은 법주사길의 '정이품송' 얘기며 오대산에 와서 문수동자를 만났던 설화를 이야기해 주었다.

세조가 피부병 등창이 심하여 오대천에서 목욕을 하고 있을 때 어떤 동승이 나타나 등을 밀어주었다. 세조는 동승에게 "어디 가서 임금의 옥체를 씻었다는 말을 하지 마라" 라고 했더니, 그 동승은 "대왕은 어디 가서 문수보살을 친견했다고 하지 마시오" 라고 했단다. 그 후 세조는 그 동자가 문수보살이었음을 깨닫고 문수동자의 모습을 그리려고 많은 화공을 불렀으나 누구도 제대로 그리지 못했다. 그러던 중 어떤 누더기 노승이 와서 자기가 그리겠다고 하여 이러이러한 설명을 해주니 자기가 알아서 그리겠다고 했다. 설명을 듣지도 않고 그려온 그림이 문수동자와 너무도 똑같아서 놀라고 기쁜 마음에 "스님은 어디서 오셨습니까?" 하자, 노승은 "나는 영산회상에서 왔습니다"라는 말을 남긴 후 구름을 타고 하늘로 올라갔다고 한다. 그러니 세조는 문수보살을 두 번 만났던 것이다.

오대산은 신라의 자장율사가 중국의 오대산을 참배하고 문수보살을 친견하고 돌아와서 개창한 문수보살의 성지이다. 상원사는 705년(신라 33대 성덕왕 4년)에 보천과 효명 두 왕자가 오대산에 들어와 진여원(眞如院)을 창건하고 매일 아침 차를 끓여 1만 진신의 문수보살에게 공양했었다. 성덕왕이 죽자 신하들이 오대산에 와서 두 왕자를 모셔가려고 했으나, 보천은 돌아가지 않고 효명이 돌아가 왕위에 올라 34대 효성왕이 되었다. 보천은 오대산에서 50년을 더 살면서 높은 불법의 경지에 이르러 문수보살이 물을 길어 이마에 부어주기도 했다. 왕이 된 효명은 오대산에 두고 온 형님을 못 잊어 수시로 시주를 보냈으나 어느 날 큰 실수를 했다. 즉 왕위에 오른 지 6년이 되던 해에 망덕사를 크게 짓고 스님들을 불러 낙성회를 열었는데 말석에 초라한 승려 하나가 와 있었다. 왕은 자리가 끝날 무렵 "어디 가서 임금이 베푼 음식을 먹었다 하지 말게"라고 불편한 심중의 한마디를 하였다. 그 스님은 놀랍게도 "임금께서는 진신석가께 공양하였다고 말씀하지 마소서"라고 했다는 『삼국유사』의 얘기이다. 그 스님은 바로 자기의 형인 보천이었던 것이다.

조선은 척불숭유의 통치정책이었는데도 불구하고 1401년 태종 원년에 상원사의 사자암을 중건토록 하고 직접 왕림하여 성대한 법요식을 올렸다. 그 후 세조는 상원사에 와서 문수동자를 만나 괴질을 치료받았고, 고양이에 의해 자객의 습격을 피했던 일화도 남아 있다. 지금도 목각문수동자를 모셔놓은 상원사 문수전(대웅전이 아님) 앞에는 고양이 석상 2개가 세워져 있다.

그리고 이곳에서 발견된 세조의 적삼에는 등창으로 묻은 핏자국이 있었다고 한다. 동정각(動靜閣)의 동종(국보 36호)은 신라의 신종보다 100여 년이나 오래 되었는데, 은은하게 퍼지는 종소리가 오대산에 메아리쳐 들리는 것 같았다.

오대산사고 | 지금은 텅빈 건물로 남아 있다

조선왕조실록

『조선왕조실록(朝鮮王朝實錄)』은 조선왕조 472년(1392~1863)간의 역사를 편년체로 서술한 공식적인 국가기록물이라는 점에서, 세계 어느 나라에서도 찾아볼 수 없는 기록유산이다. 그 실록은 그러한 가치가 인정되어 우리나라 국보 151호일 뿐만 아니라, 1997년 유네스코 세계기록유산으로 등록되었다.

우리나라의 세계기록유산으로 등록된 것은 모두 9건이다. 1997년에 『훈민정음』과 『조선왕조실록』을 비롯하여 2001년에 『직지심체요절』과 『승정원일기』, 2007년에 대장경판(장경각은 문화유산으로 구분되어 등록됨)과 『조선왕조의궤』, 2009년에 『동의보감』 그리고 2011년에 『일성록』과 〈5·18 민주화운동기록물〉 등이다.

『조선왕조실록』은 조선의 제1대 태조로부터 제25대 철종에 이르기까지 정치, 외교, 군사, 법률, 사상 그리고 일상생활에 관한 역사적 사실을 역대 국왕별로 기술하고 있다. 각 왕대의 실록은 국왕의 사후에 전대 왕의 실록을 편찬하였는데, 완질의 분량은 모두 1,707권 1,187책에 이른다. 그러나 조선 말 고종과 순종대의 기록은 일제에 의해 정리되었기 때문에 실록에는 제외되었다.

사관들은 전 왕대에 작성한 사초(史草)와 시정기(時政記) 등을 광범위하게 수집하여 실록 편찬에 착수했다. 사초는 사관들이 일차로 작성한 초초(初草)와 이를 다시 교정하고 정리한 중초(中草), 실록에 최종적으로 수록하는 정초(正草)의 세 단계로 수정하여 완성한다. 초초와 중초는 물에 씻어 그 내용을 모두 없애고 종이는 다시 사용하였다.

시정기는 서울과 각 지방의 관청에서 시행한 업무들을 보고받아 춘추관에서 그 중요사항을 기록으로 남긴 것이다. 예를 들면 『관상감일기』, 『춘추관일기』, 『의정부등록』, 『내의원일기』, 『승정원일기』 등으로, 실록의 주요자료로 이용되었다. 조선시대에 주요책들이 편찬되면 왕에게 바쳤으나, 실록은 총재관이 완성 여부만 왕에게 보고했다. 그리고 춘추관에서 봉안의식을 가진 다음, 춘추관과 충주, 전주, 성주 등의 지방사고에 보관하였다. 그런데 임진왜란 때 춘추관, 충주, 성주의 사고실록은 모두 병화를 입고 사라졌다. 다행히 전주 사고의 실록은 사고의 참봉 오희길과 전주 유생 손홍록과 안의의 헌신적 노력으로 내장산에 옮겨져 보존되었다.

실록의 보관과 수난

임진왜란 후 1603~1606년에 전주 실록을 바탕으로 『태조실록』에서 『명종실록』까지 13대 실록을 새로 인쇄하여 3부의 복인본(復印本)과 교정본 1부를 만들어 5곳의 사고에 보관하였다. 원본은 강화의 마니산, 복인본은 서울의 춘추관, 영변의 묘향산, 봉화의 태백산에 각 1부씩 그리고 교정본은 오대산에 보관하였다.

그 후 묘향산사고는 1633년 전라도 무주의 적상산으로, 그리고 마니산사고는 후금의 침입에 대비하여 1660년에 인근의 정족산으로 옮겼다. 사고 주변에는 수호사찰로 강화도의 전등사(정족산사고), 무주의 안국사(적상산사고), 봉화의 각화사(태백산사고), 평창의 월정사(오대산사고)를 두었다.

춘추관 실록은 1910년에 화재로 소실되었고 나머지 4대 사고의 실록은 1910년 일제 강점기 때 조선총독부가 접수하였다. 그 후 정족산과 태백산사고의 실록은 경성제국대학에 이관되었다가, 광복 후 정족산 실록은 서울대학교 그리고 태백산 실록은 부산의 국가기록원에 보존되어 있다. 적상산 실록은 1910년에 이왕직의 창경궁 장서각에 보관되었다가 1950년 한국전쟁 때 행방 불명되어 북한에 있는 것으로 알려졌다. 오대산 실록은 1913년 주문진항을 통하여 동경제국대로 반출되었는데, 1923년 관동대지진으로 소실되고 788책 중 남아있던 47책이 2006년에 한국으로 돌아와 서울대에 있던 27책과 함께 현재 74책이 서울대 규장각에 보존되어 있다.

　『조선왕조실록』에서 또 하나 주목되는 점은 수정본실록이 있다는 것이다. 그 이유는 조선 중기 이후 분당정치가 심화되면서 정권교체에 따른 정파에 의 하여 새로 써졌던 것이다. 그러나 기존의 실록은 없앨 수 없었기 때문에, 새로 쓴 것은 수정실록이라 하여 『선조수정실록』, 『현종수정실록』, 『경종수정실록』 그리고 『숙종실록』 말미에 수정 보완 내용을 첨부한 『숙종실록보궐정오』 등 4 가지가 있다.

　이와 같은 수정본은 정권이 바뀌었을 때 왕도 선대의 실록을 열람할 수 없 을 뿐더러 고칠 수도 없었기 때문에 다른 시각에서 기록함으로써 생긴 것이 다. 실제로 태종이 친히 노루사냥을 나갔다가 말에서 떨어졌다. 태종은 좌우 를 둘러보며 "사관이 알지 못하게 하라" 라고 했는데, 그 말까지 『태종실록』에 실려 있을 정도로 실록은 사관들의 직필로 기록되었던 것이다. 세종도 선대의 『태종실록』을 보려고 했으나 반대에 부딪혀 열람하지 못했다는 기록도 남아 있다.

기록문헌의 가치와 보존

오대산사고와 상원사

　오늘 우리는 탐방의 주 목적지인 『조선왕조실록』 오대산사고를 찾아갔다. 월정사에서 북쪽으로 10리쯤 해발 고도 약 700m 위치에 있는 사고로 올라가 는 길은 돌을 깔아 정비해 놓았으나 꽤 가팔라 숨이 차올랐다. 좌우 계곡에서 흘러내리는 물소리가 너무도 청아하고 시원스러웠다. 이 사고는 임진왜란 후

사고 앞에서 신 교수가 해설을 하고 있다

유일하게 남아있던 전주 실록을 바탕으로 다시 인쇄한 태조부터 명종까지의 왕조실록 초고본을 봉안하기 위하여 1606년(선조 39년)에 설치했던 곳이다. 수호사찰인 상원사가 사고에서 너무 떨어져 있어 그 옆에 영감사 일명 사고사(史庫寺)를 지었었다.

그 후 1616년(광해군 8년)에 『선조실록』, 1653년(효종 4년)에 『인조실록』, 1657년에는 『선조수정실록』, 1661년(현종 2년)에 『효종실록』, 1678년(숙종 4년)에 『광해군일기』, 1728년(영조 4년)에 『숙종실록』, 1732년(영조 8년)에 『경종실록』, 1805년(순조 5년)에 『정조실록』을 추가로 봉안했었다. 그동안 실록 포쇄는 59회 행하여졌었다. 오대산 실록의 수호총섭은 월정사 주지였고, 수호군 60명과 승군 20명이 맡아 지켰다고 한다.

이곳에 보관되었던 오대산 실록은 1910년 을사늑약으로 국권이 상실된 후, 이왕직도서관에서 관리하였는데 1911년 3월 조선총독부에 접수되었다. 1913년 10월 동경제국대학 부속도서관에 기증되었는데, 1923년 9월 관동대지진으로 소실되었다. 그중 대출되었던 47책이 불행 중 다행으로 화를 면하였는데, 2006년 동경대에서 기증형식으로 그리고 서울대에서는 반환형식으로 한국에 되돌아왔다. 지금은 1932년에 경성제국대학에 이관되었던 27책과 함께 모두 74책이 서울대 규장각에 보존되어 있고, 오대산사고는 텅 빈 채로 2층 천장에는 박쥐들이 매달려 잠자고 있었다.

오대산사고 건물은 6·25 때 소실된 후 1992년 현재의 모습으로 복원하여 2층의 사각(史閣)과 그 뒤에 왕실족보를 보관했던 2층의 선원보각(璿源寶閣)이 갖추어져 있다. 그 주변 둘레에는 방화목적으로 두터운 석축 울타리를 쌓았고 그 뒤편에는 영감난야(靈鑑蘭若)라는 암자를 지어놓았다. 사고 앞 길 건너편 빈 자리에는 수직사지(守直舍趾)라는 팻말만이 꽂혀 있었다.

조선의 기록문화

위대한 기록물인 『조선왕조실록』 이외에도 또 다른 중요한 기록유산은 국가의 공식 연대기로 등록된 『승정원일기(承政院日記)』와 『일성록(日省錄)』이 있다. 『승정원일기』는 조선시대 왕명의 출납을 맡으면서 비서실 기능을 수행했던 승정원에서 날마다 취급한 문서와 사건을 날자별로 기록한 책이다. 국보 제303호인 『승정원일기』는 임진왜란이나 1624년 이괄의 난과 같은 병화와 정변으로 소실되어 현재는 1623년(인조 1년)부터 1910년(융희 4년)까지 288년간의 기록 3,243책이 남아 있는데 참으로 세계 최장의 역사기록물이다.

『승정원일기』는 실록 편찬에 가장 기본적인 자료로 활용되었으며 특히 왕의 최측근 비서실격인 승정원에서 작성했기 때문에 왕의 일거수일투족과 정치의 미세한 부분까지 자세히 기록되어 있다. 승정원은 궁궐 내부와 외부에 각각 한 곳씩 배치되어 있으면서 국정상황을 매일 일기로 기록하고 이것을 월 단위로 모아 편찬하였다. 『승정원일기』에는 왕이 주체가 되지 않은 의식이나 지방의 사건들은 실록보다 간단히 취급되었다. 예를 들어 1817년(순조 17년)의 왕세자(효명세자) 성균관 입학례 행사는 『승정원일기』에는 매우 간략하게 적었으나 실록에서는 매우 자세하게 기록되어 있다. 그런데 날씨에 관한 정보는 288년간 하루도 빠짐없이 오전 오후로 구분하여 기록해 놓았다.

『일성록』은 『조선왕조실록』의 편찬에 활용되었던 또 한가지 중요한 자료로서 국보 제153호인 기록물이다. 『일성록』은 정조부터 마지막 왕 순종까지 151년간에 걸쳐 기록한 것으로 모두 2,327책이다. 『일성록』의 모태는 정조가 1760년

오대산 월정사의 숙광전과 9층석탑

세손시질부터 쓴『존현긱일기(尊賢閣日記)』이다. 정조는 자신이 태어난 후부터
『존현각일기』에 이르기까지 그리고 즉위한 후의 행적을 전부 모아서 왕의 일
기 즉『일성록』으로 편찬하라고 1785년(정조 9년)에 명함으로써 시작되었다.

정조의 기록정신과 일기

　정조의『일성록』에는 실록이나『승정원일기』에 없는 내용도 다수 실려 있
다.『일성록』은 국정 참고용 기록물의 성격을 띠고 있기 때문에 필요한 경우
열람이 허용되었다. 그러므로 정치적 소용돌이 속에서의『일성록』은 군데군데
칼로 오려낸 부분도 있다. 즉 정조 10년 12월 1일부터 정조 23년 11월 5일까지
총 635곳에 달한다. 그것은 헌종이 죽자 왕을 임명할 수 있는 위치에 있던 순
조비 순원왕후가 안동 김씨 세도정치를 유지하기 위하여 강화에 귀양가 있던
정조의 이복동생인 은언군의 후손인 이원범(후일의 철종)을 지명했다. 이원범은
농사짓는 평범한 인물이었는데 얼떨결에 25대 철종으로 즉위하였다. 이원범
의 선대였던 은언군은 정조 때 역모사건으로 강화도에 귀양갔다가 천주교박
해사건에 연루되어 죽었다. 은언군이 역적이라는 사실이 부담이 된 순원왕후

와 안동 김씨 세력은 이원범의 선대와 관련된 기록을 칼로 잘라냈던 것이다.

특히 『일성록』은 정조의 투철한 기록정신으로 매일 썼던 일기가 계기가 되어 세계 어느 나라에도 없는 역대 왕들의 일기책으로 편찬된 것이다. 정조의 학문에 대한 사랑은 규장각을 설치하고 초계문신(抄啓文臣)제도를 도입하여 젊은 학자들을 모아 개혁정치를 실현하려고 함으로써 조선의 문예부흥기를 이룩했던 것이다.

일기라는 것은 왕이나 일반인이나 자기의 일상생활 이야기를 기록하는 것이다. 그 대표적인 일기유산은 충무공 이순신의 『난중일기(亂中日記)』일 것이다. 전쟁 중에도 일상생활을 기록한 일기는 후일 본인의 행적과 사상은 말할 것도 없고 그 국가와 사회의 역사자료가 된 것이다. 그 외에도 박지원의 『열하일기(熱河日記)』와 같은 여행일기에서부터 생활일기, 사건일기, 유배일기 등 다양하다. 『흠영(欽英)』은 유만주가 21세 때부터 33세로 요절하기까지 13년 동안 하루도 거르지 않고 쓴 144권의 일기인데, 그는 일기에 꼭 들어가야 할 내용으로 사건, 대화, 문장, 생각을 꼽아놓았다.

이와 같은 일기들뿐 아니라, 조정에서 편찬하여 남긴 기록물들은 조선시대 사람들의 투철한 기록정신과 그들의 생생한 삶의 모습을 보여준다. 그리고 공정성과 투명성을 추구했던 역사관 그리고 기록물의 중요성을 인식하여 철저한 보존, 관리, 대책 등을 엿볼 수 있다. 이러한 우리의 귀중한 기록유산들은 자유민주생활을 하는 현재의 우리들에게 시사해 주는 바가 너무도 많은 것이다.

오늘날 대통령의 국정기록이 온전히 기록되었는지? 그리고 불리한 사항은 삭제되지 않았는지? 알 수 없는 일이다. 기록문화에 대한 오늘날의 인식과 유지보존에 대한 책임감이 조선왕조시대만큼도 못한 것 아닌가 하는 느낌이 든다. '오대사고' 4행시에 대하여 시라기보다 아래와 같은 시감을 적어보았다.

오, 오백 년 조선왕조실록의 보고를 찾아 오대산으로 가던 날
대, 대통령기록관에 있다던 남북한 정상의 대화록이 행방불명이란다
사, 사실을 왜곡하고 거짓과 막말들이 횡행하는 세상이 되었으니
고, 고귀한 선대의 역사기록과 보존정신이 더욱 그리워진다.

과학으로 보는
우리 문화유산

과학과 실학의 도성
화성

수원의 화성은 1997년에 유네스코 세계문화유산으로 등재되었다. 화성은 성곽 자체만으로서의 의미뿐 아니라 축성에 담긴 기법과 과학정신을 통합하는 문화적 기능을 간직하고 있다는 점에서 인문학적 의미가 매우 크다. 더욱이 축성과정 전반을 완벽하게 기록해 놓은 『화성성역의궤(華城城役儀軌)』라는 역사적 기록물을 함께 포함하고 있다는 사실이 또한 중요한 것이다.

정조의 효심과 개혁정치

화성에는 성곽뿐 아니라 도성 전체에 녹아 있는 정조의 정치 의지가 구석구석에 배어 있다. 군사목적의 성곽구조와 시설물은 물론 관청, 상가, 도로와 교량 등의 도시 기본시설과 저수지, 둔전과 같은 생산기반시설 그리고 상업과 유통을 위한 배경까지 갖추어 놓은 것이 특징이다. 그런 의미에서 정조는 1789년 아버지 사도세자의 원침을 화산으로 옮기고 그곳에 있던 관아와 민가를 팔달산 동쪽으로 이전한 후 수원부를 화성유수부(華城留守府)로 승격시켰다.

정조의 부모(사도세자와 현경왕후)가 묻힌 융릉

정조의 의도는 세자에게 대리청정을 맡기고 상왕으로 현릉원(사도세자의 묘)이 가까운 화성에 와 살면서 후왕의 국정을 지원하려고 했던 것이다.

새로운 세상을 향한 군주의 꿈

국립중앙도서관을 떠난 버스는 먼저 경기도 화성시에 있는 융·건릉으로 향했다. 왕릉의 숲길을 걸으며 영·정조대의 역사적 배경과 문화에 대하여 경인교대 김호 교수의 이야기를 들었다. 융릉의 정자각에 모여앉아 김 교수는 함께 참여한 중고생들을 위하여 이 왕릉에 얽힌 역사적 배경 그리고 융화정치를 위하여 노력한 정조의 통치방법에 대하여 설명해 주었다.

1776년 영조가 서거함으로 정조는 25세의 나이로 당쟁의 와중에 어렵게 국왕에 즉위하였다. 1789년(정조 13년)에 사도세자의 묘소를 화산으로 이장한 후 현릉원으로 승격시키고 해마다 아버지의 능을 참배하러 화성을 방문하였다. 어느 날 정조는 채제공에게 '내가 죽으면 현릉원 근처에 묻어주오'라고 부탁했었다. 1795년(정조 19년)에 새로 건설한 화성에서 어머니 혜경궁 홍씨의 회갑잔치를 열어 부모에 대한 효를 행하였고 자신은 군복 차림으로 3천여 명의 장용영 군사들의 훈련을 지휘하면서 정치적 개혁을 꾀하였다.

정조는 화성을 군사적 목적보다는 정치, 경제적 측면과 함께 부모에 대한 효심으로 축성하였다. 그러므로 화성은 문화적 가치 외에 '효' 사상의 정신적 그리고 철학적 가치를 더 중요시했던 것이다. 그리고 화성유수부의 건설은 기존의 개성 · 강화 · 광주유수부와 함께, 서울을 동서남북으로 둘러싸는 4유수부를 설치하는 것이었다. 특히 화성 건설은 서울에서 안양을 거치는 신흥대로를 개설하여 삼남지방과 원활하게 연결시킴으로써 화성에 농업뿐 아니라 물산교역을 활성화시켜 상업도시로 발전시키려 했던 것이라고 한다.

우리는 수원 화성의 장룡문 앞에 모여 심 교수의 설명을 들었다. 수원 화성은 규장각 문신 다산 정약용이 동서양의 축성기술들을 참고하여 만든『성화주략(城華籌略)』을 지침서로 삼아 건설하였다. 영중추부사 채제공의 총괄 아래 화성유수부사 조심태의 지휘로 1794년 1월에 착공하여 1796년 9월에 완공하였다. 수원 화성은 현실 생활 속에서 학문을 실천하려는 실학정신으로 벽돌과 석재를 혼용하였고 누조(漏槽)의 고안, 거중기의 발명, 목재와 벽돌을 조화시켜 축성함으로써 동서양의 성곽 축성술을 치밀하게 연구하여 만든 결정체였다는 것이다.

과학정신으로 건설한 수원 화성

우리는 성곽 위를 걸으며 궁대와 공심돈를 거쳐 동장대에 올라섰다. 넓은 잔디밭에서 군사들이 훈련했던 연병장답게 마침 경기도 시군대항 궁도시합이 벌어지고 있었다. 동암문을 지나 방화수류정(訪花隨柳亭)에 오르니 내다보이는 용연에는 연꽃이 덮였고 주변에는 버드나무가 늘어섰다. 이곳은 지반이 약해 땅을 많이 다진 곳도 있고 물이 차서 연못을 만들기도 했다고 한다. 방화수류정의 건물구조는 매우 독특하였다. 남쪽 동쪽 북쪽의 세 모퉁이에는 5번 꺾인 팔각으로 종횡의 짧은 대들보를 얹었고 지붕 용마루의 네모진 서까래가 들쭉날쭉하게 처마를 들어 올리고 있었다. 주변을 바라보는 경치가 좋고 정자에서 휴식하기에 알맞아 '화성십경(華城十景)' 중에 으뜸이라고 한다.

수원천 위에 가로로 건축한 화홍문을 건너 화성의 북문인 장안문으로 걸어

화성의 화홍문과 방화수류정

갔다. 서울에서 들어오자면 화성의 정문에 해당되는 장안문은 중층의 루문(樓門)이다. 하나의 홍예문 위에 2층누각을 올린 구조와 그 규모는 서울의 숭례문과 비슷하지만, 바깥쪽에 둥근 옹성을 쌓고 적대와 같은 방어용 시설을 갖춘 점이 독특하였다. 다산이 설계한 화성의 규모와 정교함이 대단하다고 느껴졌다.

화성 건설의 총 공사기간은 애초에 계획했던 10년을 34개월로 단축시켰다. 그 이유는 다산의 치밀한 계획서가 있었고 거중기 등의 과학기기를 사용했다는 점이 주요인이었다. 그리고 주민들에게는 성과급제로 인한 동기부여가 되도록 내탕금을 사용했던 정조의 굳은 의지가 뒷받침해준 것이다.

정조가 팔달산 아래 화성 건설을 계획한 것은 1789년(정조 13년)이었다. 그로부터 3년 후(1792) 다산이 심혈을 기울여 만든 축성계획안은 모두 7편의 글로 작성되었다. 그것은 성설(城說), 옹성도설(甕城圖說), 현안도설(懸眼圖說), 포루도설(砲樓圖說), 누조도설(漏槽圖說), 기중도설(起重圖說), 총설(總說) 등이었다. 여기에는 화성의 기본적인 형태와 규모, 각종 방어시설 그리고 공사방법 등을 적은 것이다. 그중 성설은 성의 전체 규모와 재료, 공사방식 등 건축 전반에

화성 창룡문 | 옹성구조에 누조와 각종 포루를 설치하였다

걸친 내용이고 옹성도설이나 포루도설, 현안도설과 누조도설 등은 성벽에 설치하는 각종 새로운 시설에 대한 설명이었다. 그리고 기중도설은 무거운 석재를 들어 올리는 기계장치인 거중기에 관한 설명이었다.

거중기와 녹로의 활용

다산은 화성의 전체 규모를 3,600보로 잡고 성벽 곳곳에 치성을 비롯한 포루, 적루, 적대, 노대, 각성 등의 각종 방어용 시설을 설치하였다. 성문은 가장 우선적인 공격 목표이기 때문에 2중으로 만들고 성문 밖에는 반드시 옹성을 갖추도록 했다. 성곽에는 평소에 막아놓았다가 비상시에만 열 수 있는 암문을 설치하였고 적을 내다보면서 공격할 수 있는 여러 가지 크기의 현안을 두었다. 작업 능률을 높이기 위하여 일한 양에 따라 노임을 지급하는 인센티브제를 도입하였고 짐을 나를 때에는 유형거라는 수레를 사용하도록 했다.

다산은 거중기를 발명하여 '활차(滑車)가 무거운 물건을 움직이는데 편리한 점이 두 가지가 있으니, 힘을 더는 것이 첫째요 무거운 물건을 떨어뜨리지 않는 것이 둘째다'라고 했다. 100근의 물건을 드는 데는 100근의 힘이 필요하지만 활차 1구를 쓰면 50근, 2구를 쓰면 4분의 1인 25근의 힘만으로 들 수 있다. 이와 같은 이치로 활차의 수를 늘여서 상하 8륜으로 하면 25배의 힘을 얻을 수 있다고 했다. 여기에다 '녹로(轆轤)'라는 밧줄을 감는 장치를 덧붙이면 40근의 힘으로 2만 5천 근 무게의 물건도 능히 들 수 있다'고 설명해 놓았다.

1997년 유네스코 세계문화유산위원회에서도 '화성은 동서양을 망라하여 고도의 과학적 특성을 고루 갖춘 근대 초기의 군대 건축물의 모범이다'라고 했다. 또 어느 심사위원은 '화성의 역사는 200년밖에 안됐지만 성곽의 각 건축물은 동일한 것이 없이 각기 지형에 따라 다른 예술적 가치를 지니도록 한 것이 특징이다'라고 하였다.

화성 성역은 단순한 성곽 축조와 도시 건설이라기보다는 민본주의정신이 깊이 배어 있는 공사였다고 김 교수는 강조하였다. 위로는 국왕의 각별한 배려, 성역소의 총리대신 채제공과 공사책임자인 조심태 등의 합리적 운영이 결합되어 성곽을 보다 튼튼하고 아름답게 쌓을 수 있었다고 한다. 특히 정조는 실무자들과 부역꾼들에게 제중단, 척서단과 같은 약을 나누어 주면서 질병예방에 관심을 기울였다. 혹심한 가뭄에는 공역을 일시 중지시켰고 추위에 대비해서 털모자와 무명을 나누어 주면서 때로는 특별음식도 나누어 주었다.

결론적으로 화성 성역은 개혁왕정과 문운융성을 지향했던 정조의 주도하에 관료, 지식인, 예술인에서부터 기술자, 농민에 이르기까지 모든 계층의 사람들이 참여하여 이루어낸 그 시대의 국력이 집약된 역사적 사업이었던 것이다.

역사는 인걸로 만들어 진다

정조와 다산의 만남

다산 정약용(1762~1836)이 정조를 처음 만난 것은 1783년(정조 7년) 그의 나이 22세 때 경의과 진사시험에 합격하여 성균관 학생으로 있을 때였다. 11년 연상인 33세의 정조가 '중용강의' 80여 조목에 관하여 답변토록 과제를 냈을 때, 이발기발(理發氣發)의 문제에 있어서 이벽은 퇴계의 학설을 주장했고 다산은 율곡의 학설과 합치되는 답변을 내놓았다. 자신은 남인이면서 노론인 율곡의 학설을 지지한 다산을 정조는 "세속의 흐름을 벗어나 독창적이며 논리가 명확하여 첫째로 삼는다"라고 칭찬하고, 1등으로 정해 성균관 우등생으로 삼았다.

다산은 성균관 공부에 힘쓰면서 1787년 26세 이후로는 정조의 총애가 더욱 높아졌고 자주 이기경의 정자에 나가 과거공부에 열중하였다. 1789년 28세에 대과에 급제하여 종7품인 희릉직장으로 벼슬을 시작한 후 규장각 초계문신으로 뽑혔다. 규장각에서 정조와 직접 얼굴을 맞대고 책을 읽고 토론하면서 정조의 개혁 필요성과 그 방법과 방향에 대하여 함께 모색하게 되었다. 당시 당파싸움으로 혼미한 정계상황을 타개하기 위하여 규장각의 젊은 관료들을 앞세워 개혁하려는 것이 정조의 야심이었다.

정조가 매년 봄 화성의 현륭원에 능행하기 위해서는 한강을 건너는 주교(舟橋. 배다리)가 필요했다. 수백 명이 건너야 하는 배다리는 비용은 둘째 치고 안전성이 큰 문제였다. 이때 다산은 정조의 왕조개혁 구상과 직결된 배다리를 완벽하게 만들어 냄으로써 정조의 더욱 두터운 신임을 받게 되었다.

다산은 1792년 31세 봄에 홍문관의 수찬이 되었으나 4월에 진주목사로 있던 아버지가 돌아가셨다. 마재의 집에서 여막살이를 하는 다산에게 정조는 수원 화성의 설계도를 작성하라는 명을 내렸다. 다산은 윤경의 「보약(堡約)」과 유성룡의 「성제(城制)」를 참조하여 벽돌을 사용하여 축성하고 성벽을 곡선화하는 독창성을 발휘하였다. 성문 앞에는 반원형의 옹성을 쌓고 포루, 적루와 함께 화공을 막기 위한 누조를 설치하였다. 그리고 기중도설을 창안하고, 활차와 고륜 등을 써서 작은 힘으로 무거운 물건을 운반함으로써 비용을 절감하게 하였다. 그뿐 아니라 백성들을 강제부역이 아닌 임금노동자로 축성작업에 참여하도록 하는 것이었다.

화성 축조가 진행되는 동안, 1795년에 중국의 주문모가 변복을 하고 북한산에 몰래 들어와 서교를 전파하고 있다가 발각되어 그는 도망치고 최인길, 윤유일 등이 붙잡혀 참살당하였다. 이 사건을 빌미로 당시 정치실세였던 노론

다산 생가 여유당 | 김 교수가 실학정신에 대한 강의를 한다

벽파는 이가환, 정약용, 이승훈 등을 지목하여 공격하였다. 정조가 이를 비호하려 했으나 여의치 않아 이가환은 충주목사로 정약용은 금정찰방으로 좌천되고 이승훈은 예산현으로 유배갔다.

다산이 1797년 36세 때 정조는 다산이 천주교 혐의를 충분히 정리했다고 생각하여 동부승지로 임명하였다. 다산은 동부승지를 사양하면서 '한때 천주교에 경도되었으나 나중에 버렸'고 고백을 하였다. 그러나 반대파가 다산을 더욱 몰아세우자 정조는 다산을 외직인 황해도 곡산부사로 임명하였다.

다산의 실학정신

1799년 38세 때 정월 다산의 후견인이었던 채제공이 세상을 떠났다. 정조는 그해 4월 다산을 다시 조정에 불러 형조참의에 제수했다. 그러나 정조의 신임이 높아질수록 주위의 시기도 높아져 대사간 신헌조가 권철신과 정약종을 사학의 죄인으로 처벌하기를 요구했다. 다산은 1800년 39세 때 시기하는 사람들을 의식하여 처자식을 거느리고 마현의 고향으로 돌아가 당호를 여유당이라 하고 저작활동에 주력하였다.

정조는 다산을 다시 조정으로 불렀는데 온갖 정치 스트레스로 건강에 탈이 난 정조는 보름 만에 49세의 나이로 운명하고 말았다. 1800년(순조 1년) 다산이 하늘이 무너지는 슬픔에 빠져 있을 때 형 정약종은 사형되었고 자신은 나이 40세에 경상도 장기로 유배를 떠나게 되었다.

우리는 남양주시 조안면에 있는 다산 생가로 향했다. 한강변의 산야는 단풍이 물들기 시작하는데, 황금 물결이 일렁이는 들판의 풍경은 마음을 더욱 여유롭게 해주었다.

다산 생가 앞 느티나무 그늘에 앉아 김 교수는 과학자이면서 정치가였던 다산 정약용의 삶에 대한 이야기를 해주었다. 다산은 조선 후기 극도로 이기적이고 불신이 고조된 사회 분위기에서 도덕성을 회복하고 사회정의를 세우고자 했던 정조의 마음을 헤아렸던 것이다. 믿음의 정치를 위하여 다산은 『경세유표』를 저술하였고 백성들의 삶을 위한 『목민심서』와 사회정의수립을 위하여 『흠흠신서』를 저술하는데 정성을 다했던 것이다.

그리고 정치실세였던 남인들 중에서도 중국의 새로운 문물을 받아들이려는 소장파 학자들과 서얼 출신들의 초계문신들은 실학정신으로 현실을 개혁하려고 하면서, 서학을 통하여 새로운 세상을 맞이하려고 하였다. 그러나 17년이라는 기간 동안 정조는 다산을 만남으로써 실학사상으로 개혁정치를 꾀하였지만, 정조의 죽음은 모든 것을 수포로 돌아가게 했다. 그러나 그들이 보여주었던 선각자의 지혜와 기술은 화성이라는 과학의 도성을 건설하였고 우리 후손들에게 세계에 빛나는 문화유산을 남겨주었던 것이다.

신비의 발효선물
한산소곡주

'미생물이 이어준 인간과 자연'이라는 주제로 충남의 한산소곡주를 찾아가
는 것이다. '한국 가양주의 기능과 과제'란 제목으로 막걸리학교 허시명 교장
으로부터 사전강의를 들었다. 허 교장은 서울대 국문학과를 졸업하고 민속학,
한국학에 관심을 갖고 여행작가로 활동하면서 우리나라의 민속주에 관하여
공부했다. 그는 유명한 가양주를 찾아 전국을 헤매면서 그 제조방법뿐만 아니
라 그 가문의 전통을 공부하여 그동안 술문화에 관한 책도 여러 권 냈다.

미생물이 이어준 인간과 자연

우리의 술문화
그는 우선 좋은 술은 좋은 물이 있는 곳에서 만들어진다는 것이다. 1614년
지봉 이수광은 『지봉유설』에서 '한 고을의 정치는 술에서 알고 한 집안의 일
은 된장 맛에서 안다. 이 두 가지가 좋으면 그 밖의 일은 자연히 알 수 있다'고
했었다. 옛날에는 술이 기호식품으로서 노인을 봉양하기 위한 음식으로 인식

되었다. 즉 약으로 마시는 술이라는 의미로 '약주(藥酒)'란 말이 생겼다. 그래서 우리나라의 주안상은 그 집의 얼굴인지라 그 집안의 인심은 과객들의 입을 통하여 소문났다는 것이다. 조선 초기 대사헌을 지낸 이륙(1438~1498)의 『청파극담』에 의하면 정여창은 '술은 노인의 젖이다. 곡식으로 만들었으니 사람에게 유익할 것이고, 평생 밥을 먹을 수 없을 때에 술이 아니었더라면 어떻게 지금까지 살아왔겠는가?' 라고 하였다.

그뿐 아니라 제사 때 향과 모사(술)를 쓰는 이유는 하늘과 땅으로부터 혼과 백을 불러오는 방법이라고 한다. 즉 인간과 신 그리고 사람 사이의 관계를 맺어주고 서로 소통하게 해주는 매체인 깃이다. 인문학이란 문화, 역사, 철학을 말하는데, 그 반대는 자연과학이 아니라 사람이 범접할 수 없는 신학인 것이다. 그래서 인문학은 술을 통하여 발전되어 왔고 인류의 역사와 문화는 술문화와 뗄 수 없는 관계였던 것이다.

술의 역사가 언제부터인지는 알 수 없으나 거의 인류의 역사와 같이 했다고 본다. 그러나 가양주(家釀酒)란 집안에서 빚는 술을 말하는데, 집 밖에서 빚는 궁중술, 사찰술, 마을술, 주막술 등은 상대적인 말이다. 조선시대에는 제사용으로 그리고 농사용으로 집에서 술을 빚었고 주막에서 술을 빚어 음식과 함께 팔았으나 주세는 받지 않았다고 한다. 정약용은 중국에서의 주세제도를 언급하면서 '삼한 이래로 군주가 술과 초를 팔아서 이익을 취한 예가 없다'고 했다. 이는 먹는 음식을 가지고 나라가 백성과 다투지 않으려 했던 당시 사회의식을 말해 주는 것이다.

우리나라의 전통주

사찰에서 마시는 곡주도 일종의 발효주이다. 누군가 술은 '금기의 벽에 낸 쪽문'이라고 했던 것처럼 술은 절에서 마셨던 '기(氣)의 음식'이라고 할 수 있다. 궁중에서는 사온서라는 부서에서 술을 만들었다. 집에서 발효시켜 만든 탁주(濁酒, 막걸리)에서 잔유물을 제거한 상층의 술을 청주(淸酒)라 하고 열을 가하여 소줏고리를 통하여 알코올만을 증류시킨 것을 소주(燒酒)라 한다.

소주는 화주(火酒, 불술)라고도 하는데 고려 때 원나라 몽고군이 침입했던 지

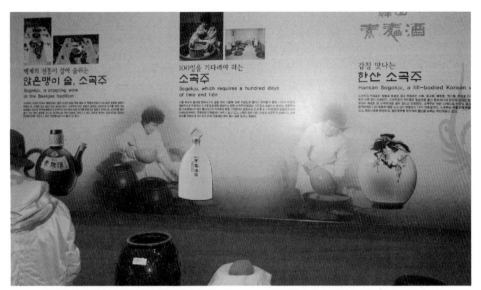
앉은뱅이술 | 한산소곡주 전시관

역을 통하여 우리나라에 도입되었다. 즉 50도나 되는 평양의 문배주, 안동의 소주, 진도의 홍주는 바로 몽고 침입의 산물인 것이다. 술로 인하여 패가망신한 예나 주폭들의 폐해도 많았기 때문에 영조는 흉년이 들어 민생이 어려웠을 때 금주령을 내리기도 했었다.

개항 이후 경성에는 술을 거래하는 공간으로 약주와 백주를 제조하는 헌주가(獻酒家), 소주를 제조, 판매하는 소주가(燒酒家) 그리고 약주, 백주, 과하주를 소량 제조하여 사발이나 잔으로 파는 호주가(壺酒家) 등이 있었다. 1909년에 일본이 주세법을 만들고 1930년대부터 주세법이 강화되면서 가양주는 쇠퇴하다가 소멸되었다. 그 후 해방이 된 우리나라에서도 밀주의 제조가 금지되었는데, 1995년에 와서야 가양주가 합법화되면서 전통주의 제조방법이 복원되었다.

백 가지 꽃이 들어가는 김제 학성강당의 백화주, 솔잎이 들어가는 문경 장수 황씨의 호산춘, 솔잎과 국화가 들어가는 안동 정재종택의 송화주, 금산 인삼주, 계룡 백일주, 함양 솔송주 등은 모두 약재가 들어간 가양주이다. 이는 주로 집안 어른들의 건강을 배려한 건강식품으로 만들어졌다. 현재 국가 지정 문화재로 등록된 술은 당진의 면천두견주, 문배주, 안동의 교동법주가 있고, 약주로는 선산약주, 김포약주, 서울의 삼해주(약주)가 있다. 서울의 유명주로는 삼해주 외에 향은주, 송절주를 꼽는다고 한다.

경주의 교동법주뿐 아니라 강릉에서도 선교장의 연엽주와 서지의 송죽두견주가 집안의 품격을 높였던 술이라고 한다. 그 외에도 근래에 와서는 국가기관이나 지자체로부터 인증받은 전통주가 현재 전국적으로 40여 종류나 된다는 것이다.

소곡주가 익는 마을

우리 '길 위의 인문학' 탐방단은 한산소곡주 전시관에 들러 소곡주의 맛을 보면서 그 제조과정에 대하여 설명을 들었다. 한산소곡주는 면천두견주, 경주 교동법주, 계룡 백일주와 함께 유명한 백일주(百日酒)이다. 추수가 끝난 10월 말이나 11월 초에 빚은 술을 이 무렵에 떠내기 때문에 그 기간이 100일 정도 걸린다 하여 '백일주'라고 한다. 백일주는 겨울의 낮은 온도에서 서서히 익어 가면서 깊은 맛과 향을 내기 때문에, 그 술의 가장 맛있는 계절은 설과 대보름의 정월달이라는 것이다. 실학자 이규경(1788~1856)이 '동방의 명주는 평양의 감로주와 충청도 한산의 소곡주, 그리고 강원도 홍천의 백주와 전라도 여산의 호산춘이다'라고 『오주연문장전산고』에 기록이 있다.

한산모시로 유명한 충남 서천군의 한산면에는 '소곡주가 익는 마을'이 있다. 이곳은 목은 이색과 월남 이상재의 고향마을로서 백제의 부흥운동이 일어났던 고장이다. 한산면은 건지산의 둘레로 평야지대가 넓고 금강과 맞닿아 있다. 한산소곡주는 이 평야에서 나는 쌀로 만드는데, 프랑스의 코냑처럼 보통명사가 고유명사로 된 술이다.

누룩을 적게 썼다 해서 소곡주(少麴酒)라고도 하는데, 백제가 멸망한 후 흰 소복을 입고 흰쌀로 술을 빚어 소곡주(素麴酒)라고 한단다. 맑으면서도 연한 미색의 한산소곡주는 약 18%로 달콤한 맛과 은은한 향이 혀끝에 감돌아 자기도 모르게 취기가 올라 일어나지 못한다고 해서 일명 '앉은뱅이술'이라고도 한다. 술맛에 반해 과거시험을 놓친 호남선비들, 술에 취해 도망가지 못하고 붙잡힌 도둑 등의 얘기들이 전해 내려오는 한산소곡주는 1500년의 백제전통을 이어오는 술이다.

동자북마을에서의 술빚기체험

한산소곡주 중에서도 특히 술맛 좋기로 소문난 동네로는 건지산 기슭의 호암리의 김영신 씨였다고 한다. 1979년 충남무형문화재 제3호로 지정받았으나, 지금은 그의 며느리 우희열 씨가 지현리로 나와 술을 빚고 있다. 또 당산리마을은 소곡주 맛이 좋기로 소문나서 그 건너편 '동자(童子)북마을'은 술빚기체험마을로 지정되었다. 이 마을은 홍주로 유명한 진도처럼 20여 농가가 참여하여 소곡주를 빚는 '전통술 소곡주가 익는 마을'이 되었다.

술빚기체험

백제 때 이곳 마을 뒷산에서 북을 치며 싸움놀이를 하던 19명의 동자들이 나·당 연합군과의 싸움에서 전사하여 땅에 묻혔는데, 비가 오는 날이면 땅속에서 북소리가 난다고 해서 '동자북마을'이라 한단다. 이 마을에서는 소곡주뿐만 아니라 모시만들기 전통을 이어가기 위하여 소곡주전시장 및 체험시설, 시음장을 운영하고 있었다.

우리 일행은 동자북마을에 들러 점심을 먹은 후 세미나실에 모여 내가 미생물의 발효에 대한 강의를 해주었다. 허시명 교장이 주로 가양주의 특성과 만드는 방법 그리고 술문화에 대한 얘기를 해주었기 때문에, 나는 술을 만드는 미생물의 발효원리에 대하여 강의를 해주었다. 특히 미생물에 대한 오해를 지적해 주고 진실을 알려줌으로써 미생물의 역할과 가치를 이해시켜주었다. 요즘 유행하는 '효소액(酵素液)'이란 말의 잘못과 발효의 의미를 설명해 주었고 건강을 지켜주는 장내상주(腸內常住) 정상세균들의 유익성과 유산균의 기능에 대하여 알려주었다.

넓은 마당에서 누룩만들기, 밑술빚기, 덧술빚기, 부재료 넣기와 숙성시키기, 그리고 술거르기 과정으로 소곡주를 만드는 체험을 했다. 천막 비닐을 깔아놓고 여자들은 삽과 수격으로 또 맨손으로 제각각 누룩과 찹쌀고두밥(지에밥)을 섞느라 분주하고 남자들은 누룩을 섞은 찹쌀과 밑술을 항아리에 담느라 열심이었다. 어린이들은 동자북을 치는 재미에 빠졌고 몇몇 애주가들은 소곡주를 시음하느라 앉은뱅이가 되었는지 시간 가는 줄 모른다.

소곡주 한 병씩을 선물로 받아들고 우리들은 한산모시관을 둘러본 후 금강 하구에 위치한 신성리 갈대밭으로 향했다. 우리는 갈대숲을 바라보며 '길 위의 인문학' 행사로 3행시 작품들을 감상하였다.

소, 소문 듣고 찾아와 맛본 서천의 한산소곡주
곡, 곡자가 으뜸인가? 전통솜씨가 일품인가?
주, 주안상 앞에서 일어서지 못하는 앉은뱅이술

목은 이색의 본향

한산의 문헌서원

이곳에는 고려 말기의 문인 목은 이색(1328~1396)과 그의 아버지 가정 이곡의 학문과 덕행을 추모하기 위하여 1594년(선조 27년)에 세운 문헌서원이 있다. 고려의 멸망을 지켜보았던 이색은 아래와 같은 시조를 지어 사라져가는 고려의 운명을 탄식하였다.

목은 이색의 문헌서원과 가족묘

백설이 자자진 골에 구름이 머흐레라 / 반가운 매화는 어느 곳에 피었는고
석양에 홀로 서서 갈 곳 몰라 하노라

이색은 영덕 괴시마을에 있는 외가에서 태어나 20세에 아버지가 머물고 있
던 원나라에 유학을 가 26세에 과거에 급제하여 국자감의 생원으로 문장가의
이름을 떨쳤다. 고려에 돌아온 후 1353년(공민왕 2년)에 향시에 급제하여 서장
관으로 원나라에 다시 가있으면서, 회시와 전시에 합격하여 원의 한림원에 등
용되었다. 그때 시험관이었던 구양현의 질문에 대하여 이색이 아래와 같이 대
답함으로써 서로 마음이 통하는 친구가 되었다는 얘기는 유명하다.

문, 짐승의 발자취와 새의 발자취가 어찌 중국에까지 왔느냐
　(獸蹄鳥迹之道 交於中國)
답, 개 짖고 닭 우는 소리가 사방에서 들려오고 있다
　(犬吠鷄鳴之聲 達于四境)

문, 잔을 가지고 바다에 들어가니 바다가 큰 줄 알겠는가
　　(持盂入海 知多海)
답, 우물에 앉아 하늘을 보니 하늘을 작다고 하는도다
　　(坐井觀天 曰小天)

　이색은 그의 제자인 포은 정몽주와 야은 길재와 함께 충절을 다한 고려3은 (高麗三隱)이었다. 조선조에 들어와 그의 깊은 학문은 김종직과 변계량 등으로 이어져 성리학의 주류 학맥을 이루었다. 고려 말기 국운이 기울어지는 혼란한 시기에도 고려의 전제개혁, 교육진흥, 불교억제 등 시정개혁에 대한 충성을 다하면서, 1391년 한산부원군에 봉해졌다가 1396년(태조 5년) 여주 신륵사에서 사망하였다. 아들 이종학이 시신을 모셔 와 풍수지리의 대가인 무학대사가 정해준 기린봉 남향의 현재 위치에 장사하였다.

　기린봉에서 문헌서원 뒤편으로 내려가면 서원의 본래 터가 있던 고촌리다. 그곳은 한산 이씨 선대들이 살아오던 곳으로, 목은이 태어나자 지기가 빠져나가 3년 동안 풀이 말랐다고 해서 고촌(枯村)이라고 한단다. 그곳 주변에는 이색의 후손으로 월남 이상재 선생의 생가와 유물전시장이 있다는데 들러보지 못했다.

과학으로 보는
경주의 유적

우리의 역사유적에 관한 인문학적 접근에 '과학성이 있느냐'에 대한 많은 지적이 제기되면서도 실제로 연구는 별로 이루어지지 않고 있는 것이 현실이다. '길 위의 인문학'에서는 경주의 많은 유적들을 과학적인 측면에서 살펴보자는 목적으로 한국과학기술원 이종호 교수와 함께 '과학으로 보는 우리 역사'라는 주제로 경주 탐방길에 올랐다.

과학과 인문학

이 교수는 사전강의에서 우리나라 역사상 가장 기뻤던 일은 8·15 해방과 한글 창제 그리고 6·10 민주항쟁이었다고 했다. 그리고 가장 슬펐던 일은 경술국치와 한국전쟁 그리고 고구려 멸망이라고 했다. 고구려가 연개소문에 의한 내부적 정치부패 그리고 나·당 연합군과의 전쟁에서 패함으로 신라의 삼국통일이라고 역사는 기록하고 있다. 그러나 고구려 땅을 발해가 이어받았음에도 불구하고 우리 역사가들은 남쪽의 신라와 북쪽의 발해라는 '남북국(南北

國)시대'의 개념을 정립하지 못했다. 그 결과 신라보다 5배 이상이나 컸던 고구려의 넓은 땅을 잃어버린 것은 역사의 큰 잘못이라고 꼬집었다.

신라에 이어 고려가 압록강 이남의 작은 국토만을 이어받았으면서도 그 후 조선시대에 이르기까지 수많은 외세침략을 받았었다. 그 결과 우리 국민들은 정신적으로 위축되어 창의적 업적들이 이룩되지 못했다고 자조하면서, 우리의 역사문화에 대한 콤플렉스를 가지고 있다는 것이다. 그리고 우리들은 외국 여행에서 본 거대하고 장엄한 유물들에 비하여 석굴암이나 종묘, 해인사 장경각 등을 예로 들어 우리의 역사유물들은 너무 작고 초라하다고 비하하는 경향마저 있다고 지적하였다.

우리 문화유적의 과학성

그러한 배경에 대하여 이 교수는 우리 문화유산들은 제작방법이라던가 작동원리에 관한 기록이 없다는 것이다. 그리고 우리는 불행하게도 많은 유물들이 전란이나 관리 소홀로 멸실 또는 파괴됨으로써 천 년 이상 오래된 유물들이 많지 않다. 그러나 우리의 문화유산에도 심오한 과학성이 내포되어 있다는 것을 여러 가지 예를 들어 강조해 주었다.

과학이란 불편한 것을 해결하고 유용한 것을 찾아내는 것이다. 또 효율성을 높이고 기억을 보완해 주는 방법을 찾는 것인데, 한국사람들은 조상이나 스승에 대한 숭배사상으로 선대의 잘못을 지적하기보다는 자신의 생각을 철회하는 것을 도리라고 생각하는 경향이 있었다고 한다.

근래에 와서 우리나라의 경제와 문화 그리고 과학기술이 세계의 선진국 수준으로 발달한 시점에서 과학의 의미를 점검해볼 필요가 있다고 한다. 이제는 과학과 인문학을 별개의 문화로 볼 것이 아니라, 규범과 틀(체계) 속에서 자연법칙을 따르고 변화를 인정한다는 점에서 인문이나 사회 · 정치도 과학으로 보아야 한다고 했다. 그런데 인문학은 비극 드라마처럼 반복해도 흥미가 있는데 비하여, 자연과학은 코미디처럼 다시 반복하면 재미가 없는 일회성의 특성이 있다고 한다. 그래서 과학은 일반인들의 관심을 끌기 어렵다는 것이다. 그러나 우리 '길 위의 인문학' 탐방단은 과학 속에서 인문학을 생각하고, 인문학

경주 월성의 석빙고 | 3개의 환기구가 보인다

속에서 과학을 찾아내기 위해, 특히 우리 역사유적의 과학성을 찾아보기 위해 경주를 탐방했던 것이다.

버스는 형산강변을 따라 우선 김유신 장군묘로 향했다. 단풍이 물든 숲길을 따라 한참을 들어가니, 놀랍게도 십이지신상을 새긴 병풍석에 난간석까지 둘러놓은 김유신 묘는 흥무대왕의 왕릉이었다. 김유신은 금관가야의 마지막 왕인 구형왕의 증손으로 신라에 귀화하여 태종무열왕 때 나 · 당 연합군을 이끌고 백제를 병합하였고, 문무왕 때는 고구려를 병합시켰다. 그리고 신라를 복속시키려던 당나라의 군사를 물리친 공로로 태대각간이 되었다가 흥덕왕 때 흥무대왕으로 추봉됨으로써 김유신 묘는 왕릉이 된 것이다.

월성과 석빙고

우리는 주춧돌이 널려 있는 왕도의 빈터를 바라보며 숲이 우거진 계림을 지나 월성 언덕으로 올라갔다. 남천을 끼고 무너진 성곽을 따라 돌멩이들이 노송 아래 흩어져 있는 초승달 모양을 한 월성이 신라의 왕궁이 되었던 사연을

석빙고의 입구와 내부구조

이 교수가 일러주었다. 신라 2대 임금 때 가야에서 온 탈해(脫解)가 토함산에 올라가 내려다보니 초승달 모양의 명당이 보였는데 그곳엔 이미 한 세력가가 살고 있었다. 탈해는 밤중에 그 집 근처에 숫돌과 숯을 몰래 묻어놓고 다음날 찾아가서 "이 집은 내 집이니 내놓으시오"라고 하니 주인은 관청에 고발하였다. 관리들이 조사해보니 탈해가 내 집이라고 주장하는 물증으로 숯이 나오자 세력가 주인은 물러서고 말았다. 탈해는 명당을 차지하여 4대 임금이 되었고 파사왕은 왕궁을 이곳으로 옮겨 월성이라 했다는 것이다.

　우리는 폐허가 된 월성의 동쪽 끝 소나무 그늘에 모여앉아 3개의 환기구가 꽂혀 있는 고분과 같이 생긴 석빙고의 과학적인 구조와 기능에 대한 설명을 들었다. 이 석빙고는 1738년(영조 14년)에 완성한 것으로, 화강석으로 쌓으며 천장을 요철의 아치로 만들었다. 바닥은 흙과 돌을 깔고 경사지게 만들어 얼음 녹은 물이 자연적으로 배수되게 했다. 그리고 천장에 환기구를 두고 봉토에 잔디를 심어 열의 손실을 막았다. 반지하의 바닥에는 짚으로 덮고 자연환기구와 배수구를 설치하여 여름에도 얼음 양의 감소를 최소화하였다. 출입문

경주 첨성대 | 천 년을 지켜온 과학 기술의 문화유산이다

옆에 날개벽을 두어 외부의 찬바람이 부딪쳐 내부에서 소용돌이치도록 함으로써 겨울에는 영하의 기온을 유지하도록 했다고 한다.

첨성대는 선덕여왕 때 화강석으로 만들어진 동양 최고의 관측대이다. 원통형의 곡선으로 올라간 모습이 아담하게 보이나 천 년을 버틴 첨성대가 지금 북쪽으로 조금 기울어져 있어 안타까웠다. 13단과 15단 사이의 출입구까지 외부 사다리로 올라가서 내부를 통하여 꼭대기에 올라가 별을 관측하였다. 첨성대의 과학성에 대해 설명을 들으며 고려 말 포은 정몽주가 첨성대를 찾아와서 남긴 시를 다시 한 번 음미해 보았다.

첨성대는 반월성 가운데 우뚝 솟아 있고 / 옥피리 소리는 만고의 풍치를 머금었도다
문물은 시대에 따라 신라와 달라졌으나 / 아, 산수는 예나 지금이나 한가지로구나
(瞻星臺兀月城中 玉笛聲含萬古風 文物隨時羅代異 嗚呼山水古今同)

우리는 국립경주박물관에 들러 해설사의 설명을 들은 후 신라의 역사와 함

께 금관을 비롯하여 그동안 발굴된 찬란한 신라 천 년의 문화유물들을 관람하였다. 옥외에 만들어 놓은 다보탑과 석가탑 그리고 에밀레종을 관람하면서 그 예술성과 과학성에 대한 설명을 들었다.

첨성대와 에밀레종

삼국시대의 천문학이 점성술의 개념이었던 점으로 볼 때, 첨성대는 구름과 별과 달의 변화를 보면서 절기를 구별하고 날씨를 살피는 규표(圭表)의 기능을 했다는 주장이 있다. 그러므로 첨성대는 현대의 천문대 개념보다는 관천대(觀天臺) 역할을 했던 것으로 해석된다고 한다.

첨성대는 안정성과 기능적인 곡선미를 배려했을 뿐만 아니라 '피타고라스의 정리' 즉 동양판 '구고현(勾股弦)의 정리'를 적용한 건축물이라고 한다. 구는 삼각형에서 직각을 낀 짧은 변이고, 고는 긴 변이며 현은 빗변이다. 첨성대는 천장석의 대각선 길이, 기단석의 대각선 길이, 첨성대 높이가 3:4:5의 비를 이루고 있다고 한다. 이러한 점들은 모두 우리 전통문화의 과학적인 지혜라고 할 수 있다는 것이다.

에밀레종은 771년(혜공왕 6년)에 완성되어 봉덕사에 봉납됐는데, 봉덕사는 수해로 유실되고 무거운 종은 떠내려가지 않은 채 땅속에 묻혀 700년 동안이나 방치되어 있었다. 1460년(세조 5년) 영묘사로 옮겨졌으나 종각이 소실되어 종은 다시 노천에 버려져 있었다. 1506년(중종 초)에 경주 성문으로 옮겨 1915년까지 아침, 정오, 저녁과 삼경을 알리는 역할을 했다. 1915년 구 경주박물관으로 옮겨졌다가 1973년 현재의 국립경주박물관 구내로 옮겨왔다.

세계에서 가장 아름다운 에밀레종의 종소리는 울림, 즉 진동수가 비슷한 두 개의 음파가 동시에 발생할 때 생기는 간섭현상인 즉 '맥놀이'에 의한 것이다. 맥놀이현상은 재질이나 종 두께가 균일하지 않고 완전한 대칭을 이루지 않은 결과 발생한다. 또 종 내부에 찌꺼기 같은 것이 붙어 있는 '덤쇠'와 아랫부분이 오므라든 부위 등의 영향이 크다고 한다. 그리고 용머리 뒤쪽에 대통 모양의 음관(音管)이 솟아 있는데, 한국 종에만 있는 이 음관은 종을 칠 때 내부에서 형성되는 음향을 밖으로 내보낼 수 있는 구조라고 한다. 그리고 종의 타점

토함산 석굴암과 수광전

위치와 종 밑바닥을 움푹하게 파놓은 공명동(共鳴洞)의 역할도 크다고 한다. 에
밀레종은 이러한 점들을 최적화시켜 만들었다는 점에서 위대한 과학성을 내
포하고 있다는 것이다.

세계에 빛나는 우리 문화유산

동궁과 월지

우리는 교동쌈밥집에서 '별채반' 경주음식으로 인문학의 맛을 채운 후 안압
지로 향했다. 안압지는 1975년 준설발굴조사함으로써 당시의 모습으로 복원
하였는데, 이제는 동궁(東宮)과 월지(月池)라는 이름으로 야간 조명을 갖추어 관
광객에게 공개하고 있었다. 동궁은 신라시대의 별궁으로 674년(문무왕 14년)에
연못을 파고 산을 만들어 정원을 꾸몄던 것이다. 신라의 마지막 경순왕이 931
년 이곳에서 고려 태조 왕건을 위하여 잔치를 베풀었다는 기록으로 보아 군신

불국사 범영루 앞 축대 | '동틀돌'을 이용한 과학적 건축기법을 보여준다

들의 연회나 귀빈 접대장소로 이용되었던 것이다.

임해전을 비롯하여 여러 가지 월지에서 출토된 유물들을 관람하고 나오는데, 1만 5천여 점의 유물 중 14면체의 주령구(酒令具)가 흥미를 끌었다. 참나무로 만든 6개의 4각면과 8개의 6각면으로 높이가 4.8cm인 이 기구는 왕족들이 술을 마시면서 서로 벌칙을 주는 놀이도구였던 것이다. 재미있는 것은 각 면에 새겨 넣은 그 벌칙의 내용이다. 즉 삼잔일거(三盞一去, 세 잔을 한꺼번에 마시기), 자창자음(自唱自飮, 혼자 노래 부르고 혼자 마시기), 추물영방(醜物英放, 부끄러운 것 내어놓기), 공영시과(空詠詩過, 즉흥시 한 수 지어 읽기), 곡견즉진(曲臂則盡, 옆 사람과 팔을 끼고 마시기) 등등의 글귀가 더욱 재미있었다.

토함산 불국사

다음날 아침, 우리 버스는 토함산의 꼬불꼬불한 길을 따라 석굴암을 찾아갔다. '토함산석굴암'이라는 간판의 일주문을 지나 동해바다를 바라보면서 산허리 숲길을 따라가는 분위기는 시원하고 아름다웠다. 그러나 보수공사중인 석굴암 주변은 어수선하기 이를 데 없었고 석굴암 내부와 본존불의 관람을 위하여 유리막을 쳐놓고 관리하는 무질서한 모습은 이곳이 과연 유네스코 문화재로 지정받은 곳인지가 의심스러울 정도였다. 오히려 석굴암을 막아놓더라도 사진으로 자세히 보여주는 전시방법이 더 나을 것 같았다. 책에서 공부한 석굴암의 과학성을 직접 확인할 수 없이 돌아서는 발걸음이 씁쓸하였다.

불국사 석굴암의 건축에 연관하여 『삼국유사』에 나오는 '대성효이세부모(大城孝二世父母), 즉 대성이 두 세상 부모에게 효도했다는 전설 이야기는 이러하다.

모량리의 한 가난한 여인 경조에게 아이가 있었는데 대성(大城)이라 하였다. 복안이라는 부잣집에 품팔이를 하면서 밭 몇 이랑을 받아서 먹고 살았다. 어느 덕망 있는 스님이 복안의 집에 와서 베 50필을 시주받더니 "천신이 보호하사 만 배의 은혜를 얻게 하고 안락장수 하리로다"라고 스님이 축원했다는 것이다. 대성은 집에 돌아와 어머니께 그 사실을 고하고 일해서 얻은 밭을 법회에 시주하였다. 그 뒤 대성이 죽었는데, 그날 밤 재상 김문량의 집에 하늘로부터 "모량리 대성이라는 아이가 이제 너의 집에 태어날 것이다"라고 외치는 소리가 들렸다. 그 후 김문량의 집에서 애기가 태어났는데, 칠 일만에 왼손을 펴니 '대성'이라 새긴 금패가 나오자 모량리 어머니를 모셔와 함께 봉양하였다.

대성은 장성하여 토함산에 사냥을 나가 곰 한 마리를 잡았는데, 그 곰이 귀신으로 변하여 '너를 잡아먹겠다'고 하였다. 대성이가 용서를 빌자 '나를 위하여 절을 지어주겠는가?' 하므로 대성이 그러겠다고 맹세하고 보니 꿈이었다. 이후 대성은 사냥을 금하고 장수사를 세우고 자비로운 결심을 더해 갔다. 그리고 현세의 부모님을 위하여 불국사를 세우고 전생의 부모님을 위하여 석불사를 세웠다고 한다.

불국사 석굴암의 과학성

신라의 불교는 외래 불교가 아니라 우리 고유의 신앙과 밀접한 관련이 있다는 점에서 신라는 본래부터 불국이었다는 것이다. 대웅전을 향하는 청운교와 백운교 그리고 극락전을 향하는 연화교와 칠보교는 모두 국보로서 예사롭지 않은 다리형식의 계단구조인데 매우 과학적이라고 한다. 백운교는 높이와 폭과 계단의 길이가 3:4:5가 되는 피타고라스 값이다. 그리고 석축은 기준 돌의

불국사 자하문 백운교의 홍예 | 과학적 구조에 예술성이 가미되어 있다

형태에 맞추어 돌을 다듬어 쌓는 '그랭이' 공법으로 시공하였다. 그뿐 아니라 축대의 기둥머리에 네모난 돌이 약간 튀어나와 있는데, 이 '동틀돌'은 속으로 깊숙이 박혀있어 토압에 의해 석재들이 밀려나는 것을 원천적으로 방지할 수 있는 과학적인 건축기법이라고 한다.

석굴암은 원래 석불사(石佛寺) 석굴이었다고 한다. 석굴은 외국에서도 원래 암벽을 파고 만든 석굴에 부처를 모셨다. 우리나라에서도 단석산 마애석불이나 군위 삼존석굴과 같은 석굴사원이 있으나, 석굴암은 세계에서 유일하게 화강석으로 정교하게 그리고 화려하게 만든 인조석굴이라는 점이 특색이다. 화강암은 경도가 높아 섬세한 조각을 하기가 힘들고 재질이 균일하지 않아 쪼개지기가 쉽다. 그러한 점에서 볼 때 석굴암의 본존불상은 생명도 성격도 없는 돌을 깎아 영원한 생명과 절대자의 이미지를 부여함으로써 종교와 예술 그리고 과학이 하나가 된 최고의 석조조각품인 것이다.

인공으로 축조한 석굴 또한 과학과 예술이 합쳐진 건축의 극치라고 한다. 석굴암은 네모꼴의 전실과 둥근 후실로 이루어져 천원지방의 사상을 반영하였다. 석굴은 돔형구조에 '동틀돌' 또는 '쐐기돌'을 사용하여 안정과 균형을

미륵곡 석조여래좌상 | 천 년을 지켜온 정교한 석공기술의 신라문화

탑곡의 마애불상군 | 황룡사 9층탑과 함께 지극한 불심이 조각되어 있다

취하였다. 『삼국유사』에서는 김대성이 이 덮개돌을 조각하다가 깨어짐으로써 낙심하고 실망해 잠든 사이에 천신이 완성시켜 놓았다는 꿈얘기의 전설로 마무리해 놓았다. 경주가 고향인 유치환 시인은 「석굴암 대불」이라는 시에서 아래와 같이 묘사하였다.

목 놓아 터트리고 싶은 통곡을 견디고 / 내 여기 한 개 돌로 눈 감고 앉았으니
천 년을 차가운 살결 아래 더욱 / 아련한 핏줄, 흐르는 숨결을 보라 // 후략

경주 남산의 문화유적

경주의 역사유물 탐방의 마지막 코스로 남산 기슭에 있는 마애불상을 찾아갔다. 경주 남산에 가보기는 처음이었다. 남산의 동쪽 갯마을길에서 대나무 숲을 지나 보리사로 올라가니 약 4m 정도 높이의 미륵곡(彌勒谷) 석조여래좌상이 놀랍도록 거의 완벽한 모습으로 우리를 반기었다. 불상 후면의 광배(光背)는 작은 부처와 덩굴무늬가 화려한 모습으로 새겨져 있었다. 어쩌면 이렇게

정교하게 다듬어진 신라의 불상이 천 년의 세월 속에서 그대로 보존되었는지 놀라울 뿐이었다.

그 다음에는 남산 기슭에 남아 있는 신라석불 가운데 가장 오래된 불곡(佛谷) 마애불상을 찾아갔다. 이 불상으로 인하여 이 계곡을 불곡이라 부르게 되었다는 마애불상은 1m 정도의 석굴을 파고 그 속에 조각해 놓았다. 머리는 두건을 쓴 것 같고 둥근 얼굴에 깊게 파인 입가에는 미소가 번지고 있었다.

우리는 다시 탑곡(塔谷)의 마애불상군을 찾아 계곡으로 올라가니 옥룡암이 나타났고 그 위쪽에 9m나 되는 큰 바위가 있었다. 석양에 비춰지는 4각형 바위벽에는 여러 불상들이 정교하게 새겨져 있었다.

남쪽 바위 면에는 삼존과 독립된 보살상이 배치되었고 동쪽 면에는 불상과 보살, 승려와 비천상을 조각해 놓았다. 서쪽 면에는 석가의 보리수와 여래상이 있었다. 특히 암벽의 9층탑 조각은 어떠한 문헌기록에도 남아있지 않는 황룡사의 9층탑으로 추정한다는 것이다. 통일신라 때 그 화려했던 황룡사와 목조9층탑이 완전히 소실된 상태여서 이 석각자료는 9층탑의 형상을 재현하는 데 필요하고도 유일한 흔적이라고 한다.

하나의 바위에 불상, 비천, 보살, 승려, 탑 등의 다양한 모습을 조각한 것은 장인이 생각했던 불교세계를 모두 표현한 것이라고 한다. 신라의 고귀한 역사 유적들은 종교적이자 예술적이며 그리고 과학적으로 돌과 바위에 조각되어 천 년 동안 남아 있는 것 같았다. 돌아오는 버스 속에서 '과학역사'라는 시제의 4행시를 발표하였다.

과, 과거의 역사유적이 주변에 널려 있었지만

학, 학술적 그리고 문화적 의미를 모른 채 살았는데

역, 역사문화 탐방으로 경주를 찾아와 둘러보니

사, 사람이 남긴 신라의 문화유산은 참으로 위대하구나

허준의 동의보감을
찾아서

금년은 『동의보감』이 출간된 지 400주년이 되는 해이다. '길 위의 인문학'에서는 경인교대 김호 교수와 함께 양천구 허준박물관 그리고 파주에 있는 구암 허준의 묘와 우계 성혼의 묘 및 사당을 찾아갔다. 허준이 쓴 『동의보감』 집필배경과 시대상 그리고 성혼과 이이와의 깊은 교분에 대해 김 교수의 설명을 들었다.

동의보감을 찾아서

허준의 묘와 출생의 배경

국립중앙도서관을 출발하여 임진강에 이르자 도로변의 철조망이 분단국의 분위기를 느끼게 해주었다. 두포리에서 진동교를 건너자 출입을 통제하는 바리케이트 앞 검문소에서 얼룩무늬 제복을 입은 군인들이 신분증을 점검한다. 영농인들의 출입도 오전 5시 30분부터 저녁 7시 30분까지라는 안내문을 보니 민간인 통제구역임을 실감할 수 있었다.

허준의 묘와 조각난 묘비

'길 위의 인문학' 덕분에 우리는 단체로 민통선을 넘었다. 동파리 해마루촌 방향으로 들어가는 좌우 들판에는 사람들의 발길이 끊어진 지 오래되어 버드나무가 숲을 이루었다. 버스는 장남리 방향으로 돌아 구암교 앞에 섰고 우리는 걸어서 다리를 건너자 허준의 묘 간판이 나타났다.

허준(1539~1615)의 묘는 양천 허씨 족보의 기록에 의존하여 허씨 문중(허문도, 허화평 등이 주도)이 1991년 9월에 군부대의 협조를 얻어 지뢰를 제거하면서 조사한 결과 진동면 하포리 광양동에서 쌍분을 발견하였다. 당시 묘비는 두쪽으로 쪼개진 채 발견되었는데 '양평군호성공신허준'이란 글자로 확인했다는 것이다. 현재 허준의 묘는 부인묘와 함께 쌍분으로 조성하였고 그 위에 어머니의 묘를 정비해 놓았다.

묘소를 둘러본 후 우리는 재실 뜰에 둘러앉아 김 교수로부터 『동의보감』의 저자인 허준에 대하여 박사학위 논문을 쓰면서 겪었던 사연과 문헌에 입각한 사실에 대하여 설명을 들었다.

허준의 출생년도에 대해서는 당시 친구이자 문장가였던 간이(簡易) 최립(崔岦)의 귀향 축하시에 허준이 동갑이라고 쓴 것으로 미루어 1539년 생임을 확인했다는 것이다. 그리고 출생지는 양천 허씨의 세거지인 지금의 서울 강서구 가양동이라고 하는데, 전남 장성읍지에는 그의 고향이 장성이라고 기록되어 있다.

이은성이 소설 『동의보감』을 출간함으로써 허준이 산청에서 태어나 자란 것으로 알려져 있으나, 김 교수는 20대에 이미 전국적으로 유명한 의사가 된 허준과 그의 어머니와 관한 기록이 담양 출신 유희춘(柳希春)의 『미암일기(眉巖日記)』에 많이 기록되어 있다고 한다. 그리고 허준은 외가가 광주에 있었던 관계로 유희춘가에 왕래하였고 5촌 당숙이었던 김안국(조광조의 제자이자 유희춘의 스승)과 김정국의 영향이 컸으리라고 설명해 주었다.

김 교수는 허준의 『동의보감』은 단순한 의서가 아니라 조선 중기 사회의 사상적 배경에서 집필된 책이라고 한다. 허준은 20대 후반에 유희춘의 소개로 서울에 올라와 그의 친구 송순 등을 치료해 주면서 서울과 전라도를 오르내렸다. 그는 담양의 유희춘, 징칠과 노수신 그리고 파주의 우계 성혼과 교분을 쌓으면서 주자학의 사상을 받아들여 질병의 원인을 찾아 치료하는 예방의학적 차원에서 『동의보감』을 썼다는 것이다.

양천구 허준박물관

허준의 출생지인 서울 양천구 가양동의 구암공원에 건립해 놓은 허준박물관을 방문하였다. 허준의 출생을 비롯하여 그에 관한 오해의 내력들을 명료하게 비교, 정리해 놓았다. 그리고 '경기감영도'에 있는 허준의 약방과 '동궐도'에 있는 내의원 건물의 모습을 재현한 구조물도 설치해 놓았다. 『동의보감』의 내용에 대한 설명도 체계있게 잘 정리해 놓아서 허준과 『동의보감』에 대한 이해를 많이 도와주었다.

『동의보감』은 총 25권 25책인데 앞에 서문과 집례가 있다. 내경편 4권, 외형편 4권, 잡병편 11권, 탕액편 3권, 침구편 1권으로 되어 있다. 허준은 1권의 집례에서 동북아시아 지역의 의학을 북의, 남의라 했고, 조선의 의학을 동의라고 구분하여 그 특성과 권위를 피력하였다. 『동의보감』은 조선의 의학서격인 『향약집성방』과 『의방유취』를 비롯하여 중국의 『본초』, 『맥경』, 『단계심법』 등 70여 종의 책을 참고하여 질병치료법뿐만 아니라 정신수양과 섭생까지 기록하였다.

요컨대 우주와 생명은 대칭적으로 연결되어 있는데 의술이란 그 고리를 연결시킴으로써 몸 안에 있는 생명력을 일깨우는 기술이다. 그 핵심은 순환이라

구암나루의 '허가바위' | 허준은 이곳에서 『동의보감』을 저술하였다

고 했다. '통즉불통/통즉불통(通則不痛/痛則不通)', 즉 통하면 아프지 않고 아프면 통하지 않는다는 것인데, 이것이 『동의보감』을 대표하는 말이라고 한다. 중국의서는 질병중심이었으나 『동의보감』은 인간중심의 의학서이다. 자연과 생활하면서 인간관을 바탕으로 인체를 국소적으로 관찰하는 의술이다. 그래서 이 책은 중국과 일본, 베트남에까지 전해져 조선의 의학기술이 널리 퍼졌다. 그러한 업적으로 『동의보감』은 2009년 7월에 유네스코 세계기록유산으로 등재되었다.

박물관 강당에서 김 교수는 '허준은 철학자로서 '내경편'을 썼고 본초학자로서 '탕액편'을 저술했다'며 의사이기에 앞서 의학자요 사상가라고 설명해 주었다. 그리고 그는 『동의보감』을 저술하기 이전에도 선조의 지시가 있었지만 『언해구급방』·『언해두창집』·『언해태산집요』와 같은 언해본 의서를 직접 써서 가난해서 어렵고 무지한 민중의 건강을 지키는데 큰 공헌을 했다. 나는 '동의보감'이라는 시제에 대하여 아래와 같은 4행시를 지어보았다.

동, 동분서주하면서 열심히 살아온 칠십 평생인데

의, 의사는 섭생과 운동을 권하며 건강을 챙기라네

보, 보물 같은 육체의 건강 보존도 중요하지만

감, 감초 같은 '길 위의 인문학'도 내 삶의 보약이라네

구암공원의 약초원과 소요정을 둘러보고 허준이 임진왜란 후 의주에서 돌아와 『동의보감』을 썼다는 한강변에 있는 구암나루터의 '허가바위'와 겸재의 『경교명승첩』에 나오는 〈공암층탑〉의 그림 중에 있는 '광주바위'의 모습도 구경하였다. 400년 전 당시에는 한없이 넓은 한강변에 우뚝 솟아있던 바위들이 지금은 고층아파트 건물에 둘러싸여 조그만 호수 한가운데 동떨어져 갇혀버린 모습이 안타깝게 느껴졌다.

동의보감에 영향준 성현들

성혼의 묘소와 기념관

우리는 파주에 있는 허준의 묘를 참배한 후 우계기념관을 둘러보고 성혼의 묘를 찾아가 참배하였다. 우계 성혼은 성리학자인 아버지 성수침과 어머니 파평 윤씨 사이에서 한성부 순화방에서 태어났다. 1539년(중종 34년) 기묘사화 후 정세가 어지러워지자 정암 조광조의 문인이었던 아버지를 따라 경기도 파주 우계로 옮겨와 살았다. 17세에 생원진사에 합격하였으나 벼슬길에 나가지 않고 휴암 백인걸의 제자가 되어 성리학을 공부하였다. 1554년 우계는 20세 때 파주의 이웃에 살던 19세의 율곡 이이를 만나 평생 동안 절친한 교우관계를 유지하였다.

우계는 조광조와 퇴계에게 사숙하며 학문에 정진하다가 남명 조식을 찾아가 사물의 이치에 대하여 담론하기도 했다. 그는 거의 평생 관직에 나가지 않고 학문과 교육에 힘썼던 고결한 인품과 수양으로 동료와 제자들에게 많은 존경을 받았다. 우계는 37세 때 자기의 교육관으로 「서실의(書室儀)」22조를 지어

성혼의 우계사당

우계서실의 벽에 걸어놓고 후학을 지도하면서 파산학파의 큰 봉우리를 이룩
하였다. 그의 학문과 세상사 그리고 자연에 대한 마음가짐을 다음의 시에서도
엿볼 수 있다.

　　사십 년 동안 푸른 산에 누웠는데 / 시비는 무슨 일로 인간에게 오는가
　　봄바람 부는 소당에 홀로 앉았으니 / 꽃이 웃고 버들은 자니 끝없이 한가롭구나
　　(四十年來臥碧山 是非何事到人間 小堂獨坐春風地 花笑柳眠閒又閒)

　위패를 모신 파산서원 앞에는 그의 높은 학문을 대변해 주는 듯 거대한 고
목이 서 있었다. 맑은 햇볕이 쏟아지는 가운데 성혼의 묘에는 잡초들이 무성
하게 뒤덮여 있었고 그의 부친 성수침의 묘가 그 아래에 있었다. 성현들의 묘
소 앞에 둘러앉아 400년 전 당시의 주자학사상에 대하여 김 교수가 설명을 해
주니 『동의보감』의 의미를 한 차원 깊이 이해할 수 있었다.
　당시 성리학의 이론이 사서에 요약되어 있는데 주자학의 핵심은 『대학』이고

이기일발설
Ugye's philosophy on I and Gi

이기론에 대한 퇴계, 우계, 율곡의 입장

퇴계의 이기호발설(理氣互發說)
　　'이(理)'와 '기(氣)'를 대립적인 것으로 보고 '이(理)'가 드러난 것이 사단이며, '기(氣)'가 드러난 것이 칠정이라고 보았다.

우계의 이기일발설(理氣一發說)
　　'이(理)'와 '기(氣)'를 유기적 관계로 보는 것은 율곡의 입장을 받아들이고 사단과 칠정을 구별하거나 인심과 도심을 구별하는 것은 퇴계의 입장을 받아들여 절충적인 새로운 견해를 제시하였다.

율곡의 기발이승일도설(氣發理乘一途說)
　　드러난 것은 '기(氣)'일 뿐이고 '기(氣)'를 드러나게 하는 것이 '이(理)'다. 따라서 퇴계처럼 '이(理)'와 '기(氣)'를 대립적으로 보지 않고, 유기적으로 본다.

퇴계 · 율곡 · 우계의 이기일발설

그 기본 요소는 '명명덕 신민 지어지선(明明德 新民 止於至善)'이라고 한다. 즉 인간의 선한 본성을 밝히고, 타인의 비리와 부정을 가르치며, 자신을 깨우치고 도덕사회를 만든다는 것이다. 우계는 퇴계의 이기호발설(理氣互發說)과 율곡의 기발이승일도설(氣發理乘一途說)을 절충하여 이기일발설(理氣一發說)을 제시하였다.

즉 내버려두면 좋은 천성이 나온다는 경상도(퇴계)의 주리파에 대하여, 잘못된 것은 벌주고 가르쳐야 한다는 기호(율곡) 및 전라도의 주기파의 중간에서, 음색욕망을 절제하고 억제하여 건강을 찾는다는 성혼의 절충적인 개념을 받아들여 허준이 『동의보감』을 썼다는 것이다.

우계와 율곡 그리고 송강과 구암

우계와 율곡은 활발하면서도 격의 없는 교우관계를 유지하면서 학문을 토론하던 중 어느 날, 임진강나루에서 뱃놀이를 하다가 배가 흔들리자, 우계(牛溪)는 "어찌 변화에 대처하는 도리도 듣지 못했단 말인가?" 하며 놀라 당황하는데, 화석정 주인 율곡(栗谷)은 "우리 두 사람이 어찌 익사할 리 있겠는가?"
하면서 태연한 모습이었다고 한다. 파주의 같은 마을에서 우정을 쌓으며 살던
두 선비는 절친한 친분관계로 지내면서 시냇가에서 보냈던 일에 대하여 우계
는 다음과 같은 글을 남겼고 또 율곡은 우계와 소요산을 찾아갔던 추억을 아
래와 같이 읊었다.

높은 나무 시냇가에 둘러서 있으니 / 맑은 그늘이 낚시터에 흩어지고
흐르는 냇물은 원래 쉬지 않고 / 물고기와 갈매기는 절로 기심(機心)을 잊는다오
풀가에는 풍광이 연하고 / 이끼 낀 냇가에는 들길이 가늘구나
한가로운 사람 손에 책을 펴보니/ 서로 마주하여 돌아갈 줄 모르네 — 우계
(溪上圍高樹 淸陰散釣磯 川流元不息 魚鳥自忘機
 草際風光嫩 苔邊野逕微 閑人書在手 相對淡忘歸)

풀이 산 계곡에 우거지고 비가 다리를 무너뜨려
어느 곳이 소요산 가는 방향인지 모르겠네
서로 만난 것이 일찍이 아는 이 같아
연기 덩굴로 끌어들여 달밤을 함께 하네 — 율곡
(草合山溪雨壞橋 不知何處向逍遙 相逢似是曾相識 引人煙蘿共月宵)

우계는 1587년 9월 송강 정철에게 보낸 편지에 허준에 관한 다음과 같은
얘기가 있다. 우계는 "이달 초이튿날 순천에서 부친 편지를 받아보니 어찌 기
쁘고 반가운 마음을 감당할 수 있겠는가?" 하였다. 그후 허준이 우계에게 와
서 전하기를 "노형(송강)이 술을 끊고 수양하여 얼굴이 붉은 옥과 같으며 술 때
문에 생긴 코끝의 붉은 반점도 모두 없어졌다"고 하니 우계가 몹시 기쁘고 다
행스럽게 여기면서 '이제 편지를 받아보니 잘못 전해진 뜬소문이 아닌가 싶습
니다' 라고 하였다.
　　정철은 파주 우계에 살고 있던 성권농(成勸農, 성혼을 이름)을 찾아갔던 추억의
한 장면을 아래와 같은 시조에 남겨놓았다.

재 넘어 성권농 댁에 술익었단 말 어제 듣고

누운 소를 발로 박차 언치 놓아 지즐 타고

아희야, 네 권농 계시냐? 정 좌수 왔다 일러라

파주라는 곳이 조선시대에도 한양에서 개성으로 연결되는 요지이자 문명의 통로였을 뿐더러 이곳에서 우계와 율곡 그리고 구암이 젊은 날에 교류했고 죽은 뒤에도 지척에 함께 묻혀 있다는 사실은 우연이 아닌 것 같았다. 학문과 사상의 논쟁에 대한 기록과 그 영향을 받아 저술된 『동의보감』의 현장에 와서 보니 당시 주자학자들의 상이한 견해에도 불구하고 질친했던 그들의 교우관계가 더욱 실감나게 느껴졌다.

강원 산하에 묻혀있는
역사문화

영동지역의
신화와 역사문화

　이번 인문학 탐방은 '동해, 바다 인문학의 속살을 찾아서'라는 주제로 강릉·동해·삼척일대의 영동지역에 숨겨진 역사문화를 찾아가는 것이다. 이번에는 특히 강원도 구석구석에 묻혀 있는 인문학 스토리로 『우리 산하에 인문학을 입히다』를 저술한 홍인희 작가가 동행하여 동해안 지역의 역사와 전설에 대해 설명해 주었다.

　화양강과 홍천강을 따라 들과 산을 굽이굽이 돌아가는 국도변에는 강원도의 별미 감자떡, 찰옥수수의 간판들이 눈길을 끄는데, 색색의 코스모스꽃들이 환영의 손길을 흔들어댄다.

바다와 함께 살아온 문화

　강원도 인제 관대리를 지나 미시령으로 향하는 길은 50여 년 전의 비포장길에 비하여 너무도 잘 정비되어 있다. 잠깐 동안 터널을 빠져나가 휴게소에 도착하자 파란 하늘 아래 푸른 숲 위로 우뚝 솟은 울산바위가 눈앞에 다가서는

강원도 양양의 동해신묘

데, 가슴이 터지도록 시원한 동해바다의 맑은 공기가 인문학 탐방객들의 환성
을 자아내게 한다.

동해의 해신, 포세이돈

우리는 양양 조산리에 있는 동해신묘(東海神廟)에 들렀다. 바다와 함께 살아
가는 사람들에게는 해신을 모시는 신앙은 절대적이다. 우리나라 역대 왕조에
서도 사해지신(四海之神)을 모시면서 동해에서는 양양, 서해의 풍천, 남해의 나
주 영암, 북해의 경성에서 사계절 성대한 해신제를 지냈었는데, 지금은 양양
의 동해신묘가 유일하게 남아 있다고 한다. 이 동해신묘는 1370년(공민왕 19
년) 강릉 정동진에 처음 건립되었다가 조선조에 들어와 1490년(성종 21년) 심
언경과 심언광의 권유에 의해 이곳으로 이전되었다고 한다.

양양은 고려 때 개성으로부터 정동쪽에 위치한 지역으로 많은 역사적 문화
가 남아 있다. 당시에는 해신을 용왕보다도 더 높이 그리고 국왕에 버금갈 정
도로 극진하게 모셨다. 조선시대에는 동해안의 각급 지방수령들이 모두 참석
한 가운데 조정에서 강향사(降香使)를 통해 향촉을 보내어 해신제를 지냈던 성

지였다. 홍 작가는 '햇빛에 비치면 역사가 되고, 달빛에 물들면 신화가 된다 (褪於日光則爲歷史 染於月色則爲神話)'고 하면서 이곳의 동해신묘는 그러한 의미에 서 동해 인문학의 제1호 상징물이라고 한다.

해신을 모시고 다스렸던 얘기는 삼척의 척주동해비(陟州東海碑)에도 그 사연 이 남아 있다. 조선 현종 때 미수 허목이 서인 송시열과의 예송논쟁에서 밀려 나 삼척부사로 2년여간 머무를 때, 바닷물이 삼척을 덮치며 인명과 재산 피해 가 났다. 허목이 1661년(현종 3년) 동해를 예찬하면서 동해신을 달래는 「동 해송(東海頌)」을 지어 만리도에 비석을 세웠더니 물난리가 가라앉았다고 해서 세인들은 퇴조비(退潮碑)라 칭하였다. 이는 중국의 한유가 유배지에서 악어의 피해에 대하여 「제악어문」을 지어 퇴치했다는 비석을 본 따서 세웠던 것이다. 그 뒤 비석이 유실되었으나 삼척부사 박내정이 1710년(숙종 36년)에 전서체 비 석의 탁본을 찾아내 옛 비석의 형태로 다시 만들어 세웠다. 지금은 본래의 위 치에서 육향산 위로 옮겨놓았는데 「동해송」은 아래와 같이 시작된다.

큰 바다 가없이 일렁이고 / 온갖 냇물이 흘러드니

그 큼이 끝이 없어라 / 동북은 모래바다

밀물썰물 없으므로 / 대택(大澤: 동해를 이름)이라 이름했네

쌓인 물은 하늘에 다다르고 / 출렁댐이 넓고도 아득하니

바다가 움직이고 음산하네 // 후략

(瀛海漭瀁 百川朝宗 其大無窮 東北沙海 無潮無汐

號爲大澤 積水稽天 渤澔汪濊 海動有曀)

강릉의 역사문화와 전설

강릉에는 율곡이 탄생한 오죽헌과 경포대를 위시하여 수많은 정객 문사들 이 남겨놓은 문화유산들이 있다. 우리 일행은 군부대의 허락을 받고 공군 비 행장 내에 있는 한송정(寒松亭)을 찾아갔다. 제18전투비행단이 주둔하고 있는 이곳은 〈빨간 마후라〉의 산실이라고 하는데, 해송들이 울창한 경내를 지나 바 다 가까이 흰 사구가 보이는 곳에 한송정 표석이 있었다. 한송정은 신라 진흥

신라화랑들이 노닐던 한송정터

왕 때 화랑들이 찾아와 놀았다는 기록이 있으며 『동국여지승람』에는 '동쪽은
큰 바다와 접해있고 소나무가 울창하다. 정자 곁에 차우물, 돌아궁이, 돌절구
가 있는데 술랑선인들이 놀던 곳이다' 라고 기록되어 있다. 이곳에는 사선정
(四仙亭)도 있었으며, 19세기까지 있었던 한송정은 없어졌으나 돌샘에서는 여
전히 맑은 샘물이 솟아나오고 있었다.

마침 강릉 동포다도회의 이명숙 회장을 비롯하여 한복을 곱게 차려입은 아
주머니들이 나와 연잎차와 온갖 다식한과들을 차려 우리 일행을 맞아주었다.
모두들 강릉의 아름다운 인심에 감사를 표했다. 홍 작가는 이곳 녹두정(綠荳亭)
에서의 일출과 한송사의 저녁 종소리 또한 '경포 8경'의 일부라면서 옛날에는
바닷가를 따라 경포대로 연결되어 왕래했었다고 한다. 그리고 이곳이 우리나
라 차문화의 최초 '다도(茶道)의 성지'라는 역사적 의미를 강조해 주었다. 한송
정에 대한 시는 고려 때 장연우를 비롯하여 조선조에는 많은 문인들이 찾아와
시문들을 남겨놓았다. 그중에서 고려 말 이무방의 「차한송정운(次寒松亭韻)」은
아래와 같다.

정자는 솔 언덕 끊긴 곳에 있는데 / 동으로 바라보니 바다는 문이 없는데

땅이 조용해 신선의 자취가 남아 있고 / 모래 맑은데 새 발자국 전자가 없네

비석 가운데는 이끼가 끼어 푸르고 / 돌 면에는 비 흔적이 어둡고

마르지 않는 한 움큼 샘물은 / 천지의 뿌리에서 근원한 것이네

(亭依松鬱斷 東望海無門 境靜仙蹤在 沙明鳥篆存

碑心苔痕綠 石面雨痕昏 一掬泉無渴 源乎天地根)

나는 동행한 친구들에게 근래 강릉지역에서 발굴된 신라 이사부 장군의 수군유적지를 소개해 주었다. 신라수군이 울릉도를 개척했던 병영지와 조선소의 유적지였던 월대산에서부터 남대천, 안목항, 죽도봉 그리고 남항진과 한송정을 거쳐 안인의 명선문과 해령산까지를 연결하는 '이사부순례길'에 대해서도 설명해 주었다.

초당의 문장가들

우리 탐방단은 초당의 허초희와 허균의 생가터에 들렀다. 조선 중기의 천재 시인 허난설헌은 김성립과의 원만하지 못했던 결혼생활뿐 아니라, 자식들을 잃고 불행한 삶을 살다가 27세의 젊은 나이에 생을 마감하였다. 그러나 그의 시 작품들은 허균이 명나라 시인 주지번에게 전해줌으로써 후대에 알려졌다. 허균도 호민론(豪民論)을 주장하면서 역적으로 몰려 죽임을 당하고 온 가문이 멸문됨으로써 개혁정치의 꿈도 날아가 버렸다. 아버지 허엽과 네 자녀들의 문학적 소질은 '허씨 5문장가'로서 지금도 문향으로서의 강릉을 빛내고 있다. 허균·허난설헌기념관을 둘러본 후 경포호반을 걸었다. 맑은 가을 하늘 아래에 펼쳐진 주변의 습지 갈대밭과 월파정을 맴도는 갈매기들이 아름다운 경포의 운치를 더해주었다.

우리는 강릉시립도서관에 모여 최명희 강릉시장의 환영인사와 함께 강릉커피 '테라로사'를 선물로 받았다. 그리고 강릉사투리보존회의 함규식 부회장으로부터 강릉사투리 시연을 들었다. 강원도 사투리로 '그랬드래요'라는 말은 나도 항상 지적하지만 정확한 강원도 사투리가 아니다. 특히 강릉에서는 '그

초당으로 향하는 경포호반길

랬대요' 또는 '했대요' 라는 어미가 많이 쓰이는데 그것은 대관령으로 가로 막힌 영동지역에서 간접화법의 표현으로 양반심리가 반영된 것이라고 한다.

율곡이 선조임금에게 '십만양병설'을 강릉사투리로 설명하는 이야기는 80% 밖에 알아들을 수 없었지만, 내가 청중들 중에서 제일 많이 웃었던 것 같다. 그리고 잔칫집에서의 이야기도 강릉말로는 잔치를 잔채, 국수를 국시, 밀가루를 밀개루, 봉지를 봉다리 등으로 얘기하니, 참으로 오랜만에 진한 강릉 사투리를 들었던 것이다. 지역문화라는 것이 생활풍습뿐 아니라 특히 언어로 특징지어진다는 사실에서 강릉이야말로 고유한 전통문화를 간직하고 있는 곳이다.

대관령으로 해가 넘어가고 어두워진 후에야 우리들은 경포호반에 있는 홍장암 앞에 다다랐다. 달처럼 둥근 가로등 밑에 모여앉아 홍 작가가 경포대에서의 풍류로 다섯 개의 달을 소개해 주었다. 하늘에 뜬 천월(天月), 경포호수에 비친 호월(湖月), 술잔에 담긴 전월(樽月), 임의 눈동자에 어린 안월(眼月), 그리고 너와 내 가슴에 깃든 심월(心月)이라고 한다.

그리고 송강 정철이 「관동별곡」에도 기술되어 있는 홍장고사(紅粧古事)의 전설 이야기도 소개해 주었다.

백두대간의 정기서린 역사

홍 작가는 강원도 인문학에 대하여 해박한 강의를 해주었다. 강원도하면 우선 떠오르는 인상이 수려한 자연경관이라고들 하지만, 그는 강원도의 별칭은 정서상으로나 지리적으로 그리고 인문적으로도 '모향(母鄕)', 즉 어머니의 고향이라고 강조하였다. 우선 정서적으로 말하면 많은 사람들이 강원도에 와서 휴식하면서 어머니 품처럼 평안하고 자유로움을 느낀다는 것이다. 그리고 한강이 태백산맥의 검룡소와 오대산 서대의 우통수에서 발원하고, 낙동강 또한 태백의 황지에서 발원하니 지리분화석으로도 모향이라는 것이다.

준경묘와 공양왕릉

삼척에서 도계로 향하는 오십천길을 따라 활기리에 있는 준경묘(濬慶墓)를 찾아갔다. 삼삼오오 짝을 지어 인문학 얘기를 나누면서 한참 걸어 올라가는 주변의 울창한 금강송 숲길은 걷기에 아주 좋았다. 길 오른쪽에는 몇 년 전 속리산의 정이품송과 결혼시킨 금강송이 미끈한 자태를 뽐내고 서 있었고, 화재로 소실된 숭례문을 복원할 때도 이곳의 금강송을 대들보로 썼던 것이다. 널찍한 잔디밭을 지나 재실과 비각 뒤에 있는 높다란 준경묘에 예를 표한 후 홍 작가는 구수한 입담으로 준경묘에 얽혀 있는 역사와 전설을 들려주었다.

오후에는 근덕면 궁촌리에 있는 고려의 마지막 왕인 공양왕릉을 찾아갔다. 말만 듣던 왕릉은 7번 국도에서 바라보이는 야트막한 언덕에 있었다. 4기 중 가장 남쪽의 것이 공양왕의 무덤이고, 2기는 왕자 그리고 1기는 왕의 시녀 또는 말의 무덤이라 전해지는데, 궁촌에서는 3년마다 어룡제에 앞서 공양왕릉에 제사를 지낸다고 한다.

그러나 공양왕릉에 대해서는 왕조실록에 기록되어 있는 경기도 고양과 살해된 장소인 삼척이 그 진위를 가릴 증거를 찾지 못하고 있다. 처음에는 시신이 삼척에 묻혔었는데, 조정에서의 사실확인을 위하여 나중에 머리부분만을 고양으로 이장했다는 설도 있다. 새 왕조의 권위를 위해서는 고려의 마지막 왕의 무덤을 분명하게 만듦으로써 전 왕조의 종언을 만천하에 공표할 필요가

준경묘 | 이성계의 5대조인 이양무의 묘이다

있었을 것이다.

타의에 의하여 왕위에 오른 공양왕은 1392년(재위 4년) 이성계와 이방원, 정도전 등에 의하여 폐위되어 원주를 거쳐 삼척으로 유배됨으로써 475년의 고려왕조는 마감되었다. 유배생활로 행색이 초라해진 49세의 공양왕은 두 왕자(석과 우)와 함께 1394년 4월 17일 삼척에 파견된 중추원부사 정남진과 형조전서 함부림에 의하여 교살당했다. 그 후 고려의 왕족들은 개명하고 뿔뿔이 흩어졌으니 한 왕조의 권세와 영화도 흩어지는 구름이었던 것이다.

근래에 와서 함부림의 동생 함부열이 공양왕을 고성군 간성으로 피신시켰다고 해서 양근 함씨에서 파생한 함부열의 강릉 함씨 후손들은 지금도 고성군 왕곡마을에 살면서 종중의 시제 때 간성에 있는 공양왕릉에 제사를 지낸다고 한다.

선비들이 찾았던 동해 절경들

태백의 삼수령에서 발원하여 동쪽으로 흐르는 오십천이 삼척에 이르면 깎아지른 절벽의 바위 위에 죽서루가 있다. 이 건물의 창건자와 연대는 알 수 없다. 그러나 1266년(원종 7년)에 이승휴가 안집사 진자후와 함께 죽서루에서 시

심동로의 해암정

를 지었다는 『동안거사집』의 기록으로 보아 그 이전에 건축된 것으로 추정된다. 그 뒤 1403년(태종 3년) 삼척부사 김효손이 중건하여 오늘에 이르렀다고 한다. 앞면이 7칸, 옆면이 2칸이지만 원래는 앞면이 5칸이었던 것으로 추정되는 팔작지붕 건물 기둥은 모두 자연암반의 높이에 맞춰 세운 점이 특이하다. 죽서루의 이름은 죽장사와 함께 당시 황진이에 버금가는 기생 '죽죽선녀'의 집 서쪽이란 의미에서 붙여졌다는 설도 있다.

죽서루에는 1662년(현종 3년) 허목이 쓴 '제일계정(第一溪亭)' 뿐 아니라 1711년(숙종 37년) 이성조가 쓴 '관동제일루(關東第一樓)', 1837년(현종 3년) 이규헌이 쓴 '해선유희지소(海仙遊戱之所)'란 편액이 그 명성을 말해준다. 그 외에도 숙종과 정조의 어제시를 비롯하여 수많은 명사들의 시문과 글씨가 걸려 있다. 홍 작가는 그중에서도 최고 수작은 조선의 여류시인 이옥봉(李玉峰)의 아래와 같은 시라고 한다.

강물을 적시는 갈매기의 꿈은 넓기도 한데
하늘을 나는 기러기의 시름은 길기도 하구나
(江涵鷗夢闊 天入雁愁長)

해암정 뒷편의 능파대

　이옥봉은 옥천군수 이봉의 서녀로 태어나 일찍이 남편과 사별한 후 삼척부
사로 온 조원의 소실이 되었다. '절대로 시문을 짓지 않겠다'는 약속을 하고
소실이 되었으나 곤궁에 빠진 이웃의 탄원서를 써주었다는 이유로 버림을 받
은 주인공이다. 자살한 시신을 쌌던 종이에서 발견된 시를 모은 『옥봉시집』에
있는 이 시문 10자야말로 우주적 자연관과 인생의 애환을 함축적으로 그려냈
다는 평이다.

　우리는 인문학 탐방단답게 죽서루 누대에 올라 홍 작가의 저서 『우리 산하
에 인문학을 입히다』를 윤독하면서 강원도 구석구석에 숨겨져 있는 역사문화
와 설화 이야기들을 음미하였다. 그리고 '암하노불'이라는 시제의 4행시 발표
회도 가졌다.

　암, 암반 괴석으로 뒤덮인 설악산 울산바위 미시령을 넘어서니

　하, 하얀 파도가 밀려오는 동해의 상쾌한 바람결에 가슴이 확 트이네

　노, 노련하고 해박한 강사가 동해안의 역사와 신화를 들려주니

　불, 불편했던 버스길도 동해안의 인문학 속살을 맛보는 희열로 가득 차네

'동해, 바다인문학' 탐방의 마지막 코스로 우리는 동해시 추암역 부근에 있는 해암정(海巖亭)에 들렀다. 일반 관광객들에게는 촛대바위로 더 잘 알려져 있다. '길 위의 인문학' 덕분에 찾아본 해암정은 1361년(공민왕 10년) 삼척 심씨의 시조인 심동로(沈東老)가 낙향하여 지은 정자이다. 고려 말 권세가들에 맞서 혼란한 국정을 바로 잡으려 하다가 벼슬을 그만두고 낙향할 때, 왕이 '동쪽으로 가는 노인'이라는 뜻으로 '동로'라는 이름을 내려주었다고 한다. 이곳에는 우암 송시열이 덕원으로 유배 가던 길에 들러서 '풀은 구름과 어울어 깊고 좁은 길은 비스듬히 돌아간다(草合雲深逕轉斜)'는 글을 남겼다.

추암(촛대바위)으로 가는 길목, 해암정의 뒤편에는 피도에 부딪치며 흰 포말이 부서지는 기암괴석의 절경인 능파대가 있다. 강원도 관찰사였던 사우당 한명회가 이곳을 금강산 해금강과 같다고 하며 '능파대'라 이름 지었는데, 김홍도는 정조의 명을 받고 능파대를 《금강사군첩(金剛四君帖)》에 그려 넣었다. 선조 때의 문장가 이식도 이곳에 와서 갖가지 모양의 해암정 바위에 부딪치는 옥색 파도가 너무도 현란하여 「능파대」란 시를 남겼다.

천 길 솟은 빙벽(氷壁)에 조각된 온갖 형상
구름과 우레 도끼 얼마나 찍어 대었을꼬
물속으로 치달리는 말발굽 잠시 멈추려다
바다에 몸 씻고 부리 드는 봉새를 놀라 바라보네
물결 따라 사부의 고고한 노래가 생각나고
파도를 보매 매승의 기걸찬 붓이 떠오르네
봉래산도 여기에서 얼마 되지 않건마는
넘실대는 파도 넘어 건너갈 수 없을 듯하네
(千仞稜層鏤積氷 雲斤雷斧想登登 散蹄欲駐奔淵驥 褰喝驚看浴海鵬
順浪高吟思謝傅 觀濤奇筆憶枚乘 蓬山此去無多路 却恐凌波到不能)

정선의 노래
아라리의 사연

아리랑은 너무도 잘 아는 노래다. 나도 때때로 흥얼거리며 아리랑을 부르지만 특히 동양권의 해외 학술대회에 가서 회식 유흥자리에서 함께 부를 때에는 그 감흥이 남다르게 느껴졌다. 그래서 아리랑은 역시 우리 '한민족의 노래'라는 것을 느끼고 있다.

'길 위의 인문학'에서 '아리랑 세상에 울려 퍼지다'라는 주제로 정선을 탐방하여 아리랑의 의미와 유래 그리고 아리랑에 얽힌 이야기들을 알아보았다.

민족의 노래 아리랑

'민족의 노래 아리랑과 시대정신'이라는 제목으로 정선아리랑연구소 진용선 소장의 강연을 들으며, 나는 아리랑에 관한 여러 가지를 알게 되었다. 아리랑을 구분하면 정선, 밀양과 진도, 서울 그리고 서도(북한)지역으로 나누는데, 정선과 밀양아리랑은 메나리토리조이고, 진도아리랑은 육자배기조라고 한다. 즉 메나리토리 아리랑이 목구멍에서 나오는 소리의 특성이라면 육자배기는

뱃속에서 나오는 소리라는 것이다.

그런데 북한에서는 아리랑을 서도·영천·밀양·진도로 구분한다고 한다. 한스러운 정선아리랑은 없애고 부르주아지주를 타파하는 강렬한 음조의 경북 영천지방의 아리랑을 많이 보급했다는 것이다. 그리고 모든 노래는 아름다워야 한다는 김일성의 지시에 따라 서도소리권의 아리랑은 민성 및 양성으로 간드러지게 부르는 '주체창법'이 보급되었고 그러한 아리랑창법이 중국 조선족들에게도 전파되었다고 한다.

아리랑의 유래와 전파

강원도 정선지방에서는 '아라리'가 조선조 초기부터 이 고장에서 불리기 시작하여 아리랑의 유래지라고 말한다. 고려가 멸망하자 그 유신들이 정선의 거칠현동으로 쫓겨 와 은거하면서 송도를 생각하고 고려를 그리면서 읊조린 것이 그 시원이라고 믿는다. '눈이 올라나 비가 올라나 억수장마 질라나 / 만수산 검은 구름이 막 모여 든다' 라는 가사에서 만수산은 개경에 있는 산이요, 몰려오는 먹구름과 눈, 비는 조선의 새로운 권력의 탄압을 의미하는 것이다.

아리랑이 널리 불리기 시작한 보다 구체적인 사실로는 1865년 대원군이 경복궁을 중수할 때 불렀다는 것이다. 전국에서 동원된 수많은 백성들이 괴로운 부역에 못 이겨 힘들어 할 때, 정선에서 온 사람들의 향토민요를 따라 '차라리 귀가 먹었으면 좋겠다'라고 탄식하면서, 아이농(我耳聾)이란 소리가 입에서 흘러나와, 그것이 아리랑으로 발전되었다는 주장도 있다.

1900년에 황현이 펴낸『매천야록(梅泉野錄)』에는 아리랑이 왕궁 안에서까지 불렸다는 기록이 있다. 즉 '고종은 밤만 되면 전등을 켜놓고 배우들을 불러 새로운 노래, 아리랑타령(阿里娘打令)을 부르라'고 했다는 것이다.

그러나 이때 불렀던 아리랑은 '구 아리랑'이었다. 소위 신민요아리랑은 1926년 나운규가 영화〈아리랑〉의 주제가로 편곡한 것인데, 이상숙이 처음 불러 대유행을 일으켰다. 서양악기를 사용하여 편곡한 이 '신아리랑'을 '본조(本調)아리랑'이라고 하는데, 역사적으로 그 이전의 아리랑의 버전을 구분하면 향토민요(鄕土民謠)와 통속민요(通俗民謠) 그리고 대중가요(大衆歌謠)의 세 갈래로 분류할 수 있다고 한다.

나운규의 영화〈아리랑〉의 마지막 장면에서 제정신으로 돌아온 영진이 일본 순사에게 끌려가면서 변사의 입을 빌어 울부짖는다. '여러분이 우시는 걸 보니 나는 참으로 견딜 수 없습니다. 이 몸이 이 강산에 태어났기 때문에 미쳤으며 사람을 죽였습니다. 여러분 그러면 내가 일상 불렀다는 그 노래를 부르며 나를 보내주십시오.' 영화 속에서 동네사람들이 영진을 보내면서 아리랑을 함께 부르며 울 때, 영화 밖의 관객들도 모두 아리랑을 따라 부르며 눈물짓는다. 이러한 집단적인 체험과 정서적인 공감대 그리고 노랫말의 상징적 의미를 바탕으로 아리랑은 당시에 불리던 잡가 아리랑이나 유행가와 구별되어 진정한 '민족의 노래'로서 그 성격을 확립하게 되었다.

영화〈아리랑〉의 대히트에 이어 6·25 전쟁을 통하여 미국으로 전파된 아리랑 노래는 한국의 대표적인 아이콘이자 한민족의 표상이 되었다. 그리고 아리랑은 2012년에 유네스코 무형문화재로 등재되어 명실상부한 우리 '민족의 노래'가 되었다. '아리랑 고개'는 실존의 산고개가 아니라 삶의 좌절과 시련의 역사를 드러내주는 의미란다. 그러나 그 속에는 슬픔에서 기쁨으로, 어둠에서

정선아라리촌의 아라리학당

밝음으로 그리고 절망에서 희망의 세계로 넘어가는 고개라는 의미를 함축하고 있다는 것이다.

> 아리랑 아리랑 아라리오 / 아리랑 고개는 설움의 고개
> 괴나리봇짐을 짊어지고 / 아리랑 고개를 넘어간다
> 아리랑 아리랑 아라리오 / 한번 가면 다시 못 올 고개
> 쪽바가지 차고 넘던 고개 / 기쁨의 웃음 짖고 돌아들 오네

정선시내로 들어가자 가로등 기둥마다 걸려 있는 강원도장애인체육대회의 깃발에 '아리랑을 세계로 강원도를 하나로'라는 문구가 역시 아리랑의 고장다웠다. 그리고 약초와 산나물이 명물인 고장답게 '천년취떡 수리취떡' 간판도 여기저기 눈에 띄었다. 조양강을 건너 아라리촌에 들르니, 조양강 바닥의 바위 돌멩이들은 웬일인지 다 없어졌고 그 사이로 맑게 흐르던 강물은 흐려졌다. 여러 가지 전통가옥들을 새로 지어놓았는데, 양반증서를 외상으로 남발하는

아저씨는 나중에 후히 적선하라고 한다. 그러고 보니 조선 후기 부패한 사회의 부조리를 해학적으로 고발했던 연암 박지원의 한문소설 「양반전」의 무대가 이곳이었던 것이다. 이곳의 문화학교에서는 〈양반전〉 마당극을 통하여 어르신들에게 사회봉사와 함께 자아실현의 문화활동을 유도하고 있다는 것이다.

고단한 삶의 한과 소리

정선아라리의 사연

정선아리랑문화재단에서는 매주 아리랑전수교실을 운영하고 있다는데 마침 문을 열어놓고 우리를 맞이하는 것이다. 한복을 곱게 차려입은 두 명의 중년 아주머니가 '아라리학당' 두 칸짜리 방 안에 둘러앉은 우리 일행들에게 정선아라리를 가르쳐 주었고 정선사람들의 삶의 이야기를 들려주었다.

아우라지 뱃사공아 배 좀 건너주게 / 싸릿골 올동박이 다 떨어진다
세월아 네월아 나달 봄철아 오고 가지 말아라 / 알뜰한 이내 청춘이 다 늙어간다
나뭇가지에 앉은 새는 바람이 불까 염려요 / 당신하고 나하고는 정 떨어질까 염렬세

영감은 할멈치고 할멈은 아치고 아는 개치고 개는 꼬리치고 꼬리는 마당치고
마당가역에 수양버들은 맞받아치는데 우리집의 서방님은 낮잠만 자느냐

우리는 아라리촌을 둘러본 후 사회복지관 강당으로 자리를 옮겨 함께 동행한 성균관대 정우택 교수의 아리랑에 관한 강연을 들었다. 아리랑의 기원과 파생과정, 아리랑 고개의 개념과 이별의 의미, 영화 〈아리랑〉의 출현배경과 본조아리랑의 형성과정, 잡가아리랑과 유행가요와 구별되는 '민족의 표상'으로서의 아리랑, 그리고 6·25 이후 세계로 뻗어나가는 '민족의 노래' 아리랑에 대하여 자세히 설명해 주었다.

정선아우라지 | 골지천(음수)과 송천(양수)이 만나는 곳이다

정선의 살아있는 '소리'

그리고 정 교수는 1982년부터 정선지역의 아라리에 대하여 조사한 내용을 소개해 주었다. 아리랑의 시원은 정선이라고 봐야 하는데 특히 이곳에서는 아리랑이 아니라 '아라리'였고, 노래가 아니라 '소리'였다는 것을 강조하였다. 그 대표적인 예로 정선아라리는 단순한 이야기의 노래가 아니라 그들의 신체적 그리고 정신적 삶의 일부로써 아라리가 없이는 살아갈 수 없었다는 사실을 아라리 녹취 대상자였던 최순녀 아주머니를 통하여 알게 되었다는 것이다.

> 황새여울에 된꼬까리는 최복기 지우던 그 여울
> 언제나야 다시 돌아와서 그 여울 지워보나
> 우리 정자야 우리 정자야 삼사 년이 되어도
> 고향땅을 못 들어오고서 에미 간장 태우네

노랫말 속 최복기는 뗏목을 타던 그 사람 오빠였는데 일정 때 징용에 끌려 갔다 돌아왔었다. 그리고 6·25 때 인민군에 잡혀갔다 도망쳐 왔는데 결국은 국방군으로 38선전투에 나가 죽었다는 것이다. 그 소식을 들은 딸 정자는 집을 나갔는데 서울서 버스 차장을 한다는 풍문만 들었을 뿐 몇 년째 연락이 없어 안타까운 마음에 이렇게 아라리를 불렀고 또 자신을 무척이나 아껴주었던 오빠가 보고 싶을 때면 아라리를 그렇게 부른다고 했단다.

좌판 장사를 하던 그 아주머니로부터 아라리를 채록하러 다니면서 후덕한 정이 들다보니, 해가 저물면 굳이 자기의 화전민 집으로 데려가 국수를 삶아 주었단다. 그 후 정 교수는 군복무를 마치고 다시 찾아갔을 때 그 아주머니는 읍내 근처로 이사를 했는데, 두 손을 꼭 잡고 방으로 이끌며 "한 번 인연으로 여기까지 찾아왔는데 우리 아들은 언제 한 번 오려나……" 하며 눈물을 흘렸다고 한다. 그리고 또 아라리 소리판을 벌이더란다.

우리 최정자는 칠 년 만에 고향땅을 밟았네
북망산천에 간 우리 최상구는 언제 돌아올는지

집을 나갔던 딸은 결혼을 해서 찾아왔는데 이번에는 사북탄광에서 광부로 일하던 아들 상구가 사고로 죽었단다. 그 아들이 정 교수 또래라고 하면서 연신 정 교수의 손을 쓰다듬더란다. 정선사람들에게는 참으로 아라리는 삶의 소리요 가슴에 쌓인 '한'의 하소연인지 모르겠다. 그들에게는 아라리가 노래가 아니라 살아가는 희노애락의 사연인 것이다. 언제부턴지는 모르지만 아라리 곡조에 그 사연을 붙이면 아라리 '소리'가 되는 것이다. 그래서 아라리는 지금도 계속 만들어지고 또 불리어지는 정선의 살아 있는 '소리'인 것이다.

정선 옥산장의 돌이야기

우리는 다시 아우라지나루터 옆에 새로 건축한 아리랑전수회관으로 자리를 옮겨 강원도 무형문화재 1호인 김남기 창기능보유자로부터 정선아라리를 육성으로 들었다. 카랑카랑한 목소리로 들려주는 '긴아라리' 노랫가락은 별로 애절하게 느껴지지는 않았지만 줄줄이 엮여 나오는 가사의 내용들은 모두 정선사람들의 삶의 애기였다. 이제는 '긴아라리', '엮음아라리' 그리고 '자진아라

아리랑전수관 | 김남기 창기능보유자가 아리랑을 시연하고 있다

리'의 차이도 알 수 있었다.

정선의 토박이인 김남기 씨의 이야기는 강원도가 고향인 나로서도 90%밖에 알아들을 수 없었다. 그만큼 이곳의 '꼴뚜바우' 산골 사투리가 정선아라리 속에 그대로 녹아들어가 있는 것이다. 정선에서 태어나서 자라고, 시집 장가 가서 아기 낳고, 길쌈하고 화전 농사지으며 온갖 고난과 가난 속에서 연명하고 살았던 한평생의 이야기들이 모두 정선아라리 속에 담겨 있는 것이다. 그러나 그 숱한 이야기들은 이제 7, 80세 이상의 노인들 아니면 경험하지도 못했었고 그 이후 세대들은 이해하지도 상상하지도 못한다는 것이다.

월미봉의 이미지로 초승달을 올려놓은 오작교를 건너 아우라지 처녀상 아래로 내려가니 송천에서 흘러오는 여울물 소리가 아우라지 옛이야기를 들려주는 듯 귓전을 울린다. 우리들은 여송정 난간에 기대앉아 서늘한 강바람을 쐬며 추천도서를 윤독하니 인문학 탐방의 정취를 느낄 수 있었다.

여량리 '옥산장'에서의 저녁 메뉴는 강원도식 곤드레밥이었다. '길 위의 인문학' 탐방을 통해 만난 친구들과 곤드레막걸리 한 잔 곁들이니 대화의 정이 더욱 두터워진다. 아무도 모르는 '감자붕쉥이'의 이름과 맛은 나에게 옛날의

구름도 쉬어가는 몰운대와 그 뒤에 남아있는 천 년 고목

추억을 되살려 주었고 여주인 전옥매 씨와 그의 남편이 합창과 호창으로 들려
주는 정선아라리는 이번 탐방의 의미를 더욱 돋구어 주었다.

> 정선읍내 물레방아는 물살을 안고 도는데 / 우리집에 낭군님은 날 안고 돌 줄 몰라
> 당신이 날 생각을 나만치만 한다면 / 가시밭길 수천 리도 신발 벗고 오리라

여주인이 수집한 돌에 대한 이야기는 너무 흥미로웠다. 젊은 시절 선생이었
다는 남편은 술에 빠졌고 눈이 안 보이는 시어머니와 한 이불을 덮고 살면서
온갖 시중을 다 들다가 고달파서 아우라지 강가에 나갔더니 갖가지 형상의 돌
들이 눈에 띄더라는 것이다. 인생살이 모든 것은 인과의 원리에 따라 이루어
지더라며 자기의 소박한 인생철학을 소개해 주었다.

수려한 정선 8경
아침을 먹고 들른 정선토요장터는 이른 시간인데도 방문객들이 적지 않았
다. 일행 몇 사람은 아직 배가 꺼지지 않아 올챙이국수는 먹을 수 없었고 지역

특산품인 말린 산나물을 샀다. 그리고 '아리아리' 옥수수 생막걸리에 수수부꾸미와 배추부침개를 맛보는 것은 탐방하면서 부수되는 또 하나의 재미였다.

화암동 소금강계곡을 거쳐 구름도 쉬었다 간다는 몰운대에 오르니 깎아지른 절벽 위에 남아 있는 고목의 나뭇결이 천 년의 풍상을 말해 주고 있었다. 절벽 아래 계곡에는 맑은 물이 흐르고 강줄기 따라 펼쳐진 바위와 소나무들의 경치는 '정선 8경'의 으뜸이라 옛날부터 시인 묵객들도 많이 찾았다고 한다.

우리도 수백 년 수령의 소나무 숲속에 널려진 바위에 흩어 앉아 이번 탐방의 주제 '정선아라리'에 대한 5행시를 발표하였다.

정, 정에 물든 고향산천, 떠나지 못하는 꼴뚜바우사람들
선, 선량한 생활, 가난과 고난 속에 쌓이는 사연들을 엮어
아, 아리랑 아리랑 아라리오 아리랑 고개로 나를 넘겨주게
라, 라디오도 없던 긴긴 세월, 입에서 입으로 흘러온 소리
리, 리듬 곡조 한결같이, 가슴속 한을 줄줄이 풀어내네

우리는 마지막 탐방코스로 화암약수터에 들렀다. 쌍약수터에서 화암약수터로 올라가는 계곡길의 서늘한 바람은 혀끝을 톡 쏘는 약수 맛과 함께 초여름 무더위를 식혀주었다. 더욱이 대암산 불암사계곡에서 흘러내리는 맑은 물에 발을 담그니 전신의 피로까지 씻어주는 것 같았다.

맹자에 '청사탁영 탁사탁족야 자취지야(淸斯濯纓 濁斯濯足矣 自取之也)', 즉 맑은 물에 갓끈을 씻고 흐린 물에 발을 씻는 것이니. 이는 스스로 취하기에 달렸다란 말이 생각났다. 서울로 돌아오는 버스에 몸을 싣고 스쳐 가는 첩첩산골의 풍광을 바라보자 나는 무의식중에 정선아라리를 입속에서 흥얼거리고 있었다.

남한강 폐사지의
유적을 찾아서

우리의 '길 위의 인문학' 프로그램은 '남한강 따라, 옛 절터 따라' 라는 주제로 신라 말 고려 초의 폐사지(廢寺地)를 찾아 여주와 원주 일대의 남한강 유역을 탐방하였다. 국립중앙도서관에서 있었던 연세대 역사문화학과 이인재 교수의 사전강의에도 참석하여 대장경을 비롯하여 고려의 불교문화에 대한 설명을 들었다.

과거 우리나라의 문화는 일찍부터 강을 따라 들어왔는데 그 탐구발전은 번잡한 곳보다 오히려 깊고 그윽한 곳에서 이루어졌던 것이다. 그리고 누군가 우리나라 역사에서 문화전파에 공로자를 든다면 첫째 이두문자를 발명한 설총이요 둘째 한글을 창제한 세종대왕 그리고 셋째 컴퓨터의 흔글 프로그램을 만든 이찬진이라고 했다.

남한강 역사문화 중심지

강원도는 한강과 낙동강이 발원하는 지리적 원천이다. '우통수(于筒水)'란 오대산 상원사 인근의 샘에서 분출하는 한강의 발원수를 말하는데 그 물은 남쪽으로 흐르면서 평창강과 주천강과 어울린다. 충북 단양을 지나면서 서북쪽으로 방향을 바꾸어 충주의 달천강과 원주의 섬강을 끌어안은 남한강은 양평 두물머리에서 금강산에서 발원한 북한강과 합류하여 한강을 완성한다. 그리고 서울의 중심과 김포평야를 지나 임진강과 만나 서해로 나가는 천 리를 넘는 이 물길에는 굽이마다 수많은 사연과 전설을 낳았다.

남한강은 충주에서 양수리까지 남에서 북으로 흐르는 강이다. 이 강을 따라 번성했던 여주의 고달사, 원주의 흥법사, 거돈사, 법천사, 충주의 정토사, 영월의 흥녕사 등이 주요 불하 특히 선종불교의 중심이었다. 특히 원주의 법천사는 교종사찰의 대표였다. 즉 남한강은 일천 년 전 당시 나말여초의 역사와 문화 흐름의 현장이었고 발전의 중심지였던 것이다.

이번 탐방에서 원주지역의 역사문화에 대하여 남달리 많은 것을 배울 수 있었다. 문막의 대감집에서 점심을 먹으며 24년간 자료를 조사하여 『우리 산하에 인문학을 입히다』를 출간한 홍인회 작가의 강원도 인문학 얘기는 매우 인상 깊었다. 강원도는 이제 감자나 옥수수 그리고 자연경관으로만 유명한 것이 아니라 유·무형 문화자산과 인물이 풍부한 문화콘텐츠로서의 의미가 크다고 강조하였다.

퇴계의 외가가 춘천 박씨요 율곡의 외갓집은 강릉이니 대한민국의 대성현의 모태고향이 강원도라는 것이다. 그리고 옛날부터 '강릉서 양반 자랑 말고, 원주서 글 자랑 마라' 라고 했다면서 영동과 영서지방의 역사문화와 전통적인 관습 이야기를 소개해 주었다.

폐사지의 금석문화

남한강을 따라 찾아간 옛 절터는 천 년 전 그토록 번창했던 사찰들이 병자호란과 임진왜란을 겪으며 모두 소실되고 주춧돌만 남아 우리들을 맞이하였다. 다행히 화를 면하고 남아 있는 고승들의 부도탑과 탑비 몇 개만이 찬란했던 천 년의 지혜를 암시해 주고 있었다. 여주군 북내면 상교리에 있는 고달사는 현재 넓은 빈터만 남아 있는데 신라시대에 창건되어 왕실사찰로 보호받아

고달사터의 원종대사 승탑(위)과 탑비의 귀부(아래)

큰 절로 번창했었다고 한다.

고달사의 이름은 당시 고달이라는 석공이 건축에 전념한 나머지 가족을 돌보지 못하여 죽는 줄도 몰랐다. 건축을 완성한 후 이 사실을 알고 고달사의 큰스님이 된 후 절 이름을 고달사라 했다는 것이다. 고달사에는 많은 석조문화재들이 남아 있었다. 빈 절터 뒤편 언덕에 원종대사의 부도탑이 있었다. 원종대사는 통일신라 때 중국에 가서 가르침을 받고 돌아온 후 고려 정종 때 국사가 된 고승이다. 그동안 내가 본 부도탑 중 가장 크고 화려하였는데 용머리 기부를 정교하면서도 화려하게 조각한 모습은 9세기의 대표적 승탑으로 국보 4호로서의 손색이 없어 보였다.

홍법사는 원주 지정면 안창리에 있는 신라 때 건축한 사찰이다. 넓은 빈터로 보아 번창했던 시절을 가히 상상할 만하였는데, 이곳에는 신라 말 고승인 진공대사의 탑비가 있었다. 고려 태조의 왕사가 된 그가 입적하자 태조는 직접 비문을 짓고 당태종의 글씨를 집자하여 비를 세웠다고 한다. 그 비신과 부도는 지금 국립중앙박물관에 있다고 한다.

우리는 다음 탐방지 흥원창(興原倉)으로 갔다. 흥원창은 남한강과 섬강이 만나는 지점에 고려시대에 설치된 강창이었다. 그 후 조선시대에는 충주의 덕흥창과 함께 남한강 유역(원주, 영월, 횡성, 평창, 정선 등)의 세곡을 모아 보관하고 한양으로 이송하던 곳이었다. 지금은 4대강 공사로 제방을 깨끗하게 축조정비해 놓았다.

법천사는 흥원창에서 멀지 않은 곳에 있는데 옛 법천사터는 현재 대부분 민가와 농경지로 들어갔다. 법천사 또한 통일신라시대에 세워져 고려 때에 크게 융성하였으나 임진왜란 때 화재로 소실되고 석재유물만 남아 있었다. 당시 국가의 지원을 받아 당나라에 유학했던 지광국사 해린은 법천사를 발전시키면서 '학문이 넘치면 세상이 알아본다. 즉 자기 선전을 하지마라, 최선을 다하면 세계가 안다'라고 하며 학문에 전념했다고 한다.

이곳에는 우리나라 묘탑 가운데 최고의 걸작으로 평가되는 지광국사현묘탑과 탑비가 있었다. 그 현모탑은 거돈사지의 원공국사탑과 마찬가지로 일본에 반출되었다가 돌아와 현재 경복궁에 있다고 한다. 법천사지에 있는 지광국사

법천사지 지광국사현묘탑비 | 정교하고 화려한 조각이 아름답다

현묘탑비는 높이가 4.55m나 되고 당초문조각과 쌍룡조각으로 고려시대의 화려한 석비의 특징을 보여주고 있었다.

천 년의 지혜가 서린 곳

법천사와 유방선

여말선초에 태재 유방선(1388~1443)이 이곳에 정착하여 법천사가 널리 알려지게 되었다. 그는 이원의 사위였고 이버지 유기는 이색의 손녀와 혼인하였으니 이색이 유방선의 외증조부였다. 그는 젊었을 때 권근의 문하에서 수학하였고 훗날 부론에 정착하여 법천사에서 강학하였다. 아버지가 태종의 처남 민무구의 옥사에 걸려들어 사약을 받았을 때 유방선은 귀양갔다가 풀려난 후 처가의 선산이 있던 법천리로 왔다. 1427년(세종 9년)에 태재를 짓고, '오갑산당호 려강수접문(烏甲山當戶 驪江水接門)'이라 하면서 살았다. 즉 문 앞으로 려강이 흐르고 문을 열면 강 건너 여주의 오갑산이 바라보이는 아름다운 경치를 즐긴다는 시를 남겼다.

> 낮 그늘 드리운 곳에 푸른 숲이 시원한데 / 물소리 바람소리에 세속의 뜻 사라지네
> 청산은 제후만 차지하란 법 없으니 / 한가한 사람은 하루 종일 볼 수 있다네
> (綠水生涼午陰殘 水聲松韻世情闌 靑山不是侯家地 贏得閒人盡日看)

유방선은 집에서 멀지 않은 곳에 있는 법천사에서 후학들을 가르쳤다. 그에게 글을 배운 이로는 권람, 서거정, 한명회, 강효문, 성간 등이다. 서거정은 권근의 외손이요 유방선은 권근의 조카사위였다. 권근의 손자이자 서거정의 외사촌인 권람과 한명회 등 이곳에서 강학한 이들은 훗날 조선왕조 성수기의 기틀을 다졌다. 서거정의 아래 시에서 추운 겨울에도 그들이 학업에 열중하던 모습을 엿볼 수 있다.

거돈사지 3층석탑 앞에 선 탐방단

// 전략 // 한밤 창밖에 눈 오는 줄도 모르고 / 새벽녘까지 등불 심지 다 돋우었네
내년 봄 과거에 힘을 다 하느라 / 때때로 실처럼 가늘게 글자를 쓰네
(不知窓外三更雪 挑盡釭頭五夜燈 努力明春場屋事 時時寫字細如繩)

허균은 모친 산소가 이곳에 있어 매년 한 번씩 성묘를 왔었다. 그가 쓴『유
법천사기』에는 유방선과 그의 아들 유윤겸의 묘가 이곳에 있었다고 했다. 유
방선과 허균에 의하여 이름이 알려진 법천리가 조선 후기에 와서는 정씨의 땅
이 되었는데 정시한은 호를 법천이라 하고 은휴정이란 정자를 짓고 살았었다.
그런데 법천동에는 세상의 부귀영화와 권세가 이르지 못하는 곳인 것 같다.
지금은 그들의 무덤뿐 아니라 정시한의 사당과 비석도 찾을 수 없고 법천사도
불타 없어진 빈터가 되어 쓸쓸하고 조용한 시골농촌이 되었다.

폐사지의 허공

원주시 부론면 정산리에 있는 7,500여 평의 넓은 거돈사지 빈터에 들어서
자 옛 사찰의 큰 규모를 상상하기 쉽지 않았다. 거돈사지 중앙에 위치한 금당

의 규모는 전면 6개, 측면 5개의 초석이 보존되어 있는 것으로 보아 20여칸이었고, 중앙에는 높이 2m의 화강석 불좌대가 있으니 그 불상의 크기를 짐작하기 어려웠다. 금당 앞에 있는 3층석탑은 통일신라 전기의 특징으로 탑신에 장식이 없이 단아한 모습이나 후기의 특징도 융합해 놓았다고 한다.

거돈사지에는 원공국사탑과 함께 있던 탑비와 부도탑의 지대석만 있었다. 원공국사승묘탑비의 귀부는 용머리 양쪽 귀에 물고기 비늘이 조각되었고 거북등에는 연꽃무늬와 卍자가 새겨져 있었다.

우리 일행은 현계산 기슭까지 올라가 그 넓은 폐사지 경내를 탐방한 후 빈 절터 금당지 중앙의 불좌대 주변에 둘러앉아 곽효환 시인의 강의를 들었다.

폐사지 절터에 보이는 것이라곤 허(虛)밖에 없었다. 텅 비어 있는 공간뿐이다. 그러나 곽 시인은 보는 이에 따라서 상상의 날개를 펴면 다양성은 더 커진다고 한다. 역사는 승자가 기록하는 것이고 문학은 사실 뒤에 숨어 있는 이야기라고 한다. 그리고 폐사지 빈 절터의 '허(虛)'에서 천 년의 지혜를 찾아내듯 시는 비어 있는 공간을 어떻게 보느냐? 무엇을 상상하느냐? 에서 나온다고 강의해 주었다. 곽 시인은 휘날리는 깃발을 바라보며 공기의 흐름을 상상하듯이 보이지 않는 허공에서 실체를 느끼고 찾아내는 것이 문학이라고 한다.

오늘의 시제 '남한강'에 대하여 3행시를 발표했다.

남, 남보다 앞서려고 열심히 달려온 희수(稀壽)의 인생인데

한, 한가로움의 멋을 가르쳐준 인문학 덕분에

강, 강 따라 길 따라 여유롭고 아름답게 살고 싶네

치악산에 몸을 숨긴
스승의 길

'햇빛에 바래고, 달빛에 물든 스승의 길'이란 주제로 '길 위의 인문학' 탐방을 원주·횡성지역으로 간다는 것이다. 우선 탐방의 주제가 심상치 않다는 느낌과 함께 사도에 대한 관심이 생겨 운곡 원천석(1330~?)에 관한 이야기를 인터넷에서 찾아보았다. 그리고 원천석하면 옛날 고등학교 때 국어시간에 배웠던 아래의 시조가 생각났다.

흥망이 유수하니 만월대도 추초로다
오백 년 왕업이 목적에 부쳤으니
석양에 지나는 객이 눈물겨워 하노라

햇빛에 바라고 달빛에 물든 사도

올곧은 유학자 원천석

운곡 원천석은 고려 말 새로운 권력에 의한 역성혁명으로 조선왕조가 태어났을 때 당시 시운에 영합하지 않고 왕씨왕조에 대한 절개와 의리를 지키며 원주 치악산으로 들어가 평생을 은거하였다. 원천석은 포은 정몽주와 야은 길재보다 더 어려운 절의의 삶을 살면서 후일 왕이 되어 옛 스승을 찾아온 태종을 피하여 산속에서 은둔생활을 했었다.

운곡의 행적을 더 자세히 알기 위하여 강원대 최상익 교수의 사전강의를 들었다. 운곡 원천석은 1330년(충숙왕 17년) 개경(개성)에서 태어났다. 본래 원주에서 대대로 살던 집안이었으나 당시 아버지 원윤적이 종부시령이라는 벼슬로 개경에서 살았다. 원주원씨대종회에서는 시조인 원경의 18대 후손인 운곡을 중시조로 모시고 봉사해오고 있다고 한다.

운곡은 22세 때 원주로 와서 학문에 정진하여 1361년 31세 때 국자감 시험에 합격하여 진사가 되었으나 벼슬에 관심을 두지 않은 채 계속 원주에서 살았다. 운곡이 벼슬을 포기했던 까닭은 과거급제 동기생이었던 김비에게 그가 32세 때 보낸 아래와 같은 시에 잘 나타나 있다. 그 후 1392년 그의 나이 63세 때 고려가 망하고 조선이 건국되었으니 운곡은 22세 때부터 벼슬에 대한 관심을 버리고 다만 유학자로 일생을 살았던 것이다.

숨어 사는데 뜻을 둔 지가 이제 겨우 십 년 / 우물 속에서 하늘 보는 게 늘 부끄러웠네
오늘 아침 홀연히 동방(同榜)을 만나니 / 분수 밖에 하늘의 땅이 과연 넓기도 하구나
(有意遯窮僅十年 常嫌眼界幷觀天 今朝忽遇賢同榜 分外乾坤政豁然)

운곡이 살았던 젊은 날은 정치적인 변혁이 심했던 고려 말기였다. 왕의 교체가 많았고 왜구와 홍건적의 침입이 잦았다. 민생은 피폐하고 승려들의 타락으로 고려왕조가 병들어 가고 있었다. 더욱이 1363년에는 김용이 공민왕을 시해하려는 반역음모까지 일어났다. 신흥실권세력들이 우왕과 창왕이 본래 왕씨가 아니라는 핑계를 앞세워 폐위시켜 죽게 한 사실에 대하여 운곡은 천고에 부당함을 글로 남겼다.

운곡은 원주에 내려와 살면서 1351년 22세 그리고 1354년 25세 때 강원도 내륙지방을 거쳐 금강산을 유람하면서 많은 시를 남겼다. 또 1369년에는 동

운곡이 이방원을 가르쳤던 각림사터

해안을 따라 남쪽으로 내려갔다 돌아오기도 했다. 부친이 남들의 중상모략으로 곤욕을 당하는 현실에 대하여 허탈감이 컸던 이유도 있었겠지만, 개인적으로 자연에 대한 깊은 애정이 그를 시골에 은거하게 했었는지도 모른다. 그는 『운곡시사(耘谷詩史)』에 수많은 시를 남겼는데, 그중 「도경산에서 노닐며」라는 자연을 사랑하는 시 한 수를 소개하면 아래와 같다.

멀리 산 암자 찾아 푸른 골짜기 오니 / 물소리 콸콸 이끼 긴 바위에 부딪친다
그윽한 산 봄이 좋아 나그네 발길 멈추는데 / 낡은 절에 해 기울자 스님이 문을 닫네
골짜기엔 자주빛 노을 안개 가득한데 / 추녀 끝 소나무 잣나무에 푸른 구름 감돈다
물외(物外)의 경지 모두가 기이해 / 잠시 속세의 시끄러움 잊고 서 있다
(遠訪山菴尋碧洞 水聲激激蒼巖根 幽山春好客留屐 古寺日斜僧閉門
滿洞煙霞紫氣鎖 遶軒松柏蒼雲翻 異跡奇觀皆物外 適來忘却塵間喧

운곡과 삼봉 그리고 이방원

　운곡은 이방원이 태종이 되기 전 그의 스승이었다. 그 시기는 이방원의 나이 13세였던 1379년으로 지금의 횡성군 강림면 부곡리에 있는 각림사에서였던 것으로 추정된다. 태종은 후일 각림사에서 공부했던 사실을 본인이 여러 곳에 기록했었다. 운곡은 어린시절 태조 이성계와 같이 학문을 연마하였고 삼봉 정도전과 가까운 사이였음을 감안할 때, 태조가 아들의 공부를 직접 운곡에게 부탁하여 각림사로 보냈던 것으로 추정된다.

　운곡은 처음에는 원주 서곡에서 살았다. 1365년 36세 되던 해 아들을 잃고 그 다음 해 부인도 사별한 후 1372년에는 모진상까지 당했다. 그 후 45세 되던 1374년 3월 이후에는 사람이 찾아오지 않는 치악산 동쪽 산 아래 '누울재'라는 서재를 짓고 학문에 정진하였다.

　그곳이 지금은 횡성군 강림면 부곡리 각림사와 아주 가까운 곳이다. 「운곡시사」에도 각림사와 연관된 시들이 많이 있다. 성균관 동학이었던 정도전도 운곡을 찾아온 듯, 다음과 같은 두 사람의 증답(贈答) 시가 「운곡시사」에 실려 있다. 그가 남긴 1,100여 수의 시들은 모두 그 당시의 역사와 같다고 훗날 퇴계 이황이 말한 바 있다.

　　동년(同年)인 원군이 원주에 있는데 / 다니는 길 험하고 산골짜기도 깊구나
　　멀리서 온 나그네 말에서 내리자 / 겨울바람 쓸쓸하고 날은 저물었네
　　반갑게 한번 웃으니 그윽한 뜻있어 / 술잔 앞에서 다시 마음 털어 놓았네
　　내가 흥겹게 노래하고 그대 또 춤추니 / 이 세상 영욕 자네 나 모두 이내 잊었구료 ― 삼봉
　　(同年元君在原州 行路不平山谷深 客子遠來已下馬 朔風蕭蕭西日沈
　　　一笑欣然有幽意 尊酒亦復論是心 我唱高歌君且舞 榮辱自我已難諶)

　　그대와 함께 급제한 일 어제 같아도 / 사귄 도리 깊고 얕은지 다시 말할 필요 없네
　　제각기 일에 끌려 다른 곳에 있어도 / 사람 만나면 상세히 안부 물었지
　　오늘 만남은 하늘의 시킴인가 / 마시고 웃으며 마음을 털어 놓네
　　그대여, 돌아갈 일 재촉 마시게 / 이 뜻 중하게 여겨 정성으로 믿어주게 ― 운곡

(與君同榜如隔晨 交道不復論淺深 各以事牽在兩地 逢人細問孚與沈
今朝邂逅天攸使 開尊且喜細論心 公乎公乎莫催聾 此意自重誠之諶)

일편단심의 사연들

치악산 남쪽 기슭에는 운곡이 은거했던 흔적들 그리고 노구소와 횡지암, 변
암, 태종대와 주필대에 얽혀 있는 이야기들이 여러 곳에 남아 있다. 그 현장을
찾아보고자 기회를 찾던 중 '인문학당'과 고려대 평생교육원에서 기획하는 '공
부하는 인문학' 프로그램이 있었다. 이번 탐방은 동국대 김갑기 교수, 홍인희
작가와 함께 동행하였다.

버스를 타고 가는 도중 홍 작가는 횡성의 옛 이름이 횡천(삐딱한 내)이었다고
한다. 그래서 삼횡(三橫)의 고장, 즉 산과 물뿐 아니라 사람도 강직한 성품이라
고 한다. 일제 강점기 때 일본의 상권이 발붙이지 못했던 곳으로 한국전쟁 후
에는 양담배 금연운동이 있었고 지금도 수입차 대리점이 없다고 한다. 개성과
수원 깍쟁이가 횡성 깍쟁이를 못 이기고 횡성사람들은 섣달에도 발가벗고 30
리를 뛴다는 말이 있다고 한다. 그리고 강원도에서 맨 먼저 3·1 만세운동을
주도했던 곳인데, 이곳 술집 주인이었던 김순이 여사와 양양의 조화벽 여사(후
일 유관순 오빠와 결혼)는 강원도의 유관순이었다고 한다.

스승을 찾아간 태종

강림면 부곡리로 들어서자 치악산에서 흘러내리는 골짜기가 제법 널찍했
다. 아직도 잔설이 남아 있는 산비탈에는 앙상한 나뭇가지의 눈꽃들이 영롱하
게 빛나고 있었다. 운곡이 머물렀다는 각림사는 흔적도 없고 '각림사터'라는
조그만 비석만이 강림우체국 앞에 서 있었다. 조선 초 이 절에서 운곡이 이방
원을 가르쳤다는 사실은 『태종실록』의 다음과 같은 문구에서 유추할 수 있다
고 한다. 태종 14년에 '행원주각림사 잠저구학지지야(幸原州覺林寺 潛邸舊學之地
也)' 그리고 태종 17년에 '예소야 독서어각림사 급장 매몽유약소시연(豫少也 讀

태종이 운곡을 찾아왔던 태종대

書於覺林寺 及長 每夢遊若少時然)'이라 했듯이, 태종은 훗날 꿈을 꾸면서 그 시절을 그리워했다는 것이다. 그러나 스승과 제자는 누구도 그 사실을 직설하지 않았다니 상대편에 대한 깊은 배려였음을 이해할 만하였다.

치악산국립공원 입구에 태종대 간판이 서 있었다. 부산과 개성에 있는 태종대는 신라와 고려의 태종이 놀러갔던 곳이지만, 이곳의 태종대는 절의가 깃든 곳이란다. 돌계단을 밟고 올라가니 정자각에 태종대란 현판이 붙어 있었다. 그러나 그 안에 있는 비석에는 '왕의 수레가 머물렀던 곳'이라는 주필대(駐蹕臺)라 써놓았다. 고개를 들어 뒤돌아서니 바위 낭떠러지 아래에는 푸르고 맑은 물이 깊게 흐르고 있다. 바위 아래로 내려가자 이끼 낀 절벽에 '태종대(太宗臺)'란 글씨가 세로로 새겨져 있었다. 그 옆에 새겨놓은 한문 글씨를 해석하면 '태종대, 태종대왕께서 방문하시니 운곡 원 선생께서 각림사에서 피하여 변암으로 들어갔다. 왕께서 이곳에 가마를 멈추고 그의 아들에게 벼슬을 주고 그의 노비에게는 상을 주시고 돌아갔다. 뒷사람이 이 때문에 그렇게 불렀다. 승정후 80년 계묘년(1723) 여름에 새기다'라는 글이었다. 이것은 수령으로 왔던 그의 후손 원상중이 새겨놓은 것이라고 한다.

운곡이 은거했던 치악산의 변암

계곡을 따라 조금 더 올라가면 우측으로 갈라지는 작은 계곡의 입구에 변암 (弁岩)의 모형물이 있었다. 고깔바위라는 변암은 이곳에서 시루봉 쪽으로 약 3km 더 올라가서 누졸재 너머에 있다고 한다. 현장까지 가보지 못해서 서운 했지만, 태종을 피해 운곡이 올라가서 살았던 변암 옆에는 '돌우물을 뚫어 항상 물을 끓이고 산나물 거두어 가난 달랜다' 라는 글과 '일으키지 못하였으나 왕께서 그 의를 높게 여겼다(不起上高其義)' 라는 글씨가 새겨져 있다고 한다.

노구소에 들러 강가로 내려가니 바위에 구연(嫗淵, 늙은 할미 물웅덩이)이라는 글씨가 새겨져 있었다. 태종이 운곡을 찾아왔을 때 운곡은 변암 쪽으로 가면 서 빨래하던 할머니에게 어떤 손님이 와서 내가 간 곳을 묻거든 이 강물을 따라 갔다고 말하라고 했었다. 얼마 후 태종이 와서 묻자 그대로 얘기했는데, 나중에 그 손님이 태종인 것을 알고는 거짓말을 한데 대한 죄책감으로 이 물웅 덩이에 몸을 던져 죽었다고 한다. 횡지암은 노구가 태종에게 변암이 아닌 다른 쪽으로 갔다고 가리켜 주었던 바위를 말하는 것이다. 노구소(老嫗沼) 입구에는 '노구소마을'이라고 부르는 이곳 부곡리 주민들이 그러한 전래 이야기를 벽화로 그려놓았다.

영월 동강의 금강정과 민충사

일설에 의하면 태종이 왕위에서 물러난 후 운곡 스승을 만났다고 한다. 그때 운곡은 상복을 입고 벽면을 향해 앉아 상왕에게 호통을 쳤다는 것이다. 그리고 태종이 손자들을 소개하자 수양대군을 보고 할아버지와 닮았다고 하면서 형제우애를 지키라고 말했다는 얘기도 있다. 아무튼 운곡 원천석의 올곧은 스승의 모습을 아래의 시에서 다시 한 번 엿볼 수 있다.

스스로 값진 보배를 지니고 / 언제나 갈고 또 닦으면
그 쓰임이 끝내 다함이 없으니 / 수많은 중생들을 다 이롭게 하네
(自有珍無價 尋常琢復磨 終應用無盡 利物遍恒沙)

영월의 낙화암과 춘향

오늘의 주제인 '일편단심', 한 조각 붉은 마음을 따라 나선 길은 영월로 향했다. 예부터 십승지지 또는 삼재불입지지라고 말한다는 영월에 낙화암(落花巖)이 있다는 얘기에 어리둥절했다. 홍인희 작가는 부여의 낙화암이 아니라 영

동강의 낙화암과 경춘의 순절비

월의 낙화암은 실제의 역사 사실이라고 강조해 주었다. 그러한 사실은 청령포로 유배와 있던 단종이 서강의 홍수로 인하여 관풍헌에 머물다가 죽음을 당하니 그를 돌보던 시녀들은 이곳 동강의 절벽에서 몸을 던졌던 것이다. 부여의 금강과도 이름이 같은 금강정 아래 절벽은 높기도 하거니와 그 밑의 강물은 깊이도 상당한 것 같았다. 1457년 17세의 나이로 세상을 떠난 단종을 따라 목숨을 버린 시녀들과 종인들의 영혼을 기리는 민충사에는 '시녀지신위(侍女之神位)'와 '종인지신위(從人之神位)'라는 위패가 놓여 있었다.

낙화암이란 표지석과 함께 단종의 시녀들의 순절비가 있는 절벽 위에는 '월기경춘 순절지처(越妓瓊春 殉節之處)'라는 또 하나의 비석이 세워져 있었다. 1771년 영월의 빼어난 관기였던 경춘은 영월부사의 아들 이수학과 사랑에 빠졌는데 이수학은 입신하여 다시 찾아오겠다는 약속을 남기고 한양으로 올라갔다. 그해 새로 부임한 부사 신광수는 수청을 거부한 경춘에게 형벌을 가하였다. 고통을 참지 못한 경춘은 몸을 추스를 시간을 달라고 하여 이튿날 아버지 묘에 인사를 드리고 동강의 언덕에서 몸을 던져 생을 마감하였다. 후일 이

손암 강원도 관찰사가 이 사연을 듣고 사비를 내려 부사에게 비석을 세우도록 했다는 것이다.

아무튼 이번 탐방길에서 올곧은 스승의 모습을 보여준 치악산의 태종대를 보았고, 모시던 왕에 대한 시녀들의 충절이 깃든 영월의 낙화암을 둘러보았다. 그리고 사랑하는 님에 대한 정의를 지키고자 순절했던 영월의 춘향도 만났다. 모두들 요즘에는 찾아볼 수 없는 일편단심의 사례들이지만, 어려운 시절을 만나 자기의 직분에 맞은 의리와 책임을 다했던 역사 이야기들이었다. 오늘의 시제로 준 '일편단심'을 4행시로 써보았다.

일, 일천 리 머나먼 길 유배지에 쫓겨 와서
편, 편향된 세조의 왕권욕으로 목숨을 잃었는데
단, 단종을 따라 동강에 몸을 던진 영혼들을
심, 심심산골 영월의 낙화암은 기억하고 있는지

물과 불의 발원지
태백

겨울이지만 또 하나의 문화탐방이 준비되어 있었다. '길 위의 인문학' 탐방을 하며 인연을 맺은 김주영 작가와 함께 동행하는 전통장터 탐방길이었다.

전국의 유명 장터를 찾아다니며 그 지역의 인문학과 문화생태를 살펴보는 프로그램으로 이번에는 태백의 통리장과 승부역을 탐방하는 것이었다.

연탄으로 이룩한 산림녹화

태백산맥의 눈길

초겨울부터 시작되었던 한파는 주말에 다시 눈과 함께 몰려왔다. 태백의 두문동터널을 빠져나가자 주변 산야에는 더 많은 눈이 쌓여 있고 길 양편으로 치워 놓은 눈더미가 보도를 뒤덮고 있었다. 태백산 당골 입구 어느 식당에서 구수한 된장비빔밥을 먹고 버스에 오르니, 태백시 신동일 문화해설사가 태백에 오신 것을 환영한다며 안내책자와 연탄 모양의 지우개를 선물로 나누어주었다.

태백은 백두대간이 삼수령에서 낙동정맥과 갈라지는 위치로 옛날의 이름은 황

낙동강이 발원하는 황지 | 석탄의 고장 태백

지었으나 1981년 장성과 통합하여 태백시로 바뀌었다고 한다. 검룡소는 한강의 발원이 되어 서해로 가고 황지연못의 물은 낙동강의 발원이 되어 남해로 흘러가는 반면, 삼수령의 동쪽에 떨어지는 빗물은 삼척의 오십천이 되어 동해로 흘러간다고 한다. 다시 말하면 태백은 우리나라 주요 강의 동시 발원지라는 것이다.

백두산에 천지가 있고 태백에 황지가 있어 음과 양의 조화 속에 대한민국의 아름다운 산하가 형성되었다며 태백의 자연환경을 자랑한다. 그래서 태백사람들은 천·지·인의 조화 속에서 '인간중심, 자연중심의 산소도시, 태백'이라는 슬로건 아래 건강한 문화생활을 추구하고 있다는 것이다.

석탄의 고장 태백

장성·철암·황지로 구성된 태백시는 1960년대부터 우리나라 석탄산업의 중심지로 연탄 즉 '불의 발원지'였던 것이다. 구공탄(지금은 22공탄)을 보급하면서 황폐화된 국토에 나무를 심었고 불법 입산을 금지하고 산림녹화를 추진했던 것이다. 아직도 탄광지 곳곳에 '우리는 산업역군, 보람으로 산다'는 구호가 남아 있는 것을 보니 6, 70년대 가난했던 여건에서 잘 살아보자고 발버둥쳤던 시절이 생각났다.

그러나 지금은 석탄산업이 사양화되어 박물관에서나 그 추억을 더듬어볼

수 있을 뿐 진폐·규폐환자들의 요양병원을 바라보는 마음은 우울하게 느껴졌다. 지역발전을 위하여 카지노산업을 허가하여 이곳에 '하이원리조트'를 비롯하여 유흥 및 사행산업을 벌여 놓았지만, 그 이면에 새로이 파생된 도박의 폐해 또한 만만치 않은 것 같다. 신동일 해설사는 황무봉 시인의 말을 빌려 '프로메테우스 신은 불을 먹고 살다가 간이 타 죽었는데, 이곳의 광부들은 석탄을 파먹고 살다가 폐가 막혀 죽었다'고 태백의 아픈 역사를 대변해 주었다.

그래도 이곳 주민들은 1,400m 이상의 청정 고산지역을 개간하여 고랭지 채소를 재배하고 한우를 사육하고 있다. 또 생태경관보전지역을 설정하여 관광객을 유치하여 탄광지역을 '관광' 지역으로 바꾸려는 것이다.

우리는 천연기념물로 지정된 구문소를 구경하고 고생대자연사박물관을 방문하였다. 박물관에는 이 지역의 고생대 지층에서 발견된 삼엽충을 비롯하여 여러 가지 해양생물들의 흔적을 갖가지 화석으로 관찰할 수 있었다.

구문소는 황지에서 솟아오른 물줄기가 암벽을 뚫고 큰 석문을 만들어 그 밑으로 흘러내리는 물줄기가 1,300리 낙동강으로 흘러간다. 물이 산을 뚫어 만든 구문소 암벽에는 '오복동천자개문(五福洞天子開門)'이라는 글자가 새겨져 있다. 낙동강 꼭대기에는 더 갈 수 없는 석문이 있다고 『정감록』에 기록된 얘기는 다음과 같다. 자시에 열리고 축시에 닫히는 그 석문을 들어가면 사시장철 꽃이 피고 흉년이 없으며 병도 없고 삼재가 들지 않는 오복동(五福洞)이라는 이상향이 있다고 했다. 북쪽 삼척사람들은 피재 너머에 그리고 남쪽 경상도사람들은 구문소 너머에 있는 그 이상향을 옛날부터 믿었었는데 그곳이 바로 태백이었던 것이다. 물이 바위를 뚫고 소를 만든 기적 같은 구문소를 보니, '산은 물을 넘지 못하고, 물은 산을 뚫지 못한다'는 방랑시인 김삿갓의 시가 생각났다.

산은 물을 건너려고 강가에 서 있고 / 물은 돌을 뚫으려고 돌머리를 돌아가네
산은 물을 건너지 못해 강가에 서 있고 / 물은 돌을 뚫기 어려워 돌머리를 돌아가네
(山慾渡江江口立 水將穿石石頭廻 山不渡江江口立 水難穿石石頭廻)

통리장터

우리는 전통시장을 사랑하는 김주영 작가와 함께 통리장 구경을 나섰다. 통리장은 백암장과 같은 날의 5일장이었는데, 세월이 흘러 교통이 발달하고 사람들이 줄어드니 통리장은 5, 15, 25일 그리고 백암장은 10, 20, 30일로 모두 10일장이 되었단다. 통리장터는 통리역에서 뻗어난 외길을 따라 질펀한 눈길 속에서도 활발하였다. 지역의 특성에 따라 갖가지 농기구들과 온갖 생필품들 그리고 동해안의 건어물과 활어 생선들이 즐비하였다. 요즘 도루묵이 풍어라 한 바구니 가득 담아서 만 원에 판다. 각종 약초며 방한복 옷가게, 국밥집을 지나니 전통시장답게 구수한 배추전 부치는 냄새가 구미를 돋운다. 그러나 방금 좁쌀막걸리와 함께 점심을 배불리 먹었던 터라 지나칠 수밖에 없었는데, 버스로 돌아오니 김 작가는 호떡을 사가지고 와서 일행들에게 나누어준다. 역시 김 작가는 시장사람들에게 무엇이든 한 가지라도 팔아주면서 장터 탐방 동행자들에게 호의를 베풀려는 마음이 돋보였다.

우리는 저녁을 먹기 위해 황지시내로 들어가 어떠한 가뭄에도 변함없이 하루에 5,000톤의 물이 용출되어 낙동강이 발원된다는 황지연못을 구경했다.

인구가 15만이 넘었던 이상향 태백은 1989년 석탄산업합리화정책으로 이제 탄광도시가 아닌 '관광' 도시로 탈바꿈을 하였다. 목구멍에 묻은 석탄가루

백천계곡을 달리는 협곡열차(구 영암선) 기찻길

를 씻어낸다고 돌판에 돼지고기 삼겹살을 구워먹던 분위기는 이제 태백의 청
정 한우 고기로 바뀌었고 연탄불 대신 가스와 전기불판으로 바뀌었다. 요즘
젊은이들이야 연탄불 맛이나 알겠는가? 어느 시인은 '연탄재 함부로 발로 차
지마라, 너는, 누구에게 한번이라도 뜨거운 사람이었느냐?'고 했었다.

백두대간 산업화의 흔적들

영암선의 추억과 낭만

통리는 태백에서 강릉으로 가는 영동선(동백암, 통리, 심포, 나한정, 흥전, 도계) 기
찻길은 동백암역에서부터 도계역까지 연화산 속에 똬리굴을 뚫어 지난여름에
솔안터널을 개통하였다. 그럼으로써 그 사이에 있는 지상의 역들은 화물차만
지나는 한가한 역이 되었다. 통리역은 1940년 삼척에서 통리로 오는 기찻길이
개통됨으로써 생겼다. 그리고 영주에서 철암까지의 영암선 산업철도는 1949년
이승만 대통령에 의하여 착공하여 1955년에 완공되었는데, 통리―심포 사이의
1.1km 구간은 인크라인을 설치하여 로프로 기차를 끌어올렸다. 그 후 1963년
청량리에서 강릉까지 영동선을 연결하면서 이 구간 기차는 앞뒤로 지그재그

로 왔다 갔다 하는 스위치백방법으로 720m 높이의 통리재를 넘어 다녔다.

내가 1950년대 말 대학 다닐 때 강릉에서 서울로 가기 위해서는 심포역에서 내려 통리역까지 걸어 올라가 기차를 다시 탔고 그 기차는 영주를 거쳐 청량리로 갔던 추억이 있다. 그리고 1972년 내가 미국으로 유학 가기 전, 아버님 유골을 모시고 강릉으로 갈 때 스위치백 기차를 탔다. 그러한 구 영동선이 지금은 제천에서 태백으로 직접 연결되었고 연화산 속에서 솔안터널을 한 바퀴 돌아 도계로 나간다니 세상이 많이 바뀐 것이다.

도토리묵밥으로 아침 배를 채운 후 장성을 지나 승부역으로 향했다. 겨울 눈꽃열차 관광으로 유명한 승부역은 경상북도 봉화군 석포면 승부리에 있는 작은 역이다. 석포면사무소에 들리니 일요일인데도 불구하고 박영철 면장이 나와 우리를 맞이하여 관내 설명을 해주었다. 승부역으로 가는 길이 좁아서 소형버스로 나누어 타고 낙동강 상류의 백천계곡을 따라 내려갔다. 국내 최대라는 영풍회사의 아연제련소가 이 산골에 있는 줄은 예상도 못했었는데 혹시라도 이 맑고 아름다운 계곡물을 오염시키지나 않을까 염려스러웠다.

승부리마을 앞에서부터 승부역으로 가는 산책로는 너무도 아름다웠다. 고랭지 채소를 수확한 후 밭에 남아 있는 배추며 무 그리고 옥수수대들은 백두대간의 오지답게 쓸쓸하면서도 정이 흐르는 겨울의 운치를 보여주었다.

청량산으로 유명한 이곳 봉화의 산골 계곡에는 눈이 덮였고 운치 있는 자연석 바위 사이로 흐르는 맑은 강물은 청량산을 찾아가며 느꼈던 퇴계의 「청량산가(淸凉山歌)」를 회상시켜 주었다.

청량산 육육봉을 아는 이 나와 백구(白鷗)

백구야 훤사(喧辭)하랴 못 믿을손 도화로다

도화야 떠나지 마라 어주자(漁舟子) 알까 하노라

계곡을 따라 다리를 건너고 터널을 지나 산기슭으로 이어지는 영암선 기찻길은 곳곳에 낙석방지를 위해 콘크리트 누드터널을 만들어 놓았다. 결둔을 지나서 '승부역 가는 길'을 따라 냇물을 가로지르는 구름다리를 건너면 승부역

하늘도 꽃밭도 세 평인 승부역

이 있다. 자동찻길은 여기에서 막히고 기찻길만 계곡의 다리와 굴을 지나 영주로 이어진다고 한다.

승부역은 기차표도 팔지 않는 조그만 역이지만, 과거 영암선 기찻길의 역사와 아름다운 계곡의 경치가 뭇 관광객들을 불러 모으는 것 같았다. 플랫폼 옆에는 옛날 영암선을 완공했을 때에 아래와 같은 글귀를 새겨놓은 바위가 지금도 관광객을 맞이하고 있었다.

승부역은
하늘도 세 평이오, 꽃밭도 세 평이나,
영동의 심장이요, 수송의 동맥이다.

1955년 이승만 대통령은 50여 개의 터널과 30여 개의 다리를 건설함으로써 영암선의 난공사를 마치고 '영암선개통기념(榮巖線開通記念)'이라고 직접 쓴 기념비를 승부역 언덕 위에 세워놓았다. 이 대통령의 휘호도 멋이 있었지만 대한민국의 초기 국토건설을 위한 의지와 집념을 짐작할 것 같았다. 이번 통리장 탐방길에서는 태백 인근의 역사와 자연 그리고 나의 옛 추억의 토막들도 찾아볼 수 있어 마음 흐뭇하였다.

2부

인문학, 세상을 바꾸다

남, 남보다 앞서려고 열심히 달려온 희수(稀壽)의 인생인데
한, 한가로움의 멋을 가르쳐준 인문학 덕분에
강, 강 따라 길 따라 여유롭고 아름답게 살고 싶네

조선왕조 성쇠의
뒷이야기

왕궁과 왕릉에 숨겨진
이야기

조선의 왕궁과 왕릉을 탐방하는 '길 위의 인문학' 프로그램은 겉으로 보는 모습 외에 구석구석에 숨겨져 있는 역사적 배경이나 통치이념과 철학, 사상 등을 살펴보는 인문학의 진정한 묘미를 느끼게 해주었다.

궁궐이란 왕과 왕비가 살면서 국정을 보던 곳이고, 그들이 죽어서 묻힌 곳이 왕릉이다. 다시 말하면 궁궐은 역대 왕들이 살아 거처하던 곳으로서 그 왕조의 통치이념이 그대로 반영되어 있는 곳이다. 그리고 왕릉은 그들이 살아서 정치를 어떻게 했고 가족생활은 어떻게 했느냐를 말해 주는 역사의 흔적이라 할 수 있다. 그러므로 외적인 모습보다 그 뒤에 숨겨진 이야기들이야말로 역사를 이해하는데 매우 흥미롭고 중요한 사항들이다.

조선왕궁 이야기

경복궁
한국민예미술연구소 허균 소장과 함께 경복궁과 종묘를 탐방했다. 경복궁

경복궁의 정전 | 근정전

의 모든 전각과 그 장식품들은 모두 우주자연의 이치와 유교정치의 이상, 왕
조의 위엄과 권위 그리고 경천애민의 정신이 내포되어 있다고 한다. 그뿐 아
니라 왕과 왕족들의 일상생활 속에서 느낄 수 있는 멋과 운치도 곳곳에 살려
놓았다는 것이다.

　경복궁이 처음 세워졌을 때 태조는 정도전에게 4방의 문 이름을 짓도록 명
하니 동쪽 문을 건춘, 서쪽은 영추, 북쪽은 신무, 남쪽은 오문이라 했다. 그 후
세종 때 태조의 정치적 이상을 반영하여 오문을 광화문으로 바꾸었다. 그 증
거로 고종 때 광화문 복원상량문에 '일월광화지무사조 우로화육지소균점(日月
光華之無私照 雨露化育之所均霑)', 즉 해와 달이 사심없이 비춰주고 비와 이슬의 은
혜가 골고루 적신다는 글이 나왔다. 이것은 '광피사표 화급만방(光被四表 化及萬
方)', 즉 '임금의 광채가 사방에 퍼지고 교화가 만방에 미친다'는 요나라 임금
의 애기에 근거하는 것이다.

　경복궁의 궁문인 광화문 앞에 해치상이 양쪽에 세워져 있다. 해치는 법과
정의의 수호자로 초나라 때부터 있었던 상징물이었다. 그 위치는 원래 광화문
에서 훨씬 앞으로 나와 있었는데, 그 뜻은 대소 관원들이 궁궐로 들어갈 때 마

음속의 먼지를 털어내고 스스로 경계하는 마음으로 법과 정의에 따라 정사를 공정히 처리하게 한다는 것이었다. 관악산의 화마로부터 궁궐을 보호한다는 풍수설은 믿을 만한 근거가 없다고 한다.

경복궁의 정전은 근정전(勤政殿)이다. 근정전의 정(政)자는 창덕궁의 인정전(仁政殿), 창경궁의 명정전(明政殿), 경희궁의 숭정전(崇政殿)에 다 포함되어 있다. 정(政)자는 바를 정(正)과 칠 복(攵)자가 합해진 글자로 매로서 다스려 바르게 한다는 뜻이다. 여기에 바르게 하는 대상은 남이 아니라 바로 군주 자신이라는 것이다. 그것은 공자의 '기신정 불령이행 기신부정 수령불종(其身正 不令而行 其身不正 雖令不從)', 즉 '다스리는 자의 몸이 바르면 법령을 발하지 않아도 스스로 행해지고 그 몸이 바르지 못하면 비록 법령을 발하여도 아무도 따르지 않는다'는 뜻에서 온 것이다. 조선의 왕들은 수기치인(修己治人)하는 왕도정치의 참뜻을 정전 이름에 담았던 것이다.

근정전은 정면 5칸, 측면 5칸의 평면구조이다. 5의 수는 오행으로 중앙의 '토(土)'에 해당하는 수이다. 그리고 낙서의 구궁도(九宮圖)에서는 아래, 위, 옆 또는 대각선 어느 쪽으로 합쳐도 15가 되는데 그 중앙에는 모두 5의 수가 위치한다. 즉 5의 수는 동양의 상수론에서 황극수인데, 황극은 임금이 정치의 표준을 세우는 것으로 어느 편에도 치우침 없는 공명정대한 왕도정치의 중심에 서겠다는 것을 의미하는 것이다.

강녕전과 경회루

강녕전의 이름도 홍익인간의 이념에 따라 만민에게 이익을 주도록 군주가 세상을 다스리는 마음과 방법을 제시하는 홍범구주(洪範九疇)에서 나왔다고 한다. 수, 부, 강녕, 유호덕(攸好德), 고종명(考終命)의 오복 중 강녕은 중앙에서 모두 다 포괄하는 의미를 갖는다. 강녕전 남쪽 정문이 향오문이다. 이는 홍범구주의 오복 조에 나오는 '향용오복 위용육극(嚮用五福 威用六極)', 즉 오복을 맞이하고 재앙과 재액을 그치게 한다는 내용에서 향오문이라 한 것이다. 강녕전 구역에 두 개의 소침으로 동쪽에 연생전과 서쪽에 경성전이 있다. 이는 천지 자연의 법칙은 봄에 만물이 소생하여 가을에 이루게 되는 생성의 원리에 따라

경회루 | 군신의 경사스런 만남을 의미하는 장소였다

이름 붙여진 것이다.

왕비의 침전인 교태전(交泰殿)의 이름도 주역의 지천태(地天泰), 즉 하늘과 땅의 기운이 서로 통하는 것이 태라는 의미로 양의 하괘와 음의 상괘가 어우러진 것이라고 한다. 왕과 왕비가 정을 나눌 때 하늘의 기운과 땅의 기운이 거침없이 통해야 훌륭한 세자를 잉태할 수 있기 때문이다. 그래서 교태전에는 음양의 교합을 방해하는 것이 없어야 하기 때문에 용마루를 없었던 것이다. 교태전 남쪽 정문이 양의문(兩儀門)이다. 태극은 음양과 동정의 근본체로서 동과정이 상호음양을 이루는 상태에서 양의가 성립되는 것이다. 즉 음기는 양기를 받아 만물을 창조하는 정적인 기운이므로 왕비가 이에 해당되고 양기는 음기를 변화시키는 동적인 기운이므로 왕은 이에 해당되기 때문이다.

경복궁의 동문인 건춘문에는 '건원조현(乾元朝玄)' '삼양회태(三陽回泰)' '진색가창(震索駕蒼)'의 글귀가 새겨져 있다. 건원은 모든 것의 시초, 즉 생과 창조성을 뜻하고 조현은 동트기 전 새벽의 어두움, 즉 창조를 의미한다. 삼양회태는 음기 짙은 겨울이 끝나고 양기가 강한 봄이 왔음을 의미한다. 진색가창은 우레에도 당황하지 않고 침착하게 제사를 거행하는 예절을 뜻한다. 또 근정전

정문인 근정문 좌우 협문은 일화문(日華門)과 월화문(月華門)이고 편전인 사정전의 동쪽 전각을 만춘전(萬春殿), 서쪽을 천추전(千秋殿)이라 한 것도 천지운행의 이치를 건물배치에 적용한 것이었다.

경회루의 '경회(慶會)'는 군신이 서로 덕으로써 화합하는 경사스러운 만남을 의미하는 것이다. 정사를 잘하고 못하는 것은 사람을 잘 얻고 못 얻는 것에 달렸다. 이는 공자의 말로 임금이 훌륭한 정치를 하기 위해서는 훌륭한 신하를 선발하여 활용하는 지혜가 필요한데 지혜로운 신하를 인견하고 좋은 계획을 받아들여 정책을 마련한다는 말이다.

경회루는 24개의 네모기둥과 24개의 원기둥이 받치고 있는데 네모기둥은 바깥쪽에 원기둥은 안쪽에 배치해 있다. 이것은 천원지방(天圓地方)의 우주원리이다. 그리고 네모기둥마다 24절기와 10간 12지가 배속되어 있다. 원기둥에도 중앙의 8개 기둥이 만들어 내는 3개의 평면은 삼재(三才), 즉 천·지·인을 의미하며 그 주변 16개 원기둥이 만들어 내는 12개의 평면은 일 년 열두 달을 나타낸다. 이와 같은 구조는 하늘과 사람이 상호감응하는 이치를 통해 천의를 인간사에 적용했던 동양의 사상체계를 표현했던 것이다

조선왕릉 이야기

이병휴 작가로부터 조선왕릉에 대해 일반적인 이해를 위한 강연을 들었다. 조선의 왕릉은 모두 42기인데 개성에 있는 제릉(태조 원비 신의왕후)과 후릉(정종과 정안왕후)을 제외하고 모두 남한에 있다. 그중 영월의 장릉(단종)을 포함하여 서울 근교에 위치하는 40기의 능이 2008년 세계문화유산으로 등재되었다.

왕릉에 숨겨진 사연

왕족의 무덤은 피장자의 신분에 따라 다른데 왕과 왕비는 릉, 왕세자와 왕세자비 또는 왕의 사친은 원, 그 외 왕족은 묘이다. 현재 조선왕족의 무덤은 42기의 능 외에 원이 13기, 묘가 64기로 모두 119기가 있다.

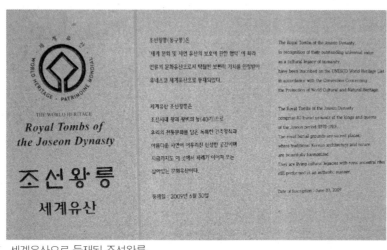

세계유산으로 등재된 조선왕릉

왕릉은 풍수적으로 '배산임수 좌청룡 우백호'의 명당이면서 도성에서 10리 밖 100리 안에 있어야 했다. 그 구조는 능 뒤쪽의 잉(孕)이 땅의 기운을 주입하고 정자각 뒤의 언덕인 강(岡)이 땅의 기운을 저장해주도록 함으로써 비산비야의 지형에 자리 잡고 있다. 왕릉은 형태적으로 단릉, 쌍릉, 삼연릉, 동원이강릉, 동원상하봉릉, 합장릉으로 구분된다. 그리고 능역은 진입, 제향, 능침 공간으로 구분되는데, 진입공간에는 재실과 금천교가 있다. 제향공간에는 홍살문, 참도, 비각, 정자각이 있고 능침공간에는 능침, 곡장, 문인석, 무인석이 배치된다.

'길 위의 인문학' 일행은 '조선왕릉 깊이 읽기'란 주제로 동9릉과 광릉을 탐방하며 건국대 신병주 교수로부터 왕릉에 얽힌 사연들에 대한 설명을 들었다. 구리시에 있는 동9릉에 들어서자 잘 정비되어 있는 입구에는 조선 태조 고황제의 「등백운봉(登白雲峯)」이라는 시비가 세워져 있었다.

댕댕이 휘어잡고 상상봉 올라가니 / 조용한 암자 한 채 구름 속에 누워 있네
눈앞 아래 펼쳐진 땅 내 것이 될 양이면 / 초월 강남 먼 곳인들 어이 아니 안 가리
(引手攀蘿上碧峰 一庵高臥白雲中 若將眼界爲吾土 楚越江南豈不容)

신 교수는 이곳 검암산 자락의 왕릉은 1408년에 태조의 건원릉이 조성된 후 1452년 현릉, 1630년 목릉, 1674년 숭릉이 조성되었고 1776년에 원릉이 정비인 정성왕후의 홍릉 옆이 아닌 이곳에 조성되었다고 한다. 그 후 1849년 경릉이 조성되어 '동6릉'이라 불렸는데, 1805년 영조의 계비 정순왕후가 원릉 옆에 쌍릉의 형태로 조성되어 '동7릉'이 되었다. 그러나 1855년(고종 22년) 효명세자가 익종으로 추존되어 수릉이 조성됨으로써 1688년에 세운 휘릉과 1718년에 세운 혜릉을 합쳐 지금의 '동9릉'이 되었다.

왕의 의도와 다르게 조성된 능

우리는 신 교수의 설명을 들으며 동9릉을 차례로 둘러보았다. 입구에 있는 수릉은 23대 순조의 아들 효명세자와 83세까지 살면서 조선 후기 정국을 주도한 흥선대원군의 차남을 고종으로 왕위에 올린 신정왕후의 합장릉이다. 현릉은 재위 2년 만에 돌아간 5대 문종과 6대 단종을 출산한 후 산후병으로 사망했던 현덕왕후의 능이다. 그리고 목릉은 임진왜란과 정유재란을 겪은 14대 선조의 능으로 두 왕비의 능과 함께 신도가 길게 연결된 동원이강릉을 이루고 있었다. 인의왕후는 자녀를 두지 못했고 계비 인목왕후는 영창대군을 낳았으나 광해군의 손에 아들을 잃고 서궁에 유폐되었다가 인조반정으로 복위된 왕비이다. 숭릉은 18대 현종의 능이다. 현종은 효종의 맏아들로 병자호란 후 봉림대군이 심양에 볼모로 잡혀있을 때 태어났다. 숙종의 어머니인 명성왕후와 쌍릉을 이루고 있다. 특히 정자각이 팔작지붕인 것이 특이했다.

왕릉에는 무덤을 조성한 지역과 곁에 묻힌 인물을 통하여 당시의 정치적 상황을 살펴볼 수 있고 석물을 통해 당대의 건축미와 그 흐름을 읽을 수 있다. 조선의 왕릉은 죽기 전 왕의 뜻대로 만들어지지는 못했다. 무덤을 만드는 주체인 후대 왕의 생각과 정치적 변수에 의하여 정해졌던 것이다.

그래서 왕릉들은 저마다의 역사와 숨은 이야기를 간직하고 있는데 원릉은 21대 영조의 능이다. 영조의 정비인 정성왕후가 53년을 해로 한 후 후사없이 돌아가자 영조는 66세의 나이에 15세 신부 정순왕후를 맞이했다. 정성왕후의 홍릉 옆에 영조의 자리를 마련해 두었으나 영조가 83세에 사망하자 그 결정은

선조의 목릉 | 인의황후 및 인목왕후의 동원이강릉으로 능역이 넓다

한 달 만에 바뀌어졌다. 정조는 여러 곳을 살펴보다가 결국에는 대비인 정순
왕후의 입장을 고려하여 건원릉이 있는 검암산으로 정하여 동9릉에 원릉이
만들어졌다. 그 후 정순왕후는 원릉 옆에 쌍릉으로 묻혀 사망한 후에도 영조
의 비로서의 지위를 옆에서 누리게 되었다.

　원릉의 자리는 원래 17대 효종이 여주의 영릉으로 천장되기 전에 묻혔던 자
리이다. 그 당시 남인 윤선도(정조의 사부)는 수원의 융·건릉 자리를 추천했으
나 정계의 실력자였던 서인 송시열의 의견에 따라 효종은 원릉의 위치에 묻히
게 되었다. 그러나 윤선도의 예언대로 봉분 주변이 자주 함몰되어 10년 후에
천장하게 되었다. 그리고 100여 년 후 22대 정조는 효종의 파묘터에 할아버
지 영조를 모셨고 정조는 윤선도가 주장했던 수원의 융릉으로 갔던 것이다.

　그 반면에 3명의 왕비를 두었던 11대 중종은 강남 선릉 옆에 외로이 단릉인
정릉으로 만들어져 있다. 첫 왕비인 단경왕후는 1506년 중종반정 때 폐위되
어 온릉에 묻혔고 계비 장경왕후(인종의 생모)와 함께 서삼릉의 희릉에 묻혀 있
었지만, 중종 옆에 묻히기를 원했던 문정왕후가 떼어놓아 아버지 9대 성종의
선릉 옆으로 옮겨졌다. 그러나 문정왕후는 12세의 명종을 8년간 수렴청정하

면서 동생 윤원형과 함께 국정을 좌지우지하다가 태릉에 단릉으로 묻혔다.

건원릉에 얽힌 사연

우리는 조선의 첫 왕인 태조 이성계의 건원릉으로 이동하였다. 1932년 개경에서 왕위에 올라 새 왕조를 연 후 6년 2개월 동안 왕위에 있으면서 도읍을 한양으로 옮기고 조선왕조의 기틀을 마련하였다. 신의왕후의 제릉이 있는 개성은 조선의 태조가 묻힐 곳이 못 되었고 태종의 의지에 따라 신덕왕후의 정릉으로도 가지 못하고 검암산에 단릉으로 묻히게 되었다. 그 대신 고향 함흥을 그리워하는 아버지의 뜻을 빌돌이 태종은 함흥의 어새풀로 봉분을 덮어 생전의 아버지에 대한 불효를 조금이나마 씻으려고 했던 것이다.

태조는 말년에 왕위 계승자로 정비 신의왕후의 자식들을 제쳐두고 계비 신덕왕후 강씨의 아들 방석을 세자로 지명함에 따라 정치적 야심이 컸던 신의왕후 다섯째 아들인 방원이 격분했다. 강씨가 1396년에 숨을 거두자 태조는 신덕왕후라는 존호를 내리고 왕릉을 궁궐에서 잘 보이는 곳에 만들어 정릉이라 하였다. 강씨와의 갈등이 극도에 달했던 방원은 급기야 1398년 왕자의 난을 일으켜 방석을 제거하고 형을 정종으로 왕위에 올렸다. 방석의 죽음에 화가 난 태조는 고향인 함흥으로 돌아가 '함흥차사'의 이야기가 만들어졌다.

1400년에 태종이 된 방원은 가까운 위치에 있는 정릉이 눈엣가시였다. 1408년 태조가 죽기 직전 태조와 태종의 화해는 이루어졌으나 태조의 왕릉 조성에 대하여 고민을 하다가 검암산에 건원릉을 조성하게 되었다. 태종은 1409년에 정릉을 도성 밖 양주지방(현 성북구 정릉동)으로 옮기면서 정자각을 헐고 무덤을 완전히 깎아 없애도록 했다. 그리고 1410년 광통교가 홍수에 무너지자 정릉의 병풍석을 광통교 복구에 사용하게 하여 온 백성이 이것을 밟고 다니도록 했다. 그 후 현종 때 송시열 등의 건의에 따라 흔적이 없던 성북구의 정릉을 보수하였고 정릉이 있던 자리는 현재 정동이라 불리게 되었다.

동9릉에 있는 왕릉 외에도 많은 왕의 무덤에는 당시의 정치적 배경 이야기가 있다. 19대 숙종의 명릉은 자신을 비롯하여 왕비 4명이 함께 묻혀 사후에도 영화를 누리고 있다고 한다. 10세에 결혼한 인경왕후, 첫 번째 계비인 인현왕후,

억새풀로 뒤덮은 태조의 건원릉

두 번째 계비인 인원왕후(숙종과 함께 쌍릉)가 있고 숙종에게 사약을 받고 죽었던 장희빈의 무덤도 1970년 광주군 오포리에서 발견되어 이곳으로 옮겨왔다.

세조의 광릉

광릉은 7대 세조와 정희왕후의 능으로 각각의 능을 다른 언덕에 조성하고 두 능을 올려다보는 가운데 정자각을 세운 대표적인 동원이강릉이다. 1468년 (예종 1년)에 세조의 능이 조성된 후 1483년(성종 14년)에 정희왕후가 돌아가자 그 동쪽 언덕에 왕비의 능을 만들었다.

세조는 4대 세종의 둘째 아들로 1453년 계유정란을 일으켜 김종서, 황보인 등 단종을 보호하던 대신들을 제거하고 권력을 잡았다. 1455년 조카 6대 단종을 상왕으로 앉히고 왕위에 오른 후 1457년 단종을 영월로 유배시켜 죽게하였다. 세조는 명분과 도덕성에 많은 문제를 안고 왕이 되어 비난의 대상이 되었지만 왕권을 강화하고 제도와 문물을 정비하는 등 많은 업적도 남겼다. 정희왕후는 장남 의경세자가 20세에 요절한 뒤 차남 8대 예종 또한 19세에 즉위한 지 14개월 만에 세상을 떠나자 의경세자의 둘째 아들 자을산군을 왕위

광릉의 석물들 | 정희왕후릉이 건너다 보인다

에 올려 13세의 9대 성종을 7년 동안 수렴청정하였다. 그것은 얼마 전 드라마 〈인수대비〉를 통하여 많이 알려진 내용이다.

세조는 1468년 9월 7일 세자로 있던 예종을 강권하여 왕의 자리에 오르게 하고 그 다음날 수강궁 정침에서 사망하였다. 능지를 정하는 과정에서 광주의 이지직과 남양주군의 정흠지의 분영이 후보지로 논의된 결과 정흠지의 아들 인 정창손이 아버지의 묘를 비롯하여 선조들의 묘를 이장하게 되었다.

능을 조성할 때 석실과 석곽을 쓰지 말라는 세조의 유명에 따라 회격을 만들었고 병풍석을 없애면서 십이지신상은 난간의 동자석주에 새겨 넣었다. 홍살문에서 정자각까지의 참도를 없앴던 것은 부역 인원을 줄이고 간소화하려는 뜻이 있었다고 한다. 광릉에는 유일하게 입구에 하마비는 있으나 금천교가 없는 것은 비상시에 출입을 편하도록 길을 넓히기 위한 것이었다고 한다.

역대 왕릉의 이름은 능을 조성한 후에 붙였고 왕의 이름으로 창업군주는 '조(祖)', 수성군주는 '종(宗)' 자를 붙였다. 예종은 세조의 영혼을 종묘에 부묘할 때 처음 '조' 자를 붙였다. 그 후 광해군 반정 때 선조라 했고 인조를 거쳐 영조와 정조는 고종 때 그리고 순조는 철종 때 세도정치하에 붙여졌던 것이다.

조선왕조는 16세기 성리학이 왕성해지면서 세조비 정희왕후 윤씨를 비롯하여 수렴청정을 했던 정치 분위기가 외척들의 득세를 조장하게 되었다는 평이다. 그 후 청주 한씨, 파평 윤씨, 광산 김씨, 영흥 김씨 등 외척들의 사색당파 정국에 이어 19세기 순조 때에는 안동 김씨의 세도정치가 국운을 약화시켰다고 신 교수는 강조했다.

　그러한 정국에서 왕실의 후궁들과 외척들 사이에 있었던 시기와 갈등 그리고 권력다툼의 영향은 왕이 살아 있을 때의 왕궁에서 뿐만 아니라 죽은 뒤 왕릉의 위치와 구조 그리고 석조물에까지 반영되어 있음을 알 수 있었다. 다시 말하면 왕릉이란 왕실의 산 자와 죽은 자의 정치가 만나는 곳이라는 것을 실감할 수 있었다.

　이번 조선왕릉 깊이 읽기의 동9릉 탐방에서 '조선왕조' 시제에 대하여 4행시를 지어 추천되었다.

　조, 조용하고 공기 맑은 동9릉에 와서
　선, 선선한 바람 쐬며 역사얘기 들으니
　왕, 왕들의 막강한 권력도 왕비들의 애증도
　릉, 릉 속에 묻히고 나니 흘러간 구름과 같구나

원주지역 역사의 흔적을
찾아서

이번 '길 위의 인문학' 탐방은 '승자의 미소, 패자의 눈물'이라는 주제로 강원도 원주와 횡성지역을 가는 것이다. 주제의 의미가 강원도 지역과 무슨 상관이 있는지 궁금하던 차 홍인희 작가의 사전강의를 듣고 이해가 갔다.

우리나라의 역사를 보면, 삼한시대의 마한은 백제로 병합되었고 변한은 가야국으로 진한은 신라에 귀속되었다. 진한의 마지막 왕인 태기왕은 기원전 57년 신라와의 싸움에서 대전을 거쳐 횡성 면온으로 쫓겨와 태기산에서 패하였다. 태기산 이름의 유래도 그러하거니와, 대전의 갑천은 태기왕이 갑옷을 씻은 데서 유래되었고 면온은 모두(온) 멸하였다는 뜻에서 생긴 말이라고 한다. 그러니 삼한이 횡성에서 끝났고 신라의 융성도 강원도에서 이루어졌던 것이다.

승자의 미소와 패자의 눈물

그 후 신라의 마지막 경순왕은 원주를 거쳐 개경으로 가서 왕건에게 굴복하였고 마의태자 또한 진부령·한계령을 지나 인제에서 생을 마감하였다. 그리

김제남의 묘 | 그는 인목왕후(영창대군의 어머니)의 아버지다

고 후삼국시대 태봉국의 궁예를 제압한 왕건이 후백제의 견훤을 원주 문막에서 패퇴시킴으로써 고려가 건국할 수 있는 묘상이 조성되었던 것이다. 그러나 고려 말 위화도에서 회군한 이성계에 의하여 왕위에서 쫓겨난 공양왕 또한 유배길에 원주의 홍원창을 지나 고성을 거쳐 삼척에서 죽음을 당하였다.

왕조의 성쇠와 왕족들의 운명

삼척 또한 조선의 태생지라 할 수 있다. 이성계의 4대조인 이안사가 전주에서 쫓겨나 외조부 이강계가 있던 삼척으로 와서 그의 아버지이자 이성계의 5대조 이양무의 준경묘를 삼척에 쓸 때 조선의 탄생을 예고했던 '백우금관(百牛金棺)'의 전설이 남아 있는 곳이다. 뿐만 아니라 광해군의 어머니 공빈 김씨의 고향은 부론면 손곡리이고 선조의 계비이자 영창대군의 어머니인 인목왕후는 지정면의 김제남 딸이었다. 또 효종의 어머니이자 인조비 인열왕후도 부론면 노림리 출신이다.

그리고 조선의 마지막 영친왕의 어머니이자 고종의 순원황귀비인 엄비의 고향이 원주 문막이라는 사실은 우리나라 역대 왕조의 흥망성쇠가 강원도 지역과 깊은 연관이 있는 것이다. 그러한 왕조사 가운데 미소를 짓던 승자들뿐 아니라 눈물을 흘린 패자들의 애환이 서려 있는 원주 횡성지역을 탐방하면서 그 흔적들을 찾아가 보는 것이다.

먼저 들린 곳은 원주 지정면의 연안 김씨 연흥부원군 김제남의 종택이었다. 14대손이라는 김일주의 문패가 붙어 있는 이 집의 종부는 미국인 카렌 여사라고 한다. 광해군은 영창대군을 증살하고 인목왕후를 폐비시켜 서궁에 유폐시켰다. 김제남이 사사된 후 가문은 풍비박산되었는데, 인목왕후의 어머니 광산 노씨만 제주도로 쫓겨 가서 술지게미로 술을 담가 팔았는데 그것이 대비의 어머니 술이라 해서 '모주'가 되었다고 한다. 그리고 조정에서 노씨를 모시러 오던 날 까치가 요란스럽게 울어 '까치는 좋은 소식'이라는 통념이 생겼다고 한다.

인조반정 후 인목대비는 왕실의 어른으로 국정에 가끔 관여하였지만, 안성 칠장사에 머물면서 지었던 아래와 같은 시의 친필 족자가 이대박물관에 남아 있다. 그리고 경기도 구리시의 목릉에 묻혔다.

늙은 소가 힘을 다하고 오랜 세월이 지났는데
목이 찢어지고 피부에 상처가 나서 이제 쉬고 싶구나
밭 갈고 써래질 끝내고 봄비가 충분히 왔건만
주인(광해군)은 어찌하여 또다시 채찍질하는가
(老牛用力己多年 領破皮穿只愛眠 犁耙亦休春雨足 主人何苦又加鞭)

홍원창으로 가는 부론면 손곡리는 예로부터 귀부인이 많이 태어나는 '옥녀세발(玉女洗髮)'의 풍수지형이라고 한다. 은섬포라고 했던 이곳 홍원창은 고려의 공양왕이 왕위를 공손히 넘겨주고 유배 가던 길목이라 해서 손곡리 또는 손위실이라고 한다. 수양대군에 의해 권좌에서 쫓겨난 단종도 한강의 뱃길을 따라 이곳을 거쳐 영월로 갔었다. 노림리의 이름도 노산군의 '노'자에서 왔으며, 갈증을 풀어주었던 느티나무 아래의 정자는 '단정(丹亭)'이고 '단강(丹江)'이라는 명칭도 단종을 기리는 역사적 의미가 있다고 한다.

왕건이 올랐다는 원주 문막의 건등산 시비

왕건과 견훤

　우리는 다시 원주시 문막읍에 있는 건등산으로 향했다. 건등산(260m)은 태조 왕건이 후백제의 견훤을 공격하기 위해 올랐던 산이다. 영동고속도로를 수없이 다니면서 문막의 모양새 좋은 뾰족한 산이 그러한 역사 이야기를 담고 있는 줄 몰랐다. 산 중턱에는 허균이 쓴 「건등산(建登山)」 시비가 세워져 있었다. 홍인희 작가는 그 시를 풀어 읽으며 왕건의 역사적인 업적을 설명해 주었다.

　　고려 태조가 군사를 일으키던 날 / 산에 올랐던 많은 말 발자국이 남아 있는데
　　군웅들은 사슴(권력)을 쫓느라 경쟁하지만 / 진짜 주인은 마침내 닭을 장악하였네
　　지난일들은 안개 연기처럼 옛일인데 / 유적은 초목에 뒤덮여 찾기 어렵고
　　삼한은 결국 통일되었고 / 그 공적들이 여기 산에 가지런히 보여주고 있네
　　(麗祖提兵日 登臨萬馬跡 群雄爭逐鹿 眞主竟操鷄
　　往事煙霞古 遺跡草樹迷 三韓歸一統 功與此山齊)

　왕건과 싸웠던 견훤성은 건등산의 남쪽 들판을 건너 궁천리에 있었다. 견훤

이 왕건과 싸웠던 곳이라는 조그만 표시판은 산 입구의 숲속에 낙엽으로 덮여 있었고 산정에 있는 성터는 무너져 돌멩이들만 흩어져 있었다. 그러나 지역의 향토사학자들이 '견훤산성유적지'라는 비석을 세워놓아 사라져 가는 역사의 흔적을 겨우 붙잡아 두었다. 이 산성에서 왕건의 군사들에게 포위당한 채 굶어가던 견훤의 병사들은 취병산을 휘감아 도는 섬강에 뿌려놓은 횟가루를 쌀 뜨물인 줄 알고 마셨다가 죽고 전쟁에 패했다는 전설이 남아 있다.

조선의 관아와 관리들

우리는 원주시내로 들어가 강원감영을 둘러보았다. 강원감영은 조선 초 원주목에 설치되었는데 진입공간으로 포정문, 중삼문, 내삼문 일명 징청문을 거쳐 집무공간인 선화당으로 들어간다. 중삼문에는 '관동관찰사영문'이란 명칭이 붙어 있었다. 선화당(宣化堂)은 관찰사의 집무실인데 앞면 기둥에는 강원도를 관할한다는 의미로 '관령팔백리해악(管領八百里海嶽)', '출척이십육관장부(黜陟二十六官臧否)' 등의 주련들이 걸려 있었다.

왕이 임명한 관찰사는 강원도 각 지역의 행정뿐 아니라 농정, 조세, 민원, 군사훈련, 재판 등의 모든 분야의 업무를 총괄적으로 관장하였다. 17세기 초까지는 1년 임기로 원주목에 잠시 머물면서 각 지역을 순회하였으나 그 후 2년 임기로 감영에서 일을 보는 유영체제로 운영되면서 많은 건물들이 건축되었다.

문막면 동화리에는 '청산리 벽계수야 수이감을 자랑마라……'라는 유명한 황진이의 「벽계수 낙마곡」의 대상이었던 벽계도정 이종숙의 묘가 있었다. 이종숙은 세종의 17번째 아들인 영해군의 손자로 임진왜란 때 이곳으로 내려와 살면서 영해군파를 형성하였다. 벽계는 황해도 관찰사로 가 있을 때 황진이의 명성을 듣고 손곡 이달의 조언을 받아 말을 타고 황진이의 거소 앞에서 피리를 불었는데 황진이가 위의 시조를 읊자 풍류남아 이종숙이 말에서 떨어졌다는 이야기가 『금계필담』이나 『어우야담』에 있다고 한다. 조광조의 제자였던 그는 당쟁의 비참함을 겪은 후 '불취관문 불취당쟁(不就官門 不就黨爭)'이라는 말을 남기고 이곳에 낙향하여 평생을 살았던 것이다.

원주감영의 중삼문 | 관동관찰사영문

우리는 횡성읍 정암리의 고형산(1453~1528) 묘역으로 발길을 옮겼다. 고형산은 조선 중종 때 문신으로 해주목사, 함경도 병마절도사 등을 거쳤고 남곤일파와 함께 기묘사화를 일으켜 신진세력을 숙청하기도 했다. 횡성에 살고 있는 노모가 병환으로 시달리자 사직을 청하였으나 중종은 강원도 관찰사로 임명하여 어머니를 돌보게 하였다. 그는 대관령길이 협소하여 사재까지 털어 확장하였고 우찬성 등을 거쳐 76세로 생을 마쳤다.

그 후 100년이 지난 1636년 병자호란이 일어나 인조의 '삼전도 굴욕'을 겪고 전란이 끝났다. 그런데 대관령길을 확장하였기 때문에 주문진으로 상륙한 청나라 군대가 쉽게 한양으로 쳐들어왔다는 죄목으로 부관참시를 당했던 것이다. 나중에 그의 공이 제대로 평가되어 위열공이란 시호와 함께 횡성의 후손들이 사방 10리 땅을 하사받았다. 여기서 이야기는 병자호란과 임진왜란을 혼돈했던 것 같은데, 아무튼 그는 지금도 고향과 가문을 빛낸 역사적 인물로 꼽히고 있다.

정암리에는 횡성 조씨 중시조인 조영인 3대의 공훈을 기리는 세덕사가 있었다. 조영인은 고려 의종과 명종 때 국가의 기틀을 잡았고 그의 아들 충(1171~1220)은 고종 때 여진족을 무찔러 서북면 원수가 되었다. 손자 계순도 나라에 공을 세웠다. 후세사람들은 이 지역을 삼원수(三元帥)골이라 하여 후손들이 춘추로 제사를 지내고 있다. 특히 조충 장군은 몽고와 공동으로 거란을 멸한 후 몽고 장수와의 협상에서 무한한 주량과 칼로 생고기를 베어 먹는 등 담대한 기질과 담력으로 정복지를 고려땅으로 확보하였다. 그리고 5만의 거란군 포로들을 이곳으로 집단 이주시켜 '거란장(場)'을 조성하는 등 문무의 공을 세웠다고 한다.

횡성 3·1공원에 들러 횡성의 술집 주모였던 김순이 열사가 앞장섰던 항일 만세운동 이야기를 비롯하여 횡성사람들의 강인한 민족정신과 '횡성깍쟁이'란 말이 있을 정도로 ㄴ섬설약하는 경세정신에 대한 이야기를 들었다. 그리고 횡성군청 회의실에서 홍 작가의 저서 『우리 산하에 인문학을 입히다』 낭독회를 갖었다.

강원도의 지세와 인성

홍인희 작가는 강원도 사람들의 인성과 기질에 대한 강의를 해주었다. 정도전은 이성계에게 팔도사람들의 기질을 다음과 같이 설명해 주었다고 한다. 즉 경기도는 경중미인(鏡中美人), 충청도는 청풍명월(淸風明月), 전라도는 풍전세류(風前細柳), 경상도는 태산준령(泰山峻嶺), 황해도는 춘파투석(春波投石), 평안도는 맹호출림(猛虎出林), 함경도는 이전투구(泥田鬪狗)라고 했다가 다시 이성계의 눈치를 보고 석전경우(石田耕牛)라고 바꾸었다. 강원도의 암하노불(岩下老佛)에 대해서는 법당을 비우고 바위 아래에 나와 있는 부처는 양보와 겸양의 표현이라고 하며 원래는 고불(高佛)이었다고 한다. 고불은 진취성은 없지만 아는 것이 많고 덕망이 높다는 뜻인데 나중에 고불(古佛)로 바뀌었다가 노불(老佛)이 되었다는 것이다.

또 『삼국유사』의 「헌화가」에서 수로부인에게 꽃을 꺾어다 주는 노인의 희생과 겸양의 심성이 강원도 사람들의 마음이라고 한다. 후한서 『동이전』에는 '기인종불상도 무문호지폐 부인정신불음벽(其人終不相盜 無門戶之閉 婦人貞信不淫

법천사의 빈터 | 천 년 고목과 비석이 지키고 있다

僻'이라 했고 『동국여지승람』에는 '기인성우각 소기욕불청개(其人性愚慤 少嗜欲不請匃)', 즉 그 사람들의 성품은 우직하고 성실하며 별로 즐기거나 욕심내지 않고 남에게 청하거나 빌지 않는다고 했단다.

부론면 법천리

남한강과 섬강이 만나는 곳에 있던 흥원창은 고려시대에 설치된 조창(漕倉)인데 조선시대에 와서는 원주·횡성·영월·평창·정선 등 남한강 유역의 세곡을 보관하고 한양으로 운송했던 곳이다. 그뿐 아니라 교통의 중심지로, 수많은 문인 정객들이 머물렀던 곳으로서 정치와 문화 이야기들이 풍부했던 곳이라 그 이름이 부론(富論)이다.

이곳 법천리는 손곡리와 함께 역사의 뒤안길에 묻혀 있는 이야기들이 많다. 조선 초 태재 유방선(1388~1443)이 법천리 법천사에 와서 은거하고 있을 때 한명회, 서거정, 권람 등이 찾아와 공부하였다. 또 다산 정약용은 양수리 마재에 살았지만 조상들의 묘가 있는 충주로 배를 타고 갈 때는 이곳 섬강과 만나는 흥원창에 머물렀었다. 그가 이곳을 지나면서 남겨 놓은 시 「범주하섬강구

남한강과 섬강이 만나는 흥원창터

(汎舟下蟾江口)」는 아래와 같다.

　　섬강나루 어구에 해가 지고 있네
　　어지럽게 냇물이 흘러 저녁노을 출렁이네
　　멀리서 오는 조각배는 아마도 술배이겠지
　　한 쌍의 물오리가 날아가니 어부의 집이구나
　　언덕머리에 아직 푸른 것은 지난봄의 버들인 듯
　　바위가 붉은 것은 떨어진 꽃 때문이겠지
　　머리를 들어보니 첩첩산중이구나
　　집안 어른이 여기서 현거하고 늙어 가는 구나
　　(蟾江渡口日初斜 歷亂川流漾晚華 一葉遠橫應酒艇 雙鳧飛過是漁家
　　坡頭尚綠經春柳 石面時紅倒水花 回首疊山重嶂處 海翁於此老縣車)

　여기서 '현거(縣車)'는 당나라 때 설광덕이 70세에 은퇴하니 왕이 마차를 내려주었다. 그는 고향에 돌아와 그 마차를 집 입구에 매달아 놓고 청렴한 관직생활을 자부하며 살았다는 고사의 이야기이다.

손곡리의 눈물

선조 때 사대부의 서출이었던 이달은 관기 출신인 어머니와 함께 충남 홍성에서 이곳으로 들어와 살았는데, 그의 호 '손곡(蓀谷)'도 이곳 지명에서 얻은 것이다. 이달의 제자 허균도 어머니의 묘가 이곳에 있어 자주 들렀다는 기록이 있다. 우리는 손곡시비와 임경업 장군 추모비가 있는 '원주역사문화순롓길'의 '손곡시비쉼터'에서 이달의 숨결을 살펴보았다. 이달은 서출로 벼슬길에 나가지 못했지만 칼날 같은 천재성과 따뜻한 심성은 최경창, 백광훈과 함께 '삼당시인'으로 이름을 날렸다. 특히 허봉의 추천으로 허초희와 허균 남매를 가르쳐 불합리한 신분제도에 대한 비판의식을 키워주었던 인물이다.

손곡은 일흔이 넘도록 자식없이 전국을 떠돌며 살다가 평양의 어느 객점에서 생을 마감하였다. 홍 작가는 낭만적이면서 서민의 삶을 대변해 주는 손곡의 대표적인 시 「예맥요(刈麥謠)」를 설명해 주었다. 그리고 서포 김만중이 조선의 대표적인 오언절구라고 칭찬했던 손곡의 「강릉별이예장가(江陵別李禮長歌)」, '동화야연락 해수춘운공 타일일배주 상봉경락중(桐花夜煙落 海樹春雲空 他日 一杯酒 相逢京洛中)'을 소개해 주었다.

광해군의 어머니 공빈 김씨의 기구한 운명이나 인조반정 후 '3일천하'의 이괄의 죽음 그리고 이괄의 난을 평정했던 임경업 장군(부론면 손곡리 태생?)도 역모 사건에 휘말려 죽은 억울함, 역사의 비의(秘意)가 무엇인지 모르겠지만 원주지역에는 조선왕조사에서 승자의 미소와 함께 많은 패자들의 눈물이 서려 있는 곳이었다. 그러나 흐르는 세월 속에 영원한 승자도 패자도 없는 것 같았다. 손곡리 길 위에 모여 오늘의 시제 '미소눈물'에 대하여 4행시를 지어보았다.

미, 미덥고 유익했던 '길 위의 인문학'

소, 소문나서 경쟁도 심했던 지난 5년간의 인기

눈, 눈발이 날리는 오늘, 원주지역 탐방이 마지막이네

물, 물론 인문학 탐방은 앞으로도 계속 이어가야지

조선의 유래지
전주 탐방

'우리 민족에게 풍수란 무엇인가?' 라는 '길 위의 인문학' 주제에 대하여 풍수학자인 우석대 김두규 교수의 강의를 들었다. 이번 탐방지가 전주이고 지난번 대학 친구들과 함께 정도전을 찾아 영주를 방문하여 여말선초의 정치상황에 대한 공부를 했었다. 그 연장선상에서 이성계에 관한 전주의 역사유적 탐방도 의미 있을 것 같았다. 나는 전북대에 있는 채종찬 교수에게 숙소와 음식점에 대한 소개를 부탁하고 평산, 무호, 월파와 함께 전주 탐방길을 나섰다.

조선의 유래 이야기

오목대와 이목대

전주 한옥마을 관광안내소에서 설명을 듣고 우선 전통술박물관과 소리박물관 그리고 전통한지원 등을 둘러보니 주중이라 썰렁한 분위기였다. 우리는 계단을 따라 첫 번째 목적지인 오목대로 향했다. 삼복의 더위에 땀을 흘리며 오목대에 올라서니 높고 널따란 2층누대 위에는 동네 할머니들이 누워서 부채

조선 이씨왕가의 본향 | 전주 한옥마을

질하는 쉼터가 되어 있었다.

오목대는 태조 이성계의 4대조인 이안사가 자연풍광을 즐기며 노닐던 곳이다. 그리고 이성계가 1380년(우왕 6년) 남원 운봉의 황산전투에서 왜구를 무찌른 후 개경으로 돌아가던 길에 이곳에 들러 종친들과 함께 승전잔치를 벌였다. 이 승전잔치에서 의기충천한 이성계가 취흥에 한고조 유방이 불렀던 아래의 「대풍가(大風歌)」를 읊었다.

> 큰 바람 일어나니 구름이 나는도다 / 위엄을 해내에 떨치고 고향에 돌아왔도다
> 어떻게 하면 용맹스런 군사를 얻어 사방을 지킬 수 있을까
> (大風起兮雲飛揚 威加海內兮歸故鄉 安得猛士兮守四方)

자신이 새로운 나라를 세우겠다는 야심이 넌지시 비춰지는 「대풍가」를 노래하는 이성계의 모습을 옆에서 본 종사관 정몽주는 분을 이기지 못하고 자리를 박차고 일어나 말을 타고 전주천을 건너 남고산성 만경대로 달려갔다. 그곳에서 그는 북쪽 하늘을 우러러 보면서 쓰러져 가는 고려의 운명을 한 편의 시로

전주 오목대

표현하였다. 정몽주가 비분강개한 마음으로 왕조의 한을 읊은 시 「석벽제영 (石壁題詠)」은 현재도 만경대 바위에 새겨져 있다.

천길 높은 산 돌길 비끼어 올라서니 / 이 마음 걷잡을 수 없네
푸른 산은 은연히 부여국을 다짐했건만 / 누런 잎은 백제성에 흩날리어 쌓이고
구월의 높은 바람에 나그네의 시름은 깊고 / 백 년의 호기는 서생으로 그르쳤네
하늘가에 해는 저물어도 뜬구름은 합해지는데
고개를 돌려 속절없이 옥경만 바라보네
(千刃崗頭石逕橫 登臨使我不勝情 靑山隱約夫餘國 黃葉賓紛百濟城
九月高風愁客子 百年豪氣誤書生 天涯日沒浮雲合 矯首無由望玉京)

역사는 승자의 기록이라 했던가. 그 때문인지 현재 오목대는 수많은 사람들이 찾아오는 관광명소가 됐지만 정몽주의 시가 새겨진 바위는 이름 모를 잡초들과 함께 글자마저 알아보기 힘들 정도로 훼손돼 있었다. 결국 이성계는 새로운 나라 조선을 개국했고 수많은 시간이 흐른 뒤 대한제국의 고종황제는 이

성계가 이곳에 머물렀던 사실을 되새기기 위하여 1900년(광무 4년)에 친필로 '태조고황제주필유지'라는 비석과 비각을 오목대 옆에 세워놓았다.

하지만 역사의 아이러니일까. 오목대에서 이성계는 조선의 건국을 노래한 후 나라를 세웠고 구한말 비탄에 빠진 나라를 재건하려던 고종황제는 그러한 비석을 세웠지만 결국 몰락하고 말았다. 그 후 일제 강점기 때 전주 4대문 안에 몰려든 일본인들에게 대항하고자 한국사람들이 한옥을 짓고 모여 살기 시작한 것이 지금의 한옥마을이 되었다니 역사란 참 알고도 모를 일이다.

이성계의 4대조인 이안사(후일 목조로 추승)가 살던 이곳은 전주 이씨의 관향이다. 전주 이씨의 시조는 이성계의 21대조인 이한인데, 이안사 때까지 무인의 집안으로 이곳에서 계속 살아왔다. 이안사는 몽고군의 고려 침략이 한창이었던 고종 후반기에 전주의 유력한 세력가였다. 이안사가 아끼던 관기의 일로 산성별감(山城別監)과 문제가 생겨 전주에 더 이상 살 수 없게 되자 170여 민호를 이끌고 외가가 있는 강원도 삼척으로 옮겨갔다. 그 후 산성별감이 또 삼척으로 오게 되니 이안사는 함경도로 가솔을 이끌고 이주했던 것이다.

오목대에서 조금 내려와 국도 위로 설치해 놓은 오목교를 건너가면 자만마을로 가는 벽화길이다. 그곳에서 100m쯤 내려가면 승암산 기슭에 이목대가 있다. 이목대는 오목대 옆에 있었는데 도로공사 때문에 이곳으로 이전해 놓았다고 한다. 이목대는 이성계의 4대조인 이안사가 시조 때부터 누대에 걸쳐 살았던 곳이다. 이에 대한 내용은 『용비어천가』에도 묘사되어 있다.

회안대군의 묘

전주 나들목에는 호남제일문이 있다. 백제 때에는 완산이라 불렀던 전주는 견훤의 후백제(892~936)를 거쳐 고려 때에는 안남대도호부였다. 조선시대 1473년(성종 3년)에 전주부로 전라감영의 객사인 풍패지관(豊沛之館)이 세워졌고 풍남문을 비롯하여 4대문으로 둘러싸인 성곽이 축성되었다. 중국을 통일했던 한고조의 고향이 풍주 패현이었던 점에서 풍패(豊沛)는 한고조가 태어난 마을이란 의미인데 전주를 이씨 왕조의 발상지라 해서 '풍패지향(豊沛之鄕)'이라고 불렀던 것이다. 그러니 전주는 지금도 조선왕조의 유래지라는 자부심을

왕자의 난으로 희생된 회안대군의 묘

호남제일의 관문에서부터 보여주는 것 같았다.

　전주에서 우리와 동행할 채 교수를 만나 전통음식 비빔밥과 모주로 허기진 배를 채우고 다음 행선지로 발걸음을 옮겼다. 오목대에서 나무숲을 지나 계단으로 조금 내려오면 약 700여 채의 한옥마을이 참으로 아름답게 눈앞에 펼쳐진다. 한옥지붕의 갖가지 건물들이 상가나 음식점으로 또는 전통공예나 문화체험 그리고 한옥의 숙박업소로 가꾸어져 있다. 문화해설사의 안내로 경기전을 둘러보고 전주사고와 어진박물관에 들러 조선의 문화풍습을 엿보았다.

　우리는 김두규 교수가 언급했던 금상동 법사산의 회안대군 묘를 찾아갔다. 몇 번의 시행착오를 거쳐 찾아간 묘는 세로의 부부묘 주변에 푸른 잣나무가 둘러싸여 아늑하게 보였다. 회안대군은 이성계의 4째 아들인 방간이다. 조선이 건국된 후 1400년(정조 2년) 제2차 왕자의 난 때 세자 자리를 놓고 동생인 방원과 싸우다 토산으로 유배되었다. 유뱃길을 떠돌다 1421년(세종 3년) 홍천에서 병사하여 이곳 전주에 돌아와 묻혔다. 그 후 묏자리의 풍수가 군왕지지(君王之地)라 해서 조정에서 지기가 흐르는 곳에 맥을 끊고 뜸을 떴다고 하니 한 왕조의 대군으로서 너무 허무하게 권력에 희생된 것 같았다.

우리는 다시 전주시내로 들어와 채 교수가 안내하는 '달빛소리' 국악 막걸 릿집으로 갔다. 이번 여행은 월파를 위한 듯 전주 전통술집의 상호마저 월파 와 어울리는 곳이었다. 무한으로 리필하는 막걸리와 안주 맛에 곁들여 북소리 장단에 맞추어 들려주는 판소리는 예향인 전주의 멋을 보여주었다.

남도의 산천과 인물

전주에서의 일정을 끝내고 우리는 다음 행선지인 진안의 마이산으로 발걸 음을 재촉했다. 말의 귀처럼 솟아오른 마이산의 바위 모습도 장관이려니와 이 성계가 기도하며 심었다는 청실배나무 또한 조선의 태동과도 연관이 있었다. 원추형으로 쌓아올린 80여 기의 돌탑들이 조선왕조와 백성의 안위를 돌보아 주었던 모양이다.

남덕유산의 자연경관

전북의 장수에서 남덕유산을 넘어오면서 육십령고개의 유래 이야기를 하다 보니 함양군 서하면 화림동계곡에 들어섰다. 아름다운 계곡과 함께 풍류가 넘 치는 정자각들을 보여주고 싶었다. 화림동의 팔담팔정(八潭八亭) 중 우선 거연 정과 군자정 그리고 동호정을 차례로 들러보니 계곡의 자연괴암들과 어우러 진 누정의 운치에 탄성이 나왔다. 그러나 한가지 아쉬웠던 것은 장맛비로 계 곡물이 불어나 계곡 가운데 바위로 들어갈 수 없었고 또 흙탕물 때문에 푸른 나무들과의 청결한 조화로움을 볼 수 없었던 것이다.

남덕유산에서 발원하는 계곡의 경치를 만끽하면서 우리는 함양시내로 들어 갔다. 그곳에 신라 때 최치원이 세운 학사루에 올라 그의 시 「추야우중(秋夜雨 中)」도 읊어주었고 김종직과 유자광 사이에 있었던 무오사화의 발단 사연도 이야기해 주었다. 그리고 안의를 지나면서 연암 박지원이 5년간 안의현감으 로 와 있을 때 물레방아를 비롯하여 베틀, 풍구, 인력양수기 등 중국에서 배워 온 농업기술들을 도입했던 이야기도 들려주었다.

개평마을 가옥들 | 돌담으로 둘러싸인 일두고택

　다음으로 우리는 생전에 큰 벼슬도 하지 않았으면서도 지조 있는 성리학자
로 높이 평가되어 '조선의 5현'으로 칭송받는 정여창(鄭汝昌, 1450~1504)의 고
향 개평마을을 찾아갔다. 그의 고택을 방문하여 그당시 삶의 모습을 들여다볼
수 있었던 것은 큰 의미가 있었다. 특히 정여창이 젊은 날 문우들과 지리산을
위시하여 산천유람을 하면서 쌓았던 의리의 교분이 존경스러웠고 학문과 사
상의 절조를 지켰던 선비정신이 인상 깊게 느껴졌다. 그리고 섬진강가로 나와
악양정(岳陽亭)을 세우고 후학들을 가르치면서 김일손을 만나 깊은 벗이 되었
고, 함께 지리산을 유람한 후 악양으로 나가 섬진강에 일렁이는 물결을 보고
싶다고 하였다. 그들은 악양정에서 시를 주고받았었는데 아래의 「악양(岳陽)」
이라는 시는 정여창이 남긴 유일한 시이다.

　　산들바람에 부들 풀은 하늘하늘 / 4월 화개에 보리가 벌써 익었네
　　두류산 천만 굽이를 다 보고나서 / 외로운 배를 타고 다시 강으로 내려왔네
　　(風蒲泛泛弄輕柔 四月花開麥已秋 看盡頭流千萬疊 孤舟又下大江流)

충효절의 | 사화로 희생된 충신의 정신이 배어 있다

개평리 한옥마을

일두 정여창의 고택은 함양군 개평리 한옥마을의 중심에 자리 잡고 있는 대표적인 영남 양반가이다. 3,000여 평의 너른 대지에 12동의 한옥이 들어앉은 전형적인 남도 양반가의 고택이다. 돌담길을 따라 가다보면 '일두고택(一蠹古宅)' 그리고 '충효전가(忠孝傳家)'라는 주련이 붙은 솟을대문이 앞에 선다. 고개를 들어 쳐다보니 효자와 충신을 배출했음을 말해 주는 정려 편액 5개가 가로 걸려 있었다.

대문을 들어서면 높은 축대 위에 사랑채가 먼저 눈에 띄는데 이는 여느 양반 고택에서와 같이 'ㄱ'자로 만들어진 형식이다. 손님을 맞이하거나 집안의 가장이 학문을 연마하는 공간답게 사랑채 앞 벽면에 흥선대원군이 썼다는 '충효절의(忠孝節義)'라는 커다란 글씨가 보인다. 그리고 누마루 안에는 탁청재라고 쓴 현판이 걸려 있고 그 앞에는 돌을 쌓아 만든 석가산에 45도 기울어진 노송이 고택의 운치를 더해주는데 선비의 높은 기품과 격조가 느껴지는 것 같았다.

작은 사랑채를 돌아 일각문으로 들어가면 사랑마당에서 중문을 거쳐 안채로 들어간다. 일자형의 남향 안채 앞에는 돌로 쌓은 우물이 정답게 보이고 안

사랑채 앞에는 기와로 쌓아올린 굴뚝에 불두화가 붉게 피어 있었다. 아래채와 헛간채로 둘러싸인 'ㅁ'자 모양의 건축공간은 인간살이의 안온한 모습이 느껴졌다.

정여창 고택을 나와 부드러운 곡선으로 이어지는 돌담길을 따라 가니 마을 왼쪽의 남계천 옆 언덕에 수백 년의 노송들이 둘러섰다. 60여 채의 한옥들이 옹기종기 모여 있는 개평 한옥마을이다. 돌담 너머 어느 고택에서 들려오는 풍경소리는 마치 선비의 낭랑한 책 읽는 소리 같이 느껴졌다. 하동 정씨 외에 이 마을의 또 한 기둥인 풍천 노씨의 고택이다. 집집마다 열려 있는 대문을 들어서면 한옥의 정취에 흠뻑 취하게 되는데 마을 구석구석을 돌아 보니 몇 백 년 전의 시간 속으로 되돌아간 듯 마음이 평온해진다.

한양에서 볼 때 낙동강 왼쪽에 안동이 있다면 오른쪽에 함양이 있다. 함양은 예로부터 안동에 버금가는 유림의 고장이라 이른바 '좌안동 우함양(左安東右咸陽)'이라 했다. 함양 유림의 뿌리가 개평마을인 것이다. 개평마을은 이황, 조광조, 이언적, 김굉필 등과 함께 조선 성리학 5현 중의 한 명으로 추앙받는 정여창의 고향인 것이다. 특히 정여창은 이 마을의 상징 인물로 조선사림의 조종으로 꼽히는 점필재 김종직의 제자였다. 개평마을은 안동 하회마을처럼 규모는 크지 않아도 조선시대 선비문화의 또 다른 진수를 보는 것 같았다.

'천하양진미경상심낙사(天下良辰美景賞心樂事)', 즉 천하에 좋은 계절에 아름다운 경치를 감상하며, 즐거운 마음으로 유쾌하게 노는 일이란 '사자난병(四者難幷)', 즉 네 가지를 다 아우르기 어렵다고 했는데, 우리의 이번 여행은 사미(四美)를 두루 갖췄으니 더 바랄 것이 없었다. 희수의 노년에는 상심낙사(賞心樂事)가 아름다운 덕목인 것 같았다.

폐왕의 유배지
교동도

성균관대 안대회 교수로부터 '제왕의 유배지, 교동도'를 주제로 한 '길 위의 인문학' 사전강의를 듣고 강화도에 대한 또 다른 매력을 느꼈다.

교동도는 강화도에서 서쪽으로 배를 타고 가야 하는 남한에서 최북단 섬이다. 그러고 보니 지난 8월 북한 주민 한 사람이 헤엄쳐 건너와 '북에서 왔다'면서 어느 민가의 현관문을 두드렸다는 보도가 생각났다. 그곳에 가면 북한의 황해도 연백과 개성의 송악산을 바로 건너다 볼 수 있겠다는 기대를 하면서 왕과 왕족들의 위리안치 유배지라는 점에서 더욱 가보고 싶었다.

시간이 멈춘 섬

강화 교동도

나는 이종목 교수와 안대회 교수가 쓴 『절해고도에 위리안치하라』는 책을 구입하여 교동도에 대한 역사적인 배경을 공부하였다. 교동도는 예성강과 임진강 그리고 한강이 만나 형성된 삼각주가 커져서 생긴 섬으로 비옥한 평야가

교동도로 건너가는 창후리 해변 | 신설되는 연육교가 멀리 보인다

많아 사람들이 풍요롭게 살아온 섬이었다. 그리고 삼국시대부터 군사적 요충
지였으며 고려시대 이후에는 송도와 한양으로 들어오는 목구멍에 해당되는
길목이라 하여 양경인후(兩京咽喉)라고 불렀다. 1629년 조선 인조 때 경기수영
이 읍내리에 설치되었고 1633년에는 경기도·황해도·충청도를 관장하는 수
군의 삼도통어사가 경기도 남양에서 교동도로 옮겨왔다.

　그러나 교동도는 포악한 군주와 연관된 업보의 땅이다. 바다로 둘러싸인 섬
이면서도 한양과 가까워 감시가 쉽다는 이유로 죄를 지은 왕족들이나 폐왕의
유배지로 이용되었다. 고려 때 최충헌에 의해 왕위에 올랐다가 쫓겨난 희종을
비롯하여 조선조의 연산군과 광해군이 위리안치 되었던 곳이다. 그리고 안평
대군을 비롯하여 흥선대원군의 손자인 이준용에 이르기까지 조선의 수많은
왕족들이 유배갔던 섬이다.

　울긋불긋 단풍이 극치에 이른 김포 산야를 지나 흙탕물이 흐르는 강화교를
건넜다. 강화대로를 따라 창후리에 도착하자 자동차들이 길게 줄을 서서 기다
리고 있었다. 교동도로 들어가는 차들이 밀려 2시간을 기다려야 페리를 탈 수
있다고 한다. 우리는 이곳에서 시간을 허비할 수 없어 사람만 타고 건너가서

4km 정도 거리의 교동읍성과 연산군 유배지를 도보로 답사하기로 하였다.

창후리에서 교동도의 월선리까지 2,300원의 화개해운 선표와 함께 도선신고서를 작성하여 제출하였다. 갈매기의 환영을 받으면서 약 15분쯤 페리가 항해하는 거리인데 멀리 우측으로 연결공사를 하고 있는 연육교가 보였다.

생각보다 섬이 크고 평야가 넓어 걸어가는 도로 주변에는 민가도 많았다. 고려 때부터 갯벌을 간척하여 농경지가 많아 이곳 주민들은 1년 농사를 하면 3년을 먹을 수 있었다고 한다. 그래서 고려왕조가 강화도에 피란왔을 때 교동도에 많은 사람들이 살았었다. 고려의 대문호 목은 이색도 14세 때 중국에서 돌아와 교동 화개산 아래서 산 적이 있었는데 아래와 같은 그의 시 「교동(喬桐)」 덕분에 교동도의 아름다움이 세상에 알려졌다고 한다.

끝없는 바다 위 푸른 하늘 나직한데 / 나는 듯 빠른 배, 해는 서산에 지네
산 밑에 집집마다 막걸리를 거르고 / 파 썰어 회를 치니 닭이 횃대에 오르네
(海門無際碧天帆 影飛來日在西低 山下家家篘白酒 斷蔥斫膾欲雛棲)

마을 한가운데에 있는 교동읍성은 1629년(인조 7년)에 처음 쌓았으며 1753년(영조 29년)에 중수했고, 고종 때 동·북·남문을 세웠다고 한다. 당시의 읍성이란 군사적 행정적 기능을 함께하는 성이었는데 지금은 성벽이 다 무너졌고 남문의 유량루도 1921년 폭풍으로 무너져 반원형태의 홍예문만 남아 있었다. 그것도 어느 민가의 대문 앞에 붙어있어 그 집 대문처럼 보이니 문화재의 관리를 어떻게 하는지 보기에 안타까웠다.

강화도 비운의 역사

연산군과 광해군의 유배지

읍내리마을 길 옆에는 '황룡우물'이 있는데 수군의 주둔터였다는 간판이 있었다. 마을 뒤편 나지막한 언덕으로 올라가니 '연산군잠저지(燕山君潛邸址)'라

교동도의 연산군 잠저지

는 표석이 세워져 있었다. 연산군(재위 1494~1506)은 즉위한 지 12년 만에 중종반정으로 폐위되어 교동도에 위리안치 되었다. 위리안치 유배형은 갑자사화에 연루된 젊은 관리들을 절해고도로 보낼 때 연산군이 처음 만들었던 가중처벌의 유배방법이었다. 그런데 공교롭게도 자기가 위리안치 유배형을 받게 되었다가 3개월 후 31세로 사망했던 것이다. 그의 무덤은 현재 서울 도봉구 방학동에 있고 제사는 외동딸 휘신공주의 남편 구엄과 그 외손자 이안눌(덕수 이씨) 가문에서 큰 재산을 물려받아 봉행한다고 한다.

교동도에는 광해군(재위 1608~1623)도 위리안치 유배되었었다. 광해군은 임진왜란 때 세자로서 국난을 극복한 후 어렵게 왕위에 올랐지만 배다른 형제들이 왕위를 엿볼까 전전긍긍하였다. 생모는 아니지만 공식적인 어머니였던 인목대비를 서궁에 감금하고 적장자였던 아우 영창대군 그리고 임해군과 능창군을 교동도로 유배 보내어 죽게 하였다. 그 업보로 서인들에 의해 1623년 인조반정(3. 12)으로 3월 14일 폐위되어 3월 23일 그 자신도 아내 유씨와 함께 강화도로 유배갔다. 1624년 이괄의 난에 이어 후금의 공격이 임박하자 1627년 1월 20일 광해군은 교동도로 옮겨져 1637년까지 비참한 위리안치 생활을 하였다. 광해군 복위를 위한 역모사건들이 일어나고 또 병자호란이 터진 후 조정에서는 광해군을 다시 돌아오지 못할 제주도로 보내 유배생활을 하게 하였다.

광해군은 재위했던 15년보다 더 긴 18년을 절해고도의 가시덤불이 덮인 집에서 살다가 1641년 제주도에서 67세로 죽었다. 부인 유씨는 1623년 계해반정이 일어난 해에 죽었으니 광해군은 외롭게 끈질긴 목숨을 유지했던 것이다. 세자와 세자빈은 강화도에 위리안치된 적소에서 서울서 보내온 인두와 가위로 26일 만에 70자 길이의 땅굴을 파서 탈출하는데 성공했으나, 방향을 몰라 헤매다가 체포되었다. 세자빈은 바로 목을 매어 자살하였고, 세자는 조정의 명에 따라 목매어 죽었다.

광해군은 인륜을 팽개치고 난정을 베푼 몹쓸 임금으로 매도되었다. 그러나 대륙의 새로운 패자로 등장한 청나라와 실리외교를 펼친 임금으로 재평가되는 등 현대에 와서 광해군은 사색당파의 희생이라는 점에서 연구자들이 새롭게 보는 시각이다. 광해군이 제주로 향하던 배 위에서 자기의 심정을 토로한 다음의 시는 국왕의 유명한 시로 평가받고 있다.

바람에 비가 날려 성 위에 뿌리는데 / 백길 높은 다락 후텁지근 바다 음기
푸른 바다 노한 파도 날은 저물고 / 푸른 산 푸른빛은 가을빛을 띠었네
고향 생각에 왕손의 풀은 신물이 나고 / 객지의 꿈은 왕도의 물가에서 자주 깨네
고국의 흥망은 소식조차 끊기었기에 / 안개 낀 강 외로운 배에 누워 있노라
(風吹飛雨過城頭 瘴氣薰陰百尺樓 滄海怒濤來薄暮 碧山愁色帶淸秋
歸心厭見王孫草 客夢頻驚帝子洲 故國存亡消息斷 烟波江上臥孤舟)

위리안치의 유배생활이 얼마나 어려운 것인지에 대해서는 동계 정온(1569~1641)이 제주도에서의 유배생활 중 1618년에 쓴「위리기(圍離記)」가 잘 묘사해 놓았다. 정온은 광해군에 의하여 제주도에 위리안치되었던 인물로 인조 때 남한산성에서 항복을 반대하여 할복했던 사람이다.

강화읍성과 용흥궁

우리는 다음 행선지 강화산성으로 향했다. 고려궁터를 지나 북산 언덕으로 올라가는 길은 벚나무, 은행나무, 단풍나무의 잎들이 가지각색으로 물들어 만추의 정취를 자랑하고 있었다. 이 산성은 1232년(고종 19년) 몽고가 침입했을 때 개성에서 강화로 천도한 후 건축했는데 1270년 몽고와의 화해로 환도할 때에는 모두 파괴시켰다. 1677년(숙종 3년)에 다시 복원하면서 읍성의 북문인 진송루의 이름은 '송악을 누르는 힘'이란 의미로 이름 붙인 게 아닌가 안 교수가 설명해 주었다. 화남 고재형(1846~1916)의 시 「북문(北門)」을 읽어보니 삼도부(평양, 개성, 강화) 중의 하나인 강화읍성을 직접 내려다보는 느낌이 들었다.

> 진송루 성문 아래서 한참을 머물러 보니 / 산은 고려산에서 굽이쳐 흘러왔고
> 눈 아래는 일천 채의 초가집과 기와집 / 연기 그림자 속에 절반이 티끌이네
> (鎭松門下久徘徊 山自高麗屈曲來 眼下一千茅瓦屋 烟火影裡半塵埃)

우리는 용흥궁공원으로 내려와 성공회 강화성당을 둘러보았다. 1900년 영국의 신부 트롤로프가 세웠다는 성당은 한국식의 팔작지붕 기와집이었다. 용마루 끝에 조그만 십자가가 세워져 있고 처마 끝 서까래 마구리엔 태극무늬와 십자가가 그려져 있다. 앞마당 구석엔 보리수 두 그루가 있고 성당 왼편에는 유교의 학자수 회화나무가 서 있었다. 가톨릭과 개신교 사이에서 편견과 고집이 아닌 공존과 조화를 앞세우는 '중용의 길'을 표방하는 성공회정신이 조선 유교양식으로 표현된 건축양식이었다.

철종의 기구한 인생

강화읍 관청리에 있는 용흥궁은 철종이 등극하기 몇 달 전부터 이곳에 있던 초가집에서 빛이 나서 용(龍)이 날(興) 것이란 소문이 돌았다는 전설에서 붙여졌다고 한다

대왕대비 순원왕후(순조의 비)의 손자인 헌종(1834~1849)이 후사없이 1849년 6월 6일에 죽었다. 그런데 헌종의 6촌 이내에는 왕족이 없었고 7촌 이상으

강화산성의 진송루

로는 몇 명 있었다. 본래 후대의 왕은 항렬로 따져 동생이나 조카뻘 되는 자로 왕통을 잇는 것이 원칙이었다. 순원왕후는 조대비(헌종의 비)의 척족인 풍양 조씨 일가에서 왕위를 세울까 염려하여 재빨리 손을 써서 헌종의 7촌 아저씨뻘 되는 강화도령 이원범을 선택함으로써 자신들의 권력을 유지했던 것이다.

그 역사적 배경은 사도세자가 1762년(영조 38년)에 죽고 그 아들(정조)이 세손이 되자, 사도세자를 죽음으로 몰아넣었던 세력들은 정조(1776~1800)가 왕위에 오르면 자기들의 위치가 위험할 것을 염려하여 새로 왕자를 추대하려고 했다. 그러나 그 음모가 발각되자 정조의 이복동생인 막내아들 은전군은 자결하고 은언군과 은신군은 제주도로 유배되었다. 은신군은 제주도에서 병사하고 은언군은 강화도로 유배지를 옮겨갔다.

사도세자와 숙빈 임씨 사이에서 태어난 은언군 이인에게는 아들 셋이 있었다. 큰아들 상계군(이담)은 1779년(정조 3년) 홍국영의 음모로 모반죄에 몰려 강화도로 유배되었다가 자살하였다. 한편 은언군의 아내 송씨와 큰며느리 신씨는 1801년(순조 1년)에 천주교신자로 죽임을 당하고 은언군도 사사되었다.

순조(1800~1834) 말기부터 김유근과 김홍근에 의한 안동 김씨의 세도정치가 끝나자 권력의 틈을 이용하여 '민진용의 옥사'가 일어났다. 이에 연루되어 은언군의 아들 이광(李爌) 전계대원군은 강화도로 유배되었다. 전계대원군의 첫째 아들 원경은 사사되고, 둘째 아들 경응과 셋째 아들 이원범(李元範, 후일 철종)만 살아남아 강화도로 유배되었다. 천애고아가 된 두 사람은 강화도 초가집에서 나무를 하고 농사를 짓는 농사꾼으로 살던 중 5년이 지난 어느 날 대왕대비 순원왕후의 명으로 원범에게 왕통을 이으라는 교지를 내렸다.

이때 철종의 나이는 19세였으며 학문과는 거리가 먼 농부였다. 1851년까지 대왕대비 순원왕후가 수렴청정하면서 21세 되던 1851년 9월에 순원왕후의 근친 김문근의 딸을 왕비로 맞아들이고 김문근은 영은부원군이 되어 국사를 돕게 되니 안동 김씨의 세도정치는 계속되었다.

강화도는 단군설화가 깃든 섬이자 숱한 외침을 버텨낸 고려와 조선의 항쟁사와 함께 외국의 문물이 유입된 길목이었던 역사의 땅이다. 그리고 조선 붕당정치의 수많은 희생자들이 유배되었던 역사와 용흥궁을 둘러보면서 우리나라를 망친 세도정치 그리고 철종의 기구한 인생과 왕손들의 비극을 생각해 보았다.

아름다운 연미정

한강과 임진강이 제비 꼬리처럼 두 갈래로 내려다보이는 언덕 위의 연미정은 아름다운 정자이다. 왜구를 막았던 황형에게 이 땅을 하사했던 이야기와 성을 건축하기 위해 소나무를 심었던 그의 아들 황호가 국가에 헌납했던 역사를 안 교수가 들려주었다. 화남 고재형의 「연미정」 시비가 이곳의 역사적 의미를 말해 주는 것 같았다.

연미정 두 강물 사이에 높이 섰고 / 삼남지방 조운 길이 난간 앞에 통했었네
떠다니던 천 척의 배는 지금 어디 있나 / 생각건대 우리나라 순후한 풍속이었네
(燕尾亭高二水中 三南漕路檻前通 浮浮千帆今何在 想是我朝淳古風)

간조 때라 물이 빠진 한강 가운데는 모래톱이 드러나 갈매기들이 앉아 졸고

연미정 | 한강과 임진강이 만나는 월곶리에 있다

있었다. 아름다운 바닷가의 가을 풍광이었지만, 철조망 초소에서 경계근무 중인 군인들과 한강 너머로 보이는 북한땅의 민둥산을 바라보니 우리의 현실이 안타깝게 느껴졌다. 연미정에서 오늘의 시제 '교동도' 3행시를 다음과 같이 지어 보았다.

교, 교량도 없고 뱃길도 붐벼 걸어서 찾아간 폐왕의 유배지
동, 동네 뒤쪽 위리안치 적거지의 초라한 비석이 말해주듯
도, 도도히 흐르는 바닷물 따라 폭권(暴權)도 허무하게 흘러가버렸네

조, 조용하고 공기 맑은 동9릉에 와서
선, 선선한 바람 쐬며 역사얘기 들으니
왕, 왕들의 막강한 권력도 왕비들의 애증도
릉, 릉 속에 묻히고 나니 흘러간 구름과 같구나

명승계곡에 숨겨진
정신문화

남명 조식의 지리산
경의정신

이번 '길 위의 인문학' 탐방은 '사람의 길, 배움의 길'이란 주제로 건국대 신병주 교수와 함께 산청·진주·함양 등지의 경상우도를 순방하면서 남명 조식에 대하여 공부하였다. 사전강의에서 신 교수는 그의 삶과 학문에 대하여 '처사(處土)의 삶 속에 숨겨진 칼날'이라는 부제를 붙여 실천적인 삶과 제자들의 가르침에 대하여 설명해 주었다.

남명의 삶과 사상

단성소를 올린 재야의 선비

남명 조식(1501~1572)은 합천 삼가현에서 태어나 어린시절 부친을 따라 서울의 장의동에서 살았다. 처가는 남평 조씨로 장인 조수는 김해에 강력한 경제기반을 둔 부호였다. 그는 30세에서 48세까지 처가가 있던 김해 탄동에서 산해정(山海亭)을 짓고 학문에 힘썼다. 과거에 낙방한 후에는 외가가 있는 삼가현에 가서 학문을 닦으며 세상의 부조리를 비판하였다. 남명의 의기격앙하는

산청의 남명기념관 정원 | 남명 석상이 세상을 지켜보고 있다

성품은 강직하고 권세가에 굽힐 줄 몰랐던 아버지를 닮았다고 한다. 남명은
늦게 단성현감으로 갔던 55세 때 단성소(丹城疏)를 올리고 관직을 떠난 후, 61
세가 되어 지리산 천왕봉이 바라보이는 덕천강변으로 들어가 산천재(山天齋)를
짓고 후학들을 가르쳤다. '산천(山天)'은 산속에 있는 하늘의 형상을 본받아,
강건하고 독실하게 스스로를 빛낼 뿐더러 날로 그 덕을 새롭게 한다는 뜻이라
고 한다. 그럼으로써 김해 · 합천 · 진주 · 산청으로 이어지는 경상우도는 남명
학문의 본거지가 되었다.

　남명이 살았던 시대는 사화의 시기로 1498년(연산군 4년) 무오사화, 1504년
(연산군 8년) 갑자사화, 1519년(중종 13년) 기묘사화를 거치면서 정계에 진출한
사림파는 훈구파의 공격으로 좌절을 겪었다. 사림파 5현(이언적, 김종직, 김굉필,
정여창, 조광조)도 훈구파에 의해 화를 당하였는데, 드디어 1545년(명종 1년)에
을사사화로 수많은 사림파 학자들이 희생되었다. 조헌은 사화의 분위기를 예
고하면서 상소문을 통해 사림파 학자들의 은거생활을 지적하였다. 성수침은
파주에, 성운은 보은에, 서경덕은 화담에, 김인후는 장성에, 조식과 이항은 바
닷가에 모두 은거했던 것이다.

수렴청정을 하던 문정왕후와 그 동생 윤원형의 농간으로 국정이 혼란했을 때, 이들과 친했던 남명은 민생을 도탄에 빠뜨린 조정을 향해 칼날 같은 비판을 가했다. 즉 '자전(문정왕후)께서는 생각이 깊으시기는 하나 궁중의 한 과부에 불과하고, 전하(명종)께서는 어리시어 다만 선왕의 외로운 자식(후사)일 뿐이니, 천 가지 백 가지의 천재(天災)와 억만 갈래의 민심을 무엇으로 감당하여 수습하시겠습니까?' 라고 하였다.

성성자와 경의검

그는 학문에 있어서 무엇보다 자기를 수양하는 '경(敬)'과 실천을 강조하는 '의(義)'를 핵심사상으로 삼았다. 경의 상징으로 성성자(惺惺子)라는 방울을 그리고 의를 상징하는 경의검(敬義劍)을 항상 차고 다녔는데, 칼에는 '내명자경 외단자의(內明者敬 外斷者義)'라고 새겨 넣었다. 즉 안으로 자신을 수양하여 밝히는 것이 '경'이요, 밖으로는 과감히 결단하여 실천하는 것이 '의'라는 것이다. 그가 자신에게 얼마나 엄격했는지는 「욕천(浴川)」이라는 아래의 시에서도 엿볼 수 있다.

온몸에 쌓인 사십 년 동안의 허물 / 천섬 맑은 물에 모두 씻어버리네
만약에 티끌이 오장에 생긴다면 / 지금 바로 배를 갈라 흐르는 물에 띄워 보내리
(全身四十年前累 千斛淸淵洗盡休 塵土倘能生五內 直今剖腹付歸流)

그는 죽음을 각오하면서도 조정의 잘못에 대하여 단성소뿐 아니라 서리망국론(胥吏亡國論)을 주장했던 단호한 상소문들을 올렸고, 현실 정국에 대하여 비판을 하면서 자신은 끝까지 재야에서 처사(處士)로 살면서 후학들을 가르쳤다. 왜구의 침입에 대해서도 후학들에게 강경한 토벌책을 강구토록 독려하였다. 실제로 1592년 임진왜란이 발발하자 정인홍, 곽재우, 김면, 조종도 등 그의 제자들 중에서 수많은 의병장들이 배출된 것도 그의 가르침이 결코 헛되지 않았음을 보여주는 것이다.

남명이 경의사상을 가르치던 덕천서원

산천재와 덕천서원

덕천강변의 남명기념관에 들러 뇌룡정을 상징하는 신명사도(神命四圖) 그리고 성성자(惺惺子)와 경의검(敬義劍) 등의 유물들을 살펴보면서, 말년에 지리산 천왕봉이 보이는 이곳에 들어와 산천재(山天齋)를 짓고 후학들을 가르쳤던 학문과 남명사상에 대해 신 교수의 설명을 들었다.

우리는 소나무와 대나무가 우거진 오솔길을 따라 기념관 뒷산에 있는 남명묘를 찾아 올라갔다. 묘는 후처인 숙부인 은진 송씨와 함께 동원상하묘를 이루고 있었다. 비석에는 벼슬을 하지 않았으나 '징사 증 대광보국숭록대부 의정부영의정 문정공 남명선생지묘'라 새겨져 있었다. 징사(徵士)란 징발당할 수 있는 처사라는 뜻이다. 남명이 돌아가실 때 '나는 괜찮다'라고 하면서, '경과 의를 지켜라. 비석에는 처사라고만 남겨라'고 한 그의 유언대로 새겨놓은 것이다. 그 옆에는 이끼가 낀 비석 세 개가 있었다. 제일 오래된 것은 그의 수제자 정인홍이 세웠던 신도비라는데, 당파정쟁으로 일부 파손되었고 한국전쟁 후 지리산 빨치산들과의 전투 때 총탄 자국도 남아 있었다. 남인의 거두였던 허목이 세운 신도비와 서인의 대표였던 송시열이 세운 비도 있었는데, 이는 훗날 성리학계에서 정파를 초월하여 남명을 존경했던 역사의 증거라고 한다.

산천재는 보수하느라 천막을 둘러쳐놓았다. 고목이 된 산천매(山天梅)나무 앞 정원에 둘러서서 남명의 14대손이라는 조종명 문화해설사는 '책을 뚫고 세상으로 나아가라. 배움도 깨달음도 길에 있다'라고 했던 남명의 실천정신을 설명해 주었다. 그리고 천왕봉을 바라보면서 처사의 길을 지키며 살았던 남명의 생애를 아래의 시로 대변해 주었다.

높은 산이 큰 기둥처럼 / 하늘 한 쪽을 받치고 있다
잠시도 내려앉은 적이 없는 데도 / 자연스럽지 않음이 없도다
(高山如大柱 撑却一邊天 頃刻未嘗下 亦非不自然)

영남지역의 성현들

덕천서원으로 가는 길가에는 남명이 제자들과 공부하다가 쉬었던 세심정(洗心亭)이 있었고 그 옆 큰 바위에는 「욕천(浴川)」 시가 새겨져 있었다. 세심이란 말은 주역의 '성인세심(聖人洗心)'이란 말에서 따온 것이라고 한다. 덕천서원의 경의당 마루에 올라앉아 신 교수의 강의를 들었다. 남명이 죽은 후 경의검은 제자인 내암 정인홍에게 전해졌고, 성성자를 받은 동강 김우옹은 정여립을 옹호하다가 정인홍과 결별한 후 퇴계에게 갔다고 한다. 정여립 역모사건으로 희생된 수당 최영경은 스승인 남명과 함께 덕천서원에 배향되어 있었다. 퇴계는 청량산에 자주 올랐지만 제자 교육에 있어서 강(江)에 비유되는 '인(仁)'을 강조하였는데 반하여, 남명은 지리산을 좋아해서 산(山)에 비유되는 '의(義)'를 가르쳤다.

남명과 퇴계의 자존심

남명과 퇴계는 1501년 같은 해에 태어난 동갑으로서 경상우도와 좌도를 대표하는 성리학 영남학파의 양대 수장이었지만, 평생 동안 마음으로 새기면서

덕천강이 내려다보이는 남명의 묘소

한 번도 만나지 않았다. 그러나 명종 이후 문정왕후의 수렴청정이 끝났을 때 퇴계는 현실의 모순이 해소된 것으로 판단했으나, 남명은 여전히 구급의 시기라고 파악하였다. 남명이 퇴계에게 보낸 편지에서 '요즘 공부하는 자들을 보건대 손으로 물 뿌리고 빗자루질 하는 절도도 모르면서 입으로는 천리를 말하여 헛된 이름이나 훔쳐서 남들을 속이려 합니다. 선생 같은 어른이 꾸짖어 그만두게 하시지 않기 때문입니다. 십분 억제하고 타이르심이 어떻습니까?' 라고 했었다. 또 남명은 '공은 서각을 태우는 듯한 명철함이 있지만, 저는 동이를 이고 있는 듯한 탄식이 있습니다. 게다가 눈병까지 있어 앞이 흐릿하여 사물을 보지 못하오니 밝은 눈을 가진 공께서 발운산(撥雲散)으로 눈을 밝게 열어 주시지 않겠습니까?' 라는 편지를 보냈다.

이에 퇴계는 '나는 다만 스스로 당귀(當歸)를 찾으나 능히 얻지 못하니 어찌 공을 위하여 발운산을 얻을 수 있겠습니까?' 라고 하면서, 자신도 마땅히 고향으로 돌아가고 싶지만 어쩔 수 없다고 했다. 이처럼 한약재인 발운산과 당귀를 적절히 인용하면서 자신들의 정치적 입장을 표현한 것에서 두 사람의 높은 학문과 순발력을 엿볼 수 있는 것이다.

학풍과 현실관이 다른 두 학파의 수장은 서로의 자존심이 만남을 허용하지 않았던 것일까? 내재했던 갈등은 급기야 이들의 사후에 정치적 분열로 이어 졌다. 1575년 동인과 서인으로 분당될 때 남명과 퇴계의 문인들은 함께 동인 이었다.

그러나 1589년 정여립의 역모사건이 발단이 된 기축옥사를 계기로 퇴계학 파는 남인 그리고 남명학파는 서경덕의 화담학파와 함께 북인의 중심이 되었 다. 퇴계학파의 수장인 류성룡과 남명학파의 수장인 정인홍은 스승들과는 달 리 정치적으로 크게 대립하였다. 광해군 때에 정인홍이 스승을 문묘에 종사하 기 위하여 이언적과 이황을 격하시키려 하자, 정인홍은 성균관 유생들에 의하 여 유생명부인 '청금록'에서 삭제되었다. 1623년 인조반정 이후 서인들이 남 인들과 연립정원을 구성했을 때 정인홍이 처형당하고 남명학파의 북인들이 숙청당함으로써 남명 조식도 역사 속에서 점차 잊히게 되었다.

충무공이 쉬어간 남사마을

지리산의 길목 덕천강 지류인 남사천변에 있는 남사(南沙)마을은 근세의 전 통한옥 40여 채가 남아 있는 고풍스런 마을이었다. 한국에서 가장 아름다운 마을이라는 남사예담촌은 집집마다 둘러쌓은 흙돌담들이 담쟁이덩굴로 뒤덮 여 아늑하면서도 운치 있는 모습이었다. 마을 입구에는 이순신 장군의 '백의 종군로'라는 표시판이 있었다. 장군은 감옥에서 고문을 받고 풀려난 후 합천 의 권율 장군에게 백의종군하러 가는 도중 1597년 6월 1일 이곳 박호운의 집 이사재(泥泗齋)에서 하룻밤을 머물렀었다. 모친상을 치르고 가던 그날 밤 장군 은 아픈 몸을 뒤척이며 괴로워하는 것을 본 노비가 비단풀로 상처를 싸매어주 었다고 박찬온 마을해설사가 설명해 주었다.

박씨, 이씨, 정씨, 최씨 등의 집성촌인 이 마을에는 여러 채의 고택들이 있 었는데, 우선 최씨고택에 들러 집구경을 했다. 문이 없는 화장실은 앉아서 자 연을 바라볼 수 있으면서 양반의 헛기침으로 신호가 될 뿐더러 냄새도 나가도 록 한 의미가 있다고 한다. 대문걸이를 암수 거북 모양으로 만들어 붙였는데,

중무공이 쉬어간 남사마을

머리를 위로 올리면 잠금고리를 풀 수 있도록 해놓은 모습이 장수와 다산의 지혜를 표현한 것이라고 한다.

이성계의 셋째 사위인 이제(고려 말 이인임의 조카)의 집이라는 성주 이씨고택은 300여 년이 되었단다. 두 그루의 늙은 회화나무가 교차하는 토담길 입구를 통과하면 부부가 해로한다고 해서 부부나무가 되었다. 사랑채 뒤에는 아래채와 곡간채 그리고 안채가 'ㅁ'자로 배치되어 향나무, 배롱나무 등과 어울려 자연스런 모습이었다. 사랑채 앞마당 가운데에 위치한 굴뚝은 나쁜 기운을 배출시키기 위한 것이고, 방문 위에 있는 조그만 창은 처마가 긴 한옥의 조명을 위한 '해밝기 창'이라는 것이다.

이 마을에는 과객들에게 후히 대접하는 풍습이 전통인데, 이 고택에 머물렀던 경주의 최부잣집 주인도 그 전통을 배워갔다고 한다. 이러한 전통은 이곳에 살았던 남명의 애민사상의 영향이 아니겠느냐고 신 교수도 해설사의 설명을 거들어 주었다.

문익점의 목면산업

다음은 산청의 목면시배유지에 들렀다. 고려 말 삼우당 문익점(1331~1400)이 원나라에 사신으로 갔다가 가지고 온 목화씨를 처음으로 재배했던 곳이다. 부민각 뜰에 둘러앉아 문익점에 대한 역사 이야기를 신 교수가 들려주었다.

문익점은 고려 충혜왕 때 이곳 산청군 단성면 사월리에서 태어나 23세에 이곡의 문하에서 수학하여 23세에 목은 이색과 함께 향시에 합격하였고 30세에 포은 정몽주와 함께 급제하였다. 33세에 좌정언으로 있을 때 1363년(공민왕 12년)에 서장관으로 원나라에 갔었다.

조선조에 들어 조준으로부터 탄핵을 받고 고향에 돌아와 장인 정천익과 함께 목화재배를 보급하며, 씨앗을 빼는 취자거(取子車)와 물레인 소사거(繅絲車)를 발명하였다. 물레란 말은 아들의 이름이었을 정도로 목면생산에 몰두하여 전국에 보급함으로써 국민들의 의류혁신과 경제발전에 큰 공을 세웠다. 이는 그로부터 100년 전에 단성현감이었던 남명이 후직(곡식의 신)의 공을 세운데 이어, 문익점과 정천익은 조선시대의 산업혁명을 일으켰던 업적을 남긴 것이라고 해석해 주었다. 그의 호가 삼우당인 것도 국가의 어려움(가난)을 걱정하고, 성리학이 보급되지 않음을 걱정하고, 자신의 도가 부족함을 걱정했던 연유였다고 하니, 그의 애국애민의 정신도 남명에게서 물려받은 유산이라고 했다.

우리는 동의보감촌의 산청한방콘도 숙소로 가는 길목에 성철(1912~1993) 스님의 생가터에 세운 겁외사(劫外寺)를 둘러보았다.

세상을 바꾼 남명의 가르침

경상우도의 남명 제자들

다음날 우리는 경상우도의 중심지인 진주로 향했다. 진주는 특히 경상도에서 전라도로 가는 관문으로 1592년 김시민 장군의 진주성전투는 임란의 3대 대첩(진주성, 권율의 행주산성, 이순신의 한산도) 중의 하나였다. 신 교수는 촉석루 마루 위에 둘러앉아 홍의장군 곽재우를 비롯하여 정인홍, 김면, 이대기, 이정,

진주 촉석루 | 남강에는 의암이 있다

이로, 조정 등 경남일대의 남명 제자들에 의한 의병활동은 모두 그가 가르치고 준비시켰던 결과였다고 설명해 주었다.

임진왜란 때 명군의 후원으로 1593년 평양성 탈환과 벽제에서 승리하고 강화협정이 진행되는 동안, 제2차 진주성전투에서는 6만의 성민들이 희생되었고 논개(論介)는 의암에서 적장 모곡촌육조(毛谷村六助, 게야무라 로쿠스케)를 끌어안고 투신하여 순국하였다. 진주사람들은 이 바위를 의로운 바위라 해서 의암(義岩)이라 불렀는데, 1629년(인조 7년) 정대륭이 바위 벽면에 의암(義岩)이란 글자를 새겨놓았다. 그리고 1722년(경종 2년)에 세운 의암사적비에 명암 정식이 지은 아래의 시「의암(義岩)」을 기록해 놓았다.

그 바위 홀로 서 있고 / 그 여인 우뚝 서 있네
그 바위 아닌들 그 여인 / 어찌 죽을 곳을 찾았겠으며
그 여인 아닌들 그 바위 / 어찌 의롭다는 소리 들었으리오
남강의 높은 바위 / 꽃다운 그 이름 만고에 전하리
(獨肖其岩 特立其女 女非斯岩 焉得死所 岩非斯女 焉得義聲 一江高岩 萬古芳心)

진주의 촉석루(矗石樓)는 1244년(고종 28년)에 진주목사 김지대가 창건하였는데, 촉석루는 밀양의 영남루와 안동의 영호루와 함께 3대 누정으로 꼽힌다. 촉석루에는 하륜의 「촉석루기」를 비롯하여 수많은 정객 문사들의 글이 남아 있다. 당시 삼정(三政, 전정田政, 군정軍政, 환곡정換穀政)이 문란했던 사회에서 특히 진주는 임술민란(1862년)을 비롯하여 현재까지도 남명의 실천 저항의식과 함께 경제개념이 투철한 곳이라고 한다. 일찍이 개발된 목면산업과 연관하여 현재에도 이곳 출신의 재벌기업가들(이병철, 구자경, 허창수, 송길승 등)이 많다고 한다. 마침 유등축제로 만든 수많은 형상물들을 설치해 놓은 진주성과 국립진주박물관을 둘러보면서, 왜란의 역사와 함께 '경'과 '의'를 추구했던 지리산의 남명정신을 살펴볼 수 있었다.

안의의 남계서원

돌아오는 길에 함양군 안의에 들렀다. 지난봄에 왔을 때 보수공사로 천막을 덮어놓았던 광풍루가 아직 완성되지는 않았지만 그 모습을 드러내 보였다. 원조안의갈비탕집에서 점심을 먹은 후 안의초등학교에 들러 1790년 안의현감으로 와 있던 연암 박지원의 행적을 살펴보았다. 그는 1780년 44세가 되던 해 자제군관 자격으로 8촌 형 박명원을 따라 연경에 갔다가 돌아온 후 중국에서 경험한 벽돌과 수레의 과학적 효용성을 이곳에서 실행해 보였다.

그리고 「호질」, 「허생전」 등의 소설을 써서 양반사회의 부조리를 풍자하면서 개혁을 시도하였다. 당시 북학의 영향으로 박제가, 유득공, 이덕무, 백동수, 홍대용 등 소위 백탑파(白塔派) 서얼 출신들에 의한 연암체의 글이 제도개혁과 농공업의 진흥 등 사회경제적 개혁을 조장하는 문체반정(文體反正)이라 해서 정조도 정통고문을 쓰도록 지시한 바 있었다. 박지원은 정조의 책사였던 홍국영의 세도에 밀려 황해도 연암으로 돌아가 은거하면서 그의 제자인 박제가나 김정희 등과 함께 청나라통이 되었다. 그에 반하여 그의 손자인 박규수는 안락사로 진주에 내려가 임술민란을 수습하였고 효명세자의 파트너로 병인양요 때 개화를 주장하는 일본통이 되었다.

우리는 조선의 5현(김굉필, 정여창, 조광조, 이언적, 이황) 중의 한 분인 정여창을

안의의 남계서원 | 젊은이들이 서원체험을 하고 있다

모신 남계서원에 들렀다. 그 옆에는 정여창의 동학 친구였던 김일손을 모신 청계서원도 있었다. 1498년(연산군 4년) 무오사화로 김종직과 그의 제자 김일손, 김굉필, 정여창 등의 영남사림파들이 몰락하였는데, 남계서원 사당에는 정여창과 함께 개암 강익과 동계 정온도 함께 배향되어 있었다.

후일 남명 조식도 이곳에 찾아와 사화를 통하여 희생된 조선의 유능한 사림파 인물들을 아까워하면서 탄식했다고 한다. 명성당(明誠堂) 마루에는 선비체험을 하는 학생들이 도포를 입고 앉아 강의를 듣고 있는 것을 보니, 경상우도의 성리학정신은 오늘도 계승되어 가는 것 같았다.

그리고 신라 최치원이 조성했다는 함양의 상림(上林) 숲을 소요한 후 함화루(咸化樓) 누대에 올라앉아 오늘의 시제 '남명조식'에 대한 4행시를 발표하였다.

남, 남녘 땅 경상우도 지리산(두류산) 자락에서

명, 명확한 '경의' 신념으로 평생 동안 처사로 살던 남명이

조, 조선 조정의 외척 악정을 '단성소'로 질타하니

식, 식상하고 분노했던 문정왕후도 꼼짝없이 물러났네

퇴계따라 찾아간
단양팔경

청풍명월의 고장 충북 단양 8경을 걸으며 옛 선인들의 발자취를 더듬어보기
위하여 문태준 시인과 함께 인문학 탐방을 떠났다.

제천을 지나 단양땅에 들어서니 시멘트 공장이 여기저기 눈에 띈다. 바위산
을 깎아 자연경관은 흐트러졌고, 회색먼지가 뒤덮인 도로변의 초목들은 숨이
막힐 것 같아 보였다. 신성양회 공장을 에둘러 가곡면 하덕천마을에서 버스를
내리니 덕천교에서 도담삼봉까지 '느림보강물길'이 이어진다.

역사문화를 간직한 명승지

도토리가 뒹구는 숲길 옆에는 보라색 구절초를 위시하여 가을꽃들이 눈길
을 끈다. 흔치 않은 바위손은 가뭄에 말라붙었고 낙엽이 떨어져 푹신해진 산
길에서, 절벽 아래로 펼쳐진 남한강 물줄기의 도담삼봉 그리고 강 건너 마을
을 내려다보는 풍경은 한 폭의 그림이었다. 강물 위에는 시원하게 달리는 보
트가 물결을 가르는데, 청량한 가을바람에 색색이 물들어 가는 산야의 풍경은

느림보강물길에서 내려다본 남한강 풍경

인문학 탐방의 또 다른 특혜인 것이다.

산수가 어우러진 단양 8경과 퇴계

도담리가 건너다보이는 석문(石門, 단양 8경 중 제2경) 앞에 서니 바위 절벽 위에 붉게 물든 담쟁이덩굴이 뒤덮여 가을의 운치를 더해 주었다. 그 아래는 하늘나라에서 물 길러 왔던 '마고할미'가 잊어버린 비녀를 찾으려 땅을 파다 농사를 짓고 경치에 홀려 계속 살았다는 전설의 은주암이 있었다.

태백과 소백산맥의 큰 산줄기 사이를 굽이굽이 휘감아 흘러오는 남한강물 위에 떠 있는 도담삼봉(단양 8경 중 제1경)은 경치가 좋아 옛날의 선비들도 삼봉정과 이향정 정자에서 술 한 잔 하고 뱃놀이 하는 것이 풍류의 으뜸이었다고 일러준다.

단양 8경은 퇴계가 1548년 명종 때 단양군수로 와 있던 9개월의 짧은 기간 동안 남한강 줄기의 절경들을 둘러보고 이름 붙인 명승들이다. 그중 도담삼봉에서 조선의 개국공신인 정도전이 호를 삼봉(三峯)이라 했다는데, 하루에도 몇 번씩 변하는 이곳의 경치에 대하여 정도전뿐만 아니라 정약용, 김병연(김삿갓)

단양의 도담삼봉

등 많은 문사들의 시가 150여 편이 전해진다고 한다. 퇴계도 이곳에서 단양 8
경의 경치에 대하여 40여 수의 시를 남겼는데, 아래의 시 「도담삼봉」의 가을
경치는 지금 우리가 느끼는 그대로인 것 같았다.

> 산은 단풍잎 붉고 물은 옥같이 맑은데 / 석양의 도담삼봉엔 저녁놀 드리웠네
> 신선의 뗏목을 취벽에 기대고 잘 적에 / 별빛 달빛 아래 금빛 파도 너울지더라
> (山明楓葉水明沙 三島斜陽帶晩霞 爲泊仙槎橫翠壁 待看星月涌金波)

일행은 단양역을 지나 남한강에서 동떨어진 사인암(舍人巖, 제5경)으로 향했
다. 사인암은 운계천 물가의 절벽에 바위들이 고서를 쌓아놓은 듯 하늘 높이
우뚝 솟아 있어 추사 김정희는 '하늘에서 내려온 한 폭 그림'이라고 했단다.
이곳은 고려시대 「탄로가(嘆老歌)」의 시조시인 역동 우탁이 정4품 벼슬인 사인
(舍人)으로 이곳에 머물렀다 해서, 조선 성종 때 단양군수였던 임재광이 이름
붙였다고 한다. 사인암에는 우탁을 비롯하여 수많은 문인들의 글씨가 남아 있
다. 단릉 이윤영은 「사인암기」에 단정하며 화기롭고 깨끗하여, 엄숙하면서도

수많은 암각서가 새겨진 사인암

뻣뻣하지 않으니 하루 종일 마주하고 있어도 싫증나지 않는다고 했다.

선비들의 풍류 유람

사인암 앞 물가의 평평한 바위 위에는 바둑판과 장기판이 새겨져 있었고, 그 바로 옆에는 이윤영의 글씨로 '신선놀음(바둑)에 도끼자루 썩는 줄 모르는 곳'이라는 뜻으로 난가대(爛柯臺)란 각자가 있었다. 이인상은 다음과 같이 「난가대」란 제목의 시를 남겼다. 여기의 운화대(雲華臺)는 사인암 두 바위가 갈라져 문처럼 생긴 좁은 계단으로 접어들기 전에 있는 바위라고 한양대 정민 교수가 설명해 주었다.

> 쩡쩡 나무 찍는 소리 생각만 수고롭네 / 연자산 나무꾼아 누굴 위해 애를 쓰나
> 운화대로 불러와 천 날 동안 잠자면서 / 선산에서 일없이 바둑구경 배워보세
> (伐木丁丁勞我思 燕山樵子問爲誰 且喚雲臺千日睡 僊山無事學看棋)

현재 조사한 바로는 사인암에 새겨져 있는 글들은 모두 236개로 단양 8경

단양 중선암 | 탐방단원들이 4행시를 짓고 있다

의 암각서 500여 건 중 거의 반을 차지할 정도로 많다고 한다. 정 교수는 또 사인암에 얽힌 수많은 선인들의 기록들과 바위에 남긴 서각들은 역사의 이야기와 여러 문인들의 숨결을 느끼게 해 준다면서, 암각서는 부정적인 모습과 함께 긍정적인 의미도 있다고 한다. 그러자 누군가 아름다운 사인암이 바로 '사인(sign)암'이 되었다고 하자, 많은 사람들이 고개를 끄덕이며 한바탕 웃었다. 사인이란 자기만의 독특한 방법으로 자신의 이름을 적거나 또 그렇게 적은 문자라고 한다면, 사인암의 각서들은 모두 사인들이고, 사인암은 '사인암'에 틀림이 없는 것 같았다.

산줄기를 따라 굽이굽이 흐르는 운계천계곡에는 사인암을 비롯하여 9곳의 수려한 절경이 펼쳐져 '운선구곡(雲仙九曲)'이라 했는데, 옛사람들은 한곳에서 술한 잔씩을 마시고 시를 읊으면서 하룻동안 명승지를 차례로 유람했다고 한다. 영풍현감으로 와 있던 단원 김홍도는 정조의 명을 받고 사인암을 그리는데 1년이나 걸린 후에야 단양 8경의 풍경을 완성하여 《병진년화첩》에 넣었다고 한다.

산고개를 넘어 선암계곡으로 들어가면 단양 8경의 하선암(下仙岩, 단양 8경 중 제6경), 중선암(中仙岩, 단양 8경 중 제7경), 상선암(上仙岩, 단양 8경 중 제8경)이 있다.

넓고 흰 바위를 차고 흐르는 맑은 물이 보여주는 중선암의 경치는 주변의 소나무 숲과 함께 가을의 정취를 마음껏 자랑하고 있었다. 중선암의 계곡 한가운데 옥염대와 명경대라는 큰 바위가 있다. 옥염대(玉廉臺)에는 숙종 때 충청관찰사 윤헌주가 썼다는 '사군강산 삼선수석(四郡江山 三仙水石)'이라는 글씨가 크게 새겨져 있었다. 주변지역인 단양·영춘·제천·청풍의 산수 좋은 경치를 이르는 말이다. 우리 일행은 모두 여기저기 바위에 흩어져 앉아 오늘의 4행시 '도담삼봉'을 짓느라 모두 열심이다.

도, 도토리 흐트러진 '느림보강물길'을 밟으며
담, 담쟁이 붉게 물든 석문(石門)을 구경하니
삼, 삼선암(三仙岩)도 단양 8경의 절경이라 하지만
봉, 봉우리 세 개 도담삼봉(島潭三峰)은 그중에 으뜸일세

대성현 퇴계의 늦사랑

퇴계가 반한 남한강의 비경

단양 8경의 구담봉(龜潭峰, 단양 8경 중 제3경)과 옥순봉(玉筍峰, 단양 8경 중 제4경)을 제대로 보기 위하여 진행팀의 특별배려로 장회나루에서 유람선을 탔다. 장회탄(長淮灘)은 남한강 줄기에서 노를 저어도 배가 잘 나가지 않고 노에서 손만 떼면 흘러내려 갈 만큼 급류가 가장 심한 곳이라, 이곳을 오가던 배와 뗏목들이 무진 애를 먹었던 곳이라고 한다. 퇴계는 여울물이 거친 이곳, 일명 화탄(花灘)을 지나면서 아래와 같은 시를 지어 제자들에게 '조금씩 흙을 쌓아 산을 이룰 때까지 부단한 노력을 기울여야 학문이나 자기 목표를 이룰 수 있다'고 가르쳤다 한다.

힘을 써야 겨우 조금 앞으로 가고 / 손 놓으면 대번에 떠내려가지
자네 만약 뜻이 있다면 / 잘 봐 두게 여울물 거슬러 올라가는 배를

또 이곳에는 구두쇠 '자린고비'의 이야기가 전해진다. 조선 영조 때 충북 음성에 조륵이란 사람이 살았었는데, 어느 날 파리 한 마리가 장을 빨아먹고 날아가자 파리를 따라 옥순봉 장회리까지 쫓아갔다. 파리에 묻은 장이 아까웠던 것이다. 그런데 파리가 강을 건너 날아가자, 그는 안타까운 심정으로 "장이다. 장이 날아간다"고 외쳤다. 그런데 구두쇠 조륵은 평생 모은 돈을 나중에 어려운 사람을 위해 모두 썼다고 한다. 그가 죽은 후 나라에서는 그의 착한 행적을 기려 자애롭고 인자한 사람이란 뜻으로 자인비(慈仁碑)를 세워주었다. 세월이 지나면서 자인비는 '자린비'라 불렸고, 다시 오래된 비석이란 뜻으로 옛 고(古) 자를 붙여 '자린고비'가 되었다는 것이다.

충주호 유람선을 타고 내려오면서 좌측의 제비봉, 우측으로 신선봉, 투구봉, 강선대, 그리고 금수산의 김삿갓봉, 흔들바위초가집 등 미끈한 바위들이 차례로 연결된다. 높은 암벽에 소나무가 적당히 붙어있으니 참으로 아름다운 경관이다. 옛날의 시인 묵객들도 최고의 칭송을 아끼지 않았던 구담봉에 대해서는 무려 150여 수의 시와 수많은 그림이 남아 있다. 퇴계도 「구담봉」에 대하여 시 한 수 읊지 않았을 리 없었다.

구담을 지나는 새벽달은 산에 걸려있어 / 그곳을 상상하니 뵐동말동 아득하네
주인은 이제 와서 다른 곳에 숨었으니 / 학과 잔나비 울고 구름만 한가하네
(曉過龜潭月在山 高居想像有無間 主人今作他山隱 鶴怨猿啼雲自閒)

구담봉을 지나 충주댐 하류로 조금 더 내려가면 옥순봉이 나타난다. 구담봉보다는 작지만 푸르고 흰 빛을 띤 바위들이 마치 대나무 죽순처럼 힘차게 솟아올랐다. 퇴계의 애첩 두향(杜香)이 옥순봉을 단양에 속하게 해달라고 간청하여 퇴계가 청풍군수에게 청했으나 거절당했다. 퇴계는 옥순봉 석벽에 단구동문(丹丘洞門)이라는 글을 새겨 단양의 관문으로 정했다는 것이다.

퇴계와 두향의 사랑
유람선을 타고 가까이 가서 구담봉과 옥순봉의 웅장한 모습을 감상하기는

장회나루 강선대 | 두향의 묘가 호숫가에 보인다

처음이었다. 말로만 듣던 퇴계의 애첩 두향의 묘도 처음 바라볼 수 있었다. 48세의 퇴계가 단양군수로 왔을 때 관기였던 두향은 18세였는데, 두 사람 사이에 사랑이 싹텄던 것이다. 9개월의 군수직을 마치고 풍기군수로 자리를 옮겨 떠나자 두향은 수석 2개와 매화 한 그루를 넣어 보냈다. 그 후 두향은 관기를 그만두고 퇴계가 자주 찾았던 강선대(降仙臺) 아래 남한강가에 초막을 짓고 퇴계를 그리워하며 살았다.

그 후 퇴계가 69세의 나이로 세상을 떴다는 소식을 듣고, 두향은 '내가 죽으면 시신을 남한강이 내려다보이는 강선대 위에 묻어주소서'라는 유서를 남기고 남한강에 몸을 던졌다. 퇴계와 이별한 지 21년째 되던 해였다.

두향의 무덤이 충주댐 건설로 수몰 위기에 처하자 단양군에서는 강선대 위쪽으로 이장해 퇴계가 잠들어 있는 안동의 하늘을 향하도록 했다고 한다. 지금도 매년 5월 5일에 단성향토문화연구회에서 두향제를 지낸다고 하니, 월암 이광여(1720~1783)의 아래 시처럼 두향의 무덤은 강선대의 바위와 함께 영원할 것 같았다.

외로운 무덤 하나 길가에 누웠는데 / 거치른 모래밭엔 꽃이 붉게 피었네
두향의 이름 잊혀질 때면 / 강선대 바윗돌도 사라지겠지
(古墳臨官道 纈沙暎紅蕚 杜香名盡時 仙臺石應落)

퇴계에게 두향은 곧 매화였고 매화는 곧 두향이었다. 퇴계는 평생 매화나무를 심어놓고 가꾸다 죽을 때 마지막 유언으로 '매화에 물을 주어라' 라고 했단다. 퇴계가 쓴 시「두향을 그리며」를 소개하면 아래와 같다.

옛날 책 속에서 싱힌을 만나보며 / 비이 있는 방 안에 초연히 앉았노라
매화 핀 창가에서 봄소식 다시 보니 / 거문고 대해 앉아 줄 끊겼다 탄식마라
(黃券中間對聖賢 虛明一室坐超然 梅窓又見春消息 莫向瑤琴嘆絶鉉)

대성현 퇴계가 단양이라는 산골에 와서 짧은 기간 동안 머물렀지만, 아름다운 명승지를 두루 찾아다녔고 평생 잊지 못할 애틋한 사랑을 꽃피웠다. 절경의 자연도 인걸이 거쳐 가고 기록을 남김으로써 명승지가 되고, 역사와 문화뿐 아니라 사람들의 이야기가 만들어지는 것이다. 오늘을 살고 있는 우리들은 어떠한 역사와 이야기를 만들어 후세에 남겨주고 있는가를 생각해 보았다.

안의삼동
명승계곡 유람

'길 위의 인문학' 프로그램에 몇 년째 참여하다 보니, 마음과 뜻이 맞는 친구들이 생겨 별도 그룹으로 명승고적을 찾아다니게 되었다. 한양 서촌과 성북동을 탐방한 다음에는 내가 추천하는 함양과 거창의 안의삼동(安義三洞)을 찾아가보기로 했다. 다행히 최상민 선생이 자동차를 운전하겠다고 하고 이광세화백은 길안내를 하겠다고 나서니, 멀고 동떨어진 여러 곳을 쉽게 찾아가볼수 있었다.

남덕유산 계곡의 절경

호남정맥의 남덕유산을 통과하는 육십령터널을 지나 서하IC로 나가니 26번 국도 오른쪽으로 남계천이 흐른다. 지도상으로 이곳이 팔정팔담(八亭八潭)으로 유명한 화림동계곡이란 것을 생각하는데, 그 첫 번째 정자인 군자정 간판이 나타났다. 차를 세우고 계곡으로 내려가니, '선비문화탐방로' 안내도에 군자정, 영귀정을 비롯하여 여덟 개의 정자각 이름이 줄줄이 붙어있다.

화림동 팔정팔담 안내판

화림동의 팔정팔담

군자정(君子亭) 옆에는 아름다운 거연정(居然亭)이 계곡의 바위섬에 올라 앉아 있었다. 고려 말 강원도 정선으로 들어가 은거했던 '거칠현'의 한 분인 전오륜의 7대손인 중추부사 화림재 전시서가 1640년(인조 18년) 이곳에 서산서원을 짓고, 천연암반 위에 억새 초정을 지었었다. 고종 때 서원이 철폐되자 그의 7대손 전제학이 서원 재목으로 화림교 무지개다리를 건너 바위 위에 현재의 거연정을 지었다고 한다. 거연정은 정자와 더불어 별서정원을 조성한 전통적인 계원(溪園)으로, 창덕궁의 옥류천, 담양의 소쇄원, 보길도의 부용정과 함께 우리나라 4대 계원 중 하나라고 한다.

화림재 유허비에는 '화림재 전 공이 세상이 어지러워 이곳에 은거했다.'라는 기록이 있었다. 거연정의 이름은 '자연에 내가 거하고 내가 자연에 거하니, 길손들의 발길을 멈추게 하고 세상일을 잊게 하는 곳'이라는 뜻이다. 거연정은 주변의 바위와 냇물 그리고 수림의 경관이 뛰어나 참으로 멋진 조화를 이루고 있었다.

화림동계곡에서 하류로 조금 내려가면 넓은 바위계곡이 내려다보는 위치에 2층의 동호정(東湖亭)이 나타난다. 동호정은 임진왜란 때 선조를 업고 의주로 피난을 갔던 이곳 태생의 동호 장만리를 기려 후손들이 1890년에 세운 정자이다. 정자 안에는 '공자성적도(孔子聖蹟圖)'가 그려져 있고, 그 앞 너럭바위에

화림동 거연정

는 악기를 연주하던 금적암(琴笛岩), 술을 마시던 차일암(遮日岩), 노래하던 영
가대(詠歌臺) 등의 글씨가 새겨져 있다. 그리고 푸른 물이 맴도는 깊은 소와 노
송으로 둘러싸여 있는 동호정은 많은 문인들이 낚시를 하며 풍류를 즐겼을 법
한 명승의 분위기였다.

  안의로 내려가는 길에 농월정(弄月亭)을 찾아갔다. 다리를 건너 소나무 숲속을
지나가니 넓은 암반계곡이 나타났다. 농월정은 2003년 화재로 소실되어 주춧돌
만 남아 있는 빈터였다. 안의 출신인 지족당 박명부가 광해군이 영창대군을
죽이고 인목대비를 유배시킨 것을 직간하다 파직되어 고향에 돌아온 후 벼슬길
에 나가지 않고 1637년(인조 18년) 이곳에 농월정을 짓고 후학들을 가르쳤다고 한
다. 넓은 암반에 새겨놓은 '화림동월연암 지족당장이지소(花林洞月淵岩, 知足堂
杖屨之所)', 즉 지팡이를 짚고 노닐던 곳이라는 암각서가 농월, 즉 '냇물에 비친
달빛이 한 잔의 술로 달을 희롱한다'는 선비의 풍류와 멋을 말해 주고 있었다.

안의현의 선현들

  안의초등학교 정원 한쪽 끝에 세워져 있는 연암박지원사적비에는 5년간 안
의현감으로 있을 때의 업적을 포함하여 연암의 일대기를 기록해 놓았다.

  우리는 함양의 학사루로 향했다. 학사루는 신라 때 고운 최치원이 함양태수로

물레방아 공원 | 연암의 실사구시 업적을 기록해 놓았다

와 있을 때 이곳에 올라 시를 지었다고 해서 이름 붙여졌던 것이다. 당시 최치원은 홍수를 막기 위해 둑을 쌓고 방수림을 조성했는데, 그중 상림은 1,100여 년 동안 유지되어 지금은 아름다운 최치원공원으로 가꾸어 놓았다. 공원 내에는 함화루, 초선정 등의 정자와 함께 도랑물을 유입시키고 연꽃을 비롯하여 각종 꽃밭 등을 아름답게 조성해 놓았다. 최치원이 이곳에서 남긴 시 「추야우중(秋夜雨中)」을 소개하면 아래와 같다.

> 가을바람에는 괴로운 시뿐이던가 / 세상에는 나를 알아주는 친한 벗 드물어라
> 한밤중 창밖에 보슬비 내리나니 / 등불 앞의 내 마음은 그저 아득하여라
> (秋風惟苦吟 世路少知音 窓外三更雨 燈前萬里心)

학사루에는 『성종실록』의 역사 이야기가 얽혀 있다. 점필재 김종직이 이곳에 현감으로 왔을 때 간신 유자광의 시가 학사루에 걸려 있는 것을 보고 떼어 냈다. 후일 이 사실을 안 유자광 일파는 연산군과 함께 김종직의 '조의제문(弔義帝文)'을 문제 삼아 무오사화를 일으켜 김굉필, 김일손 등의 사림들을 죽이고 김종직을 부관참시한 빌미가 되었던 것이다. 그리고 김종직이 이곳에 와 있을

때 40세가 넘어 얻었던 아들이 다섯 살에 죽자 그 슬픔을 아래와 같은 시로 남겼다. 그리고 그가 심었던 느티나무는 500여 년이 지난 오늘도 함양초등학교 앞에서 무성하게 자라고 있었다.

내 사랑 뿌리치고 어찌 그리도 빨리 갔느냐
다섯 해 생애가 번갯불 같구나
어머님은 손자를 부르고 아내는 자식을 부르니
지금 이 순간 천지가 끝없이 아득하구나

원학동 안심마을에는 물레방아가 돌아가는 연암물레방아공원이 있었다. 연암 박지원은 1780년 당시 청나라에서 본 물레방아를 우리나라에 처음 도입했었다. 1792년부터 5년간 안의현감으로 재임하면서 베틀 직기(織機), 풍구(風具), 인력양수기 용미(龍尾) 등의 농기구와 함께 물레방아 수전윤전(水轉輪輾)을 안심마을에 설치했다고 한다. 그는 이용후생, 경세제민, 실사구시의 개혁적 실학사상을 농촌생활에 실천하려고 했던 것이다. 연암은 안의현감으로 와 있는 동안 불행하게도 부인을 잃었고, 1개월 후에는 맏며느리 그리고 15세 위였던 형 박희원도 죽었다. 그는 형님을 그리는 슬픈 마음을 아래와 같은 시로 표현하여 자신을 위로했다고 한다.

우리 형님은 누굴 닮았나 / 아버지 생각나면 형님을 보았지
이제 형님 생각나면 그 누굴 보나 / 시냇물에 내 얼굴을 비추어보네
(我兄顏髮曾誰似 每憶先君看我兄 今日思兄何處見 自將巾袂映溪行)

낙향거사들의 안빈낙도

수승대와 요수정

다음은 영남제일의 동천이라는 원학동(猿鶴洞)으로 가는 것이다. 위천을 따

수승대 거북바위 | 수많은 암각서가 경승지의 명성을 대변해 주고 있다

라 월성계곡으로 올라가니 수승대 관광단지가 나타났다. 계곡 한가운데 온통 서각으로 뒤덮인 거북바위, 구연대(龜淵岩)가 눈앞에 다가선다. 너비 약 15m, 높이 약 10m의 바위 위에는 여러 그루의 소나무들이 자라고 있었다. 건너편의 거대한 노송 뒤에는 요수정(樂水亭)이 숨어 앉아 계곡의 물과 바위와 어우러져 참으로 감탄스런 경관을 이루고 있었다.

냇물 가운데에 자리한 거북바위는 그 위치나 모양도 일품이거니와 바위벽에 빈틈없이 새겨놓은 암각서들은 수승대를 찾아왔던 뭇 정객 문사들이 그 절경에 얼마나 많이 감탄했는지를 말해 주는 것 같았다. 수승대(搜勝臺)는 처음에는 수송대(愁送臺)라 불렀단다. 옛날 이 지역은 신라와 백제의 국경으로, 백제에서 신라로 파송하는 사신들을 근심스럽게 보냈던 곳이라는 말이다. 그런데 퇴계가 이곳의 경치에 감동하여 수승대로 바꾸었던 것이다. 다음과 같은 「퇴계명명지대(退溪命名之臺)」라는 시를 수승대 바위에 새겨놓았다.

수송을 수승이라 새롭게 이름하노니 / 봄을 만난 경치 더욱 아름답구나
먼 산의 꽃들은 방긋거리고 / 응달진 골짜기에 잔설이 보이누나
나의 눈 수승대로 자꾸만 쏠려 / 수승을 그리는 마음 더욱 간절하다
언젠가 한 동이 술을 가지고 / 수승의 절경을 만끽하리라

거북바위와 요수정이 어우러진 원학동계곡

(搜勝名新換 逢春景益佳 遠林花欲動 陰壑雪猶埋
未寅搜尋眼 惟增想像懷 他年一樽酒 巨筆寫雲崖)

 계곡 건너편에 있는 요수정은 신권이 벼슬을 마다하고 1542년 이곳에 은거하며 제자들을 가르쳤던 곳이다. 요수정에 올라서니 그 앞으로 흐르는 맑은 물과 거북바위가 눈앞에 다가서고, 뒤로는 울창한 소나무 숲이 어우러져 은거한 학자가 유유자적 했던 '지자요수 인자요산(知者樂水 仁者樂山)의 경지를 이해할 수 있을 것 같았다.

 계곡의 바닥을 덮고 있는 너럭바위에는 연반석(硯磐石)과 세필짐(洗筆㴨)이라는 글자가 새겨져 있다. 연반석이란 거북이가 입을 벌린 형상의 장주암(藏酒岩)에 앉은 스승 앞에서 제자들이 벼루를 갈던 바위란 뜻이고, 세필짐은 수업을 마친 제자들이 붓을 씻던 곳이다. 장주암 위에는 장주갑(藏酒岬)이라는 오목한 부분이 있는데, 시험에 합격한 제자들이 막걸리를 부어놓고 마셨다는 곳이다.

 계곡 양쪽의 수승대 관광단지를 한 바퀴 돌아보고 구연서원(龜淵書院)에 들렀다. '요수신선생장수동(樂水愼先生藏修洞)'이라고 쓴 바위에 걸쳐 기둥을 세운 서원의 문루인 관수루(觀水樓)에 올라서니 구연암과 함께 냇물이 흐르는 계곡 건너의 요수정이 한눈에 들어왔다. 관수란 말은 맹자의 관수유술(觀水有術), 즉 흐르는 물은 웅덩이를 채우지 않고는 다음으로 흐르지 않는다는 뜻으로 학문적 자세를 의미하는 것이다. 거창 신씨이며 이 지역 선비였던 요수 신권이 후학들을 가르치기 위하여 1540년(중종 35년)에 지었다는 구연서원은 단청없이 아담한 구조인데, 한쪽에는 요수와 함께 학문을 했고 이곳에 배향된 석곡 성팽년, 황고 신수의 커다란 비석이 세워져 있었다. 요수의 비석에는 산고수장(山高水長)이라 새겼는데 물을 관조하는 선비의 심오한 철학정신을 엿볼 수 있었다.

운치 있는 원학동계곡

수승대의 절경을 뒤로하고 요수원계곡의 상류로 조금 올라가면 용암정(龍巖亭) 간판이 나온다. 냇물을 건너가는 다리 앞에는 '덕유산 아래 고운 정 맑은 물이 흐르는 북상면' 이라는 표석을 세워놓았다. 용암정은 갈계마을에 터를 잡고 여러 세대에 걸쳐 살아온 은진 임씨 용암 임석형(1751~1816)이 지은 정자이다. 임석형은 가풍을 이어 출사하지 않고 이곳에서 '원학주인'으로 소요하면서 선대의 뜻을 이어가고자 1801년 친척들과 함께 계곡의 암반 위에 용암정을 건립하였다.

논두렁을 타고 들어가서 어느 농가의 앞, 바위언덕에 있는 용암정에 올라서니 앞에는 원학동계곡의 학담(鶴潭)이 내려다보이고 뒤로는 금원산(金猿山)이 솟아 있다. 용암정도 이 지역의 다른 정자처럼 전면 3칸, 측면 2칸으로 후면 중앙 한 칸은 겨울에도 기거하면서 학문을 할 수 있도록 온돌방을 들여 밑에서 불을 때게 만들었다. 정자에는 신선이 사는 동천이란 의미의 반선헌(伴仙軒), 환학란(喚鶴欄), 청원문(聽猿門) 이라고 쓴 편액이 걸려 있었다.

원학동계곡의 명승지를 둘러보고 거창군 북상면으로 돌아오는 갈계리에는 은진 임씨의 세거지로 고가들이 많았다. 이곳은 조선 명종 때 6현신 중의 한 분인 갈천 임훈이 고향에 돌아와 그의 아우 임운과 함께 1573년 갈천서당을 설립하여 후학들을 양성했던 곳이다. 그리고 부모님께 극진히 효도했던 임훈과 그의 아우 도계 임영을 기리기 위해 세운 가선정(嘉仙亭)과 도계정(道溪亭)이 있는 갈계숲도 아름다웠다.

낙동정맥 십이령
보부상길

조선일보와 함께하는 '길 위의 인문학' 탐방은 '관동 8경의 길, 보부상의 길'을 찾아서 삼척과 울진지역을 가는 것이다. 관동 8경에도 관심이 있었지만, 역사 장편소설 『객주』의 김주영 작가와 함께 울진 보부상 옛길을 탐방한다는 것에 더욱 기대가 많았다.

동해안의 명승지들

영동고속도로를 따라 찾아간 삼척 죽서루의 모습은 옛날 그대로였지만, 문화해설사의 설명을 들으니 새로운 것을 볼 수 있었다. 상층의 기둥이 20개인데 비해 자연암반과 초석을 이용한 하층은 기둥이 13개이다. 그것도 높이가 각각 다른 것이 조선시대의 자연친화적인 건축개념인 것이다. 또 북측과 남측의 기둥 사이의 폭은 넓은데, 북측은 2칸이고 남측에는 입구를 만들기 위하여 3칸을 덧붙였다고 한다.

오십천의 바위언덕 위에 세워진 죽서루는 고려 때부터 그 동쪽에 죽장사가 있어 서루 또는 죽루라 불렸는데, 조선시대에는 관아 건물로 이용되었고 그 후에는 경관이 뛰어나 시인 묵객들의 휴식공간으로 사용되었다. 건물의 동쪽 처마 밑에 걸려 있는 '죽서루'와 '관동제일루'의 현판 글씨는 숙종 때의 삼척 부사 이성조의 글씨이고, '제일계정(第一溪亭)'은 현종 때의 허목이 그리고 '해 선유희지소(海仙遊戲之所)'는 헌종 때의 이규헌이 쓴 글씨라고 한다.

현재 죽서루의 대표적인 편액으로는 숙종과 정조의 어제시를 비롯하여 율 곡과 삼척부사 심영경의 「죽서루」 시가 있다. 죽서루에 대한 송강 정철의 「관 동별곡」도 걸려 있었다.

남부 관동 8경

관동 8경에서 일출은 낙산사, 달구경은 경포대가 좋다고 하는데, 8경 중 유 일하게 바다에 접해있지 않은 죽서루는 일몰 경치가 일품이라고 한다. 부슬비 때문에 죽서루의 아름다운 경치를 오십천 건너편에서 바라보지 못하여 아쉬 웠지만, 울진 망양정으로 향하는 길에는 날이 들기 시작하였다. 버스가 망양 정 언덕 아래 경관도로로 들어서니 앞에는 푸른 바다가 펼쳐진다.

나지막한 언덕 위 망양정(望洋亭)에 올라서니 백사장 너머 아름다운 해안선 과 확 트인 동해바다가 한눈에 들어온다. 문화해설사는 '너무 멀어서 울고 왔 다가 경치가 너무 좋아 떠나기가 아쉬워 울고 간다'는 울진에 오신 것을 환영 한다며, 이렇게 아름다운 경치 때문에 숙종은 '관동제일루'라는 친필 편액을 하사했다고 자랑한다. 망양정에는 송강의 「관동별곡」뿐 아니라 그의 정적이었 던 이산해가 쓴 아래의 「망양정」 시도 걸려 있었다.

바다를 긴 높은 정자 전망이 탁 트여 / 올라가 보면 가슴속이 후련히 씻기네
긴 바람이 황혼의 달을 불러올리면 / 황금 궁궐이 옥거울 속에 영롱하다네
(枕梅危亭望眼通 登臨猶足盪心胸 長風吹上黃昏月 金闕玲瓏玉鏡中)

「관동별곡」은 송강 정철이 서인의 영수로서 동인과의 당쟁에 밀려 유배 중 에 있던 45세 때, 선조로부터 강원도 관찰사의 명을 받고 금강산을 거쳐 관동

동해안 모래사장에서 바라보는 망양정

지역을 돌며 아름다운 경치를 노래한 것이다. 「관동별곡」은 4단으로 구성되어
있는데, 1단은 경복궁을 출발해서 원주로 향하는 얘기이고, 2단은 금강산 경
치 유람이다. 3단은 총석정에서부터 망양정까지의 관동 8경 유람이고, 4단은
꿈속에서 신선이 되어 느낀 얘기이다.

바다와 주변의 경치를 마냥 바라보고 싶은 망양정을 뒤에 두고 해안 경관도
로에 들어서니 파도치는 해안선이 굽이굽이 이어진다. 여기저기 흩어져 있는
바위에 부딪치는 흰 파도와 함께 놀고 있는 갈매기들을 바라보는 경치는 정동
진의 헌화로와 비슷하였다.

소나무 1만 그루의 숲속에 세워놓은 평해 월송정(越松亭)에는 최규하 대통령
의 친필 현판이 걸려 있었다. 평해 황씨 세거지인 이곳은 소나무와 달에 관한
전설이 있어 어떤 사람은 월송정(月松亭)이라 쓰기도 한다. 송강 정철의 「관동
별곡」에는 월송정에 관한 구절이 없어 어떤 사람들은 그 대신 통천군 흡곡의
중시대(侍中臺)를 관동 8경에 넣기도 한단다.

이번 탐방은 관동 8경 중에서 남부 3경인 죽서루와 망양정 그리고 월송정을
둘러보았다. 500여 년이 지난 오늘날에도 그 아름다운 경치가 그대로 남아있

어 많은 사람들이 찾아오고 있으니 관동의 빼어난 경승은 정말 자랑스러울 뿐이다.

김주영 작가와 함께

오늘의 숙박지는 울진군 구수곡 자연휴양림이다. 금강송 군락지인 응봉산 자락에서 많은 물이 흘러내리는 구수곡에 마련한 숙소이다. '숲속교육장' 강당에 모여 앉으니 임광원 울진군수가 나와 '금강송 군락지' 녹색친환경생태관광의 고장을 소개하면서 울진—봉화지역의 보부상들의 조직과 그들의 활동 근거로 유일하게 남아 있는 '12령 보부상길'을 뜻 깊게 탐방할 것을 권했다.

『한국경제통사』의 저자인 고려대 이헌창 교수는 '보부상과 보부상단의 활동'에 대한 강의를 했다. 과거 사·농·공·상의 사회풍토 속에서 천대받던 보부상들의 활동상과 그 역사적 의미를 설명해 주었다. 보부상은 소설『객주』나『메밀꽃 필 무렵』과 같은 문학적 배경이 되기도 했지만, 보부상 출신인 박승직이 창업했던 가문기업인 '두산'의 예를 들면서 현대적인 기업으로 발달한 뿌리가 되기도 했다고 한다.

그리고 김주영 소설가는 어린시절 얘기를 들려주었다. 경북 청송의 월전리 시골에서 태어나 매일 장터사람들을 보면서 '그들은 어디서 오고 어디로 없어지는가?' 라는 궁금증이 많았다며, 그러한 호기심이 훗날 역사 장편소설『객주』를 쓰게 했다고 한다. 준비기간으로 5년, 집필에 5년 걸렸던『객주』에 나오는 다양한 언어의 뿌리에 대해서도 들려주었다. 연산군 때 전국에서 모집한 흥청들이 분란을 떨어서 '흥청망청'이 되었고, 고려 때 사냥 꿩의 날개에 붙였던 부표가 '시치미'였다고 한다. 그리고 동물을 잡는 얘기도 해주었다. 즉 미얀마의 원숭이(항아리 속의 고깃덩어리), 에스키모의 늑대(피를 묻힌 칼날), 계림의 가마우지, 호랑이와 개의 고스톱(개는 패가 좋으면 꼬리침), 그리고 호랑이 울음으로 멧돼지 퇴치하는 방법이나 고구마를 좋아하는 일본 원숭이들의 습성에 대한 예리한 관찰과 유전적인 성품에 관한 얘기도 들려주었다. 역시 얘깃거리가 많은 것은 소설가의 재능인 것 같았다.

자연휴양림 숙소에서 김 작가는 안주로 사온 '너트클럽' 땅콩의 빈 깡통에

12령 보부상길의 내성행상불망비각

다가 소주와 맥주를 자기식의 비율로 손수 섞어 만든 '너트클럽표' 칵테일을 서너 순배씩 돌렸다. 막말 쌍말을 섞어가며 좌중을 웃기는 것이 누구와도 격의 없이 얘기를 나누는 소탈한 시골 아저씨였으나, 문학인의 생각과 이야기는 역시 남다른 데가 있었다.

보부상 옛길, 12령을 걷다

보부상의 애환

우리는 북면 두천1리에 있는 '울진—내성 행상불망비'를 찾아갔다. 옛날 보부상들은 울진장이나 죽변장, 흥부장에서 미역과 건어물, 소금 등을 구입하여 12령(十二嶺) 보부상길을 넘어 봉화 · 영주 · 안동장에 갖다 팔고 내륙지방의 생산품인 피륙, 비단, 곡물, 담배 등을 사서 동해안 장터에 와서 팔았다. 그들은 '12령'의 두 번째 고개인 바릿재 아래의 두천 주막거리에서 1박을 하고 '12령 길'을 넘어 봉화로 갔었다.

12령 고갯마루에 있는 조령 성황사

두천리 바릿재 입구에는 맑은 냇물이 흐르고 징검다리 건너편에 '내성행상
불망비(乃城行商不忘碑)' 비각이 있었다. 이 철비는 1890년경 울진과 내성(乃城,
현 봉화)을 왕래하던 보부상들이 그들의 최고 지휘자 격인 접장(接長) 정한조와
반수(班首) 권재만의 공을 기리고자 세운 것이었다. 일제 때에는 두천리사람들
이 공출을 피하기 위하여 철비를 땅에 파묻었다가 해방이 되어 다시 꺼내어
세웠다고 한다.

바릿재를 바로 넘어가는 탐방팀도 있었지만, 우리는 버스를 타고 불영사길
을 따라가다 대광천 입구에서 소광리 금강송 군락지로 들어갔다. '12령' 옛길
은 녹음으로 우거진 숲길로 다양한 식물들이 무성하게 자라나서 볼거리가 많
은 트래킹 코스였다.

주막집터를 지나서 조령 고갯마루에 이르니 조령 성황사가 있었다. 1819년
보부상들과 지역주민 천여 명이 자발적으로 모금하여 지었다는 성황사 지붕
에는 이끼와 잡초가 덮여 있다. 그 주변 숲에는 국가 문화재 보수용으로 지정
된 500여 년 수령의 금강송들이 노란 띠를 두르고 때를 기다리고 있었다. 보
부상길 해설자로 일한다는 지역 노인 박영웅 씨는 옛날의 추억을 얘기하며,

장국현의 사진작품 | 우람하고 아름다운 금강송 모습이 자랑스럽다

보부상의 고달픈 노래 한 가락을 불러주었다.

가노가노 언제 가노. 열두 고개 언제 가노 / 시그라기 우는 고개 내 고개를 언제 가노
미역 소금 어물 지고 춘양장을 가는 고개 / 대마 담배 콩을 지고 울진장을 가는 고개
반평생을 넘던 고개 이 고개를 넘는구나

조선의 나무, 금강송

백두대간의 끝자락 낙동정맥의 무성한 숲속으로 안개가 몰려드니 그윽한
천상의 분위기가 만들어진다. 한참 후에는 노란 송홧가루 안개가 한 줄기 바
람 따라 춤을 추며 흩어진다.

'소광리 금강송' 유전자원보호림에 도착하여 산림청 남부관리소의 해설사
를 따라 금강송 생태 군락지를 둘러보았다. 금강산에서부터 태백산맥을 따라
이곳까지 자생하는 금강소나무는 재질뿐 아니라 그 수형이 늠름하여 '국송'이
라고 부른단다. 200년 이상 된 소나무들이 약 8만 그루가 자생하는 가운데,
500년 수령의 '울진소나무', '미인송', '못생겨서 오래 가는 소나무' 등 아름

다운 모습의 금강송과 자랑스러운 소나무 군락지를 구경하였다.

사실 이번 탐방을 오기 전 조선일보 미술관에서 고송 장국현의 소나무 사진전을 관람하였다. 이 사진작가는 울진 소광리 금강송 군락지를 세계자연유산으로 등록하기 위하여 우리나라 아름다운 모습의 소나무 사진들로 '울진 금강송 사진전'을 열었던 것이다. 전문 사진가의 카메라에 잡힌 소광리의 울진 소나무뿐 아니라 전국에서 가장 아름답고 우아하면서도 위풍당당한 소나무들의 모습을 보고 왔었다.

태백산맥의 동쪽 해안에 위치한 울진이 금강송뿐만 아니라 동굴과 온천, 그리고 관동 8경의 경승지 등 이렇게 다양한 자연자원을 가지고 있는 줄은 미처 몰랐다. 더욱이 군수를 위시하여 지역민들이 자발적으로 자기 고장의 역사문화와 자연자원을 자랑하고 보존하려는 노력이 대단하다는 것을 느낄 수 있었다.

특히 이번 울진탐방에서 옛날 보부상들의 역사유적과 전래문화를 발굴해서 '보부상길'과 같은 테마 관광코스를 마련하고, 또 보부상들에 관한 역사 장편소설 『객주』의 저자인 김주영 작가와 협력하여 제10권을 이어 쓰도록 기획했던 의미는 매우 크다고 하겠다. 오늘의 시제 '보부상길'에 대한 4행시를 발표했다.

보, 보따리 이고지고 넘나들던 울진 십이령
부, 부엉이 여우들도 친구삼아 넘던 고개
상, 상투머리 보부상들 평생간의 희비애환들
길, 길섶에 남겨놓은 행상불망비는 알고 있겠지

임진강 주변의
유불선 문화유적

경기도 북부 양주와 파주의 임진강을 따라가는 인문학 탐방길이다. 남양주
가 아닌 양주지역의 지리도 생소할 뿐더러, 그곳의 문화유적에 대해서는 전혀
아는 바가 없었다. 주최측의 안내 내용을 보니 유교와 불교 그리고 선도(仙道.
도교)사상의 유적을 찾아보는 것이다. 널리 알려진 율곡의 자운서원과 화석정
을 들러보는 것은 조선 유학을 이해하는 의미가 있겠지만, 그 지역의 불교나
도교의 문화유적에 대해서는 아는 바가 없어 궁금증이 더해졌다.

강과 함께 발달한 정신문화

중랑천 동부간선도로를 타고 의정부를 지나 양주로 가는 길 주변의 모습들
은 낯이 설었다. 불곡산이 바라보이는 사정동에서 '정씨골'로 들어서니, 온양
정씨 종손이 일행을 맞이한다. 이화여대 정재서 교수의 안내로 북창 정렴
(1506~1549)의 행적을 찾아 맑은 물이 흐르는 계곡으로 들어가니 조선 중기
선도의 대가였던 북창의 비와 묘가 나타났다.

선도의 대가, 북창

북창(北窓)은 중종 원년에 우의정을 지낸 정순붕의 장자로, 태어나면서부터 말을 할 줄 알았다는 전설을 간직한 인물이다. 그는 김시습으로부터 도교를 전수받은 후 산사에 들어가 육통법을 연마하여 바깥세상의 일을 꿰뚫었다고 한다. 북창은 신라의 최치원으로부터 이어지던 내단학(內丹學)을 선도(도교)의 맥으로 성취시켰는데, 그의 학문세계는 도교뿐만 아니라 유교와 불교를 아울러 유불도(儒佛道)의 삼교합일(三敎合一)사상을 이룩했다고 한다. 그의 저서 『용호비결(龍虎秘訣)』은 조선 단학파의 교과서인 동시에 의학사상 특히 허준의 『동의보감』의 원리에 큰 영향을 미쳤다고 한다.

조선 중기 명종 때 양주에 백정 임꺽정이 살았었다는 불곡산이 건너다보이는 온양 정씨의 종산 '정씨골'은 수십만 평이나 되는데, 500여 년 동안 그대로 종중에서 지켜오고 있었다. 북창의 묘비는 6·25 전쟁 중에 사격훈련의 표적이 되어 수많은 탄흔이 남아 있었다. 그 외에도 '정설정공민시지장(靜㗊鄭公民始之藏)'이라는 정조의 어필 비석 등의 문화유물들이 근래에 도시개발로 인하여 많은 위협을 받았으나 종가에서 지켜냈던 것이다.

중국에서 들어와 조선사회에 선도를 번창시켰던 북창은 짧은 생애 동안 그의 도력과 관련한 수많은 일화를 남겼다. 그는 새소리의 의미를 알아들었고, 또 부친을 따라 명나라에 갔을 때 각국 사람들의 말을 이해하고 응했다고 한다. 그는 대낮에도 그림자가 없었을 뿐 아니라, 예언 능력이 뛰어나 44세 되던 해 자기가 죽을 날짜를 예언하고 스스로 만사(輓詞)를 지었다고 한다.

매월당 김시습, 토함 이지함과 함께, 조선의 3대 기인으로 일컬어지는 북창은 심오한 학문에 대해서도 칭송이 많았다. 만년에는 마치 구름을 탄 학처럼 탈속한 모습으로 세상에 뜻을 두지 않고 고고한 은일군자로 살았었다. 그의 비석에는 아래와 같은 유훈이 새겨져 있었다.

부모를 섬길 때는 효도와 공경을 근본으로 하고, 처자식을 대할 때에는 화목과 순종을 먼저 하고, 가정에 거할 때는 절약과 검소를 중히 여기고, 세상에 처할 때는 겸손과 사양을 힘쓰도록 하라. 높은 벼슬은 바라지 말고 몸을 낮춰 살 것이며, 권

양주 천보산 아래의 회암사지

세 있는 집안에 붙어 혼인하지 말라. 시절이 태평하면 벼슬을 해도 되나 세상이 어지러우면 전원으로 물러나 농사지으며 자급자족하라……

북창은 당파싸움으로 세상이 혼란했던 시대에 산속에서 신선술을 연마하며 도인의 삶을 살았던 사람으로서 자기의 처자 권속들에게 할 수 있었던 유훈이긴 하지만, 우국충절의 기개보다는 가문을 지키려는 도인의 심정을 엿볼 수 있었다.

회암사지에 묻힌 불교문화

우리는 다시 버스를 타고 회암사지로 향했다. 천보산 아래에 펼쳐진 폐사지는 과연 고려 말 조선 초에 국내 최대의 사찰답게 넓고 광대하였다.

폐허가 된 빈 절터를 바라보면서 양주군청에서 나온 문화해설사로부터 그 역사에 대한 설명을 들으니, 당시 웅대했던 회암사의 규모를 상상할 만하였다. 회암사는 1328년(충숙왕 15년)에 원나라를 통해 들어온 인도의 지공스님의 '이곳에 절을 지으면 불법이 크게 번성한다'는 말에 따라 그의 제자 나옹화상

무학대사 탑과 쌍사자석등

(1320~1376)이 창건하였다. 그 사실은 조선 초기에 목은 이색이 지은 「천보산
회암사수조기」에 적혀있다고 한다.

태조 이성계는 나옹의 제자이면서 자신의 스승인 무학대사를 이 절에 머무
르게 하였고, 왕위를 물려준 뒤에는 이곳에 별궁을 짓고 수도생활을 하기도
했다. 성종 때는 세조비 정희왕후의 명에 따라 절을 크게 확장하였고, 그 후
명종 때 문정왕후의 도움으로 전국 제일의 사찰이 되었다. 정치의 뒤안길에서
당대 최대의 사찰로 발전했던 회암사는 문정왕후가 죽은 뒤, 사림들의 붕당정
치와 억불정책으로 불태워져 없어지고 말았다.

황량한 절터를 지나 천보산 등산로를 따라 올라가면 조그만 산등성이 위에
세 스님의 부도탑이 있다. 그중에서 무학대사 탑은 쌍사자석등과 함께 가장 정
교하게 조각되었다. 그의 탑에는 용의 머리와 몸체의 비늘이 사실적으로 조각
되어 생동감이 있는데, 배경의 구름무늬가 한층 더 운동감을 느끼게 해주었다.

그 뒤편으로 나란히 세워져 있는 지공스님의 부도 및 석등 그리고 나옹화상
의 부도와 석등은 모두 경기도 유형문화재로 등록되어 있다. 그중에서도 나옹
화상의 행적을 새긴 '회암사지 선각왕사비(檜巖寺址 禪覺王師碑)'를 비롯하여 회

암사지 부도와 쌍사자석등은 각각 국가 보물들이라고 한다.

특히 건너편 산언덕에 있는 나옹화상의 비석은 1997년에 보호각이 불탔을 때 파괴된 것을 경기도박물관에 보관해 두고, 현지에는 원형을 본떠 만든 비석을 세워놓았다. 특이한 것은 별개석 없이 비신의 상단부에 용틀임 조각을 한 것이다. 목은 이색이 비문을 짓고, 글씨는 동고 권중화의 예서체로 쓴 이 비석은 고구려 광개토대왕릉비와 중원 고구려비 이후 고려 말에 와서 처음이라고 한다.

나옹화상은 회암사를 크게 이룩하여 고려 말에는 규모가 262칸이나 되었고 승려가 3천여 명이나 되었는데, 우왕의 명을 받고 밀양의 여원사로 가던 도중 여주 신륵사에서 입적하였다.

조선 초기에 와서는 왕실에서 지원하고 태조의 별궁까지 있었던 큰 사찰이었지만, 시대의 변화에 따라 폐허지로 변해버렸다. 나옹은 인간의 삶에 대하여 아래와 같은 시로 표현해 놓았으니, 세상을 보는 고승의 뜻은 오늘날에도 많은 사람들에 의하여 낭송되고 있다.

청산은 나를 보고 말없이 살라하고 / 창공은 나를 보고 티 없이 살라하네
사랑도 벗어놓고 미움도 벗어놓고 / 성 냄도 벗어놓고 탐욕도 벗어놓고
물같이 바람같이 살다 가라하네.
(靑山兮要我以無語 蒼空兮要我以無垢 聊無愛而無憎兮
聊無怒而無惜兮 如水如風而終我)

이번 탐방으로 양주땅이 고려 말부터 조선 초기에 이르러 왕실뿐 아니라 불교의 성지와 같은 지역이었음을 알 수 있었다. 그리고 임진강 지역이 한반도의 역사 속에서 지정학적으로 그리고 문화적으로 중요했음을 새삼 깨닫게 되었다.

그리고 임진강변 이 지역은 '파주 3현'으로 꼽는 황희와 윤관 그리고 율곡의 고장이고 또 한양에서부터 개경을 거쳐 중국으로 통하는 길목이라 수많은 역사인물과 문화유적들이 남아 있는 곳이다.

국운을 염려한 충신들

조선의 유학자, 율곡

자운서원은 율곡(1536~1584)의 사당과 묘가 있는 곳이다. 그리고 파주 법원읍 이 지역은 율곡의 선조들이 살던 덕수 이씨의 생거지인 동시에 어머니 신사임당뿐 아니라 그의 가족들이 함께 묻혀 있는 곳이다. 율곡은 외가인 강릉의 오죽헌에서 태어나 어린 나이에 어머니와 함께 파주 율곡리를 오가며 자랐다. 1551년 15세 때 모친상을 당한 후, 슬픔을 이기고자 1554년 금강산에 들어가 불교를 공부했으나 그 다음해 하산하여 외가로 돌아와 '자경문(自警文)'을 짓고 다시 성리학에 전념하였다.

율곡기념관에 들러 율곡의 생애뿐 아니라 성리학의 발전과 사회개혁을 위한 율곡의 노력에 대하여 국민대 박종기 교수가 설명해 주었다. 율곡은 수많은 요직을 두루 거치면서 중국에서 들어온 성리학을 조선의 성리학으로 완성시켰다. 그리고 조선 중기의 현실적인 사회문제를 해결하고자 정치, 경제, 교육, 국방 등에 걸쳐 구체적인 개선책을 제시했던 경세가였다. 그는 기호학파의 대표적인 학자로서 영남학파의 거두이고 35세 선배였던 퇴계 이황과 함께 조선 유학의 쌍벽을 이루었다. 선조 때에는 경세제민의 사회개혁안으로 정철과 함께 「동호문답(東湖問答)」을 썼고, 또 정치철학에 대한 「만언봉사(萬言封事)」를 써서 왕에게 바치기도 했다.

1583년에 병조판서가 되어 「시무육조(時務六條)」를 선조에게 바치며 '십만양병설' 등의 개혁안을 주장하였다. 그러나 당파싸움에 휘말려 동인의 탄핵을 받아 관직에서 물러난 후 1584년(선조 14년) 세상을 떴다. 1624년(인조 2년) 문성공의 시호를 받고 1682년(숙종 8년) 성혼과 함께 문묘에 배향되었다. 현재 자운서원과 강릉의 송담서원 등 전국 20여 개 서원에 배향되어 있다.

소박한 율곡의 가족묘

우리는 자운산 기슭에 있는 율곡과 신사임당을 비롯한 가족묘역을 찾아보았다. 율곡의 가족묘 13기가 한곳에 자리 잡고 있는데 중심지역에 있는 율곡

율곡의 가족묘

의 묘는 부인 곡산 노씨 묘와 위 아래로 붙어있었다. 그 아래에 맏형 이선과
형수 곽씨의 합장묘가 있고, 그 밑에 율곡의 부모인 이원수와 신사임당의 합
장묘, 그리고 맨 아래에 율곡의 맏아들 경림의 묘가 있었다. 묘역은 조선의 대
학자의 명성에 비하여 소박하고 평범한 모습이었다.

　신사임당에 관한 얘기는 너무도 잘 알려져 있지만, 19세에 결혼한 후 몇 달
만에 아버지가 죽고 3년상을 치른 후 파주 율곡리의 시댁에서 기거하였다. 때
때로 강릉에 가서 홀어머니를 위로하던 중 셋째 아들 율곡을 낳았다. 율곡은
훗날 저술한 어머니의 『행장기』에서 교양과 학문을 갖춘 예술인일 뿐더러, 한
가문의 며느리이자 현명한 어머니라고 했다. 그리고 넷째 아들 우와 큰딸 매
창의 예술적 재주를 키워주신 은혜에 대해서도 소상히 기술해놓아, 어머니에
대한 공경과 지극한 효심을 엿볼 수 있었다.

　율곡이 8세 때 지은 시가 걸려 있는 화석정(花石亭)에 올라서니 시원하게 내
다보이는 들판으로 임진강의 강줄기가 유유히 흘러간다. 화석정은 1443년(세
종 25년)에 율곡의 5대조인 이명신이 처음 건축했는데 1478년(성종 9년)에 이숙
함이 화석정이라 이름 붙였다고 한다. 여기에 와서 율곡의 시 「화석정 팔세시

(八歲詩)」를 한 번 읊어보지 않을 수 없었다.

숲속 정자에 가을이 이미 깊어드니 / 시인의 시상이 끝이 없구나
멀리 보이는 물은 하늘에 잇닿아 푸르고 / 서리 맞은 단풍은 햇빛을 향해 붉구나
산 위에는 둥근달이 떠오르고 / 강은 만 리에서 불어오는 바람을 머금었네
변방의 기러기는 어느 곳으로 날아가는고 / 울고 가는 소리 저녁구름 속으로 사라지네
(林亭秋己晚 騷容意無窮 遠水連天碧 霜楓向日紅
山吐孤輪月 江含萬里風 塞鴻何處去 聲斷暮雲中)

윤관 장군의 묘

우리는 길을 재촉하여 '파주 3현' 중 윤관 장군의 묘를 찾아갔다. 윤관 장군 묘는 율곡 묘에 비하니 너무 크고 화려하다. 우리는 묘 앞 잔디밭에 둘러앉아 박 교수로부터 고려 숙종 때의 정치상황 얘기를 들었다. 대부분의 고려왕들은 인주 이씨와 결혼하여 왕권을 잡았으나, 그렇지 못했던 숙종은 왕권을 강화하기 위한 정책을 폈다. 당시 숙종은 수도의 남경천도와 화폐개혁 등 개혁정치를 시도했던 입장에서 최측근이었던 대각국사 의천과 윤관 장군의 지지를 받아 여진정벌을 계획했던 것이다.

윤관 장군의 묘는 그동안 청송 심씨 심지원의 묘와 함께, 파평 윤씨와 청송 심씨 간에 이어졌던 산송(山訟)사건으로 조선 500년 동안 국왕도 해결하지 못했던 대표적인 예이다. 그러나 몇 년 전에 윤씨 가문에서 심씨의 묘역을 다른 곳으로 옮겨줌으로써, 이곳의 윤관 장군묘를 왕릉처럼 널찍하게 정비해 놓았던 것이다.

임진강 인문학의 마지막 코스로 용미리 석불입상을 찾아갔다. 용암사 뒤편 산 중턱에 있는 두 개의 석불입상은 기대했던 것보다는 잘 다듬어지지 않았지만 토속적이면서도 우람하게 느껴졌다. 고려 선종은 자식이 없어 원신궁주까지 맞이했으나 왕자가 없었다. 어느 날 궁주의 꿈에 두 도승이 나타나 '우리는 장지산에 사는 사람들인데, 시장하니 먹을 것을 달라'고 말한 후 사라졌다. 왕은 궁주의 꿈을 따라 사람을 장지산에 보냈더니 큰 바위 두 개가 있었다. 거기

파주 용미리 석불입상

에 두 도승을 조각하고 절을 짓고 불공을 드렸더니, 그 해 왕자인 한산후(漢山
候)가 태어났다고 한다.

신라의 석불이 정교한데 비하면 고려의 석불은 조악하면서도 서민적인 거
대 석불문화를 보여준다는 것이 박 교수의 설명이었다. 문화의 변천도 직접
가서 보아야 느낄 수 있는 것 같아서 '길 위의 인문학'의 진정한 맛을 새삼 느
끼게 되었다. 석불입상 앞에 모여앉아 '임진강' 3행시를 발표했다.

임, 임진강의 유유한 물길 따라 흘러온 5천 년 세월
진, 진솔한 역사와 유불선의 문화가 간직되어 있는데
강, 강 건너 북녘땅 유적들은 언제나 답사해 볼거나

도, 도토리 흐트러진 '느림보강물길'을 밟으며

담, 담쟁이 붉게 물든 석문(石門)을 구경하니

삼, 삼선암(三仙岩)도 단양 8경의 절경이라 하지만

봉, 봉우리 세 개 도담삼봉(島潭三峰)은 그중에 으뜸일세

남해 바닷물에 씻긴
역사문화

난중일기의 현장
통영과 남해

'길 위의 인문학' 프로그램이 '충무공의 바다, 불패의 바다' 라는 주제로 거제와 통영 그리고 남해를 탐방하는 것이다. 충무공의 업적에 대해서는 대강 알고 있지만 『난중일기』에 대하여 좀 더 자세히 알고 싶어 국립중앙도서관에서 순천향대 노승석 교수의 사전강의를 들었다. 그리고 거제 옥포와 통영 한산섬 그리고 남해 관음포와 충렬사를 돌아보면서 임진왜란의 과정과 충무공의 『난중일기』에 기록된 현장을 살펴보았다.

충무공의 바다, 불패의 바다

옥포해전의 현장

거제도 옥포만이 한눈에 내려다보이는 언덕 위에 건축해 놓은 옥포루에 올라 순천대 임원빈 이순신연구소장으로부터 임진왜란 중 해전에서의 첫 승리인 옥포해전(玉浦海戰)의 상황과 이순신의 승전병법에 대하여 설명을 들었다. 그는 충무공의 승전원리 6가지를 소개해 주었다.

옥포루에서 바라본 옥포만 | 웅장한 대우조선소의 모습이 한국의 발전상을 보여주고 있다

　이순신의 전승무패의 승리신화는 철저한 준비와 전술이라고 한다. 칼싸움에 능한 왜병들의 '등선육박전술'을 이기기 위하여 판옥선의 문제점을 보완하였다. 돌격 접근해서 총통으로 명중시킨 후 활과 화약으로 사살 폭파시키는 '함포포격전술'을 전개하기 위하여 거북선을 건조했던 것이다. 그리고 이순신은 지형의 이점을 활용하여 유리한 장소와 시간에 통합된 세력으로 적을 분산시켜 공격하는 것이었다. 즉 승리할 수 있는 여건을 만들어 놓은 뒤에 싸워서 이기는 유능한 리더였다고 한다. 그리고 전과창출뿐 아니라 인류의 보편적 가치를 보여주었던 위대한 리더였다고 임 교수는 강조하였다.

명장으로서의 이순신

　이순신은 1545년 4월 28일 한성의 건천동에서 이정(李貞)의 네 아들, 휘(羲), 요(堯), 순(舜), 우(禹) 중 셋째로 태어났다. 그는 형들을 따라 문과 과거시험을 준비하였는데, 22세 때 무과로 마음을 바꾸었다. 그는 '서해어룡동 맹산초목지(誓海魚龍動 盟山草木知)', 즉 바다에 서약하니 어룡이 감동하고 산에 맹세하니 초목이 알아준다는 글도 남겼다. 그는 28세에 무과시험에 도전했으나 낙마사고로 낙방한 후 32세에 재도전하여 총 29명 중 12등으로 합격하였다. 첫 부임지는 함경도 동구비보의 권관이었다.

그는 초급 관료시절 고속승진을 하여 4년 만에 소위급에서 대령급이 되었다. 그는 '대장부가 세상에 태어나서 쓰이게 되면 죽기로서 일할 것이요, 쓰이지 못한다면 들판에서 농사짓는 것으로 만족할 것이다. 권세 있는 곳에 아첨하여 한때의 영화를 누리며 사는 것은 내가 제일 부끄럽게 여기는 것이다'라는 좌우명으로 생활했다고 한다.

이순신은 임진왜란 발발 1년 2개월 전에 전라좌수사로 발탁되었는데, 그 이전에 2번의 파직과 1번의 백의종군을 하는 시련을 겪었다. 이때 류성룡이 정읍현감으로 있던 이순신을 무예에 능하다고 천거하여 1591년 2월에 전라좌수사에 임명토록 했다. 이는 무인관료로서 그의 실력과 능력 그리고 인품을 높이 평가하였기 때문에, 종6품의 현감에서 정3품으로 7계급이나 특진했던 것이다. 이순신은 전라좌수영(현 여수)에 부임하여 곧바로 무기를 정비하고 당시의 판옥선(板屋船)을 개조하여 거북선을 건조하는 등 전쟁준비를 철저히 했다. 1592년 4월 12일에는 거북선에 총통을 싣고 사격훈련을 했다고 『난중일기』에 기록되어 있는데, 이날이 정확히 임진왜란 발발 하루 전날이었던 것이다.

임진왜란의 경과

15세기 후반 조선이 동인과 서인의 정권다툼으로 정세가 혼란하던 시기, 서세동점의 물결로 서구문명을 접한 일본은 대륙에 대한 침략을 꾀하고 있었다. 1592년(임진년) 4월 13일 풍신수길(도요토미 히데요시)의 명을 받아 소서행장(고니시 유키나가)이 20만 대군으로 부산포를 침입하면서 임진왜란이 시작되었다. 당시 조선 수군으로 경상우수사로 있던 원균이 참패하고 경상좌수사 박홍의 수비군도 실패하자, 전라좌수사 이순신은 5월 4일에 후원군을 이끌고 여수의 전라좌수영을 출발하여 원균 부대와 작전을 협의하여 5월 7일 옥포해전에서 첫 승리를 거두었다. 왜장 등당고호(도도 다카토라)가 이끄는 왜선 30여 척 중 26척을 분멸하였다.

그 외 소서행장의 왜군은 별다른 저항도 받지 않고 내륙으로 진격하여 20일

거제도 제승당

만에 한양이 함락되었고 이어서 평양성도 함락되었다. 가등청정(가토 기요미시)은 북진하여 함경도까지 진격하는데 채 2개월도 못되어 전국토가 유린당하였다. 이러한 상황에서 왜적의 해상보급로를 차단하고 해상의 통제권을 장악하는 것이 급선무였다.

이순신은 7월 8일 원균(경상우수사), 이억기(전라우수사)와 함께 거북선 3척을 포함하여 58척으로 왜선을 한산도 앞바다로 유인하여 '학익진전법'으로 47척을 불태우고 12척을 사로잡는 등 한산도대첩의 승리를 이룩하였다.

제해권을 확보한 이순신은 전라도 지방의 곡창지대가 전쟁에 식량보급의 요충지라는 점을 인식하고, '호남은 국가의 울타리이니 만약 호남이 없다면 곧 국가가 없는 것이다(竊想湖南 國家之保障 若無湖南 是無國家)'라고 하였다(임진일기. 8월 22일). 1593년(계사년) 7월에 수군기지를 전라좌수영에서 한산도로 옮기고 전라 · 경상 · 충청의 수군을 관장하는 삼도수군통제사에 임명되어, 통영을 행영(行營), 즉 통제영으로서 수군의 본부로 삼았다.

임진왜란 당시 명나라는 심유경과 이여송을 보내 조선군과 합세하여 평양을 수복하였는데, 김시민은 진주에서(1592. 10), 권율은 행주에서(1593. 2), 이순신은 한산도에서 승리를 거두었다. 각 지방에서는 곽재우, 조헌, 고경명, 정문부 등이 의병을 일으켜 적에게 피해를 주었다. 명나라는 심유경을 풍신수길에게 보내어 휴전협상을 제의하는데, 일본의 무리한 요구로 협상은 3년 만에 결렬되었다.

충무공의 수난과 전사

1595년(을미년)에는 전쟁이 없는 소강상태였으나, 이순신은 전쟁준비를 게을리 하지 않았다. 명령을 불복하는 원균과의 갈등 때문에 충청수사로 전임된 원균은 그곳에 가서도 이순신에 대한 험담을 조정에까지 떠벌렸다. 이때 소서행장은 부하 요시라를 첩자로 보내어 두 사람을 이간하고 모함을 꾀하였다.

명나라는 수군제독 진린과 부장 계금을 파견하여 왜군의 해로를 차단하였다. 이때 이순신이 가등청정을 공격하지 않았다는 요시라의 간계로 삼도수군통제사에서 파직되고 투옥되었다. 그러나 정탁의 상소로 4월 1일 선조의 특사로 출옥되어 합천 초계에 있는 권율 장군의 휘하에서 백의종군하여 공을 세우라는 명을 받았다. 그 후 열흘 만에 모친상을 당했으나 장례도 못 치르고 길을 떠났다.

김명원과 이항복의 강력한 추천으로 선조는 7월에 이순신을 다시 삼도수군통제사로 재임명하니, 많은 장수들과 병력들이 모여들었다. 이순신은 '지금 신에게는 아직 12척이 있으니 죽을 힘을다해 막아 싸운다면 그래도 해낼 수 있다'고 했다. 그는 1597년 9월 15일 노량해전을 앞두고 신하들에게 '필사즉생 필생즉사(必死則生 必生則死)'라 하며 결사적인 자세로 전쟁에 임할 것을 당부했다. 노량해전에서는 130척의 적선 중 5척만이 살아남았다고 한다

소서행장은 진린에게 뇌물을 주고 왜선 1척이 빠져나가게 하여 사천·고성·남해에 있는 왜군에게 연락하니, 소서행장의 구출작전으로 왜선 500여 척이 노량 앞바다에 집결하였다. 이날 밤(11월 18일) 삼경에 이순신은 배 위에서 무릎을 꿇고 하늘에 빌었다. '차수약제 사즉무감(此讎若除 死卽無憾)', 즉 이 적을 무찌른다면 죽어도 한이 없겠다는 것이었다.

그 이튿날(11월 19일. 양력 12월 16일) 새벽에 적선 200여 척을 격파시키고, 남

충무공의 유언을 새겨놓은 비

해로 도주하는 왜적을 필사적으로 추격하다가 적의 화살에 맞아 전사하였다. 이순신은 눈을 감는 순간까지 '전방급 신물언아사(戰方急 愼勿言我死)', 즉 '전쟁이 한창 다급하니 부디 나의 죽음을 말하지 말라'는 최후의 유언을 남겼다.

우리는 통영의 한산도로 건너가 제승당 마루에 모여앉아 충무공이 1593년 8월부터 감옥에 투옥되었던 1597년 2월까지 3년 7개월 동안 한산도 진영에서의 삶에 대한 얘기를 노승석 교수로부터 들었다. 이순신은 삼도수군통제사가 되어 통제영에 머무는 동안, 통영은 적선들이 호남으로 가는 길목이란 점을 파악하고 남해안의 제해권 확보를 위해 주, 야간 노심초사하였다. 이 무렵 널리 알려진 「한산수루가(閑山戍樓歌)」뿐 아니라 아래와 같은 「한산야음(閑山夜陰)」을 지었다. 충무공의 친필 글자를 집자하여 제승당 주련에 써놓은 아래의 시구를 우리는 노 교수의 운에 맞추어 따라 읽어보았다.

바닷가에 가을 빛 저물었는데 / 찬 기운에 놀란 기러기 떼 높이 날아가네
나라 걱정에 뒤척이는 밤 / 새벽에 기우는 달은 활과 칼을 비추네
(水國秋光暮 驚寒鴈陣高 憂心輾轉夜 殘月照弓刀)

큰 별이 바다에 지다

인간 이순신

충무공 이순신 장군은 말할 것도 없이 임진왜란의 전쟁영웅으로서 존경하지만, 노 교수는 한 인간으로서의 이순신에 대하여 설명해 주었다. 이순신은 한산도에서 군수품 조달을 위해 주민들을 모아 둔전을 경작하고, 고기잡이, 소금굽기, 질그릇 굽기 등을 독려하였다. 그리고 아산에 계신 어머니가 그리워 자주 사자를 보내 안부를 물었다고 한다. 『난중일기』에서 어머니에 대한 표현을 천지(天只)라고 했었다. 이는 부모님을 하늘과 같이 높은 존재로 생각하는 유가사상이라고 한다. 임진왜란 발발 이후 전남 여수시 고음천(古音川) 송현마을에 어머니의 기거를 마련하여 사시게 하였는데, 1593년 6월부터 1597년 4월까지는 아들 며느리와 함께 살면서 효심을 보여주었다(갑오일기, 12월). 1594년 어머니께 하직을 고하니, 어머니는 '잘 가거라. 부디 나라의 치욕을 크게 씻어야 한다'고 타이르며 이별을 아쉬워하지 않았다고 기록해 놓았다.

1595년 전쟁이 소강상태였을 때 미루어오던 맏아들 회의 혼례를 1월 13일에 치를 예정이었다. 그러나 부친이 꿈에 나타나 연기하라는 말에 따라 8일 후인 21일에 혼례를 치렀다(을미일기, 1월 12일). 꿈에 나타난 부친의 당부를 따랐던 모습에서도 깊은 효심과 '그리움에 눈물을 금하기 어렵다'는 글에서 가족을 사랑하는 여리고 섬세한 마음을 엿볼 수 있다.

1597년 명량해전의 보복으로 왜적들이 아산의 집을 방화하고 셋째 아들 면이 전사했을 때, 이순신은 아들의 비보를 듣고 '내가 죽고 네가 사는 것이 이치에 마땅하거늘, 네가 죽고 내가 살았으니 이런 어긋난 이치가 어디 있는가? 천지가 캄캄하고 해조차도 빛이 변했구나'라고 했다(정유일기, 10월 14일). 애절한 아버지의 정을 느낄 수 있다.

이순신은 가족들에 대한 염려만이 아니라 거느리고 있던 부하들에 대한 배려와 애정도 남달랐다. 전쟁에서 희생된 부하나 전사자들에 대해서는 극진히 치료하고 위로해 주었고, 주변 백성들의 삶까지 관심을 기울였다니, 그는 장군으로서 뿐만 아니라 한 인간으로서도 영웅이라 할 수 있는 것이다.

대성운해 비각이 있는 이락사 입구

이순신은 왜적과의 전쟁을 치르면서 매일매일 일과뿐 이니라 공사간의 인사문제를 포함해서 보고 느낀 점들을 상세히 기록하였다. 그의 『난중일기』에는 전시의 일상 속에서 빚어지는 인간의 희비애락을 서슴없이 드러내 보여주고 있다.

관음포의 대성운해

통영에서 출발하여 남해대교를 건너 남해로 갔다. 우리는 관음포이충무공전몰유허(이순신 영상관)에서 임진왜란의 영상물을 관람한 후 이락사(李落祠)에 들렀다. 이락사는 이순신이 1598년(선조 31년) 11월 19일 적장 소서행장을 추격하다 적의 총탄을 맞고 운명한 바다라는 의미의 이락파(李落波)와 함께 노량 바다가 바라보이는 곳에 지어놓은 사당이다. 이순신이 순국하면서 유언으로 남긴 '전방급 신물언아사(戰方急 愼勿言我死)'를 커다란 돌비석에 새겨놓았다. 그 옆을 지나 이락사의 묘비각에는 '큰 별이 바다에 떨어졌다'는 의미의 대성운해(大星殞海)라고 쓴 현판이 붙어있고 충무공의 유허비가 있었다.

노량해전의 격전지가 바라보이는 첨망대(瞻望臺)에 오르니 관음포만 일대가

노량해전의 격전지 | 관음포만 일대

한눈에 들어온다. 저 멀리에는 광양제철소의 굴뚝도 보이고 여수로 연결되는 이순신대교도 보인다. 현지 해설사와 노 교수로부터 충무공이 장렬하게 생을 마친 노량해전에 대한 설명을 들었다. 7년간 계속 되었던 조선과 일본과의 전쟁을 통하여 죽을 운명을 감내하면서도 끝까지 책임을 다했던 이순신의 강인한 정신이야말로 유구한 역사에 이어 후대까지 길이 남을 애국의 본보기가 될 것이다.

정의롭고 올곧은 이순신은 22년간 관료생활을 하는 동안, 상관과의 갈등과 마찰을 겪으면서 총 3번의 파직과 2번의 백의종군이라는 징계를 받았다. 그러나 국난이 있을 때마다 위기극복의 중심에서 그 능력을 발휘했던 것은 그의 인품을 바로 평가했던 류성룡과 같은 후원자들이 주변에 있었기 때문이었다. 그러한 점에서 오늘날에도 진정한 전문성과 가치의식 그리고 고결한 인격을 갖춘 인물들이 몇이나 있는지 아쉬울 뿐이다.

우리는 남해 충렬사에 들러 묵념으로 충무공을 기렸다. 충무공이 전사한 후 그의 시신은 한때 이곳에 모셔졌다가 아산 고향으로 옮겼다고 한다. 그 후 1632년(인조 10년) 이곳의 유림들이 충렬사를 짓고 제사를 지내기 시작하였다.

일기가 역사를 만든다

『난중일기』는 개인적으로 기록한 비망록이지만, 그 내용은 주로 일신보다는 국가와 백성들을 위한 것이었다. 전쟁의 긴박한 상황 속에서 죽음을 두려워하지 않는 강인한 정신력이 있었기 때문에, 후대인들은 임진왜란의 전쟁상황과 이순신의 활약상을 자세히 알 수 있는 것이다. 일기를 썼던 1,491일 중 1,029일의 일기가 한산도 제승당에서 기록되었다. 그래서 우리는 7년간의 전쟁 중에 직접체험한 사실들을 기록한 『난중일기』는 일기문학의 대표작이라고 평가한다는 것이다.

전쟁 중 7년 동안 일기를 쓸 수 있었던 것은 바로 이순신에게 문인의 자질이 잠재적으로 있었기 때문에 가능한 것이었다. 그가 22세에 문과 과거시험을 준비했다가 10년 후에 치른 무과시험에서 시험관의 질문에 바른 답을 하여 무과 응시자로서 뛰어난 학식을 인정받았던 기록에서도 알 수 있다. 그의 문필 능력은 임진왜란 상황을 비교적 상세히 거리낌 없는 문체로 기록한 『난중일기』에 잘 나타나 있다.

일상생활에 대한 개인 기록도 세월이 지나면 본인뿐 아니라 국가와 사회 역사의 일부가 되는 것이다. 그러한 심정으로 나는 '난중일기' 시제에 대하여 아래와 같은 4행시를 지어 보았다.

난, 난 오늘 충무공의 난중일기에서 다시 알았네

중, 중요한 일, 괴로운 일 그리고 즐거운 일들

일, 일상의 생활얘기 그대로 기록해두면

기, 기억은 사라져도 소중한 삶의 모습은 영원한 것을

동아시아 해상의
장보고 바닷길

'길 위의 인문학' 탐방으로 완도의 청해진(淸海鎭)을 찾아 신라시대의 해상왕 장보고(張保皐)의 발자취를 더듬어보고, 또 바다와 해양의 의미를 되새겨보고 싶었다. 그리고 오래전부터 '슬로(slow)길'로 소개되어 많은 사람들의 인기를 끌고 있는 청산도 탐방도 곁들인다니, 큰 기대를 갖고 탐방단에 참여하였다. 그리고 국립중앙도서관 사전강의에 참석하여 '바다에 새겨진 한국문화'라는 주제로 목포대 강봉룡 교수의 강의를 들었다.

완도의 청해진 그리고 청산도

장보고의 청해진

남해의 섬 완도까지 가는 길은 한국땅에서 제일 먼 거리인 것 같았다. 그래도 이제는 도로가 개선되어 4시간 반을 달려가니 바다가 나타난다. 달도를 지나 완도대교도 새로 건설하여 4차선 도로로 넓어졌다. 왼편으로 청해진의 장도가 저만치 바라보인다. 일출공원의 완도타워에 올라가 완도시내를 내려다

완도 청해진 | 장도목교로 연결해 놓았다

보니, 축항을 새로 쌓고 부두도 매립하여 연안여객선터미널을 확장하여 미래의 해양도시로 향한 꿈을 꾸고 있었다. 완도항의 상징적인 명소인 주도의 푸른 숲 경치는 보는 이들의 눈을 사로잡았다.

장도의 청해진은 1984년 사적으로 지정된 후 1991년 토성과 목책 우물(청해정) 등이 발굴되어 외성문루와 고대, 중문과 남문을 복원하였다. 청해진은 장보고가 이룩한 무역 전진기지이자 군사요충지로 썰물 때는 장좌리에서 도보로 오갈 수 있는 천연요새였는데, 지금은 아무 때나 건너갈 수 있도록 장도 목교를 만들어 놓았다. 판축으로 세운 토성과 함께 목책성의 나무 흔적은 당대의 청해진을 상상해 볼 수 있었다.

장보고기념관 또한 '바다를 지배하는 자가 세계를 제패한다'는 기치하에 2008년에 건립하여 1200년 전 당시 세계의 해양영웅인 장보고의 일대기를 전시해 놓았다. 제1전시실(장보고의 흔적을 찾아서)에는 청해진 일대의 유물과 문헌을 정리해 놓았고, 제2전시실(바닷길을 열다)에는 당시의 동남아 일대의 무역 활동상을 소개해 놓았다.

완도에는 몇 년 전 장보고의 활동을 그린 〈해신〉이라는 드라마 촬영을 위해 건설해 놓은 청해포구와 신라방 세트장에 많은 관광객들이 몰려든다. 완도군에서는 5월 초에 장보고축제를 개최하여 일반인들에게 해상왕 장보고의 활동상과 바다의 중요성을 홍보하고 있었다. 완도 청해진을 둘러보면서 '남해바다'란 시제의 4행시를 생각해 보았다.

> **남**, 남도 천 리 길을 멀다 않고 완도까지 달려와서
> **해**, 해풍에 쓸려버린 청해진의 흔적을 찾아보니
> **바**, 바다로 향한 장보고의 높은 뜻은 세월 속에 묻혀버렸네
> **다**, 다시 한 번 빛낼 수 있을까? 찬란했던 우리의 해양문화를

'슬로시티' 이미지는 사라지고

완도항에서 청산도로 가는 뱃길은 약 50분쯤 소요되었다. 청산아일랜드 카페리는 버스도 몇 대 실을 수 있는 제법 큰 배였다. 안개가 자욱한 연안 바다였지만, 주변의 섬들 사이에는 전복뿐 아니라 미역, 다시마 양식장이 널려있었다. 청산도 도청항에 도착하여 조그만 버스로 바꾸어 타고 당리 입구에 이르니 계절이 지난 유채꽃 대신 붉은 양귀비꽃들이 우리를 반겨주었다. 〈서편제〉 주인공 세 사람이 진도아리랑을 부르며 내려오던 돌담길, 그리고 〈봄의 왈츠〉 세트장 하얀 집 안팎에는 사진 찍는 관광객들로 붐빈다. 언덕 위에서 내려다보는 도락포구의 아름다움은 바다 위에 떠 있는 양식장시설과 함께 섬의 풍치를 더해주었다.

당리마을을 둘러싼 청산진성은 왜적들을 방어하기 위한 것이었다는데, 임진왜란 때에도 마을엔 피해가 없었단다. 호랑이 전설이 얽힌 범바위를 돌아 '구들장논'과 상서리마을 돌담장 그리고 초분제도 등은 가뭄과 바람과 같은 해양 역경을 이겨내며 자연에 순응하여 살았던 섬사람들의 지혜와 생활의 방편이라 느껴졌다.

청산도 '슬로길'은 100리나 이어지는 옛날 마을간의 이동로였지만 아름다운 풍경에 취해 발걸음이 저절로 느려졌던 것이다. 완도군에서는 문화생태탐방로 11코스를 개발하여 국제슬로시티연맹으로부터 인증을 받았으나, 근래에

청산도의 상징 | 슬로길 표지판

와서 조용히 시골길을 걸으며 경치를 감상하려는 사람들보다 드라마 세트장을 보러오는 관광객들이 밀려든다. 느림의 미학을 표방하는 이미지는 찾아보기 어렵고, 2시간여 동안 청산도를 일주하는 '슬로길' 탐방길은 자동찻길이 되어 버렸다.

청산도를 관광자원으로 선전하고 있는 완도에서 장보고의 해상 기지였던 청해진은 일반 관광객들에게 외면 받고 있으니 아쉬운 느낌이 들었다.

바다의 지배자가 세계를 다스린다

돌이켜 보는 한국의 해양정책

나는 '길 위의 인문학' 탐방의 추천도서인 주강현의 『제국의 바다, 식민의 바다』를 읽고 우리나라의 정치를 이끌어왔던 선조들의 바다에 대한 인식 부족을 발견하였다. 즉 우리의 역사는 주로 육지사에만 관심을 갖었을 뿐, 해양사에 대한 정책 소홀이 임진왜란을 불러왔고 또 오늘날 독도문제까지 영향을 주게 되었다는 내용에 공감이 갔다.

한반도는 지정학적 위치 때문에 적어도 전·근대시기에는 해양문화와 대륙문화가 착종하는 양상이 강하게 나타났으나, 역사적으로 볼 때 중국대륙과 일본열도 사이에서 문화교류의 메신저로 중요한 역할을 했었다. 그러므로 우리나라의 해양문화사는 그 활동상황으로 볼 때 신라와 고려시대의 융성기와 조선시대의 침체기로 구분할 수 있었다.

융성기는 통일신라시대로부터 시작하여 황해의 횡단항로가 본격적으로 활발해져서 동아시아의 해양활동의 전성기를 말한다. 신라-당과 백제-고구려-왜 연합군 사이의 전쟁 즉 '동아시아대전'을 통하여 신라가 삼국을 통일한 후에는 황해 횡단해로가 다양화되어 문물교류의 전성기를 맞았다. 8세기에 접어들면서 당·신라·일본 사이에 공무역이 활발해져서 함께 문화의 전성기를 맞았다. 그러나 그 후반에 이르러 3국의 정국은 공통적으로 불안해지면서 해양질서가 무너지고 일본의 해적이 난무하기 시작하였다.

이때 해양질서를 회복하고 문물교역을 다시 활성화시킨 사람이 신라인 장보고였다. 780년대 후반에 완도에서 출생한 장보고는 일찍이 당나라에 가서 서주의 무령군에 들어가 큰 공을 세워 30세에 군중소장이 된 후 재당 신라인들을 결집하여 동아시아의 최고 무역인이 되었다. 그는 828년에 신라로 돌아와 흥덕왕에게 알현하고 완도에 청해진을 설치하여 서남해 지역의 해적을 소탕하고 동아시아의 국제 무역을 주도하였다.

조선의 공도정책

장보고의 무역활동은 중국의 광주와 양주를 거쳐 당시 아라비아·인도 등 남방해로까지 장악했었다. 그러다가 신라왕실의 왕위계승 분쟁에 휘말려 김양의 사주를 받은 염장에 의해 841년에 암살당하고 말았다. 9세기 말경에 서남해역의 해상세력은 압해도의 능창(能昌)을 중심으로 다시 집결되었다. 신라조정이 '서남해방수군'을 결성하여 견훤(甄萱)을 대장으로 파견하여 격돌이 벌어지는 동안, 태봉국왕 궁예(弓裔)는 왕건(王建)을 수군 장군으로 임명하여 그 틈새를 노렸다. 본래 예성강과 임진강 유역의 해상세력으로 입신한 왕건은

해양도시로 발전하는 완도

호족의 딸과 혼인하거나 고승을 설득하여 서남해 지역의 해상세력을 평화적
으로 포섭하여 견훤과 능창을 제압하였다.

1270년 고려가 몽고에 항복하고 개경으로 천도하자 삼별초의 세력이 몰락
하면서 몽고에 저항했던 서남해 지역의 해상세력에 대한 탄압으로 주민들을
섬에서 완전히 철수시켰다.

조선시대에는 공도(空島)정책이 펼쳐졌다. 그리고 성리학적 정치논리에 매
몰되어 해양정책에는 아무도 관심이 없었다. 그 결과 왜구들은 텅 빈 섬들을
징검다리 삼아 조선땅에 대한 침탈을 자행하였다. 드디어 16세기 후반에 임진
왜란이 일어났고, 19세기 후반부터는 일본 제국주의 세력에 의한 정한론이 대
두되어 급기야 조선의 국권이 상실되고 말았던 것이다.

일본의 대륙진출 야욕

일본 정한론의 역사적 배경

동서양이 10세기부터 바다를 통하여 만났던 실크로드는 도자의 길이자 향

료의 길이었다. 15세기 말 희망봉과 인도양을 거쳐 서양인들이 중국과 일본을 발견했을 때, 왜구들은 동남아 지역에서 중계무역을 전개하고 있었다. 1587년 풍신수길(豊臣秀吉, 도요토미 히데요시)의 바테렌 신부 추방령에 이어, 26성인이 순교했던 1596년 산페리페호 사건으로 풍신막부는 국제 무역을 장기(長崎, 나가사키)의 평호성(平戶城, 히라도)과 장기항으로 한정지었다.

그 이후 덕천가강(德川加康, 도쿠가와 이에야스)막부에서도 기독교 탄압의 쇄국 정책을 편 가운데, 네덜란드인들은 1602년에 동인도회사(VOC)를 설립하여 중국과 일본과의 교류를 활발히 하던 중, 1609년에 서양인으로서는 유일하게 나가사키 평호성에서 매우 제한된 구역으로 옮긴 출도(出島, 데지미)라는 곳을 허용받았다. 일본의 선각자들은 '난학(蘭學)의 길'을 모색하면서 이곳에서 공부한 복택유길(福澤諭吉, 후쿠자와 유키치)은 1868년에 경응대학(慶應大學, 게이오)을 설립하였다.

1868년 덕천막부(德川幕府)가 무너지고 명치유신(明治維新, 메이지유신)이 일어났다. 그 배후에는 녹아도(鹿兒島, 가고시마) 지역의 융마번(隆摩藩, 사쓰마번) 그리고 하관(下關, 시모노세키)을 중심으로 산구현(山口縣, 야마구치) 지역의 장주번(長州藩, 조슈번)이 있었다. 바다를 활용하면서 서로 경쟁관계에 있던 사쓰마번의 서향융성(西鄕隆盛, 사이고 다카모리)과 조슈번의 목호효윤(木戶孝允, 기도 다카요시)은 1866년 판본용마(板本龍馬, 사카모토 료마)의 중재로 융장(隆長, 삿초)동맹을 체결함으로써 명치유신을 성공시켰다.

이 무렵 조슈번의 길전송음(吉田松陰, 요시다 쇼인)은 정한론, 대동아공영론을 주창하는 강호(江戶, 에도)막부시대에 제국주의 침략 이론가로서 조선 탈취론을 제기하였다. 그리고 에도막부 출신으로 해군 창설에 힘쓰면서 대동아공영권을 주창한 승해주(勝海舟, 가쓰 가이슈)와 목호효윤(木戶孝允, 기도 다카요시)이 정한론을 추진하였다. 여기에 사쓰마번과 조슈번의 실력자인 대구보이통(大久保利通, 오쿠보 도시미치)과 암창구시(岩倉具視, 이와쿠라 도모미)가 힘을 결합하여 정한론을 실행하였다. 또한 조슈번 출신으로 일반 평민이었던 이등박문(伊藤博文, 이토 히로부미)은 길전송음(吉田松陰, 요시다 쇼인)을 스승으로 모시면서 총리대신까지 올라간 것은 조슈번의 목호효윤(木戶孝允, 기도 다카요시)과 사쓰마번의 서향융성

장보고기념관 | 바다를 지배하는 자가 세계를 지배한다

(西鄉隆盛, 사이고 다카모리)이 제휴할 것을 주장하였고 대구보이통(大久保利通, 오쿠보 도시미치)과 손을 잡음으로써 가능했던 것이다.

일본은 드디어 1875년 불법으로 운양호를 강화도에 출몰시킴으로써 조선이 발포하였고, 일본의 공갈과 청의 타협 권고로 1876년 2월 26일 굴욕적인 강화도조약이 체결되었다.

일본 정치인들의 망언

우리나라가 굴욕적인 일본 지배로부터 해방되어 민주화와 경제발전을 이룩한 오늘날에도 일본의 안배진태랑(安倍晉太郎, 아베 신타로) 총리나 자민당의 극우파 정객들이 시대착오적인 망언을 쏟아내고 있다. 일본은 경제적 침체를 회복하고 정치적 야망을 성취하려는 목적으로 명치유신 잔당들(자민당 극우파)은 주변국 국민들의 인권유린은 말할 것도 없고 더 나아가 위안부 강제동원에 대한 역사 사실도 부인하고 있다. 그들은 식민지 확장 야욕을 위하여 우리나라를 비롯하여 동남아 국가들을 침략하였고 그 국민들을 핍박한 과거의 죄과를 근본적으로 부정하고 있다. 이러한 현상은 대륙을 강탈하기 위하여 바다를 바라보는 섬사람들의 본성의 표출이라고 해야 할 것이다.

안배(安倍, 아베) 총리는 정한파(征韓派)의 고향인 산구현(山口縣, 야마구치) 출신이다. 그의 아버지 아베 신타로 자민당 전 총재와 외조부인 안신개(岸信介, 기시 노부스케) 전 총리도 야마구치 출신이다. 그뿐만 아니라 조선 병탄의 주도적 인물이었던 이등박문(伊藤博文, 이토 히로부미)을 비롯하여, 가쓰라-태프트밀약의 당사자인 계태랑(桂太郎, 가쓰라 다로), 명성황후 시해 당시 공사였던 정상형(井上馨, 이노우에 가오루), 조선통감을 지낸 산현이삼랑(山縣伊三郎, 야마가타 이사부로), 한일합방의 주역인 사내정의(寺內正毅, 데라우치 마사타케) 그리고 이들의 스승으로 일찍이 정한론(征韓論)을 주창했던 길전송음(吉田松陰, 요시다 쇼인)도 모두 그곳 출신들이다.

지금 아베 총리는 동아시아를 침략했던 일본의 책임을 외면하면서 천황만세를 외치고 있다. 그는 지금 전쟁을 금지하는 평화헌법을 개정하여 자주국방을 추진했던 일본의 극우파 인물인 그의 외조부의 유업을 이어가고 있는 것이다. 일본의 정치 분위기를 그렇게 변화시킨 자민당의 정치구도에 대하여 어느 역사학자는 '아베 총리가 변한 것이 아니라, 태생적으로 그러한 아베가 총리로 선출된 것'이라고 하였다.

고산과 다산이 남긴
남도문화

이번 인문학 탐방은 고산 윤선도와 다산 정약용의 행직을 따라 전라남도 해남과 강진을 찾아가는 것이다. 탐방에는 동국대 김갑기 교수 그리고 사전강의가 있었던 날 현지 탐방자로 당첨된 대학 동창인 평산도 함께 참여하였다.

문인으로서의 고산 윤선도

고산의 녹우당

강진시내에서 점심을 먹고 고산 윤선도의 고택 녹우당을 찾아갔다. 해남 윤씨가 이곳 연동리에 자리 잡은 것은 16세기 초 윤효정에 의해서다. 그 후 5대 손인 윤선도에 이르기까지 과거급제자를 배출하면서 부와 명예를 갖춘 명문가로 자리 잡았다. 그런데 고산 윤선도(1587~1671)는 1616년(광해군 8년) 성균관 유생으로 권신들의 횡포를 지탄하는 상소를 올렸다가 유배를 갔다. 인조반정으로 석방된 후 별시문과의 초시에 장원급제한 후 봉림대군과 인평대군의 사부가 되었다. 정치적으로 남인계인 고산은 당쟁의 와중에 노론인 송시열에

고산 윤선도의 녹우당

게 밀리면서 서울생활을 청산하고 해남으로 내려갔다.

그는 병자호란을 맞아 의병을 이끌고 강화도로 갔으나 인조가 항복했다는 소식을 듣고 제주도로 은둔하러 가던 도중 풍랑을 만나 보길도에 기착했다. 1631년(인조 15년) 51세 때부터 13년간 세연정(洗然亭)을 비롯하여 부용동 원림을 조성하여 살면서 「어부사시사」 등을 창작하였다. 그리고 해남 현산의 금쇄동과 수정동에 들어가 원림을 조성하고 9년간 은거생활을 하면서 「오우가」, 「산중별곡」 등의 시가를 지었다.

그 후 왕위에 오른 효종이 수원에 집을 지어 스승이었던 고산에게 하사하였다. 고산은 1668년 그 집을 해남으로 옮겨 사랑채를 짓고 5대조 윤효정으로부터 약 600여 년이나 내려오던 안채와 함께 녹우당(綠雨堂)을 조성하였다. 녹우는 '만물의 소생을 알리는 이른 봄의 비'라는 의미에서 유래되었다고 한다. 또 녹우당 앞의 은행나무 잎이 바람이 불면 비처럼 떨어진다는 데서 왔다는 설도 있는데, 당호의 글씨는 동국진체를 처음 쓴 옥동 이서가 썼다고 한다.

녹우당에 대한 풍수지리적 특징에 대하여 조용헌 강사가 설명해 주었다. 녹우당은 녹색장원이라 할 수 있을 만큼 사신사(四神砂)가 아주 훌륭하다고 한다.

즉 현무에 해당하는 뒷산이 해남 대흥사 두륜산의 맥을 이은 덕음산으로 높지도 낮지도 않게 잘 생겼다고 한다. 덕음산은 토체(土體)의 형상으로 수의 느긋함, 화의 정열, 목의 고집, 금의 결단성을 모두 포함하면서 덕을 상징하는 토를 표현한단다. 토는 선과 악, 급함과 느림, 미와 추, 이타와 이기의 중간에서 균형을 잡는다는 것이다. 그리고 바람을 막아주는 좌청룡 우백호가 세 겹으로 둘러싸고 있다고 한다. 남쪽의 주작에 해당되는 안산도 높이가 적당하고 노적봉처럼 생겨 풍요함을 보여준다는 것이다.

우리는 고산 윤선도 유물전시관에 들러 우리나라 국문학의 대표시인인 고산과 그의 증손자이자 조선 후기 풍속화의 선구자였던 공재 윤두서(1668~1715)의 학문과 문학 그리고 그림과 글씨들을 살펴보았다. 국보 240호인 윤두서의 자화상과 그 후손들의 작품을 둘러보면서 이곳이야말로 문향이자 예향인 남도문화의 중심임을 이해할 수 있었다.

보길도의 세연정

땅끝마을 선착장에서 벅찬 마음으로 카페리 뉴장보고호를 탔다. 포구 주변에는 건물들이 많이 생겼고 산 위에는 땅끝 전망대가 높다랗게 솟아있다. 두 개의 바위 사이로 일출 사진촬영의 명소인 맴섬의 소나무들이 자태를 뽐내고 있었다. 선상으로 올라가 주위를 둘러보니 구름 속에 섬인지, 아니면 섬 속에 구름인지 다도해의 운무 경치에 신선이 된 느낌이었다.

우리는 산양진항에 내려 버스를 타고 노화도의 산길을 굽이굽이 돌아 보길대교를 건너갔다. 세연정 원림 앞에 모여 고산이 보길도까지 오게 된 과정과 부용동 원림을 조성하고 지내면서 「어부사시사(漁父四時詞)」를 지은 내력에 대하여 문화해설사가 설명해 주었다. 권력을 벗어던지고 선대의 고향에 돌아와 가문을 지키며 훌륭한 저술을 남겼던 인생이 중상모략에 휩싸인 정치권력자들보다 더 오래 기억되고 존경받는 것 같았다.

세연정을 둘러보니 고산이 조성했던 조경의 운치가 신선의 놀이터 같았다. 판석교의 자연친화적 토목기술도 놀라웠고, 회수담(廻水潭) 물길에 둘러싸여 노송과 함께 어우러진 세연정의 모습은 풍수전문가답게 고산만이 만들 수 있

보길도의 세연정 | 「어부사시사」가 이곳에서 지어졌다

었던 공간이었다. 날렵한 팔작지붕의 세연정 누대에 올라앉아 악공들의 연주
에 맞추어 동대와 서대에서 무희들이 춤추던 모습을 상상해보니 풍류의 멋을
이해할 것 같았다. 우리는 고산의 「오우가(五友歌)」를 읊어 보았다.

    내 벗이 몇인가 하니 수석(水石)과 송죽(松竹)이라

    동산에 달(月) 오르니 그 더욱 반갑구나

    두어라 이 다섯밖에 또 더하여 무엇하리 // 후략 (水, 石, 松, 竹, 月)

정치사상가, 다산 정약용

사색당파에 밀려난 실학정치

우리는 땅끝마을로 돌아와 한국학중앙연구원의 한형조 교수로부터 다산 정
약용(1762~1836)이 18년간의 유배생활을 포함하여 작고할 때까지 겪었던 인간
적인 좌절과 고뇌를 딛고 저술에 몰두했던 그의 업적에 대한 이야기를 들었다.

한 교수는 당시 조선시대는 사생결단의 당파싸움에 밀려 유배를 가고 목숨을 잃었던 지식인들의 모습을 네 부류로 구분할 수 있다고 한다. 첫째는 영문도 모르고 참극을 당한 경우(정여창), 둘째는 나름대로 뜻을 펴다가 죽음을 당한 경우(정도전, 조광조, 허균), 셋째는 뜻대로 이념을 펼치다가 인생을 마감한 경우(이이, 이황), 넷째는 뜻을 펴기도 전에 좌절되어 살면서 저술로 대신한 경우(정약용)라고 한다. 인간의 행동은 정(正)과 이(利) 사이에서 정해진다는 데, 다산은 이익도 없으면서 그 막대한 저술로 자기의 뜻을 후대에 남겼으니 그래도 행복한 지식인이 되었다는 것이다.

아침 햇살로 빛나는 다도해의 바다 경치가 아름답다. 섬 사이사이에는 양식시설들이 설치되어 있는데, 해안선 여기저기에 모여 앉은 마을의 하얀 건물들은 푸른 산과 바다를 아름답게 조화시켜주었다. 다산유물전시관으로 가는 버스에서 그의 사상과 종교관에 대한 비디오를 보여주었다.

1791년 신유박해 이후 1800년에 정조가 서거하자, 정조의 신임을 받았던 다산은 1801년(현종 2년) 3월 나이 40세로 포항의 장기로 첫 유배를 갔다. 퇴계는 제자들과 농담도 했고, 율곡은 여악을 꺼리지 않았고, 연암은 자주 밥알을 튀기면서 웃었다는데, 다산은 웃음이 없었던 성격이라고 한다. 그러한 다산이 강진에 유배와서도 지독한 외로움에 시달리며 잠을 못 자며 괴로워 했다고 한다.

그때의 자기 처지를 '넓게 쳐놓은 그물에 꼼짝없이 걸려 날개를 푸득거리는 새' 또는 '어망에 걸린 물고기'에 비유하면서, 시「자소(自笑)」에서 세상물정을 모르고 길 찾아 방황했다고 자신을 자책했다고 한다.

> 뜬세상, 사귈 벗이 몇이나 되겠는가 / 시정잡배를 잘 못 알아 참된 이로 여겼다네
> 국화 그림자 아래 시명이 드높았고 / 단풍나무 연단 위에선 연회가 잦았었지
> 천리마가 내달을 땐 꼬리에 붙은 파리도 잘 날아가지만
> 고꾸라진 용은 개미에게 코앞을 물어 뜯긴다네
> (浮世論交問幾人 枉將朝市作情眞 菊花影下詩名重
> 　楓樹壇中讌會頻 驥展好看蠅附尾 龍顚不禁蟻侵鱗)

다산초당으로 가는 뿌리의 길

다산의 유배와 저술활동

다산초당으로 올라가는 길 양편에는 대나무와 소나무 숲이 우거져 있었다. 소나무 뿌리가 솟아올라 계단을 만든 '뿌리의 길'을 따라 올라가자 다산초당의 모습이 나타났다. 다산이 1801년 장기에서 강진으로 유배지를 옮긴 뒤, 보은산방과 이학래의 집에 잠깐씩 머무르다가 1808년 만덕산 중턱 이곳에 초당을 짓고 제자들을 가르치며 『목민심서』, 『경세유표』, 『흠흠신서』 등을 포함하여 총 600여 권의 책을 저술하면서 실학사상을 집대성하였다.

강진에 있는 동안 고향과 가족에 대한 그리움을 못 견디어 '내 고향 여기서 팔백 리 / 비가 오고 개임에 무슨 차이가 있겠냐만 / 갠 날은 더욱 가깝고 / 비 오면 더 멀어지는 것 같네' 라고 했다. 그리고 꽃을 보아도 그저 시들하여 '온 갖 꽃 꺾어다 살펴보아도 / 우리집에 핀 꽃만 같지 않네 / 꽃의 품격 탓이랴 / 다만 그게 우리집에 핀 꽃이라서……' 라는 시도 썼다. 그러다가 바다를 바라보면 트인 마음을 갖게 되었고, 나아가 바다를 희망과 도전의 공간으로 생각했던 다산의 심정은 아래 시에서도 엿볼 수 있다.

다산초당

바닷가 장사꾼들 큰 이익 노려 / 험난한 파도를 피하질 않네

앞길에 솟구쳐 날 수 있다면 / 영해땅 귀양살이 왜 사양할까

탄핵문은 살벌하기 서리 같아도 / 정기가 넘실대는 불길 휘어잡으리

숲 아래 지혜로운 눈길 있으니 / 속셈을 어이 능히 가릴 수 있나

(海賈射重利 不避風濤險 前程有騰翥 安辭嶺海貶

彈文凜如霜 正氣凌威燄 林下有慧眼 肝肺何能掩)

　한 교수는 다산(茶山)에 대한 몇 가지 뒷얘기를 덧붙였다. 다산은 차나무가
많은 율동마을의 뒷산인데, 1805년 대흥사의 혜장선사를 만나 다도의 경지를
익히며 유배생활의 어려움을 감내하는 동반자가 되었다. '다산'은 본인이 불
러주기를 원했던 호가 아니라, 후인들이 붙여 부르게 된 것이라고 한다. 그는
태어나서 자란 마재의 남한강을 가리키는 '열수(洌水)'라는 호를 더 좋아하여
여러 저술에 남겨놓았다고 한다. 이 무렵에 와서는 그도 유배생활을 받아들이
고 저술활동에 전념하면서 아래와 같은 시「제보은산방(題寶恩山房)」을 썼다.

사의재 | 다산의 유배생활을 회상하며 4행시를 발표한다

우두봉 아래 작은 선방에는 / 대나무만 쓸쓸하게 낮은 담 위로 솟았구나

해풍에 밀리는 조수는 산 밑 절벽에 부딪히고 / 읍내의 연기는 겹겹 산줄기에 깔려있네

둥그런 나물바구니 죽 끓이는 중 곁에 있고 / 볼품없는 책 상자는 나그네 여장이라

어느 곳 청산인들 살면 못 살리 / 한림원 벼슬하던 꿈 이제는 아득하여라

(牛頭峯下小禪房 竹樹蕭然出短墻 裨海風潮連斷壑 縣城煙火隔重岡

團團菜榼隨僧粥 草草經函解客裝 何處靑山末可住 翰林春夢已微茫)

인간 정약용

다산이 유배생활을 하는 동안 사면을 위한 상소가 많았었는데, 서용보는 끝까지 반대하였고 나중에는 영의정까지 올라 다산의 집 옆에 와서 살면서까지 그를 반대했었단다. 그 이유는 그가 경기도 감사시절 암행어사로 온 다산이 그의 비리를 파헤쳐 원한을 샀던 때문이었다. 그러나 다산은 그를 악인이라 하지 않았고, 오히려 천주교 박해에 앞장섰던 남인벽파(공서파)의 홍낙안, 이기경 등을 악인이라고 그의 비명에 남겼다고 한다.

다산은 강진에 있을 때 수시로 천일각에 올라 형님 정약전이 유배가 있던 흑산도를 바라보며 그리워했는데, 형은 1816년 흑산도에서 사망하였다. 그 뒤 1818년 다산도 유배에서 풀려나 고향에 돌아왔으나 세상일에 대한 즐거움이 없었다. 여유당에서 지내다가 1836년(헌종 2년) 정조와 하나님에 대하여 감사한 마음으로 함께 아래와 같은 자찬 묘비명을 남겼다.

탄핵과 손가락질이 그토록 살벌해도 나는 나의 정기를 갖고 있다. 세상의 지혜가, 그 혜안이 누가 나쁜 놈인지, 진정 착한 사람인지 그 간담을 밝혀줄 것이다. 역사는 그리고 시간은 마침내 내 편일 것이다. 그래 나 백세후를 기다리겠다.

다산초당에서 백련사로 넘어가는 길은 야생차나무와 졸대나무가 우거진 숲길이었다. '삼남대로 따라가는, 정약용의 남도 유뱃길'이라는 이름의 트래킹 코스이다. 동백나무 숲으로 둘러싸인 백련사 마당에 올라서니 강진만이 저만치 훤하게 내려다보이는데, 수백 년이 넘게 자란 풍채 좋은 배롱나무는 꽃이 한창이었다.

이번 탐방의 마지막 코스로 다산이 1801년 11월 23일 강진으로 유배와서 처음 머물렀다는 주막집 사의재(四宜齋)에 들렀다. 사의재는 그가 주인 할머니의 배려로 이곳에 머무르면서 맑은 생각, 엄숙한 용모, 과묵한 말씨, 신중한 행동, 네 가지를 마땅히 지켜 행하는 집이란 뜻으로 이름 붙였단다. 다산은 1802년 10월 보은산 고성사로 숙소를 옮기며 황상을 비롯하여 여섯 제자를 가르쳤다. 글공부에 재능이 없다고 호소하는 황상에게 '파고파고 또 파야 한다'라고 한 말은 어떤 일이든 몰두하여 노력해야 한다는 의미의 교육지침이 되었다. 우리는 그의 삶을 생각하며 '다산초당'이란 시제에 대한 4행시 발표를 했다.

다, 다도해가 바라보이는 강진땅에 유배와서
산, 산새소리 벗삼아 만덕산에 초막을 짓고
초, 초의선사와 차를 나누며 집필에 임하더니
당, 당대의 선각자, 다산의 저술은 후대에 빛나네

남해바다에 표류한
서양인

최초 서양인의 눈에 비친 조선 그리고 서양인과 마주친 조선의 모습들을 살펴보는 것도 인문학의 일면일 것이다. '길 위의 인문학'은 최초로 조선을 서양에 소개한 네덜란드인 하멜(Hendrik Hamel)의 표류행적을 찾아 한국학중앙연구소 한형조 교수와 함께 전남 강진과 여수를 탐방하였다.

서양인이 발견한 조선

강진 병영성

우리가 탄 버스는 부여와 서천을 지나 금강을 넘어섰다. 전라도땅에 들어가서 군산·김제·부안·고창·영광·무안·목포 그리고 영암·해남·강진까지 가는 그 길이 바로 삼남대로였던 것이다. 조선시대의 10대 간선도로 중 하나였던 이 삼남대로는 전라도 선비들의 과거길이자 송시열, 정약용의 유뱃길이었다. 무려 5시간을 달려 강진군 병영면 하멜로로 들어섰다. 그리고 장흥·보성·순천·여수까지 갔다가 귀경하는 길은 구례·곡성·남원·임실·전주

강진 전라병영성의 하멜기념관

를 찍고 충남의 논산을 지나왔으니 이번에는 무려 27개 시·군을 거치는 탐방
길이었다.

병영면이란 지명이 범상치 않다고 생각했더니 이곳이 1417년(태종 17년) 전
라남도와 제주도를 포함한 53주 6진을 총괄했던 육군의 총지휘부인 조선 병
영성(兵營城)이 설치되었던 곳이다. 500여 년간 유지되었던 병영성은 1894년
갑오농민전쟁(동학)을 맞아 병화로 소실되어 폐지되었다. 당시의 건물이나 유
적은 소실되고 빈터에 남아 있는 성곽은 역사적 의의를 되살리고자 복원공사
가 진행되고 있었다.

주변을 둘러보니 저 멀리 병풍처럼 둘러쳐진 산세에 농토가 넓고 물자공급
이 원활하여 육군기지로 손색이 없을 듯 보였다. 남원에서 내려오는 마을 입
구에는 장방형 화강석 74개를 무지개형으로 끼워 맞춘 홍교가 있는데, 이곳
출신 유한계(1688~1794) 정승이 금의환향의 기념으로 세운 다리라고 한다. 홍
교 밑의 중앙 아래로 돌출한 용머리 돌은 여의주를 물고 있는 모습이었고 홍
교 입구 양편에 세워놓은 문인석과 무인석은 병영성을 지키는 수호신으로 늠
름한 자세였다.

하멜이 남긴 흔적들

1653년(효종 4년) 8월 16일 네덜란드의 상선 스페르베르(Sperwer)호가 제주도에서 난파되었다. 구조된 하멜(Hamel) 일행은 서울로 압송되었다가 1656년 3월에 이곳 병영성으로 이송되어 1663년 2월까지 7년 동안 노역하면서 생활했던 곳이다. 1998년 강진군은 하멜의 고향인 네덜란드 호르큼 시와 자매결연을 맺고 2007년 하멜기념관을 세웠다. 목조 타원형 건물은 하멜이 표착한 제주도를 그리고 맞은편 사각형 건물은 표류한 선박을 상징한다고 한다. 기념관 앞에는 호르큼 시에서 기증한 하멜의 동상이 세워져 있었다. 우리는 문화해설사로부터 하멜 일행이 조선에 오게 된 과정과 소선에서의 삶과 조선에 미친 영향에 대해 설명을 들었다.

이 마을의 '한골목'은 옛날 병마절도사가 수인산성을 순시할 때 집안이 다 들여다보여 이를 가리기 위해 만들었던 담장길이다. 황토와 돌을 번갈아 쌓은 담장이 아담한 모습이었는데, 돌을 빗살무늬 모양으로 쌓아 이색적인 분위기를 보여준다. 마을사람들은 하멜과 연관하여 네덜란드식 돌담이라고 한다. 그리고 마을 옆으로 흐르는 냇물은 바닥에 돌을 깔아 만든 관개수로로서 이 또한 하멜의 영향으로 만들어졌다고 전한다.

하멜이 병영성에 머무르며 힘든 노역을 하는 생활 중에도 수인사 스님들의 도움을 받았다는 기록이 있다. 수인사는 원래 수인산성의 병풍바위 아래에 있었는데 6·25 때 불타 없어졌고, 지금은 산 아래 입구에 여스님이 지키고 있는 조그만 절이었다. 우리들은 절 마당의 뜨락에 둘러앉아 하멜의 기록에 대한 한형조 교수의 설명을 들었다.

수인사의 승려들은 서양인에 대하여 개방적인 자세로 대하면서 많은 호기심을 갖았다고 한다. 당시 유교는 서양세계를 무시하고 가정 속에서 의미를 찾았는데 비하여, 불교는 고행을 통하여 현재를 벗어나 행복을 찾는 길이었기 때문에 개방적이고 국제적이었다는 것이다. 하멜 일행에게는 풍치가 좋은 곳에 있는 절에서 머리 깎은 중들이 술을 따르고 부처님께 절하는 모습이 신기하고 미신적으로 보였던 것이다. 고기를 먹지 않고 초식생활을 하는 태도나 어린 중이 공양해온 것을 노승은 앉아서 거둬들이면서도 극진하게 공경받는

여수의 하멜전시관

의례가 이상하게 보였다고 한다.

하멜의 조선 풍물기

율포해수욕장의 모래사장 그리고 남해의 새벽바다 아침 공기는 가슴이 터질 듯 신선하였다. 아침 안개에 덮인 보성 차밭의 풍경은 거의 이국적이었다. 우리는 하멜 일행이 강진에서 여수로 이송되었던 길을 따라 낙안읍성으로 향했다.

『하멜표류기』란 우리가 붙인 책 이름이란다. 그 내용은 원래 하멜 일행이 풍랑으로 제주도에 표류되어 조선에 13년간 억류되었다가 일본으로 탈출하였다. 그들이 고국으로 돌아가 동인도회사로부터 13년 동안 받지 못했던 임금을 받기 위하여, 배가 파산되고 일행이 억류되었던 경과 사정을 선원이자 서기였던 하멜이 쓴 보고서였다. 그 속에는 처음 접했던 조선의 풍물에 대한 기록이 포함되어 있다. 조선의 군사, 형제(刑制), 관료제, 가옥, 교육, 산물과 상업 등에 관한 간단한 기술도 있고 마지막에 조선으로 가는 항로가 기록되어 있다. 하멜의 보고서는 조선을 서방에 소개한 최초의 책으로 유럽 각국어로 번역되어 널리 읽혀졌다.

하멜이 제주도에 표류되었던 사실은 서양인이 조선을, 그리고 조선은 서양인을 처음 만났던 역사적인 사건이었다. 말도 안 통하고 문자도 달라 의사소통이 어려웠으나, 제주목사 이원진은 다친 선원을 간호하며 가끔 연회를 베풀어 주었고, 언젠가는 일본으로 갈 수 있을 거라는 희망을 주는 등 상당한 배려를 해주었다.

하멜 일행이 제주목에 도착한 지 두 달쯤 뒤 제주관아로 불려나갔을 때, 목사 옆자리에 붉은 수염을 한 서양인 한 사람(박연)을 만났다. 지방관이 하멜에게 '어느 나라 사람 같아 보이느냐'고 묻자, 우리와 같은 네덜란드 사람이라고 대답하였다. 그러자 지방관이 그는 코레시안이라고 했단다. 한참 후에야 그 사람은 일행에게 '뭐하는 사람들이며 어느 나라 사람이냐'는 등 네덜란드어로 떠듬떠듬 물었다고 표류기에 기술해 놓았다.

그런데 다른 기록에는 박연이 그 사람들과 말을 나누면서 옷깃이 흥건하도록 눈물을 떨어뜨리며 울었다고 했다. 하멜이 일본으로 갈 수 있게 해달라는 부탁에 대하여 박연은 '조선의 법은 표류 외국인을 국외로 내보내지 않는다'라고 하자, 동포를 만난 기쁨도 잠시 슬픔에 빠졌다고 했다. 그리고 박연은 자신이 속한 훈련도감에 가면 신변이 편하고 먹을 것이 풍족하다고 하면서 도성으로 데리고 갔다고 한다.

서양 문물을 외면한 조선

조선인에게 비친 서양인

조선인들에게 비친 그들의 용모는 '큰 키에 눈이 파랗고 코가 높고 머리는 노랗고 수염이 짧고 턱수염은 깎았는데 콧수염만 남겨놓은 자도 있다'라고 했다. 그들의 태도에 대해서는 '절을 할 때는 모자와 신발을 벗고 손으로 땅을 짚고 무릎을 꿇으며 고개를 숙인다. 울지만 곡을 하지는 않는다. 밥을 모르고, 술과 고기를 먹으며 과자(케이크)나 면(스파게티)을 즐기고, 뱀(소시지?)도 잘 먹

낙안읍성 | 조선시대의 가옥구조를 엿볼 수 있다

는다'라고 했다. 그들에게 쌀과 밀가루 그리고 부식 반찬을 배급해 주었으나, 밑반찬이 입에 맞지 않아 소금과 물을 타서 먹었다고 하멜은 기록해 놓았다.

제주에 표류된 하멜 일행의 화물에는 향목, 명반, 영양가죽, 녹피, 산양가죽, 설탕 등이었는데, 그 외에도 여러 가지 관측용구 유리거울과 모래시계 등도 있었다. 조정에서는 그들의 물자를 압수하지 않고 그들의 신분을 나름대로 배려해주면서 잡역이나 시켰던 것이다. 그러나 새로 접한 서양의 문물을 최대한 활용하지 못하고 세월만 보냈으니 조정의 폐쇄적인 유교적 사고방식과 외부세계의 물정을 외면했던 관리들의 좁은 안목이 아쉽게 느껴졌다.

우리는 하멜 일행이 강진 병영성에서 여수까지 가는 중간 위치인 낙안읍성의 낙풍루(樂豊樓) 마루에 둘러앉아 그들은 이곳에 머물면서 무엇을 생각했을까에 대하여 한 교수의 이야기를 들었다. 사람이 무슨 일을 하든지 간에 극단적인 절망 속에 빠지고 주변의 사람이 다 떨어져 나갔을 때 마음속에 남는 것은 가족과 하나님밖에 없을 것이라고 한다. 한 교수는 하멜과 같은 처지를 상상하며 우리는 지금 무엇을 감사하며 어떠한 인생을 살아야 하는지를 생각해

하멜의 시대 | 네덜란드와 조선사회를 비교해 놓았다

보자고 하였다.

여수 돌산대교 아래 새로 건설한 하멜전시관 앞 광장에는 네덜란드의 풍차와 하멜의 동상 그리고 방축 끝에는 하멜등대까지 만들어 놓았다. 여수는 하멜 일행이 전라좌수영에 와서 3년 6개월간 억류생활을 하다가 1666년 9월 4일 일본으로 탈출했던 역사적 사실을 기록해 놓았다. 기념관 내부에는 350여 년 전 당시 네덜란드의 해외 상역활동과 하멜 일행의 행적 그리고 조선의 역사상황을 시대별로 잘 비교 설명해 놓았다.

미지의 나라로 남은 조선

우리 일행은 진남관 서쪽 나무 그늘에 앉아 하멜 일행이 이곳에 억류되어 3년여 동안 생활하면서 마주쳤던 조선의 모습을 기술한 『하멜보고서』 중 『조선왕국기』의 내용에 대한 설명을 들었다. 하멜은 조선의 집은 갈대나 짚으로 지붕을 덮었고 방바닥에 불을 때어 따뜻하다. 남자는 재혼이 자유로우나 여자는 법으로 허용하지 않는다. 양반이나 고관들은 두세 명의 아내와 한집에 산다. 아이들은 어릴 때부터 선생을 두어 공부시키는데, 교재를 외우고 이해하는 능력이 놀랍다고 했다. 아버지가 죽으면 3년, 어머니는 2년 상복을 입는데, 자식이나 친척들은 미친 듯이 통곡을 하고 지관이 정해주는 장지에 매장한다. 상거래는 포목을 교환수단으로 하는데, 농민들은 쌀이나 곡식으로 물물교환을 한다. 말은 다른 나라와 완전히 다르고 글은 중국 글자뿐 아니라 굉장히 빨리 쓰는 글자 그리고 여자와 평민은 간단한 글자를 쓴다. 사찰이 경치 좋은 산속에 많이 있는데, 우상 앞에서 미신적인 의식을 행한다고 했다.

훗날 다산은 『목민심서』에서 표류한 외국인을 접대하는 조선사회의 태도에 대하여 비판의 글을 남겼다. 즉 그들을 업신여겼고 그들의 자국을 없애버리기 위하여 죽이고 그들이 가지고 온 책들을 태워버리거나 땅에 묻어버렸다. 외부세계의 정보를 차단하고 무시했던 유교적 개념 때문에, 문호를 개방하지 않았던 조선은 더욱 '미지의 나라'로 지속되었던 것이다. 진남관 잔디밭에 앉아 하멜 일행의 발자취를 되새겨보면서, '새벽바다' 시제에 대한 4행시 작품들을 발표하였다.

새, 새파란 하늘 아래 빨간 감이 익어 가는 강진 병영성에서
벽, 벽안의 표류자 하멜의 억류생활을 더듬어 찾아보니
바, 바람과 함께 흘러간 350여 년의 세월이 아득하지만
다, 다 무너진 성터에 서구인의 얘기들이 면면이 남아있네

다, 다도해가 바라보이는 강진땅에 유배와서
산, 산새소리 벗삼아 만덕산에 초막을 짓고
초, 초의선사와 차를 나누며 집필에 임하더니
당, 당대의 선각자, 다산의 저술은 후대에 빛나네

충신들이 남긴
이야기들

정도전을 찾아
영주탐방

얼마 전 〈정도전〉이 드라마로 인기가 높았다. 고려 말의 정치 분위기 속에서 불사이군의 충정, 민본정치를 위한 개혁과 역성혁명, 신권주의와 왕권주의의 대립 등을 주제로 이인임과 최영, 이성계와 정몽주 그리고 정도전과 이방원 등의 인물들이 펼쳐내는 역사 드라마이다. 그중에서 정도전의 개혁정신, 새나라의 건국과 함께 그 통치이념의 추구가 시대 분위기와 맞아떨어지는 느낌이었다.

개혁정신의 흔적을 찾아

'길 위의 인문학'은 경상북도 영주시의 협찬으로 '정도전과 함께하는 인문학 탐방'이라는 주제로 서울시립대 이익주 교수가 함께 동행했다. 그리고 인문학에 관심이 많은 윤 교장, 아프리카 에티오피아에 교육봉사하고 온 박 교수 그리고 미국에서 근 50년을 살다가 돌아온 월파도 함께 참여 하였다.

인문학 탐방단은 서울 세종로 뒤쪽에 있는 종로구청 앞에 모였다. 그곳은 삼봉 정도전이 살았던 집터로 '정도전가지(鄭道傳家趾)'라는 표지석이 세워져 있었다. 이 교수는 정도전이 죽은 이곳의 역사적 의미를 설명하면서 오늘 탐방은 정도전의 생애와 유적을 거꾸로 답사하는 코스가 되었다고 한다. 종로구의 뒷골목이 이제는 재정비되어 옛 모습을 찾아볼 수 없을 정도로 많이 변했다. 우리는 이 교수를 따라 '사복시지(司僕寺趾)'를 지나 옛 한국일보사 건물 앞에 섰다. 그곳은 송현방 즉 남은의 집터로 추정되는 곳인데, 정도전이 이방원에게 척살당하여 파란만장했던 생을 마감했던 장소였던 것이다.

양반의 고장, 영주

우리는 영주시 풍기를 지나 순흥에 들러 순흥묵밥으로 점심을 먹고 양반고장의 문화탐방을 시작했다. 먼저 고려 말 정도전이 이임하는 하륜 대감을 위하여 송별연을 열어주었다는 순흥도호부 관아인 봉서루(鳳棲樓) 건물을 찾아갔으나 이전되어 없어졌고, 그 후원을 이루고 있던 봉도지(蓬島池)와 봉도각 건물 몇 채가 연못가의 노송들과 함께 시원한 정원을 이루고 있었다.

인문학 탐방은 항상 길 위에 남겨진 역사와 문화를 찾아간다. 영주가 성리학 선비들의 고장인 만큼 고려시대에 안향과 안축의 문학이 이루어졌고 조선조에 와서는 주세붕, 이황, 신필하 등 풍기군수들의 자국이 남아 있는 소백산 '죽계구곡(竹溪九曲)' 길을 따라 우리 일행은 걸었다. 소백산 남쪽 계곡에 와보기는 처음이었지만, 순흥면 배점리에서 초암사까지의 계곡 또한 자연과 역사가 어우러진 곳이었다. 이곳의 대장장이였던 배순은 공부가 좋아서 틈날 때마다 소수서원에 가서 퇴계의 강의를 문밖에서 들었었다고 한다. 퇴계뿐 아니라 선조가 죽었을 때에는 삼년복을 입고 추모했던 그의 정성을 기려 정려각을 지어주었고 그 마을 이름은 배점리라 불리게 되었던 것이다.

백운동 취한대에서부터 금당반석까지 구곡의 이름은 퇴계를 거쳐 영조 때 신필하 등이 명명했다고 하는데, 굽이굽이 돌 때마다 명당에 대한 시구가 새겨져 있었다. 팔우헌 조보양의 「죽계구곡」 시는 아래와 같다.

왕대 아래 물 흐르는 계곡을 벗어나니
산을 따라 꼬불꼬불 점점 낮은 데로 내려오니

소수서원 취한대 앞에 흐르는 죽계천

매번 아름다운 곳 만나면 내 갓끈을 씻으리니
아홉굽이 일제히 구경할 때 봄날이 저무네
(苦竹淸冷下出溪 隨山迂曲漸趨低 每逢佳處吾纓濯 九曲齊時春日西)

소수서원의 학자수(學者樹) 소나무 숲, 옛 숙수사(宿水寺) 당간지주 앞에 모여
앉아 문화해설사로부터 영주의 선비문화에 대하여 설명을 들었다. 풍기군수
주세붕(1495~1554)이 중종 37년에 고려의 유학자 매헌 안향의 사묘를 세웠고
다음해 백운동서원을 설립하였다. 1544년에 안축(1287~1348)과 안보(1302~
1357)를, 그 후 1633년(인조 11년)에 주세붕을 추배하였다고 한다.

퇴계가 1550년(명종 5년) 풍기군수로 부임하여 조정으로부터 소수서원(紹修
書院)이라는 사액과 많은 문헌들을 받아 공인된 사학기관으로서 수많은 인재
들을 교육시켜 배출하였다. 소수서원은 1871년(고종 8년) 대원군의 서원철폐
를 면했던 47개 서원 중 하나로 옛 모습을 간직하고 있는데, 명종의 친필 편액
이 걸린 강당을 비롯하여 직방재(直方齋)와 일신재(日新齋), 학구재(學究齋), 지락
재(至樂齋), 서고 등의 건물이 남아 있다. 문성공 묘(廟)에는 고려 말에 그려진

안향의 영정(국보 제111호)이 안치되어 있었다.

소수서원 앞 죽계천(竹溪川) 맞은편 바위에는 퇴계가 썼다는 흰색의 '백운동(白雲洞)'이란 글자와 주세붕이 썼다는 붉은색의 '경(敬)'자가 새겨져 있다. '경'자는 유교의 근본사상인 '경천애인(敬天愛人)'에서 따온 글자이다. 1457년(세조 3년) 금성대군과 함께 고을사람의 단종복위운동이 탄로 나서 참화를 당했던 정축지변(丁丑之變) 때 수많은 시신이 죽계천에 수장되었다. 밤마다 들렸던 원혼들의 울음소리는 주민들이 '경'자에 붉은 칠을 하고 제사를 지낸 후에야 그쳤다고 한다. 그 옆에는 퇴계가 정자를 짓고 시를 읊으며 풍류를 즐겼던 취한대가 시원한 죽계천의 물빛에 투영되어 있었다.

소수서원에는 서원스테이 회원들이 옥색 도포와 두건을 쓰고 선비생활을 체험하고 있었다. 소수박물관에 들러 여러 가지 유교유물들을 구경하면서 공자로부터 주자, 안향, 정도전, 주세붕, 이황으로 이어지는 우리나라 성리학의 계보와 함께 그들의 교육활동을 살펴볼 수 있었다.

정도전의 삶과 철학

우리는 선비문화수련원의 강당에 모여 이번 탐방의 주제인 정도전에 대하여 이 교수의 강의를 들었다. 특히 고려 말 정도전이 정치세력을 형성하는 과정을 상세히 설명해 주었다. 병부상서였던 아버지 봉화 정씨 정운경과 영천(영주의 옛 이름) 우씨 어머니 사이 장남으로 영주 외가에서 태어났다. 『태종실록』 「졸기」에 서인 출신의 외할머니 그리고 외가를 단양 우씨라고 기록되어 있는 사실은 태종에게 역적으로 몰린 정도전에 대하여 정적이었던 하륜이 기록한 결과일 것이라고 한다.

정도전은 정몽주와 같이 목은 이색의 문하생이었고, 비슷한 시기에 각각 언양과 나주로 유배갔던 경력으로 서로 마음이 통했으나 위화도회군 이후 조선건국과정에서 국가관의 차이로 갈라서게 되었다. 그리고 둘 다 50대 중반의 나이에 이방원에게 죽임을 당했던 것이다.

고려 후기의 사회상으로 인분 비료를 썼던 강남농법(江南農法)으로 농업이 발전되고, 신흥사대부들이 등장하여 선우후락(先憂後樂)하는 성리학을 수용하는 동시에, 전제개혁과 척불운동으로 애민혁명이라는 사회변혁과 정치적 소요가 일어나고 있었다. 그 과정에서 정도전은 39세 때 "사람은 한번 죽는다"는 소신을 세우고 47세 때 "토지는 농민이 가져야 한다"고 주장하였다. 그리고 51세 때 "비록 스승도 배반할 수 있다"고 할 만큼 확고한 개혁사상을 가졌었다. 그는 1383년 42세 때 함주에서 이성계를 만난 이후 1392년 51세 때 조선건국을 이루었고 1398년 57세에 생을 마감하였다.

고려 말 정도전은 조준과 교류한 흔적이 문헌상에 없을 뿐더러 전제개혁이나 척불운동에 대해서도 두 사람은 생각과 행동이 달랐다고 한다. 조준은 전제개혁을 통해서 고려왕조의 유지를 주장한데 반하여 정도전은 너 나아가 새로운 성리학적 사회질서를 구현하고자 했다. 그것은 정치적인 선택의 차이였던 것이다. 그리고 강원도 양양의 '하조대(河趙臺)'가 하륜과 조준이 함께 머물렀다는 설에 대해서는 서로의 이념 차이로 볼 때 전혀 관계가 없을 것이라고 하였다.

영주의 선비문화

한옥 숙소인 화이재(和而齋)에서 자고 아침에 일어나 우리 친구 일행은 신선한 공기를 마시며 조양루(朝陽樓)에 올라 큰 북도 한 번 두드려본 후 군자교를 지나 선비촌마을을 구경하였다. 영주 주변의 이름 있는 고택들과 농가들을 재현해 놓고 소수서원과 연계하여 선비의 정신과 가치관 그리고 역사관을 체험할 수 있도록 조성해 놓은 공간이었다.

선비들의 덕목

'입신양명(立身揚名)' 구역에는 양반, 선비들이 사회에 진출하여 이름을 드높인다는 의미의 명패를 붙여놓았고, '수신제가(修身齊家)' 구역은 인·의·예·지를 공부하여 자신을 수양하고 바르게 실천하여 집안을 올바르게 가꾼다는 교훈을 보여주었다. 그리고 '우도불우빈(憂道不憂貧)'은 가난 속에서도 바른 삶을 중히 여긴다는 뜻이고 '거무구안(居無求安)'은 사는데 있어 편안함만을 추구

삼봉의 아버지 집 | 삼판서고택

하지 않는다는 의미의 교훈이란다. 그러므로 선비는 모름지기 자연의 아름다
움을 바라보며 그 이치와 함께 인간의 삶을 생각하고 명상과 풍류를 즐기면서
현실의 잘잘못을 비판하는 군은 기개를 함양해야 한다는 것이다.

　전통음식체험관에서 구수한 숭늉과 함께 선비식 아침을 먹은 후 우리는 영
주시내에 있는 '삼판서고택'을 방문하였다. 이 집은 고려 공민왕 때 형부상서
였던 정도전의 아버지 염의 정운경(1305~1366)이 살던 집으로 세 분의 판서가
살았다고 한다. 정운경은 그의 사위인 공조판서 황유정(1343~?)에게, 그리
고 황유정은 외손자인 이조판서 김담(1416~1464)에게 이 집을 물려주었다. 황
유정이 이 집에 사는 사위를 찾아가면서 쓴 시는 아래와 같다.

> 우연히 명아주 지팡이를 짚고 사립문을 나서니
> 4월의 화창한 날씨에 제비들이 쌍쌍이 날고
> 흥에 겨워 김씨 사윗집을 찾아갔더니
> 장미꽃 한 떨기가 울타리에 아름답게 피어있네
> (偶携藜丈出柴扉 四月淸和燕燕飛 乘興往尋金氏子 薔薇一朵秀疎籬)

이 고택은 원래 구성공원 남쪽에 있었으나 1961년 대홍수로 기울어져 서천

봉화 닭실마을의 청암정

강이 내려다보이는 이곳 구학공원으로 옮겨지었다고 한다. 이곳 영천 우씨 외갓집에서 태어난 정도전은 아버지를 따라 개성에 가서 과거에 급제하였고, 사회변혁기에 유배갔다가 풀려난 후 삼각산에 은둔했던 관계로 삼봉(三峯)이라는 호를 얻었다는 것이다. 삼봉은 아래의 시 「산거춘일즉사(山居春日卽事)」에서 은둔생활의 세월이 얼마나 무료했는지를 보여주고 있다.

> 한 그루 배꽃은 눈부시게 밝은데 / 지저귀는 산새는 봄볕을 희롱하네
> 은둔자 홀로 앉아 마음 쓸 일 없으니 / 뜰에 돋아난 풀만 한가로이 바라보네
> (一樹梨花照眼明 數聲啼鳥弄新晴 幽人獨坐心無事 閒看庭除草自生)

우리는 영주시 이삼면 신암리에 있는 정도전의 아버지 정운경의 묘를 찾아갔다. '봉화정씨시조공제단소'란 표지석을 따라 들어가니 봉화정씨추원제단비가 높다랗게 세워져 있고 그 옆에 문천서당과 모현사가 있었다. 종친 관리인이 모현사의 문을 열어주어 함께 인사를 드린 후 언덕 위로 올라가니 정운경의 묘가 있고 그 옆에 부인 영천 우씨의 조그만 묘가 붙어 있었다. 문천서당

은 1366년에 정도전이 아버지와 어머니의 상을 당하여 3년간 시묘생활을 하면서 이곳에서 공부했던 곳인데, 정몽주가 보내준 『사서(史書)』를 읽으며 민본사상을 터득하고 부패사회의 개혁을 꿈꾸게 되었다고 한다.

닭실마을 청암정

우리는 역사 드라마 〈정도전〉의 한 장면을 촬영했던 장소인 봉화 닭실마을에 있는 청암정을 찾아갔다. 드라마에서 정몽주가 정도전을 죽이라고 명한 뒤마지막으로 친구인 정도전의 마음을 돌려보려고 달밤에 술상을 차려놓고 대좌했던 장소였다. 그러나 정도전은 백성을 위해 토지개혁을 하고 새로운 왕조를 세우는 뜻을 굽히지 않았다. 오히려 정몽주가 돌아오는 길에 선죽교에서이방원에 의하여 척살당함으로써 살아남은 정도전은 이성계를 앞세워 역성혁명을 이룩했던 것이다.

이곳 유곡(酉谷, 닭실 또는 달실마을)은 중종 때의 문신인 충재 권벌(1478~1548)이 기묘 및 을사사화에 연루되어 파직당한 후 이곳에 낙향하여 500여 년간 안동 권씨 세거지를 이루었던 곳이다. 임산배수의 풍수지리에 맞는 이 마을은경주의 양동 민속마을, 안동의 앞내마을 그리고 하회마을과 함께 영남의 4대길지라고 한단다. 권벌은 마을 끝에 있는 거북바위 위에 청암정(靑巖亭, 현판은남명 조식의 글씨라고 함)을 짓고 둘레에 연못을 파서 돌다리를 놓았다. 비틀어진노목이 누워 있는 연못과 바위 위의 청암정에는 미수 허목의 전서체 '청암수석(靑巖水石)'이란 현판이 걸려 있었다.

민본사상과 신권정치를 주장하던 정도전은 왕권정치를 주장하는 이방원의 제1차 왕자의 난 때 죽게 되어 무덤도 없다고 한다. 정도전의 파란만장했던 일생은 『삼봉집』에 있는 아래의 시 「자조(自嘲)」에서 엿볼 수 있다. 그의 세 아들 중맏아들만이 살아남아 평택시 진위면 은산리에 세거지를 이루고 살면서 그곳에삼봉정도전기념관을 세워놓고 그가 추구했던 정치적 이념을 전시하고 있다.

조존과 성찰 두 가지에 온통 공을 들여서
책 속에 담긴 성현의 교훈 저버리지 않았다네

청암정의 편액

삼십 년 긴 세월 고난 속에 쌓아놓은 사업

송현방 정자 술 한 잔에 그만 허사가 되었구나

(操存省察兩加功 不負聖賢黃卷中 三十年來勤苦業 松亭一醉意成空)

우리는 정도전의 뿌리를 살펴본 후 봉화군 물야면 가평리에 있는 계서당(溪西堂)을 찾아갔다. 이곳은 조선 중기의 문신이었던 계서 성이성이 1613년(광해군 5년)에 건립하여 거주하면서 후학을 양성했던 집이다. 성이성은 『춘향전』에 나오는 이몽룡의 실제인물이었다는 것이 근래 연세대 설성경 교수에 의하여 입증되었다고 한다. 설 교수는 성이성 암행어사의 스승이며 『난중잡록』을 집필했던 산서 조경남(1570~1641)이 「춘향전」의 원작자라고 주장하면서 1640년경 암행어사가 되어 남원에 내려온 성이성을 이몽룡으로 등장시켰다고 했단다. 계서당은 지금 성이성의 13대손이 농사를 지으며 살고 있다.

평창의 판관대와
팔석정 이야기

　강원도 평창 탐방의 주제가 '흰 까마귀 하늘을 날다'라고 해서 조금 의아스러운 마음으로 길을 떠났다. 함께 동행한 홍인희 작가는 여전히 입담 좋게 평창에 대한 역사를 소개해 주었다. 고구려 때 이곳이 우오, 욱오라 했고, 신라 때에는 백오현(白烏縣)이라고 했단다. 예부터 우리 조상들에게는 까마귀가 길조였다. 특히 흰 까마귀 백오는 아주 귀한 상서로움의 상징으로 '천 년 길조'라 불렀다고 한다.

고향을 사랑한 사람들

평창의 '흰 까마귀'

　진시황은 어릴 적 친구이자 인근 연나라 태자인 단(丹)을 인질로 잡았을 때, 고국으로 보내달라고 애원하는 단에게 '마생각 오두백(馬生角 烏頭白)'하면 보내준다고 했다. 즉 말 대가리에 뿔이 나고 까마귀 대가리가 하얗게 되면 보내준다고 했는데, 이 불가능할 것 같은 일이 나타남으로써 단은 풀려났다는 고

사이다. 『춘향전』에도 떠나가는 이 도령을 보고 춘향이 애원하는 장면이 아래와 같이 나온다.

여보시오 도련님/ 진정으로 가실테요/ 나를 어쩌고 가실라요/ 이제 가면 언제 오실라요/ 올 날이나 알려주오/ 동방작야 춘풍기에 꽃피거든 오실라요/ 높다라한 상상봉이 평지가 되거든 오실라요/ 사해 넓은 물이 육지가 되거든 오실라요/ 마두각하거든 오실라요/ 오두백하거든 오실라요.

평창의 오대산은 보배로운 문화재인 월정사의 팔각구층석탑과 상원사의 농종이 있는 곳인데, 산마루는 평평하지만 깊은 숲속 우통수(于筒水)에서 솟아나는 물줄기는 평창강으로 흘러 충북의 단양과 충주 그리고 원주를 거쳐 양수리에 이르는 남한강 물줄기를 이룬다. 우통수란 오대산의 1,200m쯤에 있는 서대 염불암 부근의 샘에서 분출되는 물이다. 조선조 정조 때 「한경지략」에 '우통수는 서쪽으로 수백 리를 흘러 한성의 남산 기슭에 이르도록 맛과 빛이 변하지 않는데다 물이 무거워 궁중에서 탕약의 약수나 차를 달일 때 한강 가운데 깊이 흐르는 강심수를 길어다 썼다'고 적고 있다.

진부의 청심대
진부(珍富)라는 지명도 보배롭고 부유하다는 뜻인데, 옛날에는 이곳에 진부역과 인덕원이라는 마을이 있었다. 고려의 문신 권적은 이 마을에 대한 느낌을 '눈 내린 산은 백옥처럼 덮여 있고/ 버들잎 떨어진 길가에는 황금이 깔린 듯하구나/ 강가의 잉어는 붉은 비단인 양 노는데/ 산촌에 피어오르는 연기는 곱기도 하여라'라고 읊었다는 홍 작가의 설명을 들으면서 우리는 청심대(淸心臺)로 향했다.

진부읍에서 오대천을 따라 조금 내려가서 마평마을에 다다르면 야트막한 절벽 바위 위에 청심대가 있다. 이곳은 1418년 조선 태종 때 청심이란 강릉기생이 6년간 강릉대도호부사로 와있던 양수(梁需)가 내직으로 발령받고 한양으로 떠나자 이곳까지 따라와 헤어진 후 소식이 없는 임을 그리다 벼랑 아래

청심대의 예기암

로 몸을 던져 일편단심의 연정을 마무리했던 현장이다. 마치 주인공인 두 남
녀가 마주보고 있는 듯 두 갈래의 예기암(禮妓岩)이 솟아 있어 그때부터 마을
사람들은 이곳을 '청심바위'라 하였다.

　지역 유지들이 청심대 아래에 청심사당을 짓고 해마다 제사를 지내왔는데,
언젠가 사당 내 청심의 초상화가 도난당한 후 마을 남자 10여 명이 비운의 사
고를 당하였다. 청심의 원혼 때문이라고 믿어 어렵사리 초상화를 복원한 후에
야 흉사는 잦아들었다고 하는데, 지금은 사당에 자물쇠가 굳게 채워져 있었
다. 우리는 봉평으로 향하면서 홍 작가는 평창의 청심을 포함하여 강원도의
춘향들(춘천의 계심, 영월의 경춘, 강릉의 홍장)을 소개해 주었다.

이효석의 고향, 봉평

　봉평의 흥정천을 건너 이효석의 생가마을로 들어가니, 메밀꽃은 이미 철이
지났고 주변 밭에는 배추가 탐스럽게 자라고 있었다. 우경산 아래 이효석 생
가는 이제 홍씨의 소유가 되어 양철기와로 바꾸어졌고, 집 뒤편에 돌배나무만
이 그대로 남아 있었다.

평창 봉평의 효석문학 100리 길

　이효석은 1907년 이 집에서 태어나 4살까지 살다 서울에서 교편을 잡게 된 아버지를 따라 잠시 이주했었다. 6세 때인 1912년에 다시 평창으로 돌아와 평창공립보통학교에 들어가 졸업을 했다니, 생가에서의 기억이야 별로 없었을 것이다. 이효석문학관에 들러 김성기 관장으로부터 가산은 고향이 없어 불행하게 느꼈던 어린시절의 그리움 즉 마음을 길러준 어머니 같은 고향의 상실감을 달래는 심정으로 소설 『메밀꽃 필 무렵』을 썼다는 설명을 들었다. 그래서 소설에서는 허생원을 빌어 자기의 마음속에 있는 순수한 고향의 정과 풍물을 그려냈다는 것이다.

　　길은 지금 긴 산허리에 걸려있다. 밤중을 지난 무렵인지 죽은 듯이 고요한 속에서 짐승 같은 달의 숨소리가 손에 잡힐 듯이 들리며, 콩 포기와 옥수수 잎새가 한층 달에 푸르게 젖었다. 산허리는 온통 메밀밭이어서 피기 시작한 꽃이 소금을 뿌린 듯이 흐뭇한 달빛에 숨이 막힐 지경이다.

　　이효석은 1940년 부인과 사별하고 유아마저 잃게 되자 극심한 실의에 빠져

36세의 젊은 나이에 요절하였다. 일찍이 고향을 잃고 외지로 떠돌면서 어려운 시기를 보냈던 이효석의 문학세계는 한마디로 '향수의 문학'이라고 요약할 수 있다고 한다. 안으로는 고향에 대한 그리움, 밖으로는 이국 특히 유럽에 대한 동경으로 나타났다. 『메밀꽃 필 무렵』은 그의 고향산천을 무대로 한 향토적 정서를 그렸고, 「들」과 「분녀」에서는 인간 자체의 고향이라고 할 수 있는 원초적 에로티시즘을 나타냈다는 것이다. 사람들에게 '고향이란 무엇인가?' 라는 생각을 다시 하게 해주었다.

이효석문학관에는 그의 생애와 취향에 대한 여러 가지 흔적들을 전시해 놓았고, 그의 문학세계를 대표하는 작품들 그리고 1930년대를 풍미했던 한국의 문학조류로 '동반자 작가'들과 '구인회' 멤버들의 면면도 전시해 놓았다. 그리고 메밀에 관한 자료전시실에는 메밀의 영양과 효능 그리고 메밀 음식의 특성들이 전시되어 있었다. 메밀은 푸른 잎 녹엽(綠葉), 붉은 줄기 홍경(紅莖), 흰 꽃 백화(白花), 검은 열매 흑실(黑實), 노란 뿌리 황근(黃根) 등 한몸에 오방색을 갖춘 신비한 식물 즉 오방지영물(五方之靈物)이라고 한다.

율곡과 양사언의 사연

봉평(蓬平)은 율곡의 잉태지인 동시에 봉래 양사언의 역사 이야기가 서려 있는 곳이다. 그리고 마을 이름은 쑥이 많은 평촌마을이란 뜻도 있으나 봉래와 평촌에서 따온 것이라고 한다.

판관대와 율곡

봉평마을로 들어가는 초입에 판관대(判官垈)란 표지석이 있는데, 우리는 그 주위에 둘러서서 이곳의 유래에 관한 설명을 들었다. 판관대는 조선 중종 때 율곡의 아버지 이원수가 인천 수운판관이었기 때문에 '이 판관의 집터'라는 뜻이라고 한다. 이원수가 무슨 연고로 이곳에 살았는지는 확실치 않으나, 율곡이 지은 신사임당의 「행장(行狀)」을 살펴볼 때 사임당이 얼마 동안 이곳에

판관대 | 율곡의 잉태지라는 전설이 있다

머물렀던 것은 분명한 것이다.

신사임당은 외가인 강릉 북평촌 오죽헌에서 아버지 신명화와 어머니 용인 이씨의 무남 5녀 중 둘째 딸로 태어나 줄곧 외가에서 자랐다. 19세 때 당시 강릉찰방으로 있던 이원수와 결혼하였는데, 사임당의 친정은 3대째 딸들 중 한 명이 '아들잡이'가 되어 친정에 살면서 가계를 이어오고 있었다. 신명화가 그랬듯이, 이원수도 사임당을 강릉 친정에서 살게 한다는 조건으로 결혼한 후 혼자 한양으로 갔다. 사임당은 어려서부터 다재다능함을 발견한 외조부 이사온과 어머니의 적극적인 후원으로 문학, 예술교육을 받을 수 있었다.

이원수는 사임당과 떨어져 10여 년을 한양에서 지낸 후 강릉으로 내려가는 길에 이곳 판관대에 머물던 사임당과 해후 상봉하였다. 그러한 사연으로 율곡은 강릉 오죽헌 몽룡실에서 태어났다. 여기에는 용과 밤나무 그리고 호랑이에 얽힌 탄생설화가 있다. 그 이야기는 일제시대 《개벽》지의 발행인이었던 차상찬이 지은 사람을 살린 나무란 의미의 '활인수(活人樹)'에 전한다.

율곡은 우리 역사상 가장 위대한 인물 중 한 분이지만 그의 가정사는 그리 평탄치 못했다. 19세에 곽산 노씨와 결혼했으나 슬하에 자녀가 없어 후실을 들여 2남1녀를 보았다. 그 딸 또한 이판을 지낸 김집(金集)의 후실이 되었고, 서자 경림과 경정이 대를 이었다. 적자없이 사망한 율곡의 집안에는 250여 년이 흐른 후 율곡의 종통 자리를 놓고 후손들끼리 싸웠던 기록이 『순조실록』에 있다고 한다.

율곡은 황해도 관찰사로 있던 37세 때 12살의 동기(童妓)인 유지(柳枝)라는 정인이 있었다. 그 후 율곡이 누이를 찾아 해주의 어느 사찰에 갔을 때 20세가 된 유지가 찾아왔었다. 그러나 율곡은 방 가운데 장막을 치고 하룻밤을 보내면서, '폐문혜상인 동침혜해의(閉門兮傷仁 同寢兮害義)', 즉 문을 닫고 너를 내치는 것은 어질지 못한 일이지만, 동침한다면 의를 해치는 것이라는 글을 써주었는데, 그 글이 현재 이화여대 박물관에 있다고 한다.

현재의 봉산서재(蓬山書齋)는 조선 중종 때 이원수가 수운판관으로 재직하면서 이곳에서 율곡을 배태한 것을 기념하여 주민들이 창건한 봉산재(蓬山齋)였다. 그 후 1896년 이 고을 유학자 홍재홍 등의 유생들이 고종에게 탄원하여 판관대를 중심으로 사방 10리를 위토(位土)로 받아, 화서 이항로를 함께 배향하면서 '서(書)'자를 넣어 봉산서재라고 했다. 화서는 구한말 '애군여부 우국여가(愛君如父 憂國如家)'라면서 위정척사론(衛政斥邪論)을 주장하여 대원군으로 하여금 척화비를 세우게 했던 분이다.

팔석정과 양사언

봉평마을 사이로 흐르는 흥정계곡에는 정자는 안 보이고 야트막한 계곡에 기암괴석의 바위들이 소나무와 함께 어우러져 있었다. 이곳은 조선 전기의 문인이자 서예 4선(안평대군, 한석봉, 양사언, 김구)중에서 특히 초선(草仙)이라 불리는 봉래 양사언(1517~1584)의 이야기가 서려 있는 곳이다. 그는 강릉도호부사로 와 있으면서 영동지방의 미려한 산수에 감탄하고 나서는, 영서지역에서 그와 견줄만한 곳을 찾아다니던 중 이곳 경치에 반하여 정사도 잊고 8일간을 신선처럼 노닐었다.

그는 팔일경(八日景)이란 정자를 세우고 1년에 세 번씩 춘화(春花), 하방(夏芳), 추국(秋菊)에 찾아와 시상을 가다듬었다고 한다. 그리고 여덟 개의 바위에 이

봉평의 팔석정계곡 | 홍 작가가 양사언의 행적을 설명하고 있다

름을 붙여 팔석정이라 했다. 봉래(蓬萊), 방장(方丈), 영주(瀛洲)란 글씨와 석대
투간(石臺投竿, 낚시하기 좋은 바위), 석지청련(石池淸蓮, 푸른 연꽃이 핀 듯한 바위), 석
실한수(石室閑睡, 낮잠을 즐기기 좋은 바위), 석요도약(石搖跳躍, 뛰어오르기 좋은 바위),
석평위기(石坪圍碁, 장기두기 좋은 바위) 등이다. 그 후 정자는 없어지고 여덟 개의
바위 글씨도 마모되어 지금은 희미하게 남아 있는 석실한수(石室閑睡)란 글씨
만을 찾아볼 수 있었다.

 양사언은 강릉을 비롯하여 회양·철원부사로 있으면서 최고의 선정을 베푼
수령으로 평가받았는데, 금강산 만폭동에 가서 '봉래풍악 원화동천(蓬萊楓岳 元
化洞天)'이란 글씨를 새겨놓자 3일 동안 산울림이 없었다는 얘기도 들려주었다.

 그리고 홍 작가는 '태산이 높다하되 하늘 아래 뫼이로다……'란 양사언의
시조를 읊으면서, 그 뜻은 우리가 흔히 알고 있는 것처럼 '열심히 하면 안될
것이 없다'는 교육적인 의미가 아니라고 한다. '태산수고시역산(泰山雖高是亦山)
/ 등등불기유하난(登登不已有何難) / 세인불긍노신력(世人不肯勞身力) / 지도산고
불가반(只道山高不可攀)'은 양사언 자신 때문에 자결했던 어머니를 태산으로 생

각하는 사모곡이라고 하면서 그의 출생비화를 들려 주었다.

양사언의 아버지 양희수는 정실부인이 죽자 후실로 살던 양사언의 생모가 가사를 도맡아 세 아들을 키웠다. 그러나 자기가 낳은 두 아들이 서자라는 한을 버리지 못하였다. 양희수가 죽어 장례식 날, 양사언의 생모는 적자인 양사준을 불러 울면서 부탁하였다. '내가 훗날 죽으면 큰아들은 석 달밖에 삼복을 입지 않을 터이니, 그때엔 내가 낳은 아들은 서자 신세를 면하기 어려울 것이다. 그러니 내가 오늘 영감님 성복날 죽으면 큰아들이 삼년복을 입을 것이다' 라고 말한 뒤, 단검을 꺼내어 가슴을 찌르고 자결하였다. 양사언의 생모는 자기의 죽음으로 아들을 서자의 멍에에서 풀어주고 떳떳하게 살아가게 했던 여인이었다.

그 후 양사언은 서적자의 신분으로 자유롭게 자라서 27세 되던 해 병과에 급제하여 높은 관직에까지 올랐고, 시인으로서 뿐만 아니라 서예가로 당대에 이름을 날렸던 것이다.

우리는 팔석정 바위에 둘러앉아 오늘의 시제인 '천년길조'에 대하여 아래와 같은 4행시를 발표했다.

천, 천천히 걸어서 찾아간 평창 白鳥縣
년, 연하게 물들어 가는 가을 단풍길에
길, 길목마다 서려 있는 역사 이야기들
조, 조금씩 인문학 재미에 빠져드는 인생이구려

달천에 흐르는
충혼의 역사

이번 '길 위의 인문학' 탐방은 '달천에 흐르는 충혼, 장미산에 서린 신화와 전설' 이라는 주제로 이화여대 정재서 교수와 함께 충주(忠州)지역에 숨어 있는 많은 역사 이야기를 찾아볼 수 있었다.

충주는 우리나라 국토의 중심에 위치한 고을이라서 중심(中心=忠)고을이란 뜻인 줄 알고 있었는데, 그곳에는 많은 충신·열사들이 태어났고 그들의 영혼이 깃들어 있는 충절의 고장이라 충주인 것을 새삼 알게 되었다.

충주의 전설과 충절의 역사

장미산의 전설

우리 일행은 우선 충주시 장미산 기슭에 있는 정초의 묘에 들러 조선 중기 선학 도교에 대하여 정재서 교수의 설명을 들었다. 충주에서 달천과 합류하는 남한강에는 옅은 아침 안개 속에 낚싯배들이 떠 있는 경치가 한 폭의 산수화 같았다. 옛날 이곳 남한강변에 있던 어느 부잣집은 시주하러 온 스님을 박대

달천과 남한강이 만나는 탄금대의 탄금정

한 벌로 호수 속으로 가라앉았다는 장자못의 전설이 아직까지 전해지고 있다고 한다.

그리고 장미선녀와 함께 풍류산의 연주선녀에 대한 전설을 재미있게 들려주었다. 그리고 달천(달래강)의 복희와 여화 남매의 전설은 자고로 물(소나기)과 성적 의미가 연관되어 있는 인류신화의 원형이라고 설명한다. '길 위의 인문학' 인기는 바로 그러한 달천과 남한강이 만나는 탄금대에 얽힌 전설을 이야기로 엮어내는 스토리텔링의 맛인 것 같았다.

다산은 배를 타고 남한강을 따라 선대의 고향인 충주로 가는 길에 이곳 금가면 장미산을 바라보며 느낀 소감을 다음과 같은 「강행절구(江行絶句)」로 남겼다.

사휴정 아래 물줄기 넘실넘실 흐르는데 / 객중의 말 슬피 울며 나룻배에 올랐네
가흥역에 당도하여 강어귀서 바라보니 / 장미산 푸른빛이 동녘 하늘에 아련하네
(四休亭下水漣漣 客馬悲鳴上渡船 行倒嘉興江口望 薔薇山色杳東天)

정 교수는 이곳 충주가 삼국시대에 지정학적으로 얼마나 중요한 위치였던

가를 장미산성의 역사얘기와 함께 설명해 주었다. 삼국시대 고구려의 영토가 한강변의 아차산성을 넘어 충북지역까지 확장되었던 사실은 단양의 온달산성에서도 확인되었다. 그리고 이곳에서 발견된 고구려비가 남쪽 국경이 충주까지 이르렀던 사실을 말해준다고 한다. 그런데 자칫했더라면 국보 제205호인 이 고구려비가 얼마 전까지 어느 민가의 빨랫돌로 쓰이고 있었다니 어처구니가 없었다.

달천과 남한강이 합쳐지는 위치의 탄금대(彈琴臺)에 올라 여러 가지 역사얘기를 들었다. 충주 8경 중의 하나인 탄금대에서 대가야의 악성 우륵이 신라에 귀화한 후 이곳에 와서 가야금을 뜯었다는 실명을 들으니 바람결에 그 소리가 들리는 듯했다. 남한강을 내려다보는 탄금정 아래 '열두대' 절벽 끝에는 신립 장군 순국지지(申砬將軍 殉國之趾)라는 표지석이 세워져 있었다. 임진왜란 때 신립 장군과 함께 산화한 '8천고혼위령탑' 앞에서 나라를 위해 고귀한 생명을 바친 선열들을 넋을 그리며 묵념을 올렸다. 그리고 탄금대 사연 노래비에는 어느 향토시인의 다음과 같은 시가 새겨져 있다.

탄금정 굽이돌아 / 흘러가는 한강수야 / 신립 장군 배수진이 / 여기 인가요
열두대 굽이치는 / 강물도 목메는데 / 그님은 어디 가고 / 물새만이 슬피 우나

충민공 임경업 장군

우리는 충민공 임경업 장군의 사당인 충렬사로 향했다. 임경업 장군은 정묘호란에 이어 병자호란의 국난 위기에서 청나라에 대항하여 싸운 나라의 기둥이었으나, 1644년 심기원의 내란사건에 연루되어 억울하게 일생을 마쳤다. 그후 누명에서 벗어나 1697년 그의 영정을 모신 사당이 이곳에 세워졌고 1727년(영조 3년) 충렬사란 사액이 내려졌다.

충렬사에는 임 장군의 친필 문서와 함께 추련검(秋蓮劒)이 전시되어 있었다. 임 장군은 두 개의 애검을 가지고 있었으나, 용천검(龍泉劒)은 일제 때 소실되었고 추련검만이 보존되어 있었다. 추련검에 새겨져 있는 아래의 명문은 임 장군의 우국충정을 말해 주는 것 같았다.

임경업 장군의 묘

때여, 때는 다시 오지 않나니 / 한번 나서 한번 죽는 것이 여기 있도다
상부 한 평생 나라에 바친 마음 / 석지 추련검을 십 년 동안 갈고 갔았도다
(時呼時來不在來 一生一死都在筵 平生丈夫報國心 三尺秋蓮磨十年)

달천을 건너고 단월동을 지나 장군봉 산마루에 있는 충민공 임경업 장군의
묘를 찾아갔다. 평택 임씨의 종산이라 소나무 숲속의 여러 종친들 묘 위쪽에
임 장군의 묘가 있었는데 충신의 묘역에는 송구스럽게도 외래종인 하얀 망초
(亡草, 일명 亡國草) 꽃들이 만발해 있었다. 장군은 청나라에 당한 조선의 치욕을
씻으려고 애썼던 친명배청의 무인이요 충신이었다. 오래된 대리석 묘비만이
구국의 뜻을 이루지 못한 장군의 충혼을 말해 주는 것 같았다.

역사와 문화가 새겨진 문경 새재

과거길, 문경 새재
푸른 녹음으로 뒤덮인 괴산군의 산길을 따라 조령산 제3관문을 찾아가는 양

문경 새재 조령관

편에는 백두대간의 바위산들이 신선봉 마폐봉으로 연결되어 그 웅장함과 아름다움이 자랑스러웠다. 새도 날아서 넘기 힘들어 새재라고 불렀다지만, 이 길은 영남지방에서 소백산맥을 넘어 서울로 가는 가장 가까운 지름길이었다. 삼국시대에는 죽령과 계립령을 이용했으나, 조령길은 조선 초 태종 때 개척한 주요 교통로로 영남대로의 길목이었다. 영남의 선비들이 과거보러 한양으로 가던 옛 과거길인 동시에, '어사또가 걷던 길'이니 '과거급젯길'이란 표식도 여기저기에 붙어 있었다.

우리 일행도 삼삼오오 짝을 지어 조령관을 향해 걸었다. 비포장 흙길은 녹음으로 하늘이 뒤덮였고 산새들의 노랫소리를 들으면서 숲의 향기에 취해볼 수 있었다. 도시의 번잡한 생활과 근심걱정을 잠깐 잊어버리고 탐방길에서 만난 친구들과 역사와 문학얘기 그리고 사람이 사는 얘기들을 나누면서 걸었다. 이런 것이 바로 '길 위의 인문학' 취지이자, '치유의 길(healing road)'의 의미라는 것을 새삼 느낄 수 있었다. 조령에 관해서는 수많은 시들이 남아있는데, 세종 때 허암 정희량의 「등조령(登鳥嶺)」 시비가 조령관 앞에 세워져 있었다.

단풍든 새재를 나귀 타고 넘는데 / 삼 년 지난 베옷에 몸종 하나뿐

나는 새 바라보며 솔바람 맞노라니 / 내 모습 그야말로 그림 속 그 시인이네

(一路秋山二尺驢 三霜古褐一奚奴 翩翩獨望松風過 此是詩人出峽圖)

임진왜란의 길, 문경 새재

임진왜란 때에는 왜장 소서행장이 경주에서 북상하는 가등청정의 군사와 합류하여 서울로 진격했을 정도로 중요한 군사요충지였기 때문에, 때를 놓친 신립 장군도 조령에서 물러나 탄금대에서 배수진을 쳤던 것이다. 그 후 선조 27년 조령 제2관문인 중성, 조곡관(中城, 鳥谷關)이 설치되었고, 숙종 34년 제1관문인 초곡성, 주흘관(草谷城, 主屹關)과 제3관문인 조성(鳥城), 조령관(鳥嶺關)을 축조하여 국방의 요새로 삼았었다.

일제 강점기를 맞아 1925년 일본이 이화령에 국도를 건설하면서 조령은 관문으로서의 역할을 상실하였다. 근래에는 관광객들과 등산객들이 즐겨 찾는 우리나라에서 가장 '걷기 좋은 길'로 선정되었다.

조령 제3관문에 이르러 숙종 때 발견했다는 조령약수 한 모금을 마시고 나니, 백수영천(百壽靈泉)의 효과가 나타나는지 무더위 속에서도 새로운 활력이 느껴졌다. 우리 일행은 조령관 앞 '문경 새재 과거길' 표지석 앞에 모여 오늘의 시제인 '장미산'에 대한 3행시를 발표했다.

장, 장군들(신립 그리고 임경업)의 못다 한 호국충혼을

미, 미소어린 장미 · 연주선녀들이 달래어주는가? 아니면

산, 산새들이 숲속에서 노래 불러 위로해 주는가?

나는 '길 위의 인문학' 충주 탐방에서 조용히 되새겨보네

다산따라
춘천을 가다

교보문고가 주관하는 인문학 탐방의 이번 주제는 '240리 36탄, 춘천 가는 길'이다. 근 300년 전 다산 정약용이 배를 타고 북한강을 따라 춘천을 여행했던 기록에 남아 있는 흔적을 찾아가는 것이었다. 다산의 그러한 행적에 대해서 몰랐지만, 북한강의 36탄 여울을 일일이 기록으로 남겨놓았던 사실은 더욱 놀라운 일이다.

국립중앙도서관에서 고려대 심경호 교수의 사전강의를 들은 후 다산이 1820년 춘천을 방문했던 「천우기행권(穿牛紀行卷)」과 1823년의 방문기록인 「산수심원기(汕水尋源記)」에서 다산의 새로운 면모를 발견하였다.

다산의 북한강 여행

열수를 사랑한 다산

다산은 남양주군 조안면 능내리의 한강변 즉 열수(洌水) 소내(沼川), 마재(馬峴)에서 태어나 어렸을 적부터 한강에 대한 추억을 많이 갖고 있었다. 성인이 된 후에도 덕소-팔당-양평 일대의 한강을 사랑하여 스스로 '한강의 주인'이란 자부심을 가지고 있었다. 그래서 그는 경강(열수), 남한강, 북한강 일대를 누구보다도 줄기차게 유람하였고 평생에 걸쳐 한강기행 시편들과 기행문들을 다수 남겼다.

그리고 다산은 배 위의 집이란 의미의 부가범택(浮家汎宅)을 만들어 유람하기를 소망했었다. 그는 1818년 유배에서 풀려나 고향에 돌아온 후 젊어서부터 소망했던 '산수록재(山水綠齋)'를 만들어 북한강에 띄워 1820년과 1823년에 춘천을 여행하였다.

1823년 아들 학연과 함께 갔던 배에는 황효와 녹효 사이에서 노닌다는 뜻으로 '유어황효녹효지간(游於黃驍綠驍之間)'이라 써 붙이고, 양 기둥에 각각 부가범택(浮家汎宅) 그리고 수숙풍찬(水宿風餐), 즉 물 위에 떠 있는 집에서 자고 바람을 먹는다는 뜻의 주련을 걸었다. 황효는 경기도 여주를 말하고 녹효는 강원도 홍천을 일컫는 것이니, 이는 곧 남한강의 소내에서 북한강의 춘천 사이를 오간다는 말이다.

우리는 뱃길로 춘천을 가는 대신 버스를 타고 우선 가평군 설악면의 미원서원(迷源書院)터를 찾아갔다. 미원이란 말은 '찾지 못한 도원'이란 의미인데 지금도 산으로 둘러싸여 있었다.

그러나 주위의 평지가 제법 넓어 농가들이 옹기종기 늘어서 있고 경춘고속도로도 저만치 개설되어 있어 전원생활을 하기에 좋은 곳 같아 보였다. 함께 동행한 고려대 심경호 교수는 이곳에 다산 집안의 농토가 있어 다산도 미원서원을 자주 들렀다고 한다. 그리고 미원은사(迷源隱士)라고 일컫는 청송 심씨가 은둔하여 생활공동체를 구상했던 곳이라고 한다.

양지바른 언덕에 위치한 미원서원터가 잣나무에 둘러싸여 있었다. 이 서원은 1661년에 정암 조광조와 정우당 김식의 학문과 덕행을 추모하기 위해 창건하여 위패를 모셔놓은 곳이다. 그 후 김육, 남언경, 이제신, 김창흡을 추가 배향하였는데 1869년 서원철폐로 훼철되었다. 근래에 와서 박세호 등 여섯 분을 추가 배향하여 돌로 만든 신주 12개를 서원터에 세워 경현단(景賢壇)을 조성해 놓았다.

춘천 봉의산의 소양정

요산요수의 소양강

우리는 춘천에서 닭갈비로 점심을 먹은 후 소양강이 내려다보이는 소양정
(昭陽亭)에 올랐다. 소양정은 봉의산의 '락산(樂山)'과 소양강의 '락수(樂水)'를
아우르는 의미로 삼국시대부터 있었던 이락루(二樂樓)라 했었는데, 조선 순종
때 와서 소양정이라 고쳐 불렀단다. 원래는 소양교 옆 강변 절벽에 있었으나
홍수로 유실되어 1966년 봉의산 중턱으로 옮겨 세웠다.

우리는 소양정 마루에 둘러앉아 다산의 춘천기행에 대하여 심 교수의 설명
을 들었다. 다산은 「산수심원기」에 자신의 고향인 소내 앞으로 모여드는 북한
강의 물길에 대하여 고찰하였다. 그는 조선에 습수(濕水), 산수(汕水), 열수(洌
水)의 3수가 있다는 『사기』의 기록을 확인하고 싶었던 것이다. 즉 충주와 춘천
을 오가면서 답사한 다음, 습수와 산수가 합쳐 열수가 되니, 열수는 지금의 한
강이라고 결론지었다. 습수의 물은 모두 원습지에서 나오니 남강(南江)이요,
북강(北江)의 물은 모두 산골짜기에서 나오니 산수(汕水)이다. 그러므로 춘천의
낭천(狼川)에 소양수(昭陽水)가 동쪽으로부터 흘러와 합류하여 산수(汕水)가 된
다는 것을 확인하고 산수는 곧 북한강이라고 했다.

다산이 북한강과 춘천지역을 여행하면서 이 지역의 유적과 생활문화 그리고

인문지리와 역사에 관하여 깊은 관심을 가지고 일일이 찾아다니며 고증하였다. 낭천은 지금의 화천에서 흘러와 춘천의 서쪽을 지나는 강물인데, 다산은 곡운에서 낭천 강물을 따라 소양정으로 내려오면서 강의 흥취를 기술해 놓기도 했다.

다산의 북한강 여행기

다산은 소양정 아래에 배를 정박하고 춘천을 맥국(貊國)으로 불렀던 종전의 견해를 반박하기도 했다. 열수를 한강으로 보느냐 아니면 대동강으로 보느냐에 대하여 요동지역을 가보지 못했던 다산은 『삼국유사』의 의견에 반하여, 열수는 한강이고 소양은 춘천을 가리키는 것이므로 춘천은 맥국이 아니라 본래 낙랑이었다고 기록했다. 즉 『아방강역고(我邦疆域考)』에서 주장하는 다산의 민족주의적 역사관을 이곳에 와서 확인하려고 했던 것이다.

다산이 배를 타고 북한강을 따라 춘천을 여행한 것은 손자의 혼인 때문이었지만, 더 중요한 의미는 강물 주변에 넓은 우두벌이 펼쳐져 있는 춘천의 지형을 살펴보고 조선왕조의 행궁으로서 적합지라는 것을 확인하려는 것이었다. 그리고 청평사와 화음정사 등지의 계곡을 찾아가서 아름다운 국토의 경치를 감상하는 것이었다고 한다.

소양정으로 오르는 길목에는 조선 정조 때 춘천의 절기 전계심(全桂心)의 묘비와 함께, 자결했던 사연의 안내판이 세워져 있었다. 소양정 건물은 봉의산을 등에 업고 소양강을 내려다보는 '이락(二樂)'의 절경에 세운 누정으로 연회나 학문토론 그리고 시정을 나누던 옛 선비들의 문화공간이었다. 수많은 정객 문사들이 소양정에 들러 주변의 아름다운 경치를 찬양하는 시를 남겼는데, 지금의 정자각에는 매월당 김시습의 시를 비롯하여 여러 사람의 시판이 걸려 있었다. 봉의산을 중국 무이산 만정봉에 비유해서 지었다는 다산의 시 「소양정 회고(昭陽亭懷古)」는 다음과 같다.

어부가 무릉도원 찾아가듯 고을로 들어가니
화려한 누각이 날아온 듯이 수레 앞에 나타나네
궁씨 유씨 나누어 차지했었다는 자취 전혀 없고

한과 맥국 서로 다투었다지만 끝내 가련할 뿐이네
우수주 옛 터전에는 다만 봄풀만이 아득하고
인제땅에서 흘러온 물에는 떨어진 꽃만 고울 뿐
비단 감싸고 소매 떨쳐본들 무슨 보탬이 되리오
석양 강가 버드나무에 매어놓은 닻줄 홀로 푼다
(漁子尋源入洞天 朱樓飛出万幄亭前 弓劉割據渾無跡 韓貊交爭竟可憐
牛首古田春草遠 麟蹄流水落花妍 紗籠袖拂嗟何補 汀柳斜陽獨解船)

우리는 소양교를 건너 소양댐으로 갔다. 심 교수는 북한강에서 다산이 36개의 여울을 명명했을 만큼 경사가 많았기 때문에 오늘날 여러 곳에 댐이 건설된 것이라고 한다. 양수리 소내에서 화천의 화음정사까지 북한강 240리에 다산이 명명했던 36탄 여울은 상류에서부터 '병벽탄, 노고탄(고로탄), 곡장탄, 번대탄, 휴류탄, 아올탄(병탄), …… 등등으로 이어진다.

춘천과 화천의 산수유람

「천우기행권」과 「산수심원기」

1820년 음력 3월, 다산은 맏형 정약현과 함께 조카의 혼삿일로 춘천을 다녀왔다. 북한강을 따라 옛날 우수주(牛首州)라 부르던 춘천을 다녀오면서 지은 「천우기행권(穿牛紀行卷)」은 뱃길을 뚫어 유람하였다는 의미를 밝힌 기행시이다. 다산의 북한강 여행시편 25수를 남한강 여행시 75편에 덧붙여 『귀전시초』에 남겼다. 다산은 춘천여행을 하고 돌아온 다음해 정약전의 묘지명을 완성하였다. 「천우기행권」의 칠언절구 25수 가운데 제2수는 아래와 같다.

예순 살 먹은 늙은이가 일흔 살 형을 따라 / 피선(조각배)으로 수월하게 강을 오른다
해마다 이 즐거움 어찌 적으랴만 / 연못가에 봄풀 돋자 그리움 더해라
(六十翁隨七十兄 瓜皮容易溯江行 年年此樂寧云少 只是池塘草又生)

춘천 청평사

1823년 음력 4월에 맏아들 학연과 함께 손자인 대림을 데리고 손자며느리를 맞으러 춘천에 갔었다. 이 여행에서는 널찍한 어선에 지붕을 덮고 문설주에 '산수록재(山水綠齋)'라는 편액을 걸었다. 좌우 기둥에는 '장지화초십지취(張志和菷雪之趣)'와 '예원진호묘지정(倪元鎭湖泖之情)', 즉 장지화가 초계와 삼계에서 노닐던 취미요, 예원진이 호수와 묘수에서 노닐던 정취라는 친구 신작이 예서체로 써준 대련을 붙였다. 다산은 4월 15일 아침에 소내의 사라담(鈔羅潭)에서 배를 내어 17일 소양정 아래에 정박한 뒤, 6일간 소양정 부근과 곡운구곡을 돌아보았다. 그리고 24일 아침에 소양정 아래서 배를 띄워 25일 사라담으로 돌아오기까지의 행로를 「산수심원기(汕水尋源記)」에 날짜별로 기록하였다.

다산은 북한강과 춘천여행 중에 그 지역의 유적과 생활문화, 인문지리에 관하여 깊은 관심을 가졌고 지명의 어원을 분석하고 역사적으로 고증하였다. 춘천 줄길(茁吉), 가평 줄길(茁吉) 등의 줄길은 외길이라는 우리말 표기였으며, 천(遷)이 붙은 지명은 벼랑길이란 의미로 한자와 함께 우리말의 발음을 살려서 썼던 것이다. 그리고 석파령과 남이섬의 유래, 청평 부근의 사금채취 사실도 기록하는 등 자세한 여행기록을 남겼다.

청평사의 교훈, 수기치인

청평사로 가는 뱃길은 소양호의 물길을 헤치며 10여 분간 걸리는데, 녹음이 우거진 계곡을 따라 청평사로 가는 계곡길은 한결 시원하였다. 청평사는 이자현(1061~1125)의 부친(이의)이 1068년 고려 문종 때 백암서원을 중창했던 보현원이란 사찰이었다. 이자현은 춘천의 경운산으로 들어와 37년 동안 은둔하면서, 그곳을 문수원이라 이름을 바꾸고 산도 청평산이라 하고 식암(息庵) 아래에서 참선을 일과로 삼았다. 우리는 청평사 공주설화의 동상이 있는 계곡에서 발을 담그고 둘러앉아 다산이 청평사를 찾아왔던 사연을 심 교수로부터 들었다.

이자현은 고려 예종 때 외척 권세가였던 이자겸의 4촌이었다. 그는 이자겸의 난이 있기 전에 춘천의 청평사에 들어와 37년 동안 은둔하다가 죽었다. 퇴계 이황은 48세에 관직을 그만두고 토계에 은둔하면서 『고려사』「열전」에 기록되어 있는 이자현의 은둔을 비난하는 이야기는 잘못이라고 지적했었다. 다산도 청평사에 묵으면서 소동파의 반룡사에 화운한다는 의미의 「화동파반룡사(和東坡蟠龍寺)」라는 시를 지어, 퇴계의 논리에 찬성하면서 은둔의 의미를 긍정적으로 평가하였다.

동양에서 학문하는 사람(지식인)의 기본자세는 수기치인(修己治人)이라 했다. 나 자신이 제대로 된 인간으로 수련하려고 노력한다는 위기지학(爲己之學), 수기(修己)가 우선이고, 그 다음에 세상으로 나아가 사회생활에 봉사한다는 위인지학(爲人之學), 치인(治人)인 것이다. 여기에서 진퇴를 분명히 할 줄 아는 것이 중요한 것이다. 수기가 미처 영글지 못한 자가 치인하겠다고 나서는 것은 세상사람들의 조롱거리가 되는 것이다. 그러므로 이자현의 시 「거문고」는 본인이 스스로 은둔함으로써 수기치인의 뜻을 실행했음을 보여준다면서, 심 교수도 사람이 나아감과 동시에 적절한 시기에 물러날 줄 아는 것이 현실 사회에서도 중요하다고 강조하였다.

곡운구곡을 유람한 다산

소양수의 발원지는 두 곳이 있는데, 하나는 강릉부 오대산에서 나와 서북쪽

공주설화가 서려있는 청평사계곡 | 심 교수가 수기치인에 대해 설명한다

으로 흘러 기린의 옛 고을을 춘천부 동쪽 140리에 이르는 기린수(基麟水)요. 또 하나는 인제현 한계산(寒溪山)에서 나와 곧 설악산의 남쪽 산맥을 남쪽으로 흘러 서화의 옛 고을을 지나는 서화수(瑞和水)라고 했다. 낭천은 지금의 화천에 서 흘러와 춘천의 서쪽을 지나는 강물인데, 다산은 곡운에서 낭천 강물을 따라 소양정으로 내려오는 강의 흥취에 대해서도 기록해 놓았다.

다산은 화악산 화음동의 '곡운구곡'의 풍광을 유람하고 스스로 새로운 경승지를 정하여 구곡을 개정하였다. 곡운(谷雲)은 화천군 사창면 삼일리와 영당리 일대에 해당한다. 이곳에는 김수증(金壽增, 1624~1701)의 영당이 있었다. 곡운과 화음동은 노론 지식인의 귀거래의 이상향이 되었다. 이곳은 송시열도 예찬하는 글을 남겼던 곳으로, 그가 강학하던 충북 괴산의 화양동에 비견되는 곳이다.

다산은 곡운서원에서 조재걸이 그림을 그리고 김수증이 화제를 쓴《곡운구곡(谷雲九曲)》자연풍광의 화첩을 발견했다. 주자의 '무이도가'의 운자로 김수증이 먼저 읊고 아들과 조카들이 각각 한 곳씩을 읊어서 곡운구곡을 예찬했던 것이다. 다산은 이 구곡 가운데 인가에 가깝고 물빛과 산빛이 미약하므로 새

로 구곡을 선정하고 춘천에서 돌아온 뒤 「곡운구곡」 시를 지었는데, 그 서시
는 아래와 같다.

먼지길에서는 마음 닦을 게 도무지 없어
외진 곳에 하늘이 맑은 물과 바위를 두었구나
이런저런 사려로 북새 떠는 곳을 떠나
뚜렷이 새겨 두세 구름산 폭포 소리를
(塵塗無物養心靈 僻處天藏水石淸 須從百慮交喧地 醒記雲山瀑布聲)

다산은 춘천을 여행한 후에는 두물머리 소내에 머물면서 그동안 저술했던
책들을 수정하면서 중풍에서 회복하여 소일하며 살았다. 특히 고향의 아름다
운 자연경관을 감상하면서 와유(臥遊)의 즐거움을 만끽했던 것이다. 그는 운길
산에서 내려다보는 한강물처럼 '역사는 내 뜻과 상관없이 흘러간다'는 것을
느끼면서 삶의 일회성을 잘 알고 있었다.

'천하에 양진(良辰), 미경(美景), 상심(賞心), 낙사(樂事) 네 가지를 다 아우르기
어려우니, 오늘은 형제, 친구, 몇몇 선비들과 함께 실컷 즐기세.'라고 했던 송
나라 사령운(謝靈雲)의 말에서처럼, 말년의 다산은 상심낙사(賞心樂事)의 마음으
로 산수와 여행을 즐겼던 학자였던 것이다.

홍성, 내포지역의
의병활동

역사학자 이이화 선생과 함께 '동학농민운동과 의병 유적을 찾아서'라는 주제로 충남 서산·홍성지역을 탐방하였다. 그리고 국립중앙도서관 이홍용 과장은 광천 토굴에 들러 그곳의 특산품인 토굴새우젓의 제조과정을 둘러본 다면서, 나에게 토굴새우젓의 발효과정에 대하여 설명을 부탁하며 탐방단과 함께 동행을 제의했다.

내포지역 유적을 찾아서

호서좌영의 해미읍성

우리는 먼저 서산 해미읍성에 들렀다. 해미는 1414년(태종 14년) 충청병마절도사영이 덕산에서 이곳으로 이설된 뒤, 1651년(효종 2년) 청주로 옮겨질 때까지 237년간 군사중심지였다. 지금의 읍성은 1491년(성종 22년) 축성된 둘레 3천여 척의 석성이다.

남문인 진남문으로 들어서니 넓은 잔디밭 공간이 펼쳐졌다. 우리는 회화나

홍성 해미읍성 | 진남문을 배경으로 이 선생이 해설하고 있다

무 그늘에서 이 선생의 설명을 들었다. 옛날부터 해안을 끼고 있는 서천·보령·홍성·서산 등 충남의 내포지역은 농업과 함께 어업 조운이 발달된 지역이었다. 이곳에서는 부패한 봉건사회의 핍박에 항거하여 동학농민운동이 활발하였고 일본의 침략에 맞서 의병활동이 활발하였다. 그리고 조선 후기 1800년대에는 많은 천주교신자들이 박해받았던 순교성지라고 한다.

　해미읍성은 낙안읍성, 고창읍성과 함께 우리나라에서 잘 보존된 3대 읍성 중 하나이다. 호서좌영(湖西左營)이라는 현판 건물을 지나 교련청, 사령청 등의 건물을 둘러본 후 동헌의 뒷동산으로 올라가니 청허정(淸虛亭)과 함께 소나무 군락이 잘 보존되어 있었다. 청허정은 '잡된 생각없이 마음이 맑고 깨끗하다'는 의미로 성현(1439~1504)이 지었는데, 그 후 조위나 이손 그리고 이경전 등 여러 충청도병마절도사들이 청허정에 올라 시를 짓고 읊었다고 한다.

　우리는 홍성으로 가서 만해 한용운의 생가에 들렀다. 한용운은 1879년(고종 16년)에 홍성군 결성면 성곡리에서 한은준의 둘째 아들로 태어났다. 14세에 결혼하여 2년 후에 설악산 오세암으로 들어가 승려가 되었다. 이 선생의 설명으로는 그가 어렸을 적에 아버지가 관군의 입장에서 동학농민운동 와중에 많은 동학군을 죽이는 광경을 보고 회개하는 마음으로 입산했다는 것이다. 그의 불교개혁운동과 독립운동의 역정은 잘 알려져 있는 사실이다.

만해와 백야의 고향

홍성군에서는 그가 태어난 초가집 외에도 만해사당과 만해문학체험관을 조성해 놓았다. 마침 홍성군청 관광문화과장이 나와 문화유산들을 소개하고 우리 일행들에게 선물까지 나누어 주었다. 「님의 침묵」을 비롯하여 수많은 글과 시를 남긴 만해를 기념하여 이곳에서는 마침 만해문학캠프를 개최하고 있었다. 아래의 시 「사향(思鄕)」에서 만해가 고향을 생각하고 그리워한 모습을 엿볼 수 있었다.

천 리라 머나먼 고향을 떠나 / 글에 묻혀 떠돌기 서른해여라
마음이야 젊어도 몸은 이미 늙어서 / 눈바람 속 하늘가에 다시 이른다
(江國一千里 文章三十年 心長髮已短 風雲到天邊)

다음 행선지로 우리는 백야 김좌진 장군의 생가를 찾아갔다. 백야 김좌진은 어려서부터 성격이 호방하고 영민하여 공부보다는 말타기와 전쟁놀이를 좋아했단다. 15세 때에는 부유했던 집안의 노비들을 해방시켰고, 그 후 18세 때에는 가산을 팔아 호명학교를 세우고 신학문을 교육하기도 했다. 1916년 광복단에 가담하여 민족자주독립운동에 앞장섰고 1920년 대한군정서군을 조직하여 길림성 화룡현 청산리에서 백운평까지 일본군을 대파하는 청산리대첩을 이끌었다. 김좌진 장군과 함께 봉오동에서부터 청산리전투까지 협력해서 싸웠던 홍범도 장군의 행적은 그의 좌익사상 때문에 한국의 역사에서 삭제된 데 대하여 이 선생은 분개하는 태도였다.

이곳에는 1992년 지방의 지주답게 기와지붕의 생가를 복원하였고 근래에 와서 기념관과 사당을 포함하여 백야공원을 조성하였다. 호명정사(湖明精舍)라는 현판을 붙인 생가의 안채 기둥에는 '가노해방민족춘(家奴解放民族春)', '청산대첩광복신(靑山大捷光復身)'이라는 주련을 달아놓아 그의 생전의 업적을 대변해 주

었다. 그리고 정원 앞에 있는 동상의 비문에는 그의 시「단장지통(斷腸之痛)」이 새겨져 있었다.

적막한 달밤에 칼머리의 바람은 세찬데 / 칼끝의 찬 서리가 고국 생각을 돋구누나
삼천리 금수강산에 왜놈이 웬 말인가 / 단장의 아픈 마음 쓸어버릴 길 없구나
(刀頭風動關山月 劍末霜寒故國心 三千槿域倭何事 不斷腥塵一掃尋)

홍성지역의 의병활동

동학농민운동

한국의 근현대사에서 특히 일제의 침략에 맞서 정신적으로 그리고 무력으로 항일 독립투쟁을 했던 여러 거물들이 이곳 출신이라니, 홍성이야말로 참으로 반봉건 반침략의 민족정신이 면면히 흘러오는 고장인 것 같았다. 그리고 그분들의 생가와 유적들을 새로이 복원해 놓은 지자체의 노력도 보기에 좋았다.

1884년의 갑신정변에 의한 '3일천하'가 무너졌으나 관료들의 부정부패는 여전하여 동학도를 중심으로 농민들의 분노가 폭발하였다. 고부의 접주였던 전봉준이 앞장을 선 동학농민운동은 삼례 등지에서부터 일어나 전주를 점령한 것이 제1차 동학농민운동이었다.

보국안민의 기치로 일어났던 농민운동을 진압하기 위하여 청과 일본이 참여하여 일본이 승리하자, 일본은 침략야욕을 노골화하였다. 1895년 명성황후가 시해되고 단발령이 공포되자 내포 홍성지역의 동학군은 홍주성을 공격하였으나 실패하였다. 그 후에 일어난 제2차 동학농민운동은 전봉준의 남접 동학농민군이 '반일, 반침략'의 기치 아래 최시형과 손병희의 북접과 연합하여 관군과 싸운 것이다. 각 지방으로 파급된 동학군이 공주에서 큰 승리를 거두었으나 우금재에서 패하면서 전봉준이 체포되었다. 그러나 동학농민운동은 전국적으로 확산되어 항일 의병활동으로 전개되었다.

병오순란 의병장사들의 묘 | 홍주의사총

반일 항일의 의병항쟁

　월계천길을 따라 홍주의사총을 찾아갔다. 널찍한 공간에 조성한 이곳에는 병오순란의병장사공묘비(丙午殉難義兵將士公墓碑)라고 새긴 비석이 세워져 있었다. 조선 말기 1905년 일본이 강제로 을사보호조약을 체결하자 전국 각지에서 항일 독립을 위한 의병활동이 일어났다. 홍주지역의 의병항쟁은 홍성을 위시한 내포지역에서 1895년(고종 32년)과 1906년 2차에 걸쳐 전개된 의병활동을 말한다. 1차 의병은 정부의 개화정책과 일제의 침략행위에 반대하여 1895년 4월부터의 모병을 시작해서 단발령 공포 직후에 봉기하였다. 2차 의병은 1906년의 홍주성전투를 말하는데, 의병전쟁사에서 단일 전투로는 최대의 희생자를 냄으로써 전국적인 의병항쟁의 도화선이 되었다.

　두 차례의 의병항쟁으로 희생된 수많은 의병들의 유해가 홍주천변과 남산 부근에 방치된 것을 1949년 홍성군민들이 거두어 지금의 의사총(義士塚)에 안장하고 '구백의총'이라 했다고 1959년에 세운 비에 정인보가 기록해 놓았다. 구백 명 의사들의 위패는 창의사에 봉안했으며, '구백의총'은 1992년에 '홍주의사총'으로 이름을 바꾸었다. 어느 학자의 연구결과에 의하면 이곳에 묻힌 의사들의 유골은 항일의병들의 것이 아니라 동학농민들의 것이라고 설명해주었지만, 어째든 홍성에서 있었던 의병들의 희생정신은 놀라운 것이었다.

우리는 다시 홍주관아터로 갔다. 홍주는 홍성의 옛 이름으로 1914년 일제에 의하여 홍주와 결성을 합쳐서 홍성(洪城)이라 부르게 되었다. 그러나 이곳 읍성은 그대로 홍주성이라고 부른다. 홍성은 충청도의 서북해안의 중심지에 위치하여 내포지역의 교통과 행정 그리고 군사의 중심지였다. 고려 때부터 홍주는 충주·청주·공주와 함께 충청도를 대표하는 4목의 하나였고, 홍주진관은 평택에서부터 서천까지 관할하던 행정과 군사의 요충지였다.

홍성지역의 역사와 명산물

홍주성의 역사

홍주성(洪州城)은 나말여초에 축성된 것으로 확인되는데, 조선 초기에 와서는 왜구의 침입을 방어하기 위하여 석성을 쌓았고 1870년 홍주목사 한응필이 대대적으로 개축하였다고 한다. 대원군이 사액을 내렸다는 홍주아문으로 들어서니, 홍성군청 앞뜰에는 고려 공민왕 때 보우국사가 왕사가 된 것을 기념으로 심었다는 느티나무 두 그루가 우람하게 서 있었다. 군청 건물 뒤에는 홍주목의 동헌 안회당(安懷堂)이 있다. 안회당은 목사와 군수가 행정업무를 집행하던 곳인데, 논어의 '노자안지 붕우신지 소자회지(老者安之 朋友信之 少者懷之)' 즉 노인을 평안하게 모시고 벗은 믿음으로 대하고 젊은이는 사랑으로 품는다는 글에서 따온 이름이라고 한다.

안회당의 뒤뜰에는 작은 연못이 있고 그 가운데 고목 버드나무와 함께 여하정(余何亭)이 있다. 연못에는 원앙새가 연잎 사이를 헤엄쳐 다니는데, 그 건너편에는 홍주순교성지의 간판이 세워져 있다. 이곳은 1791년 신해박해의 여파로 내포의 여러 지역에서 홍주목으로 끌려온 천주교신자들이 순교했던 곳이다. 홍주성지를 중심으로 해미성지, 갈매못, 솔뫼성지, 다락골, 신리, 여사울 성지 등 내포지역은 일찍이 천주교를 받아들였던 역사의 고장이다.

홍성관아터에 남아 있는 여하정

홍주성의 석성을 따라 나서니 이곳 출신의 삼당파 시인 손곡 이달(1539~1609)의 시비가 있었다. 홍주석성을 돌아 홍화문 앞 소나무 그늘에 둘러앉아 홍주성의 역사와 동학농민운동 및 항일 의병활동에 대한 이야기를 듣고 홍주성역사관을 관람하였다.

홍성지역은 지리적으로 군사 및 교통의 요충지였기 때문에, 조선 말기에 동학군과 항일의병들의 활동무대가 되었을 뿐 아니라, 태조 왕건도 927년에 운주(홍주의 옛 이름)를 공격하고 내포일대를 장악했었다. 그는 934년에 후백제 견훤과 싸워 후삼국 통일의 주도권을 확보하고 고려의 건국 기반을 닦았었다. 임진왜란 때 광해군이 세자로 책봉되어 분조를 이끌고 홍주에 6개월간 머물면서 왜군을 막아내기도 했다고 한다.

광천의 토굴 새우젓

홍성에는 역사 인물들이 많이 배출되었다. 최영 장군을 비롯하여 김좌진,

임득의 장군 그리고 성삼문, 남구만, 홍가신, 이설, 김복한, 한원진, 한성준, 한용운 선생과 이응노 화백 등 그들의 생가 또는 묘들이 있다고 한다. 특히 홍주성을 중심으로 동학농민운동과 항일 의병활동의 흔적들을 찾아보니, 의병봉기의 현장일 뿐만 아니라 애국계몽운동과 함께 국권회복운동의 정신적 바탕이었던 곳이다. 오늘의 4행시 '동학의병'을 아래와 같이 써보았다.

동, 동서를 세로 질러 내포지역 홍성을 찾아와서
학, 학교에서 못 배웠던 국난의 민족 역사를 살펴보니
의, 의를 위해 분기했던 농민과 의병들 그리고 독립투사들
병, 병란 속에 바친 목숨, 그 숭고한 뜻은 청사에 빛나리

홍성역사관을 나와 조양문(朝陽門)을 둘러보고 오늘의 마지막 탐방지인 광천으로 향했다. 전통적인 광천 토굴새우젓 생산지를 둘러보려는 것이었다. '길 위의 인문학' 탐방의 또 하나의 재미는 그 고장의 별미 음식을 맛보는 것이고 또 때로는 고유의 향토식품을 구매할 수 있는 것이다.

나에게 토굴새우젓의 발효과정에 대하여 특별강연을 부탁한지라, 토굴 앞에서 요약적인 토굴새우젓 발효와 숙성과정에 대하여 설명해 주었다. 우선 발효와 부패의 차이점을 설명하고 특히 미생물의 생육조건 즉 온도나 염도 그리고 산소와 에너지원은 미생물의 종류에 따라 다양하다는 점을 지적해 주었다. 13~16도의 상온과 일정한 습도가 유지되는 토굴 속의 고유한 생태환경이 호염성 미생물의 발효에 중요하다는 점과 그 후 일정기간의 숙성과정에서 생산되는 유기물질과 아미노산들이 고유의 맛을 결정짓는다고 설명해 주었다.

이번 충남 홍성을 비롯하여 대표지역을 돌아다니며 우리나라의 근대 의병활동을 살펴볼 수 있었던 것은 즐겁고 유익한 인문학 탐방이었다.

생활 속에 스며든
민속문화

서울에 남아있는
도교의 흔적들

이번 '길 위의 인문학' 탐방은 서울지역의 도교(道敎) 흔적을 찾아가는 것이다. 우선 이화여대 정재서 교수의 사전강의를 들으며 도교사상이 우리나라 전통문화의 기저에 깔려 있는 생활정신이라는 것을 새삼 느낄 수 있었다.

생활 속에 스며든 도교문화

서민들의 세시풍속

우리나라의 전통 유래의 종교를 '유불선(儒佛仙)'이라고 하는데, 유교와 불교는 그 의미와 생활규범을 일상 속에서 쉽게 접할 수 있다. 그러나 선도 또는 도교사상은 인간의 욕망을 억제하지 않고 긍정적으로 발산시켜 불로장생의 신선이 된다는 것으로 좀 생소하게 느껴진다. 도교는 일상생활 속에서 삼신각이나 성황당에 가서 치성을 드리거나 정화수를 떠놓고 칠성신이나 옥황상제에게 가족의 안녕과 복을 비는 무속이나 미신화된 생활 모습으로 느껴지고 있다.

한 가지 예를 들면 '섣달 그믐날 밤에 잠을 자면 눈썹이 쉰다'는 이야기가 있다. 그것은 도교사상으로 사람 몸속에는 '삼시충(三尸蟲)'이란 요물이 사는데, 우리 마음을 충동질하여 화를 내게 하고 죄를 짓게 해서 죽으면 제삿밥을 얻어먹는다는 것이다. 그놈들은 매년 섣달 그믐날 밤에 우리가 잠잘 때 몸에서 빠져나가 옥황상제에게 고하면 우리 몸은 그만큼 늙는다는 것이다. 그래서 우리들은 그 삼시충이 빠져나가지 못하도록 자지 말아야 하는데, 그것을 잘 시행하라는 뜻으로 그날 잠자면 눈썹이 쉰다고 했다는 것이다.

이와 같은 풍속 이야기는 우리가 어렸을 적 많이 듣던 얘기들이지만 이제는 거의 사라져 가고 있다. 그런 의미에서 도교정신이란 좋든 나쁘든 간에 거의 우리 문화의 뿌리라는 점에서, 서울에 남아 있는 흔적들을 찾아가 보는 것도 의미 있는 일이었다.

관우신을 모신 동묘

첫 번째 탐방지는 서울 숭인동의 동묘(東廟)였다. 동묘는 중국 촉한의 관우(關羽) 장군을 모신 사당이다. 관우가 충의의 명장으로 죽은 후 민간에서 숭배되어 나중에는 도교의 신이 되었는데, 처음엔 군신이었으나 후일에는 재신(財神)으로 숭앙받았다고 한다.

정 교수의 설명에 의하면 관우신이 우리나라에 들어온 것은 임진왜란 당시 선조가 압록강까지 몽진갔을 때 명나라의 이여송이 조선을 도우러 참전했던 게 계기가 되었다. 이여송이 평양을 탈환할 때 관우가 현몽하여 승리의 전술을 계시했던 것이다. 그 후 명나라의 요청에 의하여 선조는 관우의 사당인 관제묘(關帝廟) 또는 관왕묘(關王廟)를 서울의 동서남북 네 곳과 지방에 세우고 관우신을 모셨다. 그 후 『삼국지』가 전래됨에 따라 관우신앙은 더욱 확산되었고 조선 말기 고종 때는 왕실의 장려로 크게 부흥하였다. 그러나 근대에 오면서 점점 쇠퇴하여 현재에는 이곳 동묘 건물만이 남아 있는 것이다.

동묘는 1601년(선조 34년) 벽돌을 사용하여 중국식 건축양식으로 지어진 전실과 본실로 '현령소덕의열무안성제묘(顯靈昭德義烈武安聖帝廟)'란 간판이 두 개가 달려있었고 그 안에는 금색의 목조관우상을 모시고 있었다. 그 양편 기둥에는 '천추의기(千秋義氣)'와 '만고충심(萬古忠心)'이라는 주련이 붙어 있었다. 그

관우신을 모신 숭인동의 동묘

리고 건물 외부의 뒷면 기둥에는 조선에 왔던 중국 사신들이 남긴 글들이 붙어 있었다.

　싸늘한 날씨인데도 어느 부인은 주과를 차려놓고 관우신에게 치성을 드리고 있었다. 정 교수는 강릉단오제에서 무속인들의 굿 행사를 방해하는 일부 기독교인들의 태도를 예로 들면서, 이제 민주화된 우리나라의 의식수준에서 도교는 우리 민족문화의 뿌리라는 점을 이해하고 수용하는 것이 좋겠다고 한다. 한국과 중국의 관계가 역사적으로 여러 가지 격랑을 겪어왔지만, 이제 다시 정치, 경제적 협력관계가 회복되고 있는 시점에서 수많은 중국 관광객을 위해서라도 이러한 유적을 활용할 필요가 있지 않겠느냐는 것이다.

삼청동 소격서와 팔판동

　우리는 조선 초기에 왕실과 국가의 안녕을 기원하고 재액을 예방하는 도교 제사를 올렸던 조정의 도교기관인 소격서(昭格署)를 찾아 삼청동으로 갔다. 소격서는 도교의 일월성신을 구상화한 태청(太淸), 상청(上淸), 옥청(玉淸)을 위하여 제사를 주관했던 곳이다. 이 기관은 중종 때 사림과 조광조의 강력한 주청으로 폐지되었다가 기묘사화 이후 다시 회복되었으나 임진왜란 이후 아주 없어졌다고 한다.

삼청동길 입구에는 각종 카페와 음식점들이 아기자기하게 늘어서 있는데, 길 한 편 삼청동파출소 모퉁이에 '소격서터'라는 조그만 표지판이 세워져 있었다. 세월도 흘렀지만 쇠퇴한 도교의 현실을 직감할 수 있었다. 삼청공원 휴식터에 모여앉아 조선시대 왕실과 민중 속에 자리 잡고 있던 도교사상과 소격서의 위상에 대하여 정 교수의 설명을 들었다. 매월당 김시습이 소격서에 와서 지은 「증삼청감점(贈三淸監點)」이라는 시에서 그 당시의 도교사상의 사회적 위상을 짐작할 수 있었다.

현도관(玄都觀) 안에서 화랑(花郞)을 보니 / 문장과 풍류가 한 고을을 빛내겠네
잠시 옥당(玉堂)의 글 솜씨를 굽혀 / 도관(道觀)의 수련실(修鍊室)에 왔거니
마을 문 깊이 잠그고 주역(周易)을 보며 / 단약(丹藥) 솥을 밀봉하고 옥황께 기도하네
훗날 삼신산엘 가고 봉황을 타게 된다면 / 조금씩 약을 나누어 백성들을 구제하시길
(玄都觀裏看花郞 詩賦風流耀一鄕 暫屈玉堂揮翰手 來參見闘煉砂房
洞門深鎖看周易 丹竈牢封禮紫皇 異日登瀛攀鳳尾 刀圭分與濟금蒼)

현재 종로구 소격동 이름은 소격서에서 유래되었고, 삼청동 또한 도교에서 천상의 경지로 여기는 삼청성진을 모신 삼청전(三淸殿)에서 유래되었다. 소격서 근처는 산이 맑아 산청(山淸), 물이 맑아 수청(水淸), 인심이 좋아 인청(人淸)의 뜻이기도 한 것이다. 일제시대에 삼청동과 팔판동 일부를 합쳐 삼청동이라고 했지만, 현재 행정동인 삼청동은 법정동인 삼청동, 팔판동, 안국동, 소격동, 화동, 사간동, 송현동으로 이루어져 한양 북촌이라 부른다.

경복궁의 서쪽에 위치한 서촌(세종마을)처럼, 북악산 기슭에 위치한 북촌 한옥마을도 조선시대 고관대작들의 사저와 별서들이 많이 있던 곳이다. 팔판동(八判洞)은 판서에 올랐던 16분의 강릉 김씨 가문들(전팔판과 후팔판)이 살았던 곳에서 유래하였다. 나는 강릉 김씨 후손으로서 이곳 삼청동을 찾아와 팔판동의 유래와 매월당의 흔적을 살펴보니 그 의미가 새롭게 다가왔다.

자하문 밖 북악산 뒷자락의 백석동천

한민족의 민속사상

자하동 백석동천

도교의 신비한 기운을 찾아 우리는 서촌의 청운동을 지나 창의문으로 향했다. 창의문은 일명 자하문(紫霞門)이라고 하는데, 자하란 자색 구름의 기운이 감도는 도교의 최고 경지를 의미하는 것이다. 그곳은 신선들이 노닐 만큼 자색 서기가 어린 아름다운 곳이라 자하동이라 불렸던 것이다. 조선의 개국공신 삼봉 정도전도 이곳의 서기를 느끼며 고려의 쇠망보다는 새로운 왕조의 융흥을 바라는 뜻으로 다음과 같은 시를 썼었다.

선인교(仙人橋) 내린 물이 자하동(紫霞洞)에 흘러드니
반천년(半千年) 왕업(王業)이 물소리뿐이로다
아이야, 고국흥망(故國興亡)을 물어 무엇 하리오

자하동으로 물이 흘러 내려오는 곳 즉 선인들이 사는 곳을 보기 위하여 우

백사실계곡에 남아 있는 연못과 별서터

리는 '백석동천'을 찾아갔다. 세검정에서 동령폭포를 지나 찾아가는 것이 제
길이라고 한다. 그러나 이제 백사실계곡은 주택가로 개발되어 자하의 운치가
사라진 지 오래인지라, 우리는 북악산 뒤편 성곽을 바라보며 부암동의 차도를
따라 걸어갔다. 동천(洞天)이란 도교에서 신선이 사는 별천지를 말하는데, 그
후 경치가 좋고 살기 좋은 곳이면 권문세도가들의 별서터가 되었다. 서울 근
교에는 백석동천 외에도 청운동의 도화동천, 가회동의 청린동천, 성북동의 쌍
류동천 등 여러 곳이 있었다. 이곳 백석동천 또한 아늑한 계곡 안의 숲속 평지
같은 지형인지라, 노송 가운데 모여 있는 바위에 백석동천(白石洞天)이란 글씨
가 큼지막하게 새겨져 있었다.

그 아래 100여 미터쯤 내려가니 개울물이 흐르는 바위 옆에는 6각정자의
돌기둥 주춧돌들이 메마른 연못에 발을 담그고 서 있다. 그리고 연못 너머 둔
덕 위에 남아 있는 별서터의 사랑채와 안채의 주춧돌을 보니 그 규모가 꽤나
호화스러웠던 것 같았다. 이 깊은 산속 신선이 노닐 만큼 아름다운 계곡에 별
장을 지어놓고 음풍농월했던 주인공이 궁금했으나, 백사 이항복이었다는 설
도 있고 추사 김정희였다는 얘기가 있다고 한다. 별서터에서 서쪽으로 바라보

사직동 단군성전

이는 산 위 바위에는 월암(月巖)이란 석각이 보이니, 그 바위 위로 넘어가는 달 또한 당시에는 빼놓을 수 없는 동천의 운치였을 것 같았다.

도교와는 직접적인 관계가 없다지만, 이곳까지 온 김에 사직공원 내에 있는 단군성전과 사직단을 들러보았다. 단군신화 속에도 단군은 죽은 후에 신선이 되어 아사달에서 1900년이나 살았다는 도교사상이 그 바탕에 녹아 있다는 것이다.

토속화된 도교문화

사직단 또한 지금까지 말로만 들었지 처음 들어가 보는 곳이었는데, 잔디가 없는 맨흙의 사단(社壇)과 직단(稷壇)은 깨끗하게 잘 정돈되어 있었다. 태조 이성계가 한양에 도읍을 정한 후 고려의 제도에 따라 경복궁 동쪽에 종묘를, 그리고 서쪽에 사직단을 설치하여 토지신 후토(后土)씨와 곡식신 후직(后稷)씨에게 제사를 지냈던 곳이다. 왕실의 사직서에서 주관하며 1년에 네 차례의 중사(中祀) 외에 기곡제(祈穀祭)와 기우제(祈雨祭)를 지내는 등 도교사상은 우리나라의 민속신앙으로서 왕실의 사직단에도 그 바탕을 두고 있었다는 이야기였다.

오늘날 민간신앙으로 널리 남아 있는 도교의 신으로는 성황(城隍), 칠성(七星), 조왕(竈王)의 삼신을 들 수 있다. 성황신은 마을 입구나 고갯마루에 자리잡고 있는 서낭당에서 숭배하는 마을신이다. 칠성신은 사람이 죽으면 영혼이 북두칠성으로 간다고 믿어, 사람의 운명과 무병장수를 주관하는 신으로 받든다. 그래서 시신의 관을 칠성판으로 덮는 것이다. 조왕신은 민가의 부엌 부뚜막 위에 자리 잡고 있으면서 주부들의 소망을 성취시켜 주는 신으로, 옛날 우리 어머니들은 새벽에 정화수를 떠놓고 가족들의 안녕과 발전을 빌었던 신이다. 이와 같은 도교신앙은 우리나라 삼국시대부터 있었던 토속문화라고 해야 한다.

한국의 정신문화는 삼국시대 이후 고려조까지 불교문화와 깊은 관계가 있었고 조선조에 와서는 유교문화로 대체되는 현상을 보였으나, 도교는 그 비중이 상대적으로 작은 것처럼 보인다. 그러나 한국문화를 말할 때에는 항상 유불선 또는 유불도를 나란히 논한다. 도교는 한국역사에서 유교나 불교처럼 표면적으로 크게 세력을 떨친 적도 없고 실제로 교단과 같은 종교조직을 갖춰본 적도 없었지만, 한국문화의 내면 혹은 잠재의식을 지배해 왔다.

특히 무속과 민속 그리고 동학이나 증산교와 같은 신흥종교의 밑바탕에 강력한 영향을 미쳤을 뿐 아니라, 심지어 유교와 불교 속에도 스며들어 한국의 토착문화를 이루고 있는 것이다.

택리지의 고향
공주와 논산

『택리지』는 『춘향전』과 함께 조선 후기 베스트셀러로 300여 종 이상의 필사본들이 만들어져 사대부들 사이에 널리 전파되었다. 역사지리에 관한 이 책은 당시에 금서였는데 정조 때 해제되었고, 1880년 일본에서 간행된 후 우리나라에서는 최남선이 처음 출판하였다고 한다.

『택리지』는 생리(生利)의 관점에서 지리와 산수를 살펴보고 상업과 교통의 측면에서 살기 좋은 가거지(可居地)와 그렇지 못한 불가거지(不可居地)를 구체적으로 기술해 놓은 청암 이중환의 저술이다.

택리지의 살기 좋은 곳

그러한 관점에서 이중환이 살기 좋은 곳으로 지목했던 금강변의 충청도 일대를 '길 위의 인문학'에서 탐방하면서, 『택리지』가 만들어진 내력과 이 지역 유학자들의 활동을 성균관대 안대회 교수와 함께 살펴보았다. 그리고 강경을 중심으로 한 우리나라의 근대 경제활동 그리고 종교활동의 흔적들을 찾아보았다.

이중환의 택리지

『택리지(擇里志)』는 기본적으로 가거지(可居地), 즉 살 만한 곳을 찾는다는 뜻으로 붙여진 제목인데 공자가 『논어』 「이인편」에 '군자는 살 만한 곳을 찾아 거한다'는 데에서 제명을 붙였다. 그러나 『택리지』에는 다양한 내용이 실려있고, 그 때문에 필사한 사람들의 관점에 따라 제목이 달라졌던 것이다. 실례로 『택리지』는 전국 팔도에서 살 만한 땅을 고른다는 의미로 '팔역가거지(八城可居地)'라 불리기도 했고, 수양을 할 만한 좋은 산수라는 뜻으로 '진유승람(震維勝覽)' 혹은 '동국산수록(東國山水錄)'으로 쓰이기도 했다. 각 지역의 물산과 교통을 소개한다는 의미로 '동국총화록(東國總貨錄)' 그리고 풍수지리가들이 참고할 만한 긴요한 책자라는 뜻으로 '형가요람(形家要覽)'이라고도 했다.

그러므로 『택리지』는 지리뿐 아니라 정치, 경제, 사회 등 인문지리의 전반적인 부분을 모두 포괄하고 있다. 서론에 해당하는 사민총론과 발문에서는 사화로 인해 당시 사대부가 벼슬에 나가지 못하고, 산림에 은거하기도 힘든 상황에서 살 만한 곳을 찾을 목적으로 이 책을 저술했다고 했는데, 인심을 논한 부분이 당쟁에 대한 설명임은 그 때문이다.

그런 이유로 『택리지』를 지리서의 형식을 빌린 비판적 역사서로 평하기도 한다. 『택리지』는 기존의 지리지와는 달리 연혁, 군명, 성씨 등의 나열에 그치지 않았고 행정구역 중심의 서술이 아니라 하천이나 도로를 통해 상호연결되는 생활권을 중심으로 내용을 기술하였다. 이는 조선 후기 장시로 대표되는 유통경제의 발달로 인한 사회적 변화상을 반영한 것으로도 해석할 수 있다. 이처럼 단순한 사실 나열에 그치지 않고 필자인 이중환의 관찰과 의견이 적극적으로 개진된 점이 큰 특징이라 할 수 있다.

금강유역의 가거지

천안—논산고속도로를 달리다가 세종시로 나가 독락정(獨樂亭)에 들렀다. 조선 초 1437년(세종 19년) 임목이 부친인 임란수의 절의를 기리기 위하여 금강의 절벽 위에 독락당을 지었다. 임란수는 최영과 함께 탐라정벌에 나섰던 고려 충신으로 조선조에 와서는 불사이군의 신념으로 정계에서 물러나 있었

호서 예학의 중심지 돈암서원

다. 그러나 세종은 금강변의 나성·월봉일대를 그에게 하사하고 불천위(不遷位) 묘를 지어주었다. 그리고 숙종 때 기호서사(岐湖書社)를 건립하여 유학자들이 공부하게 하였다. 금강이 내려다보이는 독락정에 올라 안 교수는 이곳에 관한『택리지』의 한 부분을 읽어주었다.

이인역(利仁驛)은 부여의 동쪽, 공주의 서쪽이다. 산이 평평하고 들이 넓으며 논도 기름져 역시 살 만한 곳이다. 금강 북쪽과 차령 남쪽은 땅이 비록 기름지나 산이 살기를 벗지 못하였다. 금강을 임하여 사송(四松) 독락(獨樂)의 산장이며, 독락은 임씨의 조상 적부터 전해 내려오는 건물이다. 모두 강과 산에 볼만한 경치가 있다.

우리는 공주시 월송동에 있는 사송정(四松亭)으로 향했다. 이 정자는 이중환『택리지』에서 '사송오가(四松吾家)', 즉 사송정은 우리집의 것이라고 한 점으로 볼 때, 충청도 관찰사를 역임했던 그의 아버지 이진휴가 1701년(숙종 27년) 건립한 것으로 추정된다고 한다. 이중환은『택리지』에서 농사가 잘되어 인구가 밀집되는 현상에 주목하면서 충청도 금강지역에 대하여 상업과 교통의 편리

돈암서원의 후원

성을 지적하였다. 실제로 사송정은 독락정과 함께 넓은 농토를 내다보면 그 앞으로 흐르는 금강의 경치가 수려하였다. 지금은 금강에 고속도로가 가로놓여 육로는 발전되었지만, 금강 물줄기의 활용이 미진한 점이 안타깝다고 한다.

예학의 중심, 돈암서원

탐방단 일행은 금강이 흐르는 논산지역에서 활동했던 조선 중기 유학자들의 고택과 서원들을 찾아 나섰다. 먼저 논산시 연산면 임리에 있는 돈암서원 (遯巖書院)은 1634년(인조 12년)에 사계 김장생(1548~1631)의 학문과 덕행을 추모하여 창건한 것이다. 김장생의 아버지 계휘는 경회당(慶會堂)을 설립하여 문풍을 크게 진작시켰고 김장생이 양성당(養性堂)을 세워 학문연구와 후학을 양성하였다.

1660년(현종 1년)에 돈암이란 사액을 받은 이 서원에는 김장생 외에 효종 9년 그의 아들 김집, 숙종 14년 송준길, 1695년에 송시열을 함께 배향하였다. 응도당(凝道堂) 마루에 올라앉아 율곡의 학맥을 이어받은 서인들 특히 노론계의 성리학자들이 활동했던 이 지역 호서예학(湖西禮學)의 중심이자 정신적 지주의 분위기에 대하여 안 교수 설명을 들었다.

광산 김씨인 김장생의 묘에는 그의 7대 조모 양천 허씨와 그 후손들의 묘가 모여 있었다. 고려 우왕 때 남편이 죽은 후 17세의 양천 허씨는 유복자를 안고 개성에서 500리 떨어진 시댁으로 가서 후손을 번성케 했다는 '사실기(事實記)'도 세워놓았다. 그로부터 김장생을 위시하여 그의 증손으로 김만기, 김만중(구운몽 저자) 등이 태어났다고 한다.

기호학파 성리학자들

소론의 아성, 명재고택

탐방단은 논산시 노성면 노성산 아래에 있는 명재 윤증(1629~1714)의 고택을 방문하였다. 숙종 때 윤증이 지었다는 이 고택은 『택리지』에도 기록되어 있다. 안채, 사랑채, 행랑채가 연결되어 'ㅁ'자형으로 창경궁의 연경당 구조와 비슷한데, 서울에 비하여 충청도의 양반주택은 크기가 작다고 한다. '이은시사(離隱時舍)' 그리고 '도원인가(桃源人家)'라는 현판이 걸려 있는 사랑채는 울타리 없이 외부에 노출되어 있었다. 고택 뒤편의 노성(魯城)은 원래 이산(尼山)이었는데, 정조의 이름과 같아서 1776년 이성(尼城)으로 바꾸었다가 1801년 노성이 되었다고 한다.

윤증은 서인 계열의 유계, 송준길, 송시열의 3대 사문에 들어가 성리학을 기본으로 당대의 정통유학을 공부하였다. 그러나 아버지 노서 윤선거의 비문에 강화탈출사건을 기록한 송시열과 사이가 멀어져 훗날 박세채와 함께 소론으로 갈라서게 되었다. 윤증은 이곳에 와서 집을 짓고 큰 연못을 조성하여 배롱나무와 소나무를 심고 노서서재(魯西書齋)에서 후학들을 가르치며 소론의 중심 역할을 했다. 그 옆에 있는 노성향교는 기호지방의 교육 중심이었는데, 전통 관례에서 벗어나 고택 바로 옆에 향교가 세워진 배경에는 노론이 득세했을 때 소론을 경시하여 일부러 세웠던 것 같다고 한다.

윤증이 세상을 떠나자 숙종은 아래와 같은 시를 써서 그를 애도하였다고 한

금강이 내려다보이는 언덕 위의 팔괘정 | 이중환이 이곳에서 택리지를 집필하였다

다. '유림존도덕 소자역상흠 평생불식면 몰일한미심((儒林尊道德 小子亦嘗欽 平生不識面 沒日恨彌深)', 즉 유림에서 그의 도덕을 칭송했으며, 나 역시 그대를 흠모했소. 평생에 얼굴 한번 대한 일 없기에 아쉬운 마음 더욱 간절하다고 하였다.

노성산 아래 명재고택의 뒤편에는 궐리사(闕里祀)가 있다. 이곳에는 중국의 산동 곡부에 있는 노산과 이름이 같고 또 공자가 살던 궐리라는 이름과 같은 이곳에 공씨들이 살았던 이유에서 송시열이 1687년(숙종 13년)에 궐리사를 계획하다가 세상을 떠났다. 그 후 권상하 등 그의 제자들이 권리사를 건립하고 공자의 영정을 봉안하였다. 사당 밖 잔디밭에는 북두칠성이 표시되어 있는 기단 위에 궐리(闕里)란 글자를 새겨놓은 석조기둥의 궐리탑이 네모진 갓을 쓰고 서 있었다. 1791년(정조 15년) 이곳에 '송조 5현'의 영정을 봉안하고 조선 후기 유학을 부활시키고자 했던 곳이다.

죽림서원의 팔괘정과 임리정

우리는 논산시 강경읍 황산리에 있는 죽림서원(竹林書院)에 들렀다. 이곳은 1626년(인조 4년) 이이, 성혼, 김장생을 추모하기 위하여 지방 유림들이 세운 황산사(黃山祠)였는데, 1665년(현종 6년) 죽림이란 사액을 받아 서원으로 승격되었다. 이때 조광조와 이황을 배향하였고 1695년(숙종 21년) 송시열을 추가배향하였다.

이곳에서 송시열과 윤선거가 1653년(효종 4년)에 만나 개혁적 사상으로 주자를 비판하는 윤휴에 대하여 논쟁을 벌였다. 송시열은 윤휴를 사문난적(斯文亂賊)으로 몰았지만 윤선거는 경전의 새로운 해석이라 평가함으로써 노론과 소론으로 갈라지게 된 계기가 되었다.

백호 윤휴(1617~1680)는 특별히 스승을 따로 모시지 않고 오로지 스스로 학문을 체득한 학자로서, 주자의 권위를 넘어 독자적인 경전 해석과 저술을 내놓았다. 윤휴가 어렸을 때 송시열도 그의 높은 학문에 탄복했는데, 성리학이 교조적 권위를 누렸던 조선 후기에 와서는 독자적인 경학체계를 수립하고 예송논쟁 때 남인 측 논객으로 활동하자 송시열로부터 사상적 숙청을 당했던 것이다.

죽림서원 앞 금강이 내려다보이는 언덕 위에 팔괘정(八卦亭)이 있다. 김장생이 1626년(인조 4년)에 이곳에 내려와 죽림서원과 임리정(臨履亭)을 세우고 선현을 추존하며 후학을 가르쳤다. 임리정의 이름은 김장생이 시경의 '전전긍긍여임심연 여리박수(戰戰兢兢 如臨深淵 如履薄水)'란 말에서 살얼음 밟듯 매사에 조심하며 살라는 뜻으로 지었다고 한다.

이후 김장생의 학맥을 이어받은 송시열도 1663년(현종 4년)에 팔괘정을 짓고 금강의 수려한 경관을 즐겼다고 한다. 송시열은 김장생으로부터 예학을 전수받고 성리학을 배움으로서 서인 중심의 기호학파를 이루었었다. 이로 인하여 강경유림에서는 임리정과 팔괘정을 유림의 소유로 하고 그들의 업적을 기리고 있다. 임리정 또한 팔괘정과 같이 앞면 3칸, 옆면 2칸으로 왼쪽 2칸은 넓은 대청마루이고 오른쪽 1칸은 온돌방이다. 4면이 문으로 닫혀있는데 현판도 없이 허술하게 관리되고 있었다.

그런데 이중환이 『택리지』를 팔괘정에 와서 탈고했다니, 노론의 이중환이 서인계열의 서원에 와서 저서를 완성했다는 것은 당쟁을 초월하는 열린 마음으로 집필에 임했던 것이다.

강경 옥녀봉에서 바라보는 금강포구와 황산벌

우리는 반야산 관촉사를 찾아가 은진미륵(석조미륵보살석상)을 구경한 후 저녁
노을을 받으며 백제의 수도 부여로 들어갔다. 백제관광호텔에 숙소를 정한 후
세미나실에 모여 이중환의 『택리지』에 관하여 안 교수의 강의를 들었다.

근대사의 문물들

탐방단은 전북 익산에 있는 나바위성당을 찾아갔다. 이곳에 무슨 성당인가
싶었는데, 1845년(현종 11년)에 김대건 신부가 상해에서 사제서품을 받고 금강
강경포에 처음 상륙한 것을 기념하여 초대 주임이었던 버모럴(Vermorel) 신부
가 1906년에 건축한 성당이란다. 한옥기와에 서양식 건축법을 절충하여 화산
에 지어 화산성당이라고 했으나, 1989년부터 나바위성당이라 부른다. 화산
(華山)은 송시열이 지은 이름이지만 나바위는 '나암'이란 말이라고 한다.

금강의 황산포는 『택리지』에서 지적한 대로 해로의 중요한 교통 요충지였다.
성당을 구경하고 화산 위의 망금정(望錦亭)에 올라서니 눈 아래 금강과 황산벌
이 펼쳐져 있는데 이중환이 지적한 대로 살기 좋은 곳 같았다.

강경읍내에는 강경포구를 통하여 들어왔던 우리나라 근대의 문물들의 흔적

이 여기저기에 남아 있었다. 고려시대엔 불교가 들어와 관촉사의 큰 돌부처 은진미륵을 만들어 놓았고 천주교에 이어 들어온 강경성결교회는 남녀를 장막으로 구분하여 예배했던 장방형 목조건물의 천장구조가 독특하였다. 강경 제일감리교회에는 우리나라 근대역사박물관을 조성해 놓았고, 구 한일은행 건물은 강경근대역사관으로 꾸며놓아 종교뿐만 아니라 일제 강점기의 경제수탈 등 금강 하류의 해상 개방로를 통하여 들어온 근대역사에 대하여 김무길 문화해설사가 설명해 주었다.

강경시내는 온 거리가 모두 젓갈시장이었다. 이곳에는 일본이 한국의 농산물을 실어내기 위하여 동양척식회사를 세웠고 수로에 갑문들을 설치했었다. 그리고 노동자들을 착취한 탓에 최초의 부두노동조합이 결성되었던 곳이다. 강경이 수륙교통이 좋고 농·수산물이 많이 생산된다는 점에서 이중환이 『택리지』에 기술했던 것처럼, 옛날이나 지금이나 지세와 교통이 생리(生利)의 가거지(可居地)로 중요한 요소임을 입증해 주었다.

우리는 마지막으로 강경시내뿐 아니라 금강과 황산벌판이 두루 내려다보이는 옥녀봉으로 올라갔다. 44m의 낮은 봉우리지만 사방이 거칠 것 없이 훤하게 내려다보인다. 초가지붕의 구 강경침례교회는 최초 예배지로 기독교 성지 순례 코스가 되었다. 정상의 봉수대 아래 바위 절벽에는 금강의 조수간만의 시각을 1860년에 해석해 놓은 송심두의 해조문(海潮文)이 새겨져 있었다. 백제의 계백 장군이 신라의 김유신과 싸웠던 황산벌전투 그리고 견훤과 왕건의 싸움도 저 들판 어느 곳에서 치열하게 벌어졌을 거라고 상상하니, 이곳이야말로 근대사에 이르기까지 우리 역사의 변혁현장인 것 같았다. 옥녀봉 송재정(松齋亭)의 느티나무 그늘에 둘러앉아 오늘의 시제 '택리지' 3행시를 발표했다.

택, 택하는 일마다 잘되기를 바라는 게 사람의 마음이지만
리, 리(이)치와 도리에 맞는 선택을 하기가 그리 쉽지 않으니
지, 지금도 선택의 지혜가 인생의 열쇠인 것을 명심해야지

양백지간의
풍수 십승지를 찾아서

조선일보의 백두대간 인문학 탐방은 풍수학자인 우석대 김두규 교수와 함께 『정감록』에 명시된 경북의 풍수 십승지(十勝地)를 찾아갔던 것이다.

우리는 양백지간(兩白之間) 즉 소백산과 태백산 사이에 위치하고 있는 경북 지역의 대표적인 십승지들을 둘러보았다. 또 낙동강 상류 계곡을 따라가는 협곡열차, V−트레인을 타고 단풍이 짙게 물든 백두대간의 경승을 감상하였다.

정감록의 십승지들

청화산 우복길지

충북 보은에서 상주시 화북면으로 넘어가는 이 길은 충북과 경북의 경계지점이고 좌측 쌍룡계곡으로 들어가면 『정감록』의 십승지 중의 하나로 알려진 우복동(牛腹洞)이 나온다.

현재 상주시 화북면 용유리마을 앞에는 십승지 관련 비석이 있고 옛날 명사들의 시비가 세워져 있었다. 그 옆에는 넓고 큰 바위에 양사언이 초서로 '동천

상주 청화산의 우복동 | 넓은 바위에 양사언의 글씨 '동천'이 새겨져 있다

(洞天)'이라고 새겨놓은 동천암 바위가 비스듬히 누워 있었다. 다른 설에 따르면 구불구불한 '천(天)'자를 가리켜 개운조사가 도를 이룰 수 있었다는 증거로 손가락으로 썼다고 하는데, 십승지 우복동의 깊은 물길처럼 몇 구비를 돌아 흘렀다.

조선 숙종 때 지리학자인 청담 이중환도 속리산 동편 청화산에 우복길지(牛腹吉地)가 있다고 『택리지』에 기술해 놓았다. 동네가 마치 소의 배 안처럼 생겨 살기 좋다고 하여, 영조 때 학자 늑천 송명흠이 이곳에 들어와 병천정사를 짓고 우복동이라 하였다. 그 후 마을이 번성하여 질병과 재앙을 막고 풍년을 기원하는 산신제가 지금도 전통제례로 이어져오고 있다는 것이다.

함께 참여한 김 교수는 청화정에 올라 이곳의 풍수지리를 설명해 주었다. 청화산을 주산으로 하는 청룡계곡의 시비마을은 산옥(山獄)의 대표적인 동천이라면서 권력의 좌청룡에 비하여 재물과 여자의 우백호가 조금 약해 보인다고 한다.

청화산방에서 마을아주머니들이 점심으로 준비한 시골음식들은 입맛을 돋구어 주었다. 특히 두툼한 파전과 함께 '은자골탁배기'는 인문학 탐방의 또 한

가지 맛과 멋을 더해 주었다.

예천 회룡포

우리는 경북의 십승지 중 하나인 예천군 용궁면 회룡포(回龍浦)로 향했다. 꼬불꼬불 산길을 따라 비룡산으로 올라가 장안사를 지나고 회룡대에 올라서니 내성천이 휘돌아가는 회룡포의 전경이 눈앞에 펼쳐졌다. 음양이 교접하고 있다는 산태극수태극의 회룡마을은 자연이 만든 아름다운 형세이다. 산길에 새겨놓은 어느 시인의 시가 이곳의 경치를 대변해 주었다.

낙동강 긴 물줄기 굽이쳐 돌아가는 / 물무늬 짙은 그늘 바람소리 외려 운다
비룡산 둘렛길 산행 / 용주팔경 시비 앞에 선다
내성천 휘감아 도는 능선 따라 소나무 숲길 / 장안사 큰 부처님 석탑도 앉아 있네
회룡포 돌아 나오는 물소리 / 오솔길도 훤하다

김 교수는 이 마을이 행주(行舟)형이라 샘을 파지 않았다고 한다. 그러나 현대적인 감각으로 본다면 약한 모래 지반에 위생적인 조처라고 해석할 수 있다고 덧붙였다. 내성천과 금천이 낙동강을 만나 삼강나루를 이루고 강과 산이 어우러진 회룡포 일대는 옛날에 문경과 예천지역을 아울러 용궁현(龍宮縣)이라고 했다니, 이름 그대로 음수지세가 강한 수옥(水獄)의 대표적인 지형인 것 같았다. 원산성을 중심으로 한 용궁일대는 삼한시대의 격전지였는데, 370년 근초고왕 때 백제영토였으나 고구려가 점령했다가 그 후 565년 진흥왕 때 신라 땅이 되었다는 것이다.

풍기의 금계동

소백산 아래에 또 하나의 유명한 십승지인 금계동이 있다. 영주시 풍기읍의 들판을 거쳐 소백산 계곡으로 들어가는 금계동은 산과 물이 조화를 이루어 십승지의 면모를 충분히 보여주고 있었다. 이중환도 『택리지』에서 병란을 피하기 좋다고 했던 소백산의 옥금동이 바로 이곳이었던 것이다. 조선 중기의 학

예천의 회룡포 | 대표적인 수옥의 지형이라고 한다

자 격암 남사고(1509~1571)도 이곳을 지나다 말에서 내려 넙죽이 절을 하며 '이 산은 사람을 살리는 곳이다'라고 했을 만큼 이곳은 『격암유록』뿐 아니라 『정감록』을 비롯한 풍수지리서에 여러 술사들이 지목했던 십승지이다.

송림이 우거진 깊은 계곡의 바위 위에는 퇴계의 제자이자 청백리였던 금계 황준량이 금선정사를 짓고 학문을 닦았다. 풍기군수 송징계가 1757년(영조 33년)에 황준량을 기려 바위에 새겨놓은 금선대란 글씨에는 이끼가 끼어 있었다. 그 후 풍기군수 이한일이 1781년(정조 5년) 금선대 위에 금선정(錦仙亭)을 세웠다.

정감록의 십승지

김두규 교수는 『정감록』은 여러 판본이 있으나 그중에서 안춘근(1973)이 펴낸 『정감록집성』이 기존의 여러 이본을 모두 망라한 것이라고 설명해 주었다. 그 공통적인 핵심은 '지기쇠왕설(地氣衰旺說)'에 따른 도읍지의 변화와 그 주인이 누구인가에 대한 내용이다. 즉 정감(鄭鑑)이란 인물이 이심(李沁)과 더불어 팔도에 산수가 빼어난 곳을 함께 유람하면서 '산수지법'에 대하여 토론한 내

풍기 금계동의 금선정

용의 총합인데, '감결(鑑訣)'을 비롯하여 '역대왕도본궁기', '삼한산림비기', '무학비결', '도선비결', '토정가장결', '정북창비결' 등 20여 가지의 비결을 담고 있다고 한다.

『정감록』의 집필시기에 대해서는 고려 말 조선 초 또는 임진왜란 전후라는 의견도 있으나 17세기 이후라는 주장이 많다. 왜냐하면 조선조 태종에서부터 성종 때까지의 금서목록에는 없었거니와, 16세기 인물인 토정 이지함이나 격암 남사고 그리고 17세기의 두사충과 윤선도의 비결이 수록된 것으로 보아 17세기 이후인 것이 확실하다고 한다.

조선시대 중기 이후에 나타나기 시작한 '십승지'의 개념은 임진왜란에 이어 병자호란의 외침에 이어 임술민란 등의 내부적인 민란이 속출하면서, 이씨조선이 망하고 정씨왕조가 건국된다는 설과 함께 환란이 발생했을 때 민중들이 자신의 몸을 보전하고 살 수 있는 이상향의 장소로 인식되었다. 유지각자생 무지각자사(有知覺者生 無知覺者死), 즉 위기의 시대에 지각 있는 사람은 살고 지각이 없는 사람은 죽는다는 상황에서, 피난해야 할 곳으로 대두된 십승지는 한국인의 심층의식에 파고들었던 것이다.

소백산으로 해가 넘어갈 무렵 금계동 입구에 있는 동양대학교의 세미나실에 모여 김 교수는 자연뿐 아니라 인생에서도 타고난 명은 바꿀 수 없지만, 자연풍수를 엿봄으로써 인생의 명(命)과 운(運) 즉 운수를 바꿀 수 있다고 한다. 즉 파리도 기미(麒尾)에 붙으면 천 리를 간다는 것이다. 그 다음에는 관계와 인맥에 대한 음덕(陰德)을 쌓고 독서를 열심히 함으로써, 인생의 산(山) 즉 인물 그리고 수(水) 즉 재화를 가꾸어갈 수 있다고 설명해 주었다.

봉화의 자연경관

청량산 청량사

우리는 다음의 행선지인 봉화의 청량산으로 향했다. 영남의 소금강이라 불리는 청량산은 870m의 주봉을 비롯하여 여러 바위 봉우리들과 수많은 동굴 그리고 폭포가 쏟아지는 계곡을 포함하고 있는데, 여러 자연경관들이 너무도 수려하여 경북에서는 청량산도립공원으로 지정하였다. 일찍이 신라 때 원효대사가 창건한 청량사(淸凉寺)와 여러 암자들이 산재해 있고, 원효, 의상, 최치원을 비롯하여 퇴계와 김생 등이 찾아와 수도함으로써 역사적으로 더욱 유명한 산이 되었다.

나도 처음 가보는 청량산이었으나 입구에 들어서자 높다란 바위산이 짓누르는 듯 솟아 있고 청량사로 올라가는 가파른 산행길은 숨이 차올랐다. 바위 밑으로 난 길도 험하지만, 바위에 뿌리를 박고 자란 나무들의 생존본능이 놀랍다. 곳곳에 새겨놓은 퇴계의 시구가 청량산의 운치를 대변해 주었다.

어느 곳인들 구름 낀 산이 없으랴마는 / 청량산이 더더욱 청절하구나
정자에서 매일 먼 곳을 바라보면 / 맑은 기운이 뼈까지 스며든다네
(何處無雲山 淸凉更淸絶 亭中日延望 淸氣透人骨)

청량사 앞 바위틈에서 흘러나오는 시원한 청량수로 목을 적신 후 청량사를

봉화의 청량산 청량사

올려다보니 둘레를 감싸고 있는 바위산 위에 푸른 하늘이 다가선다. 뿔 셋 달
린 소와 원효대사와의 전설이 남아 있는 '삼각우송(三角牛松)'은 그 앞에 세워
놓은 9층석탑과 함께 청량사의 상징인 것 같았다. 뾰족하게 솟아오른 석탑 건
너편에는 청량산의 또 다른 봉우리가 아침 그늘에 묻혀 시커멓게 다가선다.
험하기도 하거니와 어딘가 영험한 느낌이 드는 청량산의 분위기는 풍기군수
주세붕이 읊었던 아래의 「청량사」에서 느끼는 시감이나 다를 게 없었다.

　　묻노니 청량산 어떠하던고 / 하늘이 열어놓은 보탑이라네
　　적성 노을 대낮에 표지가 되고 / 바윗물엔 하늘빛 쏟아내리네
　　험한 돌길 승려는 잘도 다니고 / 높은 소나무의 학은 졸다가 깨네
　　고운은 숨은 고인 가까워 하니 / 한 잔 술로 영령을 위로하리라
　　(欲問淸凉勝 天開寶塔形 城霞標白晝 巖溜寫靑冥
　　　危磴僧行慣 高松鶴夢醒 孤雲嘉遯古 一酹慰英靈)

봉화의 낙동강 상류 협곡열찻길

백두대간 협곡열차

우리 탐방단은 오늘의 마지막 코스인 백두대간 협곡열차, V-Train을 타러 산고개를 넘고 계곡을 지나 분천역으로 향했다. 분천역은 1956년 영암선 철도가 개통되면서 춘양목을 반출할 때 수많은 사람들이 모여 마을과 시장이 활성화 되었던 곳이다.

그러나 벌채업이 쇠락하고 영암선 철도의 산업기능도 쇠퇴되자 2010년대에 들어와서는 관광목적으로 발상을 바꾸어 이곳에서부터 태백시 철암역까지 협곡열차를 운행하니 그 인기가 다시 살아나는 것 같았다.

분천역은 스위스 알프스의 체르마트역과 자매결연을 맺고 백호를 상징으로 관광객을 불러 모으는 명소가 되었다. 우리들은 먹거리장터와 주변의 경관을 둘러보고 협곡열차를 탔다.

늦가을이지만 바위 위에 남아 있는 단풍과 푸른 소나무들이 낙동강 상류 계곡의 맑은 물과 함께 아름답게 어우러져 있다. 그 가운데로 지나가며 이러한 백두대간의 절경들을 바라보자니 우리나라는 참으로 금수강산이라 아니할 수 없는 것 같았다.

하회사람들의
어울림문화

　요즘 '한류'라는 이름의 한국문화(K-Pop, 강남 스타일 등) 열풍이 전염병처럼
세계에 퍼지고 있다. 한국국학진흥원에서 우리 민족의 문화유전자에 대하여
설문조사를 한 결과, 자연스러움, 열정, 흥, 끈기, 어울림, 공동체문화, 여유, 한,
숙성 등이 높게 평가받았다. 이러한 주제에 대하여 전문가들과 파워블로거들
이 모여 한국문화의 현재를 진단하고 미래를 전망하는 책『한국인의 문화유전
자』를 펴냈다.

한국인의 문화유전자

　이 책에 대하여 한국국학진흥원과 서울도서관에서 공동으로 전문교수의 강
연을 듣고 '어울림'과 '자연스러움'에 대하여 성우 배한성 씨와 시낭송가 김서
연 씨와 같이 '함께 책읽기' 행사를 세 차례 갖었다. 영남대 최재목 교수는 우
리 생활 속에서 '어울림'의 예를 들며 숟가락 하나 더 놓는 것과 판소리의 추
임새 같은 것도 큰 틀을 어그러뜨리지 않으면서 화합하고 조화를 이루는 것이

라고 했다.

그는 '구슬이 서 말이라도 꿰어야 보배다'라는 속담을 인용하면서 편집이란 짜 모은다는 의미로 문화와 문맥을 결합하고 연결시키는 것이라고 한다. 우리 주변과 역사를 뒤돌아보면 구슬은 도처에 널려 있다. 하잘 것 없는 것, 잡된 것들 속에도 보석 같은 진리가 있다. 편집의 작업은 순과 잡의 무수한 어울림을 통하여 이루어지는 방법이라고 한다. 글쓰기란 주어진 정보를 회전시키고 재결합하여 새로운 주제로 재생하는 작업이라고 한다.

세 차례의 강의를 통하여 '세상의 길을 따라가며 사람의 무늬를 살핀다', '시를 그리고, 그림을 쓰다', '소리를 쓰고 그리기', '삶은 글쓰기이다'라는 말도 배웠다. 그리고 '해설이나 자습서를 먼저 읽지 마라' 그리고 '글은 죽은 문자일 뿐 읽어 아는 것은 나 스스로이다'라고 책 읽는 요령도 설명해 주었다.

안동의 전통문화

한국학중앙연구원의 한형조 교수와 함께, '상생과 어울림의 정신을 찾아서'란 주제로 청량리역에서 기차를 타고 안동을 탐방하였다.

우리는 안동에 도착하여 버스 7대에 나누어 타고 태사묘(太師廟)로 이동하였다. 숭보당 잔디마당과 마루에 둘러앉아 안동대 조정현 교수의 설명을 들었다. 왕건이 930년 후백제의 견훤을 토벌할 때 도와 주었던 삼태사(김선평, 김행, 장정필)에게 벼슬을 내리고 사성함으로써 각각 안동 김씨, 권씨, 장씨의 시조가 되었다. 태사묘는 983년 고려 성종 2년 세 분의 위패를 모시고 안동부사가 제사를 지내던 곳인데 1542년(중종 37년)에 강릉인 김광철이 안동부사로 와 묘우를 이 자리에 세웠다고 한다. 대나무로 둘러싸인 숭보당 좌우측에는 세 문중의 사무실로 쓰는 동재와 서재가 있고, 보물각에는 왕건이 하사했다는 붉은 잔, 비단 관 등 삼태사의 유물들이 보존되어 있었다.

뒤편에 있는 안묘당에는 병산대첩 때 '고삼술'을 빚어 견훤의 군사들에게 먹여 취하게 함으로써 왕건이 승리할 수 있게 했다는 안중할머니와 임진왜란 때 삼태사의 위패를 길안면 국란계곡 동굴로 모셨다가 난이 평정된 후 다시 봉안했다는 안금이의 위패를 모셔놓았다. 그래서 안동에는 여러 사람의 불천

안동 태사묘의 삼태사비

위 제사가 있다고 한다. 이는 미천한 상민들도 양반들과 함께 화합했던 역사
전통이 있었기 때문에, 동학 때에도 양반에 대한 아무런 피해가 없었고 대동
사회를 이끌어 가는 안동의 어울림정신이 조성되었다고 한다.

하회마을의 서애와 겸암

우리는 다음 탐방지 하회마을로 갔다. 부용대가 건너다보이는 만송정 솔숲
에 모여앉아 서애 류성룡 가문의 유래와 하회 마을사람들의 화합의 전통과 어
울림에 대하여 조 교수의 설명을 들었다. 부용대 서쪽의 겸암정은 1567년(명
종 22년)에 서애의 형 겸암 류운룡(1539~1601)이 짓고 후학들을 가르쳤던 곳이
다. 겸암이 「만송대」에 관해서 쓴 시 한 수를 소개하면 아래와 같다.

일찍이 만송을 직접 심었더니 / 오랜 세월 울창한 숲을 이루었네
고요한 밤 솔바람소리 아련하고 / 텅 빈 강에 푸른 그림자 드리웠네
한가로운 기운은 저절로 넉넉하고 / 충분히 좋은 시간 가질 수 있다네
산보하며 더위도 식히는 곳이니 / 더운 기운 범접하지 못하네

하회마을 만송대에서 부용대를 바라보며 강의를 듣는다

(萬松曾手植 歲久鬱成林 夜靜寒聲遠 江空翠詠浸

自多閒意味 嬴得好光陰 散步乘凉處 炎氣不許侵)

    그리고 부용대 동쪽의 옥연정은 1586년(선조 19년)에 류성룡(1542~1607)이 지은 집이다. 류성룡이 자신의 아호로 하회마을의 서북쪽 절벽인 서애(西崖)라 고 했던 부용대는 64m의 층층 암벽이다. 그 절벽 중간 높이에 사람이 걸어 다 닐 수 있는 도화천(桃花遷)길이 있어 두 형제는 그 길에서 자주 산책하면서 만 났다고 한다. 1601년에 형이 죽은 뒤 서애는 이곳을 혼자 걸으며 바위에 보허 대(步虛臺)니 달관대(達觀臺) 등의 이름을 붙였다.

    서애는 임진왜란을 끝내고 영의정까지 올랐으나, 겸암은 벼슬길에 나서지 않고 향촌의 류씨가문을 지키며 하회마을을 이끌었다. 우애 깊은 두 형제였지 만, 풍산 류씨집안에서는 가문의 위계전통을 위하여 형인 겸암을 더 우대하고 받들었다고 한다. 류성룡이 명나라에 파병을 요청하러 갔을 때, 이여송이 용 의 간을 먹어야 근육을 움직일 수 있다고 하면서 용의 간을 떼어내리면 소상 반죽(瀟湘斑竹, 아롱무늬의 대나무 젓가락)이 있어야 한다고 했다. 그때 류성룡이 그

하회마을 삼신당 신목 | 마을의 화해와 가정의 안녕을 기원한다

것을 내놓았던 것은 형 겸암이 그런 상황을 미리 예측하고 준비시켰기 때문에 이여송으로 하여금 명군을 파병했다는 안동의 전설이 있다고 한다. 그것은 겸암이 하회마을의 유교적 전통과 화합질서에 공헌이 많았다는 미담도 되지만 형만 한 아우가 없다는 유교적 배려의 이야기인 것이다.

류성룡이 관직에서 물러난 뒤 이곳에 작은 집을 짓고 살면서 벽에 써놓은 「신성소사제벽(新成小舍題壁)」이라는 시에서 그의 소박하면서도 선비다운 면모를 엿볼 수 있다.

　나이 육십삼 세에 / 처음으로 몇 칸 집을 갖게 되니
　꾸려오며 이제 반을 이루었으나 / 사면에 담조차 없네
　아침 일찍 일어나 청산을 바라보고 / 밤이면 누워서 달을 맞이하네
　사람은 살면서 족함을 알아야 하고 / 있는 곳이 모두가 안락하다네
　오래도록 옛사람 마음 헤아리니 / 하루하루를 소요하는구나
　(行年六十三 始得數間屋 經營今半成 四面無墻壁 晨興對青山
　夜臥遙明月 人生苟知足 着處皆安樂 永念古人心 逍遙日復日)

하회마을의 어울림 전통

하회별신굿

하회마을의 선비들은 인근의 시인 묵객들을 불러 함께 시회를 열고 쥐불놀이와 선유놀이를 했다고 한다. 부용대 밑의 화천강물 위에는 바가지에 유등을 밝혀 소위 '달걀불'을 띄워놓고, 부용대 꼭대기에서 만송정 백사장까지 줄을 매고 숯가루를 한지에 싸서 매달아 놓는다. 그리고 '낙화요~'라는 소리에 맞추어 불을 붙인 솔가지 묶음들을 줄을 타고 내려 보내면 숯가루가 불꽃을 피우는 장관이 펼쳐진다. 그러한 놀이는 온 마을의 축제이자 단합의 기회가 되었다고 한다. 이와 같은 '선유줄불놀이'는 근래에 복원하여 매년 '안동국제탈춤페스티벌' 기간 중에 재현하고 있다.

'하회별신굿' 역시 화합의 맥락에서 연행되는 제의이자 놀이이다. 그 내용은 무동마당(각시가 무동을 타고 등장), 주지마당(주지 한 쌍이 잡귀를 쫓는 춤을 추어 탈판을 정화), 백정마당(살생마당. 백정이 소를 잡아 심장과 우랑을 떼어내어 관중에게 사라고 권함), 할미마당(살림살이마당. 할미의 고달픈 생활을 베틀가로 풀어냄), 파계승마당(고려시대 타락한 불교를 풍자. 파계승이 분네를 유혹하여 놀다가 초랭이에게 들키자 분네를 업고 달아남), 양반·선비마당(양반과 선비의 허위허식을 풍자. 분네를 사이에 두고 양반과 선비가 익살스럽게 다툼)으로 구성된다. 그 외 보름날 서낭당에서 당제를 올리고 '혼례마당'과 '신방마당'을 벌인다. 그리고 무당의 '허천거리굿'으로 끝나는 것이 그 순서이다.

여기에서 특히 '혼례마당'과 '신방마당'을 주목할 필요가 있다. 무진생 각시신에게 풍물굿을 통해 처녀신의 원혼을 위로해 주는 형태지만, 서낭신에게 기대하는 것은 마을사람들의 소망도 이루어지기를 바라는 것이다. 안동지방에서는 양반과 농민 사이의 조정 통로로 별신굿이 작용하였다. 서로 간의 팽팽한 긴장관계 속에서도 별신굿을 통하여 균형과 화합을 이루면서 살아왔기 때문에 전면적인 농민봉기가 없었으며, 양반 역시 농민들을 홀대하거나 크게 억압하지 않았던 것으로 판단된다.

하회별신굿을 담당하는 직책의 산주는 정기적인 별신굿 외에도 현몽으로

하회별신굿 탈놀이 | 파계승마당의 한 장면

신탁을 받으면 언제든지 소를 잡아 신에 바치는 별신굿을 벌였다. 이때 상민도 양반탈을 쓰는 순간 양반이 되어 양반으로서의 입장을 대변하거나 평민들의 요구를 수락함으로써, 양반과 평민들 그리고 풍산 류씨와 각성받이들 간의 갈등이 조정되고 타협하여 대동조화를 이룰 수 있었다는 것이다.

세계문화유산, 하회마을

조 교수의 설명을 들은 후 문화해설사를 따라 하회마을을 둘러보았다. 먼저 북촌댁에 들렀다. 화경당(和慶堂)은 210년 동안 적선지가(積善之家)로서 선대의 베품과 선비로서의 학식과 기품을 고스란히 보존하고 있는 류씨집안의 고택이었다. 그리고 풍산 류씨의 대종택인 양진당(養眞堂)을 구경하였다. 풍산에 살던 선조가 15세기경 하회마을에 들어와 최초로 지은 집인데, 입암고택(立巖古宅)이라는 현판은 겸암과 서애의 부친인 입암 류중영의 호에서 따온 것이라고 한다. 마을 중앙에 있는 삼신당 신목인 수령 600년의 느티나무 둘레에는 주민들이 소원을 적은 수많은 종이들이 꽂혀 있었다.

충효당(忠孝堂)은 평생을 청백하게 지낸 서애 류성룡이 삼간초옥에서 별세한

하회마을을 형성한 입암과 서애의 당호 | 입암고택과 충효당

후 그의 문하생과 지역 유림들이 추모하여 지은 종택이다. 충효당은 평소에 '나라에 충성하고 부모에 효도하라'는 말을 강조한 데서 유래했다는데, 미수 허목의 당호 현판 글씨가 독특하였다. 몇 년 전 영국의 엘리자베스 여왕이 그 안채에서 유숙했다는 내용의 안내 간판을 세워놓았다.

안동의 역사와 삼태사의 화합문화를 배우고, 서애 류성룡을 낳은 하회마을 풍산 류씨 양반들이 서민들과 어울려 균형있게 살 수 있는 방편으로 '하회별 신굿' 탈놀이가 있었다는 것을 알았다. 우리의 문화유전자로서 어울림의 전통을 엿볼 수 있었던 이번 탐방은 소중한 경험이었다.

진보장터와
서민들의 생활문화

　이번 인문학 탐방 주제는 '장날따라 객주따라'이었다. 역사 장편소설『객주』의 김주영 작가와 함께 그의 고향이자 소설의 모태였던 경북 청송의 진보장터로 길 따라 찾아가는 것이었다. 버스 안 텔레비전 화면에는 지난번 국립중앙도서관에서 있었던 방송통신대 손종흠 교수의 '18세기 이후 조선사회의 변동과 장시의 발달'이라는 제목의 사전강의 내용을 보여 주고 있었다.

장날따라 객주따라

조선 중기 사회와 장터문화
　조선 중기의 사회는 5% 정도의 양반계급이 지배했던 시대였다. 양반과 상민의 구분이 뚜렷한 가운데, 서얼의 신분은 어머니를 따르도록 하는 노비종모법에 따라 극소수의 양반들은 대다수 상민 백성들의 노역으로 앉아서 먹고 살았던 것이다.
　임진왜란과 병자호란에 의하여 전국토가 초토화되었고 국민들의 생활은 만

신창이가 되었다. 조정에서는 궁핍한 재정을 확보하기 위하여 '공명첩(空名牒)'을 발행하여 관직과 신분을 팔기 시작하였다. 이러한 사회 변화에 의하여 5%도 되지 않았던 양반층이 18세기에 들어와서는 약 70% 정도로 증가하게 되었다.

그리고 전쟁으로 인하여 도로망이 발달되어 양반뿐 아니라 평민들 사이에서도 왕래가 많아지게 되었고, 정보의 유통이 활발해지게 된 것이다. 또 새로운 농기구를 사용하는 농삿법으로 농가의 소득이 증대되고 거기에 상업성이 더해짐으로써 새로운 부유층 서민들이 생기게 되었다.

이무렵 일부 진보적인 지식인들에 의하여 노입된 실학사상은 관념적이었던 주자학에 대하여 반성을 촉구하였고 실사구시와 만민평등을 주장하는 서학, 즉 천주학이 보급됨으로써 민권의식이 퍼져나갔다. 그리고 신분제의 와해와 함께 상업의 발달은 경제구조의 변화와 서민들의 의식을 발전시켰다. 여기에 기여한 또 한 가지 중요한 요소는 세종대왕이 창제한 한글의 보급이었다. 이러한 현상은 박지원의 「허생전」이라는 한글소설로 나타났던 것이다.

그 뒤에는 군담소설이 유행되었다. 이러한 영웅소설에 이어 판소리계 소설이 등장하는데, 「심청전」, 「춘향전」, 「흥부전」, 「배비장전」 등이 그 대표적인 것들이었다.

그리고 상업이 활성화되면서 물품의 유통을 담당하는 조직으로 객주와 보부상들이 중요한 역할을 하게 되었다. 조선시대의 보부상들은 시장이 열리는 지방의 장시를 찾아다니며 농수산물에서부터 일용잡화를 팔았는데, 이때 고전소설들도 함께 팔면서 정보를 전파시켰다. 그런데 이러한 소설책들은 시장에 그냥 놓고 파는 것이 아니라, 그 내용을 모여든 손님들에게 낭송해 주면서 팔았다. 당시 일반백성들은 문맹이었기 때문에 낭송해 주는 이야기로 그 소설의 내용을 즐길 수 있었던 것이다. 시장에서 산 판각본 소설은 각 고을에 들어가면 수많은 필사본으로 만들어져 더 널리 보급되었다.

장바닥에서 책을 팔기 위해 책을 읽어주는 사람이나 각 마을에서 부녀자들을 대상으로 책을 읽어주는 적문적인 낭송자를 전기수(傳奇叟)라 했다. 이들이 장터 난전에 모여든 사람들에게 책을 읽어주면서, 웃기고 또 울리는 광경은

청송의 명승지 주왕산

새로운 장터의 풍속문화가 되었던 것이다. 그러한 5일장의 모습은 1960년대
까지 지속되었으나 1970년대 이후에는 전국의 어느 장터에서도 찾아볼 수 없
는 옛이야기가 되었다.

청송의 진보장터

버스가 죽령을 넘어서자 그동안 조용히 앉아있던 김주영 작가가 일어나 마
이크를 잡고 어렸을 적에 보고 겪었던 장터얘기며 청송지방의 자랑을 늘어놓
는다. 조선시대의 장터는 무안·나주지방에서 15일장으로 자연발생적으로 생
겨난 후 10일장, 5일장으로 발전되었단다. 그때 관헌에서는 장시에 사람들이
많이 모이면 농사일이 소홀해지고 사기꾼이 판을 치게 된다고 해서 금지시키
고 방해를 했다고 한다.

그러나 장터가 형성되면 사람들이 모이고 물품을 매매하고 의견들이 서로
교환되고 문화가 소통되었다. 우리의 장터는 서양의 광장에 비교되는 곳으로
사회의 민주화 그리고 문화의 교류장소였다고 할 수 있다. 옛날 장터에서는
시골 처녀 총각이 선을 보았고 일제 때에는 독립만세를 불렀던 곳이었다. 장

터는 길을 따라 사람과 문물이 모였던 곳이고 그 지방의 고유한 문화가 형성되었던 곳이다.

진보는 동해안의 영덕에서 양반고장인 안동으로 가는 길목이자 영양과 청송의 중간지점이다. 옛날부터 사람들이 많이 모이고 농산물뿐 아니라 수산물과 일용잡화들이 다 모이는 곳이기 때문에 장시가 활발했던 것이다. 그리고 '청양고추'란 말은 영양과 청송에서 나는 매우면서도 달콤한 고추를 일컬어 부르는 이름이었는데, 언제부터인가 일반인들은 충남 청양을 매운 고추의 대명사로 잘못 이해하고 있다고 한다.

김 작가는 진보가 진성 이씨 퇴계 이황의 관향인 동시에 사기의 고향이라 어렸을 때에 늘 진보장터에 나와 여러 가지 풍물을 구경하고 많은 시간을 보내면서 자랐다고 한다. 그러한 경험을 배경으로 역사 장편소설 『객주』을 쓰게 되었고 보부상들이 활동하던 시골장터에 대한 애착이 크다고 한다.

소설가의 장터 이야기

그는 어렸을 때 집이 너무 가난하여 함께 놀 친구가 없었고 재가한 어머니를 따라가서 눈칫밥 얻어먹으며 궁핍하게 살았다고 한다. 가난 속에서 외톨이로 울음을 삼키고 진보장터에 나가 보부상들을 구경하다가, 저녁에는 외지의 떠돌이 머슴들이 모여앉아 화투하는 모습을 뒤편에 앉아 구경하였다. 담배연기 자욱한 가운데 화투를 하며 그들이 사다먹는 엿 조각을 얻어먹기 위하여 눈을 비벼가며 잠을 쫓았었다고 한다. 그때 들었던 어느 머슴의 얘기 '호랑이와 소년'을 잊을 수 없다며 소개해 주었다.

호랑이와 소년
어느 외딴 시골에 외부세계를 구경하지 못한 한 소년이 살았는데, 어느 날 아버지는 아들을 데리고 비포장길을 몇 십 리 걸어서 장터에 갔다. 아들은 생전 이렇게 사람이 많고 물건도 많은 것을 처음 보았다. 아버지는 아들에게 엿도

진보장터 한마당

사주고 먹거리 떡도 사주었다. 아들은 먹는 것도 좋았지만, 신기하고 새로운
물품들을 구경하느라 정신이 팔려 시간 가는 줄도 모르고 장터를 돌아다녔다.

넋을 잃고 시장구경을 하다 보니 저녁 안개(인애)가 몰려오고 보부상 장사꾼
들은 하나 둘씩 보따리를 싸들고 자리를 떠나는데, 함께 왔던 아버지는 어디
로 갔는지 찾을 수가 없었다. 기진맥진하여 허기진 배를 안고 울상으로 길모
퉁이에 쭈그리고 앉아있으니 추위마저 몰려오는 것이다.

이때 뒷마을 아저씨가 다가오더니 자기와 함께 집으로 가자고 했다. 아버지
는 술타령하다가 어느 술집에서 잠들었을 테니 찾을 생각 말고 집으로 가자는
것이다. 아저씨와 함께 짐 실은 트럭 위에 올라앉아 털거덕거리는 자갈길을
몇 굽이 돌아가다가 어느 산 고갯마루에서 갑자기 차가 멈추었다. 그 앞에는
커다란 호랑이가 눈에 불을 켜고 찻길을 가로막고 있었기 때문이다. 한참 동
안 서로 기싸움을 하며 실랑이를 해도 호랑이는 꿈쩍하지 않고 버티고 있는 것
이다.

트럭 위에 타고 있던 어른들 사이에 공론이 벌어졌다. 이 중에 누군가 '호식
당할 팔자'가 있는 모양이라면서 서로들 얼굴을 살펴보는 것이다. 모두들 몸
을 움츠리고 눈치만 보는 가운데, 한 사람이 웃옷을 벗어 호랑이 앞에 던져주
었다. 그러나 호랑이는 관심도 없는 듯, 그 자리에 앉아 트럭 위의 사람들을

노려보고만 있었다.

그때 어떤 사람이 소년을 지목하자 몇 사람이 달려들어 소년의 옷을 벗긴 후 알몸으로 소년을 호랑이 앞에 내던졌다. 그런데 놀랍게도 호랑이는 소년을 잡아먹지 않고 길을 비켜주고 산속으로 들어갔다. 그리고 자동차는 가버린 것이다.

길바닥에 혼자 남은 소년은 맨몸으로 차가 떠나간 길을 따라 뛰었다. 어둠 속에서 무서움을 참고 엄마 생각을 하면서 집을 향해 산길을 달려갔다. 그런데 산고개를 넘어 비탈길에 이르러 보니 트럭은 낭떠러지 계곡으로 굴러 떨어졌는데 타고 있던 어른들은 모두 죽었더란다.

김 작가는 이 이야기를 해주던 떠돌이 머슴을 잊을 수 없다고 한다. 그땐 그저 이야기 내용을 재미있게 들었었는데, 그 후 지금까지 지나면서 생각하면 배운 것도 없는 그 머슴이 어떻게 그토록 풍부한 상상력으로 반전의 반전을 거듭하는 이야기를 꾸며냈는지 너무도 놀랍다는 것이다. 자기의 문학적 사고와 경력은 그로부터 시작된 것이 아닌가 하는 생각이 든다는 것이다.

장터와 서민의 생활문화

탐방단 버스가 진보읍내로 들어서자 '진보초등학교 100주년'이라는 현수막이 걸려 있다. 이러한 시골학교가 100주년이라면 1912년에 개교한 것이고, 그때라면 일제 강점기의 초기였는데 학교를 세울 만큼 번화하였다는 의미이다. 역시 진보장터는 역사와 전통이 있는 곳임을 알 수 있었다.

시장 안으로 들어서니 상인회장을 비롯하여 많은 촌로들이 나와 김 작가를 맞이하며 인사를 나눈다. 어릴 적부터 아는 사이인 것 같았다. 새로 지은 상가 건물에는 '길 위의 인문학, 작가 김주영 선생님의 진보시장 방문을 환영합니다', '김주영 동문님의 고향방문을 환영합니다' 등의 현수막이 걸려 있었다. 그리고 시장상인연합회에서 마련한 문어회를 곁들인 풍성한 점심식사를 대접받았다.

김 작가는 우리 일행들에게 1만 원짜리 시장 상품권을 한 장씩 나누어주면서, 모두들 2만 원 이상씩을 팔아주면 고맙겠다고 인사를 한다. 고향을 사랑

청송 심씨 송소고택 | 고유한 전통한옥의 구조를 보여준다

하는 마음이야 누구에게나 마찬가지겠지만, 김 작가의 고향사랑 특히 진보장
터에 대한 애착이 대단한 것 같았다. 우리는 시장을 돌며 마른 해산물을 사고
엿도 사먹었다. 엿장수의 장단에 맞추어 구성진 노랫가락이 울려 퍼지는 떠들
썩한 분위기에 흠뻑 빠져버린 시골 할아버지 할머니들의 모습이 재미있었는
데, 상인회 부녀회원들은 인심 좋게 수박을 썰어 돌린다.

한바탕 난장을 둘러본 후 우리들은 주왕산으로 들어가 우람한 바위 경치들
을 구경하였다. 그리고 청송 심씨의 집성촌 송소고택(국가지정 중요민속자료 제
250호)을 방문하였다. 고유한 우리나라 전통한옥의 구조에 대하여 문화해설사
가 자세히 설명해 주었다. 그리고 큰 사랑채 정면 5칸 마루와 뜰에 걸터앉아
'진보장날' 4행시 작품들을 발표하였다.

진, 진정한 전통문화 장터를 잊은 지 오래였는데
보, 보따리 장사 보통사람들의 진솔한 삶이 펼쳐지는 곳
장, 장날 찾아 돌아온 엿장수의 구성진 타령과 춤
날, 날마다 볼 수 없는 모습, 진보장터에서 만났네

예천의 삼강나루터

　그리고 예천군 풍양면 삼강리의 '삼강주막'에 들렀다. 문경에서 내려오는 금천과 봉화에서 흘러오는 내성천이 낙동강과 합쳐지는 이곳의 삼강나루터는 없어진 지 오래되었고, 시멘트 교각을 세워 만든 자동차 다리가 삼강지역의 변화된 교통을 대신하고 있었다. '삼강주막'에서 막걸리 한 잔씩 나누어 마시며 옛날 과거보러 가던 영남의 선비들 그리고 보부상들과 삼강나루를 건너던 수많은 사람들의 모습을 상상해 보았다.

　마지막 주모였던 유옥련 할머니가 시커멓게 그을린 부엌의 벽에 금을 그어 표시해 놓은 외상기록부가 전통주막에 남아 있는 귀중한 유산처럼 느껴졌다. 그리고 주막 뒤편에 있는 수백 년 된 회화나무가 삼강나루의 역사를 말해 주는 듯 묵묵히 그 자리를 지키고 서 있다.

| 참고 문헌 |

우리 역사의 뿌리와 민족정기
· 박종기, 『개정판 새로 쓴 5백년 고려사』, 푸른역사, 2011
· 박창희, 『살아있는 가야사 이야기』, 이른아침, 2005
· 최광식, 『백제의 신화와 제의』, 주류성, 2006
· 고운기, 『삼국유사 길 위에서 만나다』, 현암사, 2011
· 이종문, 『인각사, 삼국유사의 탄생』, 글항아리, 2010

문학작품의 배경을 찾아
· 이종범, 『사림열전 1(소쇄원의 바람소리)』, 아침이슬, 2006
· 정영우, 『그들의 문학과 생애, 이태준』, 한길사, 2012
· 신경림, 『바람의 풍경』, 문이당, 2000
· 김동리, 『역마』, 커뮤니케이션북스, 2012
· 김주영, 『객주』, 문학동네, 2013

예술과 지혜가 빛나는 문화공간
· 국립중앙박물관, 『겸재 정선- 붓으로 펼친 천지조화』, 통천문화사, 2009
· 신한균, 『신의 그릇 I, II』, 아우라, 2008
· 윤용이, 『우리 옛 도자기의 아름다움』, 돌베개, 2007
· 한형조, 『붓다의 치명적 농담』, 문학동네, 2011
· 신병주, 『규장각에서 찾은 조선의 명품들』, 책과함께, 2007

과학으로 보는 우리 문화유산
· 김동욱, 『실학정신으로 세운 조선의 신도시, 수원 화성』, 돌베개, 2002
· 허시명, 『술의 여행』, 예담, 2010
· 김치경 외, 『아하! 이런 것이 자연과학이구나』, 범한서적, 2004
· 이종호, 『과학 삼국유사』, 동아시아, 2011
· 김 호, 『허준의 동의보감 연구』, 들녘, 1999

강원 산하에 묻혀있는 역사문화
· 홍인희, 『우리 산하에 인문학을 입히다 1, 2』, 교보문고, 2011
· 김시업, 『근대의 노래와 아리랑』, 소명출판, 2009
· 정우택, 『아리랑 노래의 정전화 과정연구』, 대동문화연구, 2007
· 이인재, 『지방지식인 원천석의 삶과 생각』, 혜안, 2007
· 이이화 외, 『배움도 깨달음도 길 위에 있다』, 교보문고, 2013

조선왕조 성쇠의 뒷이야기

· 허 균,『서울의 고궁 산책』, 새벽숲, 2010
· 한성희,『조선왕릉의 비밀 I, II』, 하트코리아, 2006
· 이덕일,『당쟁으로 보는 조선역사』, 석필,1997
· 이종묵 외,『절해고도에 위리안치 하라』, 북스코프, 2011
· 김 범,『연산군』, 글항아리, 2010

명승계곡에 숨겨진 정신문화

· 정우탁,『남명과 퇴계 사이』, 경인문화사, 2008
· 이창식,『단양팔경 가는 길』, 푸른사상, 2002
· 김학범,『보고 생각하고 느끼는 우리명승기행』, 김영사, 2013
· 이종묵,『조선의 문화 공간』, 휴머니스트, 2006
· 이헌창,『조선말기 보부상과 보부상단』「국사관논총」38집, 국사편찬위원회, 1992
· 신창호,『유교사서의 배움론』, 온고지신, 2011

남해 바닷물에 씻긴 역사문화

· 임원빈,『이순신, 승리의 리더십』, 한국경제신문, 2008
· 주강현,『제국의 바다, 신민의 바다』, 웅진지식하우스, 2005
· 김현영,『일본 근세의 쇄국과 개국(번역서)』, 혜안, 2001
· 이덕일,『정약용과 그의 형제들』, 다산초당, 2012
· 성종상,『고산 윤선도 원림을 읽다』, 나무도시, 2010

충신들이 남긴 이야기들

· 심경호,『다산과 춘천』, 강원대출판부, 1995
· 유홍준,『나의 문화 답사기 1, 2, 3』, 창비, 2011
· 이익주,『고려말 신흥유신의 성장과 조선건국』「역사와 현실」29, 한국역사연구회, 1998
· 구효서 외,『길 위의 인문학』, 경향미디어, 2011
· 정 민,『우리 한시 삼백수』, 김영사, 2014

생활 속에 스며든 민속문화

· 정재서,『한국도교의 기원과 역사』, 이화여대출판부, 2006
· 안대회,『천년 벗과의 대화』, 민음사, 2011
· 김두규,『산,수,풍의 조화를 꿈꾸는 풍수』, 한국국학진흥원, 2007
· 주영하 외,『한국의 문화유전자』, 아모르문디, 2012
· 최재목,『시를 그리고 그림을 쓰다』, 영남대출판부, 2009